OS AMANTES DE MINHA MÃE

Christopher Hope

OS AMANTES DE MINHA MÃE

Tradução
Léa Viveiros de Castro

EDITORA RECORD
RIO DE JANEIRO • SÃO PAULO
2009

CIP-Brasil. Catalogação-na-fonte
Sindicato Nacional dos Editores de Livros, RJ.

C48a Hope, Christopher
Os amantes de minha mãe / Christopher Hope ; tradução de Léa Viveiros de Castro. - Rio de Janeiro : Record, 2009.

Tradução de: My mother's lovers
ISBN 978-85-01-08128-5

1. Romance sul-africano (Inglês). I. Castro, Léa Viveiros de. II. Título.

09-2122 CDD: 828.9936
CDU: 821.111(680)-3

Título original em inglês:
My Mother's Lovers

Publicado pela primeira vez pela Atlantic Books;
um selo da Grove Atlantic Ltd.

Editoração eletrônica: Abreu's System

Texto revisado segundo o Novo Acordo Ortográfico da Língua Portuguesa.

Direitos exclusivos de publicação em língua portuguesa somente
para o Brasil adquiridos pela
EDITORA RECORD LTDA.
Rua Argentina 171 - Rio de Janeiro, RJ - 20921-380 - Tel.: 2585-2000
que se reserva a propriedade literária desta tradução

Impresso no Brasil

ISBN 978-85-01-08128-5

PEDIDOS PELO REEMBOLSO POSTAL
Caixa Postal 23.052 - Rio de Janeiro, RJ - 20922-970

EDITORA AFILIADA

Para Jasper

“Na África, uma coisa é verdade quando amanhece e é mentira ao meio-dia.”

Ernest Hemingway

I O amanhecer

"Estão tentando tornar Johanesburgo respeitável... estão tentando fazer-nos perder o sentimento de orgulho pelo fato de os nossos antepassados terem sido um bando de cascas-grossas que não sabiam nada de cultura e que vieram para cá para achar ouro."

Herman Charles Bosman

1

Uma vez eu perguntei à minha mãe quem tinha sido o meu pai.

Nós estávamos caçando búfalos e, pela única vez em sua vida, eu acho, ela atirou para errar. Ela virou seus enormes olhos azuis para mim — o coice do rifle foi forte, o .375 Mag H & H dá um coice de quase 20 quilos direto no ombro — e disse, com a voz mais calma do mundo: "Não faço a menor ideia." Então ela me entregou a arma, o Holland & Holland de sua preferência, fabricado pela primeira vez em 1912, sempre popular com grandes caçadores. Ela disse: "Sua vez agora. Lembre-se de que esses bichos são perigosos. Especialmente se você não o derrubar. O capitão Cornwallis Harris gostava de dizer que o búfalo pisa em você, ajoelha em cima de você, arranca a sua pele com aquela língua de lixa dele e depois está pronto para outra."

Eu não tornei a perguntar.

Ela me contou, sem que eu perguntasse, que eu tinha nascido debaixo de uma acácia nas planícies africanas, quando ela estava "com" (viajando com, dormindo com?) um curandeiro branco chamado Harry Huntley. Ele a tinha levado — em estado adiantado de gravidez — para o "bundú", um campo distante e isolado, a tinha deixado debaixo de uma acácia e, armado apenas com uma faca e um saco de sal, tinha entrado na selva para caçar abelhas selvagens e pequenos animais.

Eu sempre imaginei: por que pequenos animais, por que não grandes animais? Eu fazia uma péssima ideia de Huntley, ele sempre me pareceu um babaca.

Bem, continuando a história, ela tinha dado à luz o seu filho, sozinha, debaixo da acácia, e ele — eu — podia ter morrido se o seu curandeiro itinerante não tivesse voltado e cortado o cordão umbilical com um movimento rápido — vejam isso — da sua faca de caça.

Meu nascimento bundú soava falso, mas o idiota com o saco de sal era bem típico. A África estava cheia deles. Salvadores de almas, fanáticos, místicos, mendigos, sonhadores que vinham dos confins da Europa em busca de união espiritual com a Á-fri-ca!

Harry Huntley veio diretamente de Leicester, e se tornou viciado em África como alguns homens se viciam em bebida. Ele gostava de caçar elefantes em Bechuanalândia e seus caçadores tswana aparentemente o adoravam: ele andava descalço e vivia no meio do mato, de mel, raízes e frutas silvestres; tirava leite de serpentes que guardava num saco; apanhava água nos buracos mais lamacentos, e dormia à noite no meio das raízes de baobás gigantescos. Tinha sido uma carreira de autoindulgência febril.

Mas, como eu disse, sempre tinha havido um bocado disso por lá. Dá para traçar uma linha que vai de Harry Huntley a David Livingstone. Todos esses caras diziam as mesmas coisas: eles estavam na África para construir estradas de ferro, salvar almas, promover o comércio e/ou acabar com a escravidão. Passatempos populares e disfarces úteis. Pensem nos chapéus engraçados, nos hábitos esquisitos, nos trajes ridículos, naquelas pessoas bizarras, vagando por lá numa névoa de ignorância e declarando o tempo todo que estavam animando o maldito lugar... Alguns queriam ser deuses brancos; outros viraram nativos e se tornaram *sangomas*, ou fazedores de chuva, ou lenhadores, ou cantores sacros; outros se dedicaram a salvar almas, além de bebês negros, leprosos e rinocerontes brancos. Mas todos eles, os escravos, os visionários, os santos, os que posavam de colonos brancos tinham uma coisa em comum: eles patenteavam a "sua" África e a vendiam como a única que era verdadeiramente original.

Então eu não sei por que Huntley foi parar na África e não poderia explicar por que uma pessoa como a minha mãe pôde se encantar por um inglês seminu de Leicester que usava uma saia de couro. Ela falava inglês, alemão, holandês, africâner e suaíle. Ela sabia pilotar, montar a cavalo e atirar — e tricotar. Também lutava um pouco de boxe: lutou três rounds com Hemingway num ginásio em Mombasa, embora, como ela dizia, "Ele já estava um bagaço naquela época".

No entanto, ela foi para o mato com um curandeiro branco maluco.

Mas Huntley era meu pai?

Eu nunca tive chance de perguntar a ele. Um dia, Harry Huntley resolveu nadar no rio Orange. Talvez sua velha educação europeia tenha prevalecido e ele estivesse imitando Byron quando mergulhou no Helesponto. Talvez ele apenas estivesse com vontade de dar um mergulho. De todo modo, quando estava no meio do rio, Hutley se viu em dificuldades e se afogou.

O que, evidentemente, fez com que mais histórias fossem criadas em torno do homem: que ele conseguia agarrar leões, que podia falar com cobras, que era um fazedor de chuva e um farejador de feiticeiros. Ao longo dos anos, diversos devotos vieram conversar com minha mãe sobre Harry Huntley. Hollywood comprou os direitos de alguns dos muitos livros sobre ele, livros com títulos como *O mestre das abelhas*, *O homem que amava leões*, tratados quase religiosos encontrados em prateleiras de livrarias sob o rótulo de "ocultismo africano", e que tinham quase tanta relação com a África de verdade quanto pornografia leve tem com sexo de verdade.

Então, quanto a questões de paternidade, eu não tinha nenhuma pista, e minha mãe não falava. Eu sabia que durante a última guerra ela tinha feito três tentativas de se casar, mas, nas três vezes, o piloto com quem ela tinha planejado se casar morreu em combate. Ela nunca deu muita importância a isso, exceto para dizer que a expectativa de vida dos pilotos da SAAF no Deserto Ocidental podia ser calculada em semanas. Qualquer um desses homens podia ter sido meu pai. Eu não tinha como saber.

Minha certidão diz que nasci em Johanesburgo, em 1944. Então, mais uma vez, minha mãe um dia me disse que minha "papelada" tinha dado "um trabalhão para conseguir". Meu certificado de batismo diz que fui batizado na igreja de St. Mary, Orange Grove, em 1945 (por que o intervalo de um ano eu nem imagino), recebendo o nome de Alexander Ignatius Healey. Eu recebi o sobrenome da minha mãe, o que sugere que nasci fora do casamento, embora nada disso prove que Huntley era meu pai.

Talvez não cause surpresa, portanto, que eu sempre tenha me sentido uma criança abandonada, ainda que minha mãe insistisse que não, que ela era a minha mãe verdadeira, biológica.

— Mas, meu querido, eu não *pareço* sua mãe?

É boa, essa. Como se por não conseguir identificar os traços da maternidade, eu, de alguma forma, não tivesse passado no teste da lealdade filial. É claro que ela não parecia ser minha mãe. Nem de longe. Nós tínhamos uma espécie de acordo: ela era minha mãe porque dizia que era, e eu era seu filho porque admitia isso, mas não sem alguma desconfiança.

E havia a questão do nome.

— Se você fosse uma menina, eu a teria chamado de Alexandra, em homenagem à cidade. Alexander era o mais parecido possível... no seu caso.

— Como assim... no meu caso?

— Alex é um bom nome, você não acha? Eu aprendi a lutar boxe em Alex.

Alexandra e Sophiatown, aliás, nos anos 1930. Seus parceiros de luta eram negros ansiosos em obter fama e liberdade com os punhos.

Era isso. As características da sua vida formavam um mapa de um lugar que ela dizia que era a África. Mas, para mim, era mais espelho do que mapa. Eu tinha que acreditar que logo atrás dela, ou por cima do seu ombro, eu seria capaz de avistar o lugar. Mas isso nunca aconteceu realmente. Sempre que eu olhava, o espelho estava tomado pelo rosto dela.

E que rosto...

Quando eu era menino, ela me comprava revistas em quadrinhos nas manhãs de sábado, e fico envergonhado em dizer que eu retribuía vendo nela uma leve, mas assustadora, semelhança, particularmente em seu perfil esquerdo, com Dan Dare, o bandido fanfarrão com um maxilar poderoso. Embora Dan Dare tivesse pelos pretos no queixo e minha mãe, não; pelo menos eu acho que ela não tinha (mas me sinto obrigado a dizer que às vezes *ela parecia ter*). Assim, para mim, ela representava, apesar de ela não ter essa intenção e ele sim, uma espécie de masculinidade.

Entretanto, ela também era totalmente feminina, com um fraco por casacos amarelos e grandes bolsas de couro; e ela adorava turbantes, exceto quanto estava num safári. Ninguém, a meus olhos, jamais fumou um cachimbo tão lindamente nem cortou, acendeu e deu baforadas num grande charuto com tanta elegância e competência. Eu acho que minha visão ambivalente dela não passava de um reflexo de seu incrível alcance: ela podia ser séria e terna, selvagem e sutil.

Nossas formas diferentes de ver um ao outro continuaram a aumentar a vida toda e elas se revelavam nas distâncias entre os lugares em que nós morávamos. Não quero dizer geograficamente, mas temperamentalmente. Nós tínhamos ideias muito diferentes do que era uma casa. Minha mãe sempre teve uma visão grandiosa da África; para ela, a África era uma barraca de tiro ao alvo, um céu infinito; e ela via os pesquisadores europeus, os Huntley, Livingstone e outros, como grandes presenças, até mesmo como grandes africanos. Para mim, gente como Huntley e os outros que passaram por nossas vidas não eram místicos nem milagreiros, eram claramente fujões. Eu não teria comprado uma pulseira vagabunda ou uma bíblia velha de nenhum deles.

Eu os via como pretensos atores, constantemente se candidatando a um papel no grande romance. Pálidos artistas em busca de si mesmos, que só faziam sentido quando se pensava neles como personagens em um continente inventado por eles mesmos. Não o lugar África, não a massa de terra gemente onde tantos foram tão traídos por homens de túnicas, djellabas e ternos, que diziam amar o lugar só para promover a destruição de sempre, mas África a produção, África o filme, África o show itinerante.

Minha mãe dizia que essa visão era banal e inadequada.

E quanto a ela? Ela sem dúvida tinha algo dessa teatralidade. Só que não se fantasiava e inventava um personagem; ela representava a si mesma.

E havia também sua ambição. Ela nunca foi especialmente sul-africana (isso teria sido modesto demais), nunca demonstrou aquela autoestima limitante que marca os sul-africanos, pretos e brancos, e que os leva a não ver mais nada como sendo real e mais ninguém como sendo interessante. Minha mãe não ia ficar confinada a um pedacinho da África, à parte inferior da perna do continente; ela se apossou de tudo por direito de herança e amava a África com uma paixão que era desprovida daquele desejo de fusão que leva algumas pessoas às lágrimas (embora o episódio Huntley mostre que ela era suscetível a momentos de falso *Jock of the Bushveld*).

Mas, de forma geral, ela era lúcida.

Vejam, por exemplo, a atitude dela em relação aos animais selvagens, sempre uma boa maneira de diferenciar um africano de verdade de um mitômano transplantado. Diante de uma caça não mais tão abundante, mas ainda farta, sua resposta era direta: ela pegava o rifle e atirava. Sua admiração por Karen Blixen, a quem ela visitou algumas vezes quando era menina, não tinha nada a ver com o caso de amor de Blixen pelos planaltos quenianos; o motivo era mais simples:

— Meu Deus, como aquela mulher sabia matar leões!

Eu fui caçar com ela algumas vezes. Ela era uma professora boa e paciente e eu aprendi um bocado com ela, mas nunca funcionou. Eu não tinha o dom para aquilo. Nós fomos de avião para Livingstone, no norte da Rodésia, e depois tomamos um carro para a selva. Os búfalos não escutam nem enxergam muito bem, mas seu faro é excepcional, e você tem mais chance de se aproximar deles se perseguir um único animal do que se perseguir um rebanho. Nós perseguimos um velho búfalo quase o dia inteiro, mantendo-nos contra o vento. Ele tinha chifres enormes e belas corcovas que o deixavam parecido com um juiz velho e pomposo.

Ela não achou graça na comparação.

Ela estava usando seus habituais shorts cáqui, botas de cano curto sem meias e um pouco de munição no bolso da camisa. Ela falava enquanto caminhávamos.

— Antigamente, quando caçávamos, havia um monte de búfalos, e os perseguíamos à noite porque é quando eles gostam de pastar, por ser mais fresco. Mas não se consegue enxergar no escuro. Problema! Então o que nós fazíamos era amarrar um pedaço de pano branco no cano do Mauser — nós usávamos 9.3 por 57 na época — e o pano branco ajudava a mostrar a direção a fazer pontaria à noite. Durante o dia, caçávamos em grupo, cerca de cinco ou seis armas; perseguíamos o rebanho de diferentes direções e, quando abríamos fogo, o perigo era que o rebanho pudesse dispersar-se e nos pisotear, então você tinha que atirar, torcer para derrubar o búfalo que vinha na frente, depois pular sobre o corpo dele e usá-lo como uma espécie de plataforma de tiro.

Embora eu gostasse da animação e do conhecimento dela, a coisa em si não me atraía. Eu compreendia muito bem o perigo. Os búfalos são muito fortes e voltam para atacá-lo; eles conseguem voltar com uma rapidez espantosa e matam você assim que olham para a sua cara.

Nós chegamos a menos de 50 metros do búfalo; e ela respirava de leve quando apontou a arma e disse:

— OK, sua vez. Lembre-se, você tem que fazer o maior estrago possível com o primeiro tiro. Não tente acertar na cabeça nem no pescoço. Mire no meio e, se você tiver sorte, irá pegar um osso. É muito, muito raro abater o búfalo com um único tiro, então prepare-se para o segundo; e lembre-se de que talvez ele corra, aí você vai ter que correr também. É complicado.

Eu tive sorte: meu tiro quebrou a espinha do búfalo e ele caiu. Ela ficou contente:

— Um tiro só raramente consegue isso — ela tornou a dizer.

Depois nós fizemos uma sopa com os ossos dos joelhos do búfalo — um tempo longo de cozimento numa panela de ferro sobre a fogueira —, e ela falou sobre caçadas e eu sobre a temperatura do ar. Era isso que a selva fazia comigo, me provocava coceira, calor, tédio.

— Não existem ventiladores no mato — ela disse.

— Não, mãe. Mas existem métodos.

Eu contei a ela sobre refrigeração a vapor.

— Você molha um lençol e pendura no vento. Ar condicionado natural.

— Onde foi que você aprendeu isso?

— Eu li num livro.

— Minha nossa — ela disse. — Ar? Eu preferia que você não soubesse.

Eu gostava de ler sobre como você alterava e tratava o ar. Como você o limpava, controlava impurezas, movia-o dentro de um espaço fechado, governava a sua temperatura. Mas o que mais me agradava era o efeito do meu interesse — tão secundário, tão neutro, tão inocente, tão leve — sobre as pessoas em um país onde cerveja, sangue e balas jorravam com tanta facilidade. Meu interesse acerca do ar fazia as pessoas subirem pelas paredes. Ele não só parecia perverso, mas era, provavelmente, completamente insurgente.

Na velha enciclopédia Cassell que minha mãe tinha, eu encontrei a história de John Gorrie e ele se tornou uma espécie de santo para mim. Gorrie era um médico e um cientista, nascido na Carolina: isso, em si, já era mágico — como a Carolina era longe! O mais longe que eu podia sonhar. E se isso não fosse suficiente, eu descobri que havia duas Carolinas: a do Norte e a do Sul.

Gorrie se formou em medicina em Nova York. Depois ele se mudou para a costa do Golfo e foi trabalhar numa cidade chamada Apalachicola, na Flórida. Eu nunca tinha ouvido um nome tão bonito, e o ficava repetindo sem parar. Mas quando o mencionava na escola, as pessoas não ficavam nem um pouco impressionadas, fechavam a cara, franziam a testa — até gente bastante inteligente — e diziam, "O que é isso?". Ao ouvirem que era uma cidade na Flórida, na América, elas geralmente ficavam zangadas ou reagiam com sarcasmo. "Ah, é mesmo? Flórida, hein?"

Minha mãe fez o mesmo:

— Apala... o quê? Francamente, Alexander, se eu soubesse o uso que você ia fazer desses livros velhos, os teria dado para um bazar de caridade.

O uso que eu dava aos livros dela, e que ela deplorava tanto, não tinha muito a ver com informação no sentido estrito da palavra: para mim, ler era muito mais vital, mais físico, mais satisfatório; era uma maneira de fugir. Ler me levava para fora de casa, para fora do país, levava-me até um lugar longínquo como Apalachicola. Que som tem esse nome! — ainda...

Em Apalachicola, John Gorrie tratou de malária e febre amarela, embora na época ninguém soubesse a diferença; exceto que malária começava com calafrios terríveis, tremedeiras e febre; podia voltar e às vezes matava. Bem mais misteriosa era a febre amarela, que só dava uma vez e deixava a pessoa viva ou morta. A febre amarela também começava com tremores e temperaturas elevadas, muita sede, dores de cabeça violentas, depois uma dor horrível nas costas e nas pernas. No dia seguinte você ficava amarelo como uma velha folha de outono. O pior era o vômito preto, a queda de temperatura e finalmente o coma.

Como se acreditava que aquela doença terrível vinha do "mau ar" — *mal aria* — buscava-se desesperadamente uma defesa contra os vapores nocivos: vinagre no lenço, alho nos sapatos, lençóis embebidos em cânfora, queimar enxofre ou pólvora, e até dar tiros de canhão.

John Gorrie experimentou gelo. Ele pendurava bacias de gelo em cima da cama dos pacientes: o ar frio é mais pesado do que o ar quente. Isto baixava a febre dos pacientes. Mas gelo era difícil de achar — ele tinha que ser despachado de barco dos lagos do norte —, e foi então que Gorrie teve uma ideia revolucionária: ele resolveu construir uma máquina de fazer gelo.

Em 1851, ele patenteou uma máquina de fazer gelo. Eu sei de cor as frases do seu curto pedido de patente e fazia minha mãe gritar sempre que as recitava em voz alta.

"Se o ar fosse altamente comprimido, ele iria aquecer-se devido à energia da compressão. Se esse ar comprimido fosse passado por canos de metal resfriados com água, e se este ar resfriado à temperatura da água fosse de novo submetido à pressão atmosférica, poder-se-ia obter temperaturas muito baixas, até mesmo baixas o suficiente para congelar a água em panelas, numa geladeira."

Gorrie calculou que a energia para o compressor poderia vir de vapor, água, vento ou, talvez, cavalos. Ele fazia a temperatura baixar forçando o gás a se expandir rapidamente. Comprima um gás e ele esquenta; alivie a pressão e o gás se expande, e ao fazer isso ele absorve calor e esfria o espaço ao redor dele. O princípio básico do dr. Gorrie é o que é mais usado hoje em refrigeração; isto é, resfriamento causado pela rápida expansão de gases.

Ele tinha enorme respeito pelo gelo; acreditava que ele curava a febre. São os mosquitos que causam malária, não o calor. Mas o que o tornou um herói para mim foi o fato de ele querer aliviar o sofrimento dos seus pacientes, de querer refrescá-los, de querer purificar o "mau ar" que os fazia ficar doentes. Gorrie acreditava, em suma, que baixar a temperatura iria aliviar o sofrimento.

Interessou-me, na época, saber que havia gente que o odiava, que acreditava que fazer gelo era uma blasfêmia. Gorrie tinha feito o que só Deus podia fazer. Ele foi execrado por isso e morreu cedo e com o coração partido.

Eu sabia que ele estava certo em coisas muito importantes. No meu país, vivíamos com mau ar — com *mal aria* —, tínhamos contraído a doença que iria devastar toda a África em pouco tempo. Tínhamos as febres, os suores, a dor, o desespero causado por ideias infecciosas, altamente venenosas, que estavam no ar: a pureza do sangue e a integridade da tribo, do grupo e da nação. Isso provocou loucura e assassinato entre nós e provocaria o mesmo em toda a África, conforme cada país fosse alcançando a independência. Isso poderia ser chamado de nacionalismo se esta não fosse uma palavra amável demais para uma doença mortal. O grande desastre do nosso tempo.

Minha mãe não tinha nenhum traço dela, o que eu admirava. Ela passava por cima de tudo, não ligava para limites, fronteiras, divisões, raças, tribos ou nações: como uma coisa tão estúpida, tão vulgar, tão chata, tão medíocre podia ser séria? Embora ela pudesse adotar, momentaneamente — dependendo de onde estivesse —, determinados povos que representassem para ela alguma coisa da África. Ela gostava dos pigmeus ituri, dos homens leopardos, e até dos bôeres das velhas repúblicas da África do Sul, porque eles tinham recebido o pai dela como se fosse um deles. Mas ela não tinha nenhuma noção de clã ou de cor, apenas de amigos ou inimigos. Isso era magnífico, de certa forma. Mas cego. Da forma como ela via o mundo, raça nunca teve importância. Ela simplesmente não estava interessada nisso. Mas acontece que isso estava interessado nela.

2

Eu me lembro claramente, quando não tinha mais do que 5 ou 6 anos, do cheiro forte de pinheiro das suas botas engraxadas com uma cera usada em selas e coldres e estojos de revólver. Eu me lembro do cheiro do seu cachimbo e do aroma picante do tabaco Boxer. Tendo acabado de voltar de algum lugar, de outro lugar, de qualquer lugar, ela ficava deitada na sua imensa cadeira de vime; as pontas de suas botas tinham um brilho que me lembrava mel, ela manuseava tiras de fumo que tirava do saquinho de pano amarrado na ponta, enchia o seu cachimbo, preto e fino, com uma tampa de prata, presa numa corrente fina, que se fechava sobre o bojo do cachimbo quando o fumo estava aceso. Minha mãe vinha em muitas versões. Às vezes eu achava que ela era como o mar: sempre o mesmo, sempre diferente. Outras vezes, eu achava que ela parecia um homem de peruca, como Jack Lemmon em *Quanto mais quente melhor*. Só que mais alta e com seios maiores, alvo de uma operação de mudança de sexo muito bem-sucedida, com o cabelo repartido no meio e caindo em ondas sobre as orelhas, formando uma cortina nunca inteiramente convincente de cachos castanhos.

Suas pernas longas projetavam-se na frente do corpo como se fossem pernas de pau; ela ficava ali deitada soltando uma fumaça cremosa no ar, e eu sentia um grande contentamento. Porque ela estava lá; porque ela estava parada e não em movimento; porque ela estava em casa; porque nós estávamos juntos; porque ela tinha voltado de onde quer que tivesse estado: de Mombasa ou Lagos ou Stanleyville. Descido de seja qual for a altitude em que estava voando; no Quênia ou em Niasalândia ou no sudoeste da África; voltado de junto do tio que estivesse vendo na época — tio Hansie, tio Papadop ou tio Bertie de Natal, que dizia ser um zulu branco.

Bertie tinha sido um dos meus primeiros tios. Ele dirigia um grande hotel na Inglaterra; tinha ganhado muito dinheiro e achava que a "nação zulu" era o que mais se aproximava, nos tempos modernos, dos antigos romanos por suas "habilidades de luta e coragem estoica". Por que não se tornar um swazi branco ou um xhosa branco? Bem, porque, para hoteleiros românticos como o tio Bertie, só certas tribos enquadram-se neste padrão. Este estranho fascínio podia ser visto por toda parte. No Quênia, eram os masai que ganhavam, longe; na Arábia, os beduínos. Para o tio Bertie, eram os zulus.

Ele veio para a terra dos zulus nos tempos melancólicos de meados dos anos 1960, quando, como se já não fosse suficientemente ruim conviver com escroques e criminosos que gostavam de achar que eram pioneiros neste recanto da África, nós penávamos sob o jugo de puritanos moralistas. Nós estávamos acostumados a lidar com malfeitores, mas ser governados por caras que tinham a convicção sincera de ser enviados de Deus era algo que nunca tínhamos experimentado antes (e de que nunca nos recuperamos). Mas é claro que tio Bertie, sendo da Inglaterra, não sabia porra nenhuma sobre isso. Ele só conhecia a "África". Preciso dizer mais? Os caras que administravam o nosso país gostavam de Bertie, gostavam de sua energia, de sua cegueira, de suas tentativas de ser sensato e racional. Eles também gostavam da visão dele a respeito das tribos. Eles não se achavam uma tribo africana, embora aquela destinada pelo bom Deus a ferrar com todas as outras tribos? Bem, então o que podia ser melhor do que ter caras como o tio Bertie querendo se juntar aos zulus?

Tio Bertie foi proclamado um zulu branco pelo rei Cipriano Bhekuzulu kaSolomon. Seu novo nome era Nqobizitha, que significava "Derrotar os inimigos". Quando ele vinha de visita a Jo'burgo, ele fazia uma dança zulu no gramado, ao lado das dálias. Um hoteleiro gordo, de peito nu, usando um traje de couro com enfeites de pele de leopardo, patas dançando nos seus mamilos, sacudindo um bastão de madeira com a ponta retorcida...

— Ele é um idiota — eu disse à minha mãe.

— Não o deixe ouvir você dizendo isso, ele não vai deixar você brincar com a lança dele — ela disse. — E talvez a gente se hospede numa das casas de Bertie da próxima vez.

Foi o que aconteceu. Ele comprou uma fazenda de caça em Natal e minha mãe costumava ir caçar lá. Na parede, ao lado da rainha, ele pendurou seu certificado dizendo que ele tinha sido introduzido na nação zulu.

Parecia que toda semana nós nos mudávamos para um lugar novo, dependendo dos planos de voo da minha mãe, das suas caçadas, ou do tio do momento. Nós moramos em fazendas ou pequenas propriedades nos campos do Transvaal; nós passamos temporadas em pequenos bangalôs suburbanos; e em grandes mansões de Jo'burgo onde imensos gramados desciam até distantes muros brancos e o sol batendo na rede da cerca alta desenhava diamantes na areia vermelha da quadra de tênis.

Olhando para trás, eu não consigo distinguir umas das outras, e todas elas — essas casas provisórias — fundiram-se na nossa casa verdadeira, a casa em que fomos morar muitos anos depois, a casa em Forest Town, subindo a estrada do zoológico. Assim como todas as minhas lembranças fundiram-se nesses retratos de minha mãe, quando ela estava em casa e nós estávamos juntos.

Nessa ocasião eu me lembro que ela tinha acabado de voltar para o Grand Central Flying Club, taxiado o seu Stinson até o hangar e ido para casa no velho Land Rover. Minha mãe pilotou uma variedade de aeronaves ao longo dos anos, Pipers e Beechcrafts, mas foi um Stinson Voyager, fabricado em Wayne, Michigan, em 1947, que ela manteve por mais tempo. Quatro lugares para passageiros, se você colocasse os dois assentos traseiros, e um bocado de espaço se você não colocasse; uma máquina possante, capaz de levantar mais de 300 quilos com facilidade.

O que ela normalmente fazia quando se dirigia para o interior da África era voar com trem de pouso convencional até o Quênia, onde pousava na pista acidentada que pertencia a um ou outro tio que, por acaso, possuía uma represa ou uma extensão de água. No dia seguinte, ela trocava o trem de pouso convencional por um par de flutuadores, o que permitia que ela pudesse pousar num pedaço de água em qualquer lugar. E qualquer lugar que ela pousasse era dela.

Eu me lembro tão bem daquela volta para casa porque, excepcionalmente, ela não tinha trazido ninguém com ela: nenhum amigo da imensa selva que ela sobrevoava e penetrava; nenhum curandeiro, nenhum caçador branco do Gabão, do Congo ou do Quênia. Desta vez éramos só ela e eu, só nós dois. Eu a abracei e ela cheirava a outro lugar: a fogueiras, pólvora, fumo de cachimbo, graxa de sapato e óleo de avião. Então eu me sentei e fiquei olhando para ela, e soube que ela existia de verdade, e alimentei a esperança de que ela nunca mais se mexesse. Eu sabia que ela ia se mexer, é claro; ela só estava descansando; o jeito dela não era ficar parada, era se levantar e sair, embora naquele momento não fosse possível dizer isso, vendo-a deitada ali, com graxa nas botas, as pontas de um cachecol lilás cobrindo o forro de lã branca da sua jaqueta de piloto.

Na estante atrás dela, junto com os volumes encadernados de couro da *Great Stories of the World* de Cassell, estava o retrato do pai dela numa moldura de marfim trabalhado: um rosto vivo e ansioso, com um bigode cheio e um olhar atrevido, mas sofrido, nos olhos cor de azeitona. E fotos do dr. Schweitzer e de Hemingway, bem como a fachada do Muthaiga Club em Nairóbi e uma paisagem do monte Kilimanjaro, e todas aquelas pessoas e lugares que — nunca fazendo distinção entre lugares e seres humanos — ela chamava de "meus velhos amigos". E como nunca viu muita diferença entre pessoas e lugares, ela costumava atribuir sentimentos humanos a diferentes países e feições geográficas a pessoas: o Congo, ela disse uma vez, "tem uma natureza tímida, reservada; ele é decididamente acanhado..." E Hemingway era "rodeado de terra, sempre sonhando em ter seu próprio acesso ao mar". Durante anos eu achei que Hemingway era um país em algum lugar da África.

— Ao lutar com um homem, você tem que proteger os seios. E os braços de Hem eram muito compridos. Mas ele não protegia a barriga, e eu entrava e acertava. Nós tínhamos mais ou menos a mesma altura, mais de 1m80, embora ele tivesse uma grande vantagem em termos de peso. Eu ficava com a esquerda muito baixa e ele lançava a esquerda de leve e trocava pela direita. Hem era forte, é claro. Numa briga de bar ele teria me matado, mas no ringue você tem espaço para se movimentar; ele me acertava no peito, nos ombros, nas costelas. Mas o timing dele era ruim. Eu recuava, recuava; ele gostava disso; ele vinha atrás de mim e eu recuava, sabendo que ele queria atacar de direita, então eu dava um passo para a frente e dava o murro antes dele. Acertava-o no nariz ou na boca. O problema dele era que ele conhecia boxeadores; sabia a postura, a conversa, e achava que era bom. Mas ele era um amador. E eu também. Mas eu treinei anos atrás com gente como Ezekiel Dhlamini e Slugger Ntombi; eles eram bons de verdade.

Ela tinha uma foto de Hemingway usando apenas um par de shorts, o cabelo raspado, quase preto do sol, carregando uma lança.

— Ele estava atravessando a fase "eu sou um caçador wakamba". Ele gostava de se mostrar, e como. Eu tinha pena de Mary. O que aquela mulher aguentou!

Hemingway resolveu que precisava de uma esposa africana, então encontrou uma moça entre os wakamba.

— Como ele tinha orgulho de Debba! Ele sonhava viver com sua esposa "clara", Mary, e sua esposa "escura", Debba, numa shamba, no meio dos wakamba. Parece um musical antigo, não acha?

Ela tinha uma foto de Hemingway quando ele ocupou o cargo de guarda-caça honorário, com alguns kikuyu como ajudantes. Ele está usando um uniforme que ele mesmo desenhou todo cáqui, e o seu cinturão largo *Gott Mit Uns* que ele dizia que tinha tirado de um soldado alemão morto, e sua tropa está fazendo continência para ele.

— Meu Deus, ele adorava se fantasiar.

Todos eles adoravam. Qual o lugar, a não ser a África, daria homens brancos fantasiados mais satisfação, mais prazer ou poder? Só na África eles causavam alguma impressão; não tanto por seus talentos ou sua moral, embora Deus saiba que eles gostavam de pensar que sim. Não, o que impressionava era seu poder de fogo, sua taxa de assassinatos; era tudo tão divertido, tão fácil, tão brilhante. E isso lhes subia à cabeça. Como seus chapéus.

E ela tinha seus pontos de referência fixos:

— Meu velho pai...

— Meus velhos companheiros... (Esses eram meus tios ou seus velhos territórios de caça.)

— Meu menino querido... (Esse era eu.)

Francamente, eu não dava a mínima para os seus velhos companheiros. Eles se metiam entre nós, levavam-na embora; eles eram um pé no saco.

E se vocês me perguntassem por que eu não gostava deles, eu diria que eles eram tão teatrais que chegavam a doer. Como o próprio lugar. Isto era uma heresia, eu sabia disso, mas não adiantava nada murmurar o mantra mágico "África", como se isso ajudasse. Não ajudava nada. Na minha experiência, a menção à palavra ou era uma droga de uma desculpa ou uma ameaça. O lugar devia trocar de nome e começar de novo com um nome novo. Eu a ouvi usá-lo tantas vezes que aprendi a não me curvar sob seu peso manipulador. Eu cheguei à conclusão de que sempre que você ouvia alguém dizer "África", era melhor checar o estojo do revólver e o equipamento de segurança porque a chance era de que alguém, em algum lugar, estivesse planejando: (a) levar você para dar uma volta; ou (b) matar você.

Portanto, o mantra da minha velha não me servia de nada. Ela estava sempre em qualquer lugar menos em casa onde eu precisava dela. Isto foi por volta da época em que ela passava duas semanas por mês viajando; em que uma sucessão de babás vinha tomar conta de mim e depois ia embora porque minha mãe arranjava novos empregos para elas, como enfermeiras ou vendedoras. Ela achava o serviço doméstico uma bobagem, não via sentido em ter empregada, e assim que eu me acostumava com a comida, os hábitos, a presença da nova Betty ou Blessing ou Ntembi, esta era despachada para ser treinada como enfermeira ou costureira ou cientista, e minha mãe ficava toda prosa por tê-las ajudado a pular fora do barco.

Isso continuou assim até eu ter uns 10 ou 11 anos e aprender a cuidar de mim mesmo, preparar meus sanduíches para levar para a escola, cozinhar um ovo e, graças a Deus, nunca mais tivemos empregadas, só um serviço de faxina chamado De Wet's Flying Dutchmen, homens brancos numa van branca. Africâners que limpavam a casa e cuidavam do jardim: homens altos, peludos, queimados de sol, de bigode e shorts cáquis até os joelhos, esfregando o chão da cozinha, limpando o jardim e gritando uns para os outros: *Ek sê, ou doosie, gooi ons die blerrie dock!* (Hei, você aí, seu babaca, passe o pano de chão.) A linguagem deles afetou muito Carequinha, o nosso papagaio cinzento, e deu a ele um rico estoque de expletivos em africâner, tirados dos xingamentos daqueles empregados domésticos grosseirões: Carequinha adorava cantar: *Die bliksemse seep is kak!* (Este maldito sabão é uma merda...) e *My jirre, maar die blerrie Hoover is opbefok...* (Jesus, este maldito aspirador está ferrado.)

Os arranjos domésticos da minha mãe vinham abalando, havia anos, os nervos das nossas vizinhas: sra. Terre'Blanche, sra. Garfinkel, à esquerda e à direita; sra. Smuts e sra. Mason, do outro lado da rua. Minha mãe dizia que eram as madames atacando pelos flancos. Mas ela gostava de irritar a vizinhança. E era uma ousadia usar um serviço de limpeza doméstica de homens brancos numa época em que qualquer pessoa que fosse patriótica e verdadeiramente sul-africana tinha duas, três ou quatro empregadas morando no quintal; e quem não tinha era considerado esquisito, para não dizer um maldito revolucionário.

Ela não se interessava nada pelos meus estudos. Eu ficava contente com isso. Uma vez ela foi me ver jogar críquete na escola, usando seu traje de pilotar, se encostou na cerca e acendeu o cachimbo. As outras crianças disseram alto:

— Nossa, quem é *essa*?

Eu juro que não sabia o que dizer, mas a honestidade exigia uma resposta e então eu disse que ela era, bem, meio que... minha mãe.

Ninguém acreditou.

— Não, não pode ser! Seu mentiroso!

E olhando de novo para ela, eu vi que eles tinham razão. Mas se aquela figura alta encostada na cerca não era minha mãe, então quem era ela?

Esta foi a época do nosso parque de leões, o primeiro no Transvaal. Acho que foi a resposta da minha velha a Joy Adamson, a quem ela detestava profundamente:

— Aquela exibida! Um desses estrangeiros que vêm para cá e romantizam a África. Nascido em liberdade uma ova! Deixe-me dizer-lhe uma coisa, rapaz, nada e nem ninguém nasce livre; nenhum de nós pode alegar isso; a liberdade é algo que você tem que trabalhar para conseguir e lutar para conservar.

— Sim, mãe.

— Não diga “Sim, mãe” para mim.

— Não, mãe.

Nosso parque de leões era para ter dado um dinheirão: a ideia da minha velha era oferecer oportunidade de caça de grandes animais ao que ela chamava de a população. As pessoas pagariam 20 guinéus pela garantia de caçar um leão. Ela levaria os caçadores no seu Landy e se encarregaria de providenciar para que eles recebessem o que tinham comprado, um troféu leonino para pendurar na parede, ao lado dos patos voadores e da plaquinha de madeira que dizia: “Tudo que eu gosto ou é imoral ou é ilegal ou engorda.”

Não era uma má ideia. Mesmo então, nos anos 1950, caçar na África do Sul raramente significava caça de grande porte. Você precisava ir para o norte para isso. Caçar normalmente significava homens grandes, usando shorts feios, perseguindo pequenos animais. A ideia da minha mãe era proporcionar aos sul-africanos um pouco do prazer que ela teve em safáris no Bloco 66 em Tanganica e nas encostas do monte Kilimanjaro.

Ela arrendou diversos hectares perto de Krugersdorp, bem equipados com gazelas, antílopes e zebras. Ela conversou com os amigos em Arusha e eles despacharam meia dúzia de leões — “para testar o mercado”. Os leões dela eram de juba preta — uma espécie que já desapareceu da África do Sul há muito tempo — e vinham de uma área de acácias, tapetes colossais de capim amarelo, campos de lava preta e espadas-de-são-jorge, e ela os trouxera para o capim ondulante do planalto.

Eu era o porteiro. Ela me vestia num terno cáqui de safári, com uma etiqueta costurada nas costas, que dizia em letras vermelhas “Caçadas Healey”. Eu me sentava numa cadeira de plástico em frente ao portão, segurando um saco de lona para recolher o que minha mãe chamava de “grana” da população agradecida; ela esperava com as armas e o Land Rover. Ela usava um velho Mannlicher .256: "bom e leve para coisa rápida", ela dizia, referindo-se a antílopes. Para coisas mais pesadas, como búfalos e elefantes, ela usava um .470.

Ela não tinha contado era com a má vontade, muito arraigada nos sul-africanos, de pagar por algo que eles acreditavam que pertencia a eles. O caçador sul-africano não tirava licenças, não usava barracas nem drinques nem taças de prata para abater o maior dos búfalos. Ao contrário dos caras do Quênia, ele comia o que matava. Se você quisesse caçar, ia para a sua fazenda, ou suas várias fazendas, ou a fazenda da sua irmã, e perseguia antílopes num caminhão. A caçada sul-africana não tinha nada a ver com safáris, sexo, esporte ou estilo; o caçador sul-africano não se misturava com mulheres, não usava carregadores, e desprezava quem fazia isso. Pagar para caçar era tão ruim quanto pagar por sexo: era totalmente indecente, era antissul-africano. Caçar tinha a ver com caras, normalmente na traseira de pick-ups, abatendo a caça; tinha a ver com tomar um porre de conhaque com Coca-Cola e vomitar debaixo das acácias. Tinha a ver com ser sul-africano de verdade. Sul-africanos de verdade eram os últimos aristocratas; eles eram os donos do país. Eles não pagavam para entrar. Esse tipo de coisa era para estrangeiros, bichas e mulheres, que, na cabeça dos caçadores na traseira das pick-ups, eram mais ou menos a mesma coisa.

Os hábitos de caça da minha mãe eram diferentes. Ela caçava nas florestas tropicais do Congo, em Uganda e Moçambique, e na Niasalândia. O estilo dela se baseava no modelo queniano inventado por britânicos ricos e americanos mais ricos ainda. Sua ideia de safári tinha a ver com sangue, balas, bebida e sexo: uma ceia com talheres de prata depois de um belo dia no lambedouro de sal. Um bom champanhe sempre que possível, porque vinhos não aguentam bem a viagem. O que agradava a ela, eu acho, eram as prerrogativas de berço e educação. O estilo dela tinha as marcas que distinguiam os velhos caçadores brancos que trabalhavam na África Central e Oriental: para quem caçar vinha junto com dinheiro e vaidade muscular; cujos safáris atraíam barões, príncipes, presidentes e estrelas de cinema; que sonhavam com a noite africana na selva como sendo uma aventura: embriagar-se ou transar sob uma gorda lua cheia, enquanto fora do círculo de luz da fogueira as hienas passavam, uivando como corretores nas dependências da bolsa de valores.

Olhando para trás, eu vejo que ela não estava errada sobre levar a caça para a população, mas estava muito à frente do seu tempo. Ela começou o que iria se tornar popular muito tempo depois, o que se tornou conhecido como caçadas enlatadas, onde a vítima — leão, búfalo, antílope — era posta sob a mira de algum babaca que comprava uma licença que lhe garantia um troféu morto. As Caçadas Healey queriam oferecer "a energia calmante da África": unguentos de óleo de aloé; ela falava até numa linha de cosméticos, "Loções de Saúde e Beleza Healey". Ela previu a indústria de hotéis "temáticos" que depois iriam lotar a selva sul-africana. Eles estão lá hoje, monumentos à ideia que ela teve décadas antes: "centros de bem-estar" e locais de cura psicossomática, prometendo terapias africanas de corpo inteiro como o inspirador *ubuntu*, e toda a decoração pertinente — mosquiteiros tecidos a mão, chuveiros de lona debaixo dos baobás, banhos medicinais de chá de rooibos, ou conhaque de *buchu*, com massagem zulu cem por cento genuína, cozinha étnica e toda a bebida grátis que você conseguir beber — por apenas mil pratas por noite.

Caçadas Healey fechou depois de seis semanas e nunca mais foi mencionada. Não sei o que aconteceu com os nossos leões. Mas, na época, eu não sabia muito a respeito de coisas relacionadas à minha própria vida. A vida, minha vida, toda vida, costumava começar em alguma aventura passada da minha mãe; e continuou assim até eu fugir da prisão.

3

Uma vez eu perguntei como ela tinha se tornado aviadora e ela disse:

— Devo tudo à dinamite.

Esta era a sua resposta padrão para perguntas sobre coisas que ela achava sagradas demais para serem tratadas de forma secular. Mas quando juntei as pontas da história, entendi, até certo ponto, o que ela quis dizer. A vida era uma questão de elevação. Ela estava literalmente carregada de força propulsora, destinada a lançar você nas alturas e, no caso dela, manter você lá. De alguma forma, pelo simples fato de estar na África e pertencer a ela, suas aventuras eram legalizadas e localizadas e caracterizadas pelo uso bem-sucedido de explosivos. Ao explodir alguma coisa, você dizia que era dono dela.

Se ela estava acostumada a ser admirada, isso não era exatamente uma surpresa. Mamãe tinha 1,88m — de meias de lã cinzenta que ela mesma tricotava. Ela tinha aprendido a voar com 18 anos, e nunca olhou para trás; por isso, sempre que voltava de onde tinha ido, eu tinha a impressão de que ela havia simplesmente caído do céu, o que, de fato, era verdade.

Ela sempre dizia que o seu velho pai tinha calçado nela botas voadoras e lhe incutira o gosto pelas alturas. Acho que ser admirada veio naturalmente. Ela dominava o seu mundo como se fosse a rainha de Sabá ou Godzilla ou Preste João: rainha guerreira, monstro ou ator, quem sabe? E quantos homens a amaram! O que era realmente esquisito, pensando bem, pois ela sempre me pareceu ocupada demais matando coisas, ou viajando para um lugar novo, para se importar com seus admiradores apaixonados, deixados na poeira das suas partidas.

De vez em quando, "só por diversão", ela me levava de avião em excursões de baixa altitude por cima da fábrica de dinamite de Modderfontein, na extremidade oriental de Jo'burgo: a maior do mundo, quem sabe do universo. Ela nunca deixava de ficar impressionada com sua capacidade de destruição. Meu sentimento era: e daí? Você voa sobre ela, olha para baixo, vê uma extensão de telhado; afinal de contas, não passava de uma droga de uma fábrica.

— Por que ela é tão importante?

— Por quê? Como você acha que nós alcançamos o nosso ouro? Nós cavamos minas profundas na rocha; e para partir o filão de ouro em pedaços, nós dinamitamos túneis, ou escavações, que se estendem como ramificações da mina principal. Essas explosões precisam de muita dinamite. Três milhões de caixas por ano. Dinamite é o que fazemos em Jo'burgo. Está no nosso sangue!

Ela esperava que um dia, em breve, eu conseguisse o meu certificado de uso de dinamite. Quando eu disse que não gostava de explosivos, ela me contou a história da África do Sul, segundo explosões notáveis, a saber:

— O ano de 1896 foi horrível. Primeiro veio o Jameson Raid, seguido de um surto de gafeira que dizimou todos os animais daqui até o Zambeze. Depois um transatlântico novinho, o *Drummond Castle*, naufragou perto da costa francesa.

Mas o mais espetacular de tudo foi a "Grande Explosão de Dinamite". Ela ocorreu em Braamfontein, no dia 19 de fevereiro de 1896. Um trem, carregado com 55 toneladas de dinamite, ficou cozinhando no sol do planalto. Havia três dias que ele estava lá. Uma locomotiva que estava manobrando bateu nele e o trem explodiu, abrindo um buraco de 60 metros de largura e 28 metros de profundidade, matando mais de cem pessoas e ferindo duas mil. Tinham acabado de começar a construir Jo'burgo, e aí explodiram o lugar. O que era de se esperar, Alexander. Lembre-se sempre do quanto nós estamos ligados à dinamite.

Sua ideia de educação, de uma real qualificação, era uma licença para explodir coisas.

— Meu velho pai conseguiu seu certificado de uso de dinamite quando tinha apenas 16 anos. Imagine só! Foi na velha Transvaal e o Kruger Volksraad aprovou uma lei que dizia que só um homem branco podia colocar uma banana de dinamite; só os brancos podiam instalar ou acender pavios. Mas isto foi de encontro a um velho problema sul-africano. Negros e pardos e asiáticos eram bons dinamitadores. Vinham das minas de diamante de Kimberley: que diabo, eles sabiam dinamitar tão bem quanto qualquer rapazinho branco, e além disso, dinamitavam pela metade do preço. Observe o velho quadro: ganância vencendo a devoção. Por que pagar para um garoto branco estúpido cinco paus por mês para fazer o que um garoto preto esperto fazia melhor e mais barato? Então como permanecer puro e ao mesmo tempo contentar os donos de mina que não davam a mínima para as suas fantasias de raça? Fácil. O pessoal do Kruger derrubou a proibição de raça, mas aprovou uma lei que determinava que só homens com tíquetes de explosão podiam usar dinamite, então, daí em diante, homens brancos conseguiam os tíquetes e homens pretos carregavam as ferramentas.

Eu aprendi a lição de cor. Ficar rico era uma coisa complicada. Um dia, quando Jo'burgo ainda era um acampamento, qualquer pessoa podia comprar algumas bananas de dinamite, abrir um buraco na rocha e torcer para ter sorte. Mas singularidade deu lugar a produção em massa, a controle, a tédio e morte.

Meu avô, Joe Healey, me foi apresentado com grande detalhe, preservado no caldo das memórias de minha mãe. Ela, que não esquecia nada e em quem os detalhes do passado permaneciam vivos, em ajuste constante, concorrendo com os eventos de nossas vidas e paralelos a eles. Ela era um almanaque ambulante e falante, detalhando não só a nossa família, mas este país, e a história louca, cômica, manchada de lágrimas do assentamento dos brancos nesta extremidade sul da África. Memórias da Guerra dos Bôeres, da corrida do ouro, dos malditos ingleses, dos corajosos fazendeiros de Smuts e Delarey e do talento do seu pai para usar explosivos.

Joe Healey foi um pioneiro. Aqueles esnobes imbecis que estavam sempre falando sobre "a cidade dourada" gostavam de dizer que ele veio para "fazer história". Na realidade, assim como toda a escória que veio em enxames para o Rand no final do século XIX, Joe Healey veio para ganhar dinheiro, e dinheiro bem arriscado, aliás. Ele veio atrás de ouro e, bem depressa, isso o obrigou a arranjar uma arma.

— Na Guerra dos Bôeres, meu velho pai lutou na Brigada Irlandesa.

Esse parecia um nome muito grandioso para o bando de moleques bigodudos no retrato que ela tinha na escrivaninha.

— Meu velho pai dinamitou pontes com o major MacBride.

Ela pronunciava as palavras naquele jeito de Jo'burgo, alongando a primeira sílaba e encurtando a segunda. E acrescentou:

— É claro que isso foi antes de John MacBride ter se mandado com Maude Gonne, ou de Willy Yeats ter aparecido. Eles chamavam meu pai de "Spaghetti Joe" porque quando ele colocava uma mina, a explosão tinha o efeito de deixar a linha da estrada de ferro em tiras, como espaguete. Ele teve a honra de dinamitar todas as pontes da estrada de ferro desde Bloemfontein até o Vaal. — Os britânicos — ela sempre falava como se isso tivesse acontecido na semana anterior — queriam nos apagar da face da terra. Os britânicos nos consideravam homens das cavernas, metade macacos. Uma espécie destinada à extinção — eles queriam as cabeças dos "Irmãos Bôer" penduradas na parede do clube. Eles vieram para uma sessão de caça, como se nós fôssemos faisões...

"Nós", para ela, queria dizer os bôeres, os taciturnos, teimosos, semianalfabetos *paysans* holandeses. Esses eram os caras com quem ela se identificava apaixonadamente; eles eram "nossa gente". Mas ela me dava a impressão de gostar deles com a mesma paixão que tinha por salvar espécies ameaçadas como os antílopes e o rinoceronte branco. Ela também gostava da parte teatral disso e, é claro, dos tiros.

— Os Cáquis apareciam numa fazenda e nos davam 20 minutos para levar o que pudéssemos, depois queimavam o lugar. Eles nos viam como piolhos, como germes! Eles queriam acabar conosco. Para ter de volta o sonho imaculado de uma terra vazia, com ouro sob os pés. Como máquina mortífera, o Exército Britânico competia com a peste negra; ele exterminava gente dia e noite.

Embora ela tivesse nascido 16 anos depois do final da Guerra dos Bôeres, e só a conhecesse através das histórias contadas pelo pai, isso não fazia a menor diferença. Ela tinha estado *lá*, e o fato de ela ter estado presente durante aquelas crueldades significava que eu também estava lá.

Era bem típico de Jo'burgo, como vi mais tarde, exagerar nas histórias. Era a tendência dos exploradores, dos mineiros pobres e sujos, de fingir que tudo que você podia nomear era seu. No início, vocabulário era propriedade. Até mesmo o nome atual, um tanto retumbante — Johanesburgo — veio depois; enfeitando o que tinha sido um pedaço de terra sem importância, que primeiro se chamou Acampamento do Ferreira.

Tudo o que importava era que debaixo dos pés dos mineiros magros e famintos do Acampamento do Ferreira havia veios profundos de ouro na rocha. E quando você pensava nas ocorrências policiais registradas na nossa cidade, a minha velha tinha razão. Muitos dos especuladores que transformaram Jo'burgo numa prostituta de luxo, com uma pistola na bolsa, deviam ter sido presos por agressão, por bebedeira e porte de arma, por perjúrio, fraude e por acreditar em assassinato como uma forma de convencimento moral. Até certo ponto, é claro, você poderia dizer que era assim que as coisas eram feitas neste país, desde que o primeiro colono desembarcou na praia e começou a chutar os nativos. E você teria toda razão. Mas Jo'burgo fez isso descaradamente.

Desde o instante, em 1886, em que os primeiros desbravadores esfolaram os dedos em rochas com veios de ouro e compreenderam que havia rios de ouro congelados sob seus pés, Jo'burgo entrou em ascensão, e está em ascensão até hoje. Um bando de criminosos no Acampamento do Ferreira gostava de se gabar, de promover a cidade; eles queriam que ela se tornasse o que eles queriam que ela fosse; da mesma forma que mais tarde eles promoveram suas lutas de boxe, suas corridas de cavalo, seus bordéis, com uma depravação nunca vista antes no sul da África. "Eldorado do Recife" e "Califórnia da Selva", a "Cidade Dourada", "Egoli", a metrópole milagrosa no meio do nada, onde todo mundo estava atrás de dinheiro, fazendo dinheiro, na hora certa e no lugar certo, onde mineiros usavam chapéus e se consideravam cavalheiros, e moças de luvas brancas tomavam chá no Ansteys e chamavam a si mesmas de "madame".

Foi Paul Kruger, horrorizado com as prostitutas, os trapaceiros e a depravação, quem chamou a cidade de "Sodoma e Gomorra". A maioria dos habitantes de Jo'burgo tomou isso como um elogio. O Acampamento do Ferreira se transformou na maior cidade africana ao sul do Cairo, cujos deuses eram dois: ouro e revólver. O que se podia esperar de uma cidade concebida por vagabundos atrás de dinheiro? Não chegava a ser uma cidade, na verdade, mas uma série de terrenos ocupados e escavações cercadas com cordas. Homens de chapéu com pás e enxadas na mão e cobiça por ouro no coração. Uma garota despreocupada, que mostrava as calcinhas pintadas de ouro para qualquer idiota que passasse.

Nas paredes dos muitos quartos de minha mãe, levadas de casa em casa nas nossas viagens ao longo dos anos, ficavam penduradas as fotografias que o pai dela tinha tirado de Johanesburgo no seu início. Eu vi o primeiro vagão que chegou depois da descoberta do ouro no que foi chamado de Witwatenrand; as primeiras barracas armadas num assentamento feito no alto do maior e mais profundo filão de ouro do mundo. Ouro é o metal bárbaro e aqueles eram homens bárbaros. Eles estão nas fotos do meu avô com os chapéus enviesados. Eles estão ao lado da City and Suburban Mine em 1887, a cidade só tinha um ano de idade, e eles já eram cheios de marra; eles dinamitaram a rocha e uma grande fenda divide a terra, e sobre a fissura eles instalaram uma polia. Um homem negro está baixando um balde no buraco, dentro do útero rochoso e aurífero. Os brancos, musculosos, debochados, estão vendo o negro trabalhar.

Em Joe Healey pode ser achado o caminho e o padrão que muitos de nós seguiríamos mais tarde. Aqueles que sobreviveram à Guerra dos Bôeres nunca entenderam o que aconteceu depois disso; eles acreditavam, estranhamente, que este era um lugar normal onde eles podiam levar vidas de adultos.

Sonhando com ricos despojos no recife de ouro, Joe Healey veio para Jo'burgo em 1906. Uma cidade de barracas, lata e tijolo cru, que abrigava mais de 150.000 mineiros — um em três era branco — e quase nenhuma mulher. Dois prédios de pedra, ambos de dois andares: Consolidated Buildings e Corner House. No início os mineiros compravam concessões e ações na rua, assim como as prostitutas. Então, quando o dinheiro entrou, eles construíram uma bolsa de valores e elas construíram um bordel, e a maioria das pessoas não via diferença entre os dois. A bolsa virou um prostíbulo de muitos andares desde então. Mas aqueles que deram muita importância a essa ligação deixaram de perceber a dimensão espiritual; porque comprar ações foi, provavelmente, a única experiência quase religiosa que a maioria dos moradores de Jo'burgo jamais teve.

Foi em Corner House que o meu avô foi trabalhar. Um mensageiro que carregava pilhas de papel. Entrando e saindo do bordel, da bolsa, do bar, correndo entre os compradores e os vendedores com promessas de papel de redenção ou de danação.

Ele pegou o jeito bem depressa. Jo'burgo era selvagem, o "rand" estava se valorizando, e a cidade tinha o conjunto mais esquisito de pessoas que jamais se reuniu num canto da África e fingiu estar vivendo em outro lugar. Como Inglaterra ou Irlanda ou Estônia ou Rússia. Pois entre os Barnato, Eckstein, Rosenthal, Rose-Innese, Bradley, Pauling e Goldreich, entre os lituanos e ingleses e ianques havia esquadrões de chineses importados para as minas. Um tanto como fez Van Riebeeck, quando o holandês chegou pela primeira vez no Cabo, que mandou buscar centenas de escravos na Malásia, entendendo que os homens brancos estavam na África para enriquecer e todos os outros estavam na África para trabalhar.

No Acampamento do Ferreira, instalado sobre o filão de ouro, havia um bocado de negros, mas os chineses trabalhavam mais horas por menos dinheiro, embora houvesse reclamações sobre a dificuldade de aprender a língua deles. Apesar disso, Joe Healey conseguiu aprender um pouco de mandarim, bem como holandês, alemão, francês, russo e suaíle.

A cidade se expandiu em blocos quadrados, em linhas retas riscadas sobre as memórias de velhas fazendas e fontes. As ruas largas foram batizadas com os nomes dos bandidos que intermediavam os negócios e salgavam o preço das minas, que construíram mansões em Parktown Ridge, que alcançaram a fama mentindo, trapaceando e matando: Eloff e Pritchard, Harrison e Jeppe. Dinamitadores de rochas, carregadores, supervisores, trapaceiros e escrivães. Seus templos eram as mineradoras — De Beers, Consolidated Gold, Anglo-American — e seus santos eram Rhodes, Barnato, Beit e Oppenheimer, cujos nomes sagrados nós aprendemos quando crianças, e dirigíamos nossas preces ardentes para a Bolsa de Valores: "Rand nosso, que estais em Holland Street... faça-nos ficar ricos!"

Minha mãe percorria comigo as ruas de antigamente da cidade de antigamente, quase da mesma forma que mais tarde percorreu comigo os campos de batalha e os campos de concentração da Guerra dos Bôeres. Descendo a Commissioner, a única rua larga o suficiente para girar uma extensão de 16 bois, até as corridas de Turffontein que Joe Healey, antes morador de Kilkenny, sem um centavo em nome dele, em pouco tempo estava disputando com seus puros sangues, de lá para o Rand Club, na esquina da Commissioner com a Market. O clube, com a pista de corrida e o campo de críquete, foi uma das primeiras coisas a ser construída: barra de ouro, bordel, bolsa de valores, a trindade não sagrada que Jo'burgo adorava.

— A terra para construir aquela droga do Rand Club, acredite ou não, foi dada por Ikey Sonnenberg àquele mágico malvado, Cecil Rhodes. De graça, inteiramente grátis, e em troca Rhodes fundou o Rand Club e o clube passou os cem anos seguintes proibindo a entrada de judeus.

— Rhodes e Beit, e os outros grandes compradores de ouro, asseguraram os direitos de prospecção dos menores e construíram a maior fábrica de dinamite do mundo e dinamitaram túneis para chegar aos filões incrustados na rocha. E vou dizer uma coisa para você, funcionou; eles *eram* a indústria do ouro. Mas vou dizer outra coisa para você, nós pagamos por isso. Por cada pedacinho de ouro arrancado da rocha, um pedacinho de cérebro escorria dos nossos ouvidos... É assim que acontece aqui.

"Aqui" sempre foi Johanesburgo; a única cidade entre Cabo e Cairo que valia a pena mencionar. Qualquer outro lugar era uma piada; e se não fosse uma piada, era de dar pena. Jo'burgo contava; tinha riqueza, altura, perigo e velocidade, o risco de morte súbita. E o estranho é que ela via, nós todos víamos de certa forma, nesses atributos sombrios, motivo de orgulho cívico.

— História? Nós não temos uma história, na realidade — eu me lembro dela falando com um dos meus muitos tios. — Só uma ficha policial.

Ah, esse "nós": não o "nós" da realeza, não um "nós" editorial, não um pronome familiar. Não, o dela era um "nós" imperial que ia além do orgulho familiar, que reunia no interior do seu círculo protetor tudo o que fazia da "nossa" não apenas a melhor cidade da África, mas do mundo inteiro.

Eu argumentava.

— Londres?

— Ah, por favor.

— Nova York?

— Bobagem.

— Paris?

— Faça-me o favor.

— Xangai?

— Você deve estar brincando.

Logo depois do fim da Grande Guerra, Joe se casou com Millei Brokenshaw, a filha de um minerador de estanho natural da Cornualha que veio tentar a sorte nas minas de diamante de Kimberley. Millie morreu de parto e deixou meu avô com uma garotinha para criar. Quando Kathleen tinha cerca de 12 anos, ele transformou o seu único talento, um conhecimento profundo de como explodir coisas, em emprego e, o que era mais importante em Jo'burgo, em um título — ele foi nomeado encarregado dos explosivos da Corner House Investments.

Foi uma mudança e tanto. O rapaz que um dia foi para a guerra contra os odiados ingleses que conspiraram e mataram para roubar o ouro de Transvaal teve que se adaptar à paz de Vereeniging — "aquela rendição odiosa, terrível" (palavras da minha mãe) — com que terminou a Guerra dos Bôeres, indo trabalhar para os mesmos filhos da puta — os investidores de ouro, os donos do dinheiro — que "financiaram" (minha mãe de novo) "aquele assalto ao ouro e aos diamantes das repúblicas dos Bôeres".

Acabou sendo uma jogada brilhante. Por toda África havia tesouros enterrados que os homens queriam arrancar do chão. Minas estavam sendo abertas no Rand, em Ndola e no Congo, e as mineradoras adoravam explosivos. Joe Healey era capaz de explodir qualquer coisa: ele conseguia montar uma carga numa mina de olhos fechados. Logo, aquilo lhe trouxe dinheiro, ternos de três peças, uma pasta de pele de porco, e muitas viagens nos hidroaviões, carregando pessoas e correspondência para cima e para baixo no continente.

Sim, havia problemas, ex-bôeres desconsolados, negros zangados e uma espécie de cobiça missionária, aliada a uma franca devoção de militante estupidez, mas era o novo mundo, e todo mundo era, ou ia ser, igual. Até os irlandeses católicos...

Joe Healey comportava-se como se estivesse em casa, e acreditava que estava, embora desde o começo todas as indicações fossem contrárias a isso. Ele estava na África e isso fazia toda a diferença. Ele lutou a favor dos bôeres, que perderam a guerra, mas conseguiram a paz. E quando eles se tornaram donos do país inteiro, Joe Healey não tinha utilidade para eles, nem a crença que ele tinha no progresso, na dinamite, em Johanesburgo, na liberdade, na razão, no bom senso.

— Nós vamos afogar nossas diferenças ou então nossas diferenças vão nos afogar — Joe Healey disse para a jovem filha.

Parecia sensato, moderno e diplomático. Mas isto era a África do Sul, os bôeres estavam no poder, e estes sentimentos eram bobagem. Tudo o que aquela conversa de liberdade e bom senso conseguiu foram melhores ternos, turbantes e abanadores de mosca para os patrões — e mais merda para todo o resto.

— Nós somos doidos — minha mãe dizia. — Somos os descendentes de mineiros enlouquecidos pelo ouro. Com o gosto ou a capacidade de julgamento que se poderia esperar. É tudo espetáculo. O que as pessoas querem? Elas querem uma mina de ouro, seis limusines e uma imensa mansão num bairro elegante, com uma cerca elétrica, uma piscina enorme e um monte de armas. Elas querem isso desde Soweto até Sandton; todo mundo quer isso. Negros e brancos e asiáticos e pardos e chineses... E eles querem isso agora. Ninguém sabe o que deve ser; todo mundo finge feito louco. Um dia você é um ladrão; no outro você é um líder religioso. Não é tão estranho assim. Nós estamos dispostos a tentar qualquer coisa. Você começa como jogador de críquete ou drag queen, depois aparece novamente como guarda de trânsito ou poeta. E nós não temos nenhum problema com isso. Não é esquisito. Se você tiver algum problema com isso, você é que é esquisito. OK, sim?

OK, não.

Eu tinha um problema com isso. O que eu fiz, depois, foi uma forma de rebelião calculada para deixar minha mãe enlouquecida. Ela queria armas e botas e o troço que esquenta, explode, dá um estouro. Ela via a nossa preferência nacional em bater uns nos outros apenas como uma outra maneira de manter contato, e isso amolecia seu coração. Eu tinha vontade de vomitar. Então eu tomei outro rumo, voltei-me para a mais leve, mais insignificante e diáfana das coisas. Eu vinha de uma cidade onde as pessoas, se pudessem, fariam os criados respirar por elas, deixando-as livres para se concentrar em coisas mais importantes, como ouro, armas e arrumar uma briga. Eu vinha de um lugar onde éramos governados eternamente por um pequeno grupo de chatos e doidos que diziam que eram os filhos de Deus, que seu sangue era purificado no céu e sua pele abençoada pelos anjos, e que se alguém discordasse disso, eles dariam uma porrada em sua cabeça, e com frequência davam mesmo. Nada pessoal, só retomando uma linha de comunicação.

Esses caras tinham como oponentes outro grupo que achava que os caras brancos que governavam e arruinavam o país eram tão maus que deviam, nas palavras de Louis Farrakhan, ser mortos e enterrados e depois desenterrados e mortos de novo. E se você não concordasse com um dos lados, se você dissesse que o necessário era esfriar os ânimos e não acirrá-los, isso não levava você a lugar nenhum. Ou — como dizia minha mãe — você tinha um problema.

4

Outras mães levavam os filhos a igrejas ou galerias de arte para melhorar suas mentes e almas; minha mãe costumava levar-me de avião até os campos de batalha da Guerra dos Bôeres. Ela não tinha estado na guerra, mas adorava reviver a luta.

Eu gostava de voar com ela; ela era muito calma, tão calma que às vezes adormecia. Ela não adormecia completamente, era mais como se cochilasse acordada; o avião subia e descia suavemente, no piloto automático, mas mesmo assim era uma sensação estranha. Eu ficava quieto, contemplando as colinas lá longe, no horizonte. Eu não ousava acordá-la e não ousava tocar nos controles.

Ela treinou em um Gypsy Moth quando tinha 18 anos. Tirou seu brevê de piloto em 1938: uma das poucas mulheres da África a voar sozinha. E ela usou, até quase o fim da vida, o que chamava de "minha indumentária de antigamente": um macacão de voo acolchoado e uma jaqueta de pele de carneiro. Seu capacete e seus óculos tornaram-se supérfluos, e ficavam pendurados na sala, ao lado do retrato de Bamadodi, a rainha da chuva. O capacete era forrado de couro e tinha protetores de orelha de borracha. Seus óculos eram de couro preto com uma tira elástica. Eu costumava pô-los, mas minha cabeça nunca parecia suficientemente grande.

Pensando bem, esse foi um problema que enfrentei quase a vida toda, *vis-à-vis* minha mãe. Nada cabia...

Quando pousávamos na planície, ela sempre cortava alguns arbustos e os empilhava ao redor das rodas porque leões e, particularmente, hienas já tinham sido vistos roendo os pneus.

No meu décimo aniversário, como "um prazer especial", nós passamos um dia numa colina chamada Spionkop, onde os bôeres tinham massacrado muitos soldados britânicos.

Nós decolamos do Grand Central Airport de madrugada, levando nossos *padkos* num saco de papel: dois sanduíches de frango, uma garrafa de Lemos e duas laranjas. Naquela época você se arrumava para voar. Minha mãe estava esplêndida numa jaqueta de pele de carneiro, capacete de couro e botas engraxadas. Eu usava meu suéter de lã cinzenta, shorts cinzentos e meias cinzentas, como se fosse para a escola. Além disso, ela disse, o lugar que íamos visitar era praticamente um cemitério. Nós nos arrumávamos quando íamos levar flores para o túmulo de vovô Joe no cemitério Westpark, não era? Então...

O voo até Ladysmith levou cerca de cinco horas, e o balanço no ar quente que subia das montanhas Drakensberg sempre me deixava enjoado. Depois a viagem de carro no Vauxhall verde-claro emprestado pelo gerente do aeroporto, que nos recebeu com todos os seus mecânicos e funcionários em fila, homens brancos usando trajes de safári, olhando, de boca aberta, perplexos e envergonhados, para esta mulher que pilotava um avião por toda parte.

Nós atravessamos o rio Tugela de balsa e eu fiquei enjoado dentro do carro, então me debrucei para fora da janela do Vauxhall e ela disse:

— Você vai cair no rio e vai ser levado por crocodilos.

Eu não fiquei nem um pouco preocupado; eu sempre tive a impressão de ter caído, muito tempo antes, dentro de algo tão profundo e marrom e caudaloso quanto o Tugela, e de ter sido levado, e ainda não tinha me afogado. Mães eram onde você se afogava. O Tugela era apenas um rio, e com rios eu sabia lidar.

Spionkop era uma montanha difícil de escalar, eu tinha pernas curtas e minha mãe, com os óculos de pilotar amarrados na cintura, as botas pisando com firmeza na encosta íngreme da montanha, caminhava sem parar, falando enquanto subíamos.

— Esta foi a posição que a unidade Carolina ocupou, caindo como moscas quando os atiradores britânicos os alcançaram: Reinecke, De Villiers e Tottie Krige, todos cuspindo sangue; com balas nos pulmões. Os ingleses estavam aqui em cima, tomaram Spionkop por algum tempo, sim; mas nós tínhamos Conical Hill e Aloe Knoll. Nós estávamos bem posicionados e eles não; apontamos nossos canhões para eles e aí foi fácil. Fácil!

Ela alcançou o alto do monte, de onde se viam os picos da verde Natal, como homens surpreendidos.

— No fim de tudo, os ingleses recuaram e nós tomamos a montanha.

Ela encontrou uma linha de trincheira, a areia marcada pelas espadas dos bôeres, cicatrizada como uma velha ferida. Seu rosto escureceu.

— Louis Botha apresentou suas condolências aos britânicos; eles tiveram permissão para enterrar seus mortos. Era esse tipo de guerra. Eles aprofundaram as trincheiras onde os soldados tinham caído e as transformaram num túmulo coletivo. Estranho, não? Você passa de explodir a cara de um homem para conversar calmamente sobre um lugar decente para enterrá-lo.

Os olhos dela sempre foram afiados; rápidos em identificar coisas que eu não via, de tão quebradas e destruídas e misturadas com a terra em que se encontravam. Mas elas ganhavam vida para ela. Ela enfiava na minha mão cogumelos de metal, e exclamava, encantada:

— Uma garrafa d'água inglesa, muito bem preservada. E o que é isso? Um botão de uniforme. — Ela cuspia no pedacinho achatado de metal e o esfregava na jaqueta. — King's Royal Rifles...

Às vezes ela achava coisas que eu considerava tesouros mais interessantes: pequenas pontas de flecha, raspadeiras, pequenas contas de ovo de avestruz, pontilhadas de marrom; utensílios de caça, sinais do povo que havia estado lá milhares de anos antes da grande batalha de 24 de janeiro de 1900. Eu adorava as lâminas de pedra; elas eram benfeitas, leves e delicadas. Mas essas ninharias não contavam para ela; elas não eram reais, como as garrafas de gim e os cartuchos de munição e as cápsulas de balas; como os soldados que travaram uma batalha real numa guerra de verdade. Para ela, eles não eram fantasmas, eles eram homens de carne e osso lutando, os berros e gemidos dos soldados britânicos moribundos, os gritos de desafio dos bôeres, tudo isso, todos eles, ainda muito vivos.

— Eles perderam mais de mil e quinhentos homens aqui nesta montanha, mas eles podiam suportar isso. Nós perdemos um quinto disso e foi demais.

Ouvir o lamento dela enquanto descíamos com dificuldade pelas rochas era como ser instado a chorar a morte de alguém que dizem que é próximo a você, mas que você, quando sabe quem é, considera um estranho. Para ela, isso era movimento, era história. Para mim, por mais que eu me esforçasse, era como se nada tivesse mudado. Ela tinha a sensação de pertencer àquilo. Ela se identificava com os bôeres derrotados e suas repúblicas destruídas. Assim como, muito mais tarde, ela tinha se identificado com Koosie, quando ele estava escondido, e com as pessoas que ela tinha levado de avião para Moçambique ou Lesoto durante os longos anos de tédio e sangue e loucura racial, quando o regime violento matou o que não quis tolerar. Entretanto, o ódio dela pelos lunáticos insulares que vieram nos governar e que declaravam ser descendentes destes mesmos bôeres, tinha raízes, perversamente, na derrota dos homens que lutaram em Spionkop.

— Nós lutamos como leões, "eles" eram muitos. No fim, eles nos derrotaram, queimaram nossas fazendas, trancaram nossas mulheres e crianças atrás de arame farpado em campos de concentração e nós fomos obrigados a desistir.

Para ela, aqueles rapazes que lutaram em Spionkop tinham feito algo que merecia ser lembrado. Para mim, eles eram apenas homens que eu não conhecia, e eu não ligava para eles. Mas numa coisa nós concordávamos: eles ainda estavam ao nosso redor. Os ingleses que morreram naquele dia ergueram-se dos mortos e estavam presentes naqueles que vieram depois deles, usando exatamente os mesmos bigodes, as vozes altas; não mais soldados, mas esportistas e fazendeiros, homens rudes de mãos grandes, com nomes como Dave ou Clive ou Geoff, que eram alguma coisa num banco, ou alguma coisa nas minas de ouro. E os bôeres com quem tinham lutado também ainda estavam conosco: homens grandes, fortes, zangados, com barbas e nomes como Dawie e Gawie e Piet, que agora eram alguma coisa na porra da classe dominante.

Para ela, a Guerra dos Bôeres importava porque terminou mal. Eu tinha a sensação de que ela não tinha terminado de jeito nenhum; para mim, Dave e Clive e Geoff ainda estavam brigando com Dawie, Gawie de Piet. A mesma batalha com os mesmos soldados; e se um lado estava na frente agora, o que isso importava? Eu ficava sempre perplexo com a estupidez do longo combate. Mas, cara, eu sabia tudo a respeito do assunto, minha mãe se encarregou disso. Talvez esta fosse a face mais verdadeira dela: esta familiaridade com a morte. No campo de batalha ou na selva. Ao descrevê-la, ela tocava o ar, mostrando as cenas como se fossem paisagens numa tapeçaria.

— Quando a Brigada Irlandesa de MacBride foi mandada de volta para casa no final da guerra, eles perguntaram ao meu velho pai se ele queria uma carona de volta para casa com eles, e ele os mandou pastar! Depois de explodir metade do Transvaal com sua dinamite, ele achou que tinha causado uma impressão suficiente no lugar para chamá-lo de lar.

"Lar!" A palavra, dita no tom suave e anasalado que ela usava, parecia um hino ou uma proteção contra o demônio.

— Lar! — ela cantarolava, e a palavra ecoava pela casa.

Nós tínhamos um daguerreótipo mostrando Paul Kruger, o líder bôer, debruçado na varanda da sua casa que dava para o lago Geneva: ele tinha sido feito por um simpatizante francês e dizia: *Le vieux Président regard avec des yeux nostalgiques la vue du Lac Léman.*

— Depois da guerra, meu velho pai ficou. Nunca voltou para a Irlanda. Então nós tínhamos a estranha impressão de que Kruger estava na Suíça, vivendo no exílio, e o seu avô irlandês estava em Bloemfontein, morando em casa...

O daguerreótipo tinha a intenção de deixar a pessoa triste, mas ele me deixava com inveja. Eu achava que Kruger era um sujeito de sorte por estar vivendo ao lado do lago Léman. O lar me causava frieza, mas eu não ousava dizer isso. O lar era um lugar estranho, onde minha mãe nunca estava; ela estava em casa em qualquer outro lugar da África.

Nós já tínhamos uma diferença de opinião desde então. Eu entendia o motivo dela voar para longe; o que nunca entendi foi por que ela voltava. "Longe" era muito mais interessante do que "aqui"; isso era algo com que concordávamos. Entretanto, nunca conseguimos concordar com relação aonde era melhor estar "longe". Anos depois, no sudeste da Ásia, na Rússia e na velha Iugoslávia, lugares que foram lares para mim, eu entendi qual era a diferença entre nós: ela se sentia melhor "em casa", e eu me sentia em casa "longe". Mas eu percebi que minhas viagens imitavam as dela. Nós éramos feitos da mesma substância, como a terra e a lua; embora nossas vidas pertencessem a mundos diferentes, eu a rodeava, quase invisível e fora de alcance, e todas as nossas viagens — as dela e as minhas — eram, na verdade, apenas um tempo passado orbitando ao redor um do outro.

Seu poder de sedução podia ser medido pelos homens que se apaixonaram por ela, embora eu nunca tenha tido muito sucesso em quantificar os amantes de minha mãe, ou em compreender o que os fazia apaixonarem-se. E acho que nem eles mesmos sabiam. Afinal de contas, eu estava mais próximo dela do que qualquer outro homem e tudo o que posso dizer é que ela tinha certa atração gravitacional, e quando você caía, caía na direção dela, colidia com ela; a menos, é claro, que você pegasse fogo em contato com sua atmosfera e nunca mais se tivesse notícias suas.

5

Quando minha mãe era jovem, foi fazer uma caminhada em Magaliesberg, uma cadeia de montanhas depois de Pretória, famosa pelos caçadores, rebeldes bôeres e fantasmas. Era o verão de 1943, e ela estava de luto, como sempre. Eu digo "como sempre" porque ela quase se casou por três vezes. Ela tinha apenas 20 anos quando ficou noiva de um piloto de combate; ele foi abatido. Ela tentou de novo: seu segundo piloto desapareceu em ação. Ela, então, ficou noiva de um homem que pilotava aviões de bombardeio Lancaster. Durante um tempo, deu certo, porém ele caiu ao decolar e ela passou de quase ter se casado um bocado de vezes para quase ter ficado viúva três vezes.

Minha mãe sempre dizia que nada alivia mais a tristeza do que um longo passeio. Ela escalou uma daquelas montanhas típicas de Magaliesberg, rochas banhadas pelo sol da tarde, vegetação verde-acinzentada e o enorme silêncio. Quando chegou numa aldeia, choupanas de sapê com paredes de lama pintadas com linhas curvas, em verde, azul e branco, e triângulos e zigue-zagues em amarelo e preto, ela pediu água. Embora não soubesse, naquele lugar ela poderia ter pedido um elemento mais precioso, mais sagrado.

Ela foi levada até uma mulher orgulhosa, com olhos como lagos de leite, que estava sentada num trono de madeira coberto de peles de leão; ela usava uma capa de pele de leopardo e ao redor dela as pessoas arrastavam os pés na poeira e faziam sinal para a minha mãe fazer o mesmo. Quando ela perguntou por que, as pessoas ficaram chocadas com o tamanho da sua ignorância. Ela não sabia que estava na presença da rainha da chuva de Magaliesberg, Bamadodi VI, monarca das montanhas e governante do povo lebalola?

— Céus, não! Como eu ia saber disso? Cara, que mancada! Eu pedi água e, sendo uma rainha da chuva, ela se preparou para fazer os céus se abrirem para mim. Imagine só!

As rainhas lebalola vinham fazendo chover havia séculos; e grandes chefes como Shaka e Dingaan e Cetswayo tinham prestado homenagens a elas. Havia outras rainhas da chuva, em outros lugares, e elas às vezes curavam doenças em gado ou infertilidade em mulheres. Entretanto, a rainha da chuva dos lebalola era a mais antiga e a mais ortodoxa de todas as fazedoras de chuva. Bamadodi VI só fazia uma coisa: ela fazia chover, como sua mãe e suas avós antes dela.

A rainha chamou seus conselheiros, despejou cerveja no chão, com grandes cabaças pretas, e eles começaram a lamber o líquido.

— Esta era a maneira de Bama se preparar para fazer chover, todos os seus conselheiros se arrastando de joelhos, lambendo a cerveja. Suas seis línguas compridas pareciam seis salsichas vermelhas.

— E aí choveu? — eu sempre perguntava.

— Primeiro ela dançou — disse minha mãe —, depois choveu potes.

Minha mãe tinha levado seu tricô; ela estava tricotando um suéter para o noivo morto que tinha alergia a tricô de máquina. A rainha ficou intrigada com sua coleção de agulhas. Elas eram lanças para espetar os inimigos ou enfeites para embelezar o corpo? Minha mãe teve permissão para demonstrar o uso daquelas pequenas lanças nos corpos dos conselheiros da rainha. Os conselheiros, disse minha mãe, pararam de lamber a cerveja por um momento e olharam para ela com as línguas paralisadas entre os lábios como cartas enfiadas pela metade na caixa do correio.

— Essas agulhas não são feitas para matar; são feitas para criar — disse minha mãe, que tinha o dom de soltar uma frase de efeito quando você menos esperava. Ela ergueu suas mãos enormes. — Eu tenho que achar trabalho para elas. E não há nada que se possa fazer tão bem com as duas mãos — exceto talvez tocar piano —, então eu faço tricô.

A rainha ficou curiosa.

— Mostre-me.

Então os conselheiros voltaram a lamber a cerveja derramada. Minha mãe tricotou uma fileira de pontos; ela usou duas agulhas grandes num suéter e quatro agulhas pequenas numa meia. Bamadodi pediu a minha mãe para ensinar as suas três filhas a fazer aquilo e ela ensinou. Em diversas visitas subsequentes, minha mãe deu aulas de tricô para as filhas da rainha, e daí em diante a rainha Bamadodi e minha mãe tornaram-se amigas.

E sua tribo tricotava muito bem. Eu já vi especialistas dizerem que tricotar era algo que as rainhas da chuva de Magaliesberg tinham aprendido com missionárias britânicas que tentaram — e não conseguiram — convertê-las do paganismo. Isso estava errado: elas aprenderam a tricotar com minha mãe. Elas aprenderam desde o ponto de tricô até o de meia e o de trança. Anos mais tarde, a rainha Bama às vezes usava como coroa uma incrível torre de lã feita de tons de verde, rosa-bombom e amarelo-queimado.

* * *

Desde então, uma ou duas vezes por ano a rainha Bamadodi ia nos visitar em Forest Town. Ela nunca avisava quando vinha e era sempre uma surpresa ver a limusine real parada no portão. Ela tinha um automóvel Holden e isso era incrivelmente exótico, porque ele veio da Austrália. A rainha Bamadodi sempre se sentava atrás, com seu louvador do lado e seu carregador de cadeira dirigindo, e o trono amarrado no bagageiro e coberto com um cobertor amarelo. Nós sabíamos que ela tinha chegado quando o seu louvador, usando peles de macaco e chocalhos de perna e carregando um espanador de pele de chacal, se aproximava do portão e cantava: "Eis a grande leoa, a mãe elefante de sua tribo, a fazedora de chuva abençoada por Deus que faz crescer a grama e engordar o gado e os rios correrem e a planície ressecada jorrar como uma jovem com os seios cheios de leite."

E minha mãe dizia:

— Céus! É Bama, veio para o chá!

Então o carregador do trono real atravessava o jardim, entrava na casa e baixava o trono de madeira amarela, com relâmpagos entalhados, e então Bama e minha mãe sentavam-se na sala da frente. A bandeja de chá era colocada entre as duas, coberta com uma tela de gaze para protegê-la das moscas; sempre o melhor aparelho de chá, Royal Doulton, de porcelana verde-hortelã com bordas douradas, e minha mãe agradecia a Deus por ter feito o seu famoso pão de passas.

Elas ficavam sentadas tomando chá. E contavam histórias acerca de grandes desgraças; de certa forma, elas assustavam e acalmavam uma à outra. O louvador da rainha da chuva se deitava na grama ao lado do portão do jardim, aproveitando o pedacinho de sombra do limoeiro que crescia ao lado da cerca. O chofer real cochilava atrás do volante do Holden.

Eu adorava as visitas dela. Eu adorava Bamadodi porque ela mantinha a fé e era engraçada. Eu achava admirável a sua simplicidade de propósito. Ela passava a vida tentando o impossível — ela queria preservar a monarquia — e dançava para fazer chover. Eu a amava por ela simplesmente continuar sendo o que era, eu admirava a forma como ela enfrentava a dificuldade de conservar a fé num mundo herege. Eu a amava por todas as coisas de que ela simplesmente não se ocupava. Ela fugia do bom senso; ela não ligava para a ciência e não praticava contabilidade. Nem rúgbi. Ela não se preocupava com o preço do ouro. O que ela fazia era chuva.

Às vezes, por meios misteriosos, ela fazia bebês, e esses bebês eram sempre meninas, porque apenas mulheres governavam o povo lebalola.

Eu não tinha mais de 15 anos quando ela me contou sobre seus amantes fantasmas.

— Minhas necessidades são satisfeitas por fantasmas.

— Que tipos de fantasma?

Ela me fitou por um longo tempo com aqueles enormes olhos castanhos.

— Alexander, se eu soubesse, eles não seriam fantasmas. Eles não viriam à noite para satisfazer minhas necessidades. E se eles não satisfizessem minhas necessidades, como eu poderia ter filhas? Eu não vejo os fantasmas que me visitam. Não sei quem são eles. Isso não é importante, desde que eles se lembrem de sua obrigação. A porta dos fundos no escuro, e a semente. Depois, não falamos deles.

— O que acontece se você tiver meninos?

Ela ergueu as enormes sobrancelhas na testa alta.

— Nós os deserdamos.

A rainha Bama geralmente nos visitava no verão, no final da tarde, a hora em que caíam as tempestades; e nós nunca soubemos se a chuva trazia Bama ou se era o contrário.

Os vizinhos ficavam horrorizados. Eles mandaram uma delegação para dizer a minha mãe que eles não tinham se estabelecido na parte norte de Johanesburgo para ouvir serenatas de um curandeiro. Minha mãe mandou de volta um bilhete dizendo a eles para irem cuidar da própria vida. Outras pessoas, mais perigosas, duvidaram das credenciais da nossa rainha. Disseram que ela era uma fraude; disseram que só havia uma rainha da chuva de verdade, e que ela morava muito mais ao norte.

Minha mãe dizia:

— Perdão, a nossa Bama faz chover sim. Eu já vi com os meus próprios olhos. Além disso, ela tem um certificado.

Com o passar dos anos, o Holden deu lugar a uma série de Toyotas. A rainha Bama gostava dos japoneses porque, embora outros países nos boicotassem, os japoneses continuaram negociando conosco, e a rainha Bama admirava o conservadorismo deles e a sua falta de escrúpulos morais.

Muito raramente, ela trazia as filhas, que eu só conhecia como princesa Um e princesa Dois, que tomavam seu chá com os mindinhos tortos e nunca disseram uma palavra.

Às vezes Bama trazia o seu certificado do governo e, depois que mamãe fazia os protestos costumeiros:

— Realmente, Bama, eu não sei se devia fazer isso. Trata-se de um documento oficial — ela lavava suas mãos e lia em voz alta:

"Atestamos que sua augusta majestade, rainha Bamadodi VI, é reconhecida pelo Serviço Meteorológico Sul-Africano como uma meteorologista profissional, e está qualificada para exercer esta profissão em sua região tribal."

E então ela dizia:

— Puxa, Bama, você deve ficar muito orgulhosa!

Geralmente, a chuva interrompia o chá. O céu descia como uma tampa. Aí você ouvia um ronco ao longe, como um gigante pigarreando. O céu ficava negro e relâmpagos o rasgavam como seda furta-cor. Cada clarão terminava com um trovão tão alto que você abria e fechava a boca para fazer seus ouvidos funcionar de novo. A chuva começava a tamborilar no telhado de metal corrugado. O louvador já tinha corrido para o Holden e ficava sentado olhando pela janela embaçada como uma alma perdida no rugido da água. Então, subitamente, a chuva diminuía e parava, como se alguém a tivesse desligado. O sol aparecia, o calor voltava, a grama começava a secar, os pássaros voltavam à ação, e o céu da tarde ficava rosa e dourado. Só a água correndo nas valas e o cheiro salgado, de terra molhada, diziam que a tempestade tinha acontecido.

E a rainha Bama suspirava feliz, e aceitava outra fatia de pão de passas, enquanto as duas princesas observavam com espanto o milagre.

Você tinha vontade de aplaudir.

6

Não era à toa que o Stinson era chamado de carroça voadora. Ele carregava suas armas e provisões, caso ela estivesse caçando em Barotseland ou com os homens da tribo giriama nas florestas de Kilifi; e seus vestidos de noite se ela estivesse planejando dar uma passada no Muthaiga Club em Nairóbi. E como ela pilotava com trem de pouso convencional ou flutuadores, ela podia ir a toda parte.

Essa liberdade fantástica de ir e vir quando e onde desse na telha. Para ela, isso era uma espécie de alucinógeno. A droga precisa ser administrada aleatoriamente se for para proporcionar aquela sensação de estranheza do lugar novo que desmonta as peças que compõem a pessoa que você achava que era. Para viajar bem, é essencial ser capaz de se perder completamente.

Ela fazia isso brilhantemente. Discrepância de rotas, mudança de países, papéis, horários contribuíam para uma espécie de travestismo cultural. Em um dia típico, ela acordava cedo em casa, em Johanesburgo, e ia de carro até Wemmer Pan, se fosse voar com flutuadores. Tudo o que passava diante dos seus olhos — do guarda de trânsito com seu traje neonazista, joelheira preta, bombachas, botas de couro preto, orientando os carros na avenida Louis Botha, até o mendigo que batia no para-brisas do seu carro num cruzamento em Orange Grove — era familiar. No Pan, ela ligava o motor e se dirigia para o norte. Depois de parar para reabastecer na represa da casa de um tio, ela estava sobre o Limpopo e, várias horas depois, centenas de milhas ao norte, ela pousava no lago Nyasa.

Durante alguns anos, ela passou a noite numa aldeia na beira do lago. Então, um dia, ela descobriu que o curandeiro tinha feito uma réplica do seu Stinson amarelinho, igualzinho, até com os flutuadores, e a estava usando como um remédio poderoso. Havia um santuário para ela na aldeia.

— Acharem que você é uma deusa é um pouco demais — ela me disse. — A pressão é enorme. Uma divindade está sempre de serviço e isso cansa um bocado. Todo mundo querendo alguma coisa: curas, sorte, filhos... Não surpreende que os deuses gregos tenham simplesmente desaparecido. Se as pessoas dedicassem mais tempo a serem deuses, elas seriam mais atenciosas. É um choque muito grande ter pessoas suplicando a sua misericórdia, ou tentando pôr guirlandas de flores no seu pescoço, ou levando cabras à sua porta e sacrificando-as ali mesmo. Você quer ajudar, mas existe um limite para isso. Embora os seus seguidores não vejam assim. Você tem que enfrentar os crentes e eles não aceitam não como resposta. Renunciar não adianta. Você continua a ser divina. Então eu nunca mais voltei àquela aldeia. Eu não sabia onde enfiar a cara.

Nos anos que se seguiram à Segunda Guerra Mundial, de vez em quando ela ia até a missão Schweitzer em Lambaréné, no Congo. No final dos anos 1940, às vezes ela descia com o seu Stinson no rio Ogooué e um cara numa canoa levava-a até a ilha, onde o porto ficava no meio das palmeiras, e ela ia até o hospital de telhado de zinco.

— Eu o encontrava em pessoa, sentando-se para cear. "Ah, Kathleen," ele dizia, "eu queria ter sabido que você vinha. Estou quase sem potássio, sulfa e iodo..."

— Então nós jantávamos, depois ele tocava Bach no seu velho piano, que se esforçava para manter afinado, e contava histórias; ele adorava contar histórias, embora elas sempre escondessem uma moral. As pessoas lá o chamavam de *le grand docteur*. Complexo de inferioridade não era um de seus problemas.

— Ele me disse com a cara mais limpa: "Às vezes, eu acho, Kathleen, que sou simplesmente o sr. Deus."

— Bem, ele tinha uma certa simpatia por mim. Eu sabia tudo a respeito disso, já tendo sido uma espécie de deusa antes. E preciso desfazer alguns mitos sobre ele. Fato número um: dr. A. era um paternalista rabugento; ele via os africanos como sendo selvagens desorientados, mas digamos em seu favor que ele os via como selvagens *sérios*, selvagens admiráveis. Era de selvagem que ele gostava. Esta era a sua mania. As inúmeras formas que os africanos utilizavam para matar uns aos outros eram um dos grandes fascínios de sua vida. Fosse com veneno, facas ou feitiçaria, ele achava que eles faziam isso alegremente, tão naturalmente que ninguém devia se meter. Nós não devíamos interferir, exceto para aliviar o sofrimento com a ciência médica, como curar bócios e úlceras, doença do sono e elefantíase. Quanto ao resto, deixá-los em paz! Ele não apenas gostava da ideia dos nobres selvagens; ele acreditava que você não fazia florescer a nobreza esmagando a selvageria. Se havia algo de errado com esses filhos da natureza, dizia o dr. A., era a nossa presença. *Nós*. Você e eu e o chamado bando civilizado. Estar em contato com gente como nós os fazia jogar dinheiro fora com bebida, esquecer como construir canoas e começar a cobiçar nosso sal, nosso tabaco e nossos sapatos. Ele ficava furioso com eles por desejarem essas coisas. — Ela erguia os olhos numa careta de espanto que era o mais perto que ela chegava da ironia. — Como se nada disso acontecesse na nossa querida Europa... Bem, ele era um grande sujeito — e todos nós temos nossos pontos cegos, não temos?

— Fato número dois: ele era um racista com ideias rígidas sobre disciplina. Ele dizia sobre seus amados selvagens, ele frequentemente os chamava assim, "Eles têm que aprender que a língua que fala de amor também pode açoitá-los até eles chorarem. *Nicht wahr?*" Havia um bocado de *nicht wahr* na conversa de Schweitzer. Geralmente, em Lambaréné, ele falava francês, mas ele gostava de falar alemão comigo. Talvez porque eu fosse da África do Sul, e como eu disse que não era inglesa, ele deduziu que eu devia ser meio holandesa, ou quase alemã, ou algo mais ou menos bôer.

As histórias da minha mãe. Os amigos da minha mãe...

Fantástico. Exatamente o que queríamos ouvir. Provavelmente tudo o que *podemos* ouvir. Esta sucessão de imagens projetadas na minha consciência em desenvolvimento. Estrangeiros longínquos, todos eles pareciam destinados ao estrelato, porque personalidade era, em última análise, celuloide. Até uma figura substancial como Albert Schweitzer, retratado na Brownie da minha mãe, com seu terno branco tropical, um chapéu para se proteger do sol e bigode de elefante marinho, sorrindo do porta-retrato de bambu ao lado da cama dela, sob as letras enlaçadas da sua dedicatória: "Para a minha querida Kathleen, aviadora, anjo!" Até *le grand docteur* parece uma réplica de alguém que um dia fará o papel dele em algum filme vagabundo — o santo doutor usando um chapéu de copa alta

— e o estranho é que este faz de conta iria parecer, daí em diante, mais real do que a coisa real.

Mas quem é que dá um tostão pela coisa real? Foi dito algumas vezes que conquistas, colônias, império, dinheiro e escravos foram os objetivos da invasão branca da África; mas isso é só metade da história. Olhando para trás, a disputa inteiramente absurda pela África parece um longo trailer da Metro Goldwyn Mayer. Todos aqueles soldados agitados abrindo caminho a bala pelo continente negro, aqueles patifes, missionários, exploradores, caçadores brancos, o bando do Happy Valley e a Brigada Bwana, bôeres e britânicos e os exóticos botânicos franceses, aviadores, mineiros, empresários, impostores, investidores, aventureiros reacionários de Ealing, Chepstow, Bremen e Bruges, que vieram para o Congo ou o Cabo, para o Quênia ou a Niasalândia, Windhoek ou Djibuti, quer dissessem que vinham para enriquecer, ou para fugir de casa ou da justiça, ou para conseguir ser rei de algum lugar: todos eles eram, de fato, nada além de substitutos; alimento para o cinema.

E como eles — nós — sempre tiveram esta sensação de pleonasmo, seus verdadeiros eus corroídos pela estranheza da África, isso os deixava barulhentos e agressivos. Nós atacávamos violentamente o vazio ao redor, a fim de nos sentirmos vivos, acentuando nossa aparência, nossas paixões, ódios, crueldades, para convencer a nós mesmos que não tínhamos sido reduzidos a nada. Escrevíamos nossos nomes em montanhas e rios, nos autopromovíamos; de fato, fazíamos qualquer coisa para afastar a sensação de que estávamos perdidos num lugar que não nos odiava, mas simplesmente não nos notava. Nós chamamos isso de domínio. Pior, chamamos até de amor.

As únicas coisas que os homens brancos fizeram por aqui são fáceis de apontar: eles mataram alguma coisa, ou um grande número de gente, ou uns aos outros; maltrataram um bocado de gente; ou morreram de alguma doença nativa, como se sofrer de malária fosse uma afirmação da missão, ou morrer da doença mostrasse que o seu coração estava no lugar certo.

Mas eu estou divagando. Deixe-me dizer algo sobre os homens que viviam na floresta tropical e se transformavam em leopardos. Foi o dr. A. quem primeiro levou os homens leopardos ao conhecimento de um mundo incrédulo, e quando ele contou à minha mãe sobre eles, ela disse: "Vamos sair para procurar algum," e eles foram. O que, pensando bem, é muito estranho, este santo assustador do Congo e minha velha de Jo'burgo, e a simpatia dos dois por caras fantasiados que retalhavam os vizinhos de um modo que minha mãe adorava descrever:

— Dr. A. sabia tudo a respeito; como eles afiavam suas garras de aço, como preparavam suas camuflagens de casca de árvore, e como lixavam os dentes! Eu adorava. Era tão fantástico! Dr. A. conhecia uma porção de homens leopardos: os anyoto do leste do Congo, os homens leões de Tanganica. Ele tinha ficado atraído por esses caras desde os anos 1930. Na Costa do Marfim, os garotos voltavam de seus ritos de iniciação na floresta e faziam a dança do leopardo na aldeia. E é uma dança muito bonita; cheia de movimentos sinuosos, costas arqueadas, urros. As fantasias são fantásticas, eles não se utilizam de um realismo grosseiro, preferem "exibições impressionistas do que imaginam ser a alma do leopardo". Abre aspas, fecha aspas. Eles se vestem de casca de árvore, com manchas pretas e amarelas, e se arrastam sorrateiramente, rosnando, perseguindo suas vítimas e se atirando sobre elas... — ela fazia um gesto ameaçador com suas mãos grandes e o esmalte vermelho de suas unhas longas e afiadas brilhava na luz. — E enquanto as vítimas berravam como loucas, os leopardos as retalhavam com facas no formato de garras. Alguns simplesmente perseguiam e atacavam; outros, como os homens leopardos de Lagos, também comiam suas vítimas.

Os cabelos se eriçavam na minha nuca.

— Eles pelo menos cozinhavam as vítimas?

— Nunca. Matar, sim, mas cozinhar, nunca; comiam ali mesmo.

— Por quê?

— Como assim, por quê? Porque leopardos não cozinham.

— Sim, mas isso é verdade?

— O *quê* é verdade? — Ela sempre enfatizava o *quê*.

— Eles eram mesmo leopardos — ou só estavam fingindo?

— Parte é verdade, parte é fingimento. Eles eram como todos nós, humanos, antigamente, quando nós vivíamos perto dos animais, perto da vida real; quando éramos caçadores e sonhadores e assassinos; quando não sabíamos se éramos homens fantasiados de animais ou animais que também eram gente. Você poderia dizer que nós éramos ani-homens.

Foi Schweitzer quem a levou para conhecer alguns homens leopardos.

— Eu o levei de avião para o norte do Gabão, perto de Oyem, onde existe uma religião em torno de uma planta chamada eboga. Ela é tirada das raízes de um arbusto da floresta, que é moído, ralado ou embebido em água. Parece um pouco com nabo ralado. O povo de Oyem nos levou a uma de suas capelas, que era na verdade uma cabana construída num canto da aldeia. Por ele ser *le grand docteur* eles concordaram em nos deixar assistir a uma cerimônia.

— Nós nos sentamos no chão da capela, observando. Então um dos caras, o nome dele era Emana Ola, começou a descrever a cerimônia para nós, em alemão. Era engraçado ouvir o dr. A. e Emana Ola conversando em alemão, numa aldeia no interior do Gabão, mas regiões do norte do Gabão tinham sido antes a colônia alemã dos Camarões, então aí está. Emana Ola nos contou que depois de comer eboga, Deus apareceu para ele e disse que todos os desconhecidos que se aproximassem da aldeia, que não pertencessem ao seu clã, eram feiticeiros disfarçados e deviam ser mortos por razões religiosas. Dr. A. disse que não via por que ele devia matar gente por razões religiosas. Emana Ola disse que havia uma diferença básica entre as crenças dos brancos e dos negros. Os cristãos estavam sempre comendo o corpo de Deus, para se unir a ele. Era isso que os missionários ensinavam. Mas o alimento sagrado de eboga, que era o pão de comunhão de Emana Ola, abria as portas da morte e o levava à presença de Deus e dos seus antepassados.

— Ora, é claro que o dr. A. não era apenas um médico, ele também era um grande conhecedor da bíblia. Mas ele era protestante e eu pude ver que a ideia de "comer Deus" tinha uma conotação católica que ele achava um tanto desagradável. Emana Ola perguntou se gostaríamos de nos juntar ao culto de Bwiti e ver Deus. E eu disse que sim. O doutor disse que não; que não ia comer nenhuma droga, muito obrigado. Então eu fui conduzida; fui chamada de popi, que significa iniciada. Duas pessoas são encarregadas de tomar conta de você e são chamadas de sua mãe e seu pai. A tarefa delas é vigiar você e decidir quanta eboga você pode comer sem desmaiar ou vomitar. Eles me levaram até um riacho com alguém tocando o ngombi, que é uma harpa de oito cordas que só é usada quando você está fazendo Bwiti. Nessa altura o dr. A. tinha se afastado, furioso, para fumar seu cachimbo. Melhor assim, porque me deixaram nua em pelo; depois eu tive que confessar meus pecados, depois comi mais eboga, depois o sacerdote esfregou meu corpo com casca de 12 árvores sagradas, depois me vestiram de branco e o sacerdote bateu diversas vezes na minha cabeça com um cogumelo — que parece um enorme falo — e as pessoas fizeram piada com isso. Depois mais eboga. Então eu tive uma visão, vi meu pai, meu querido pai, e ele disse para mim: "Como vai, meu bem?" Portanto, valeu a pena; mas eu não vi Deus, como esperava, e então desmaiei.

— Acordei sentindo-me totalmente grogue. Dr. A. tinha dito a eles que queria conhecer alguns homens leopardos e que ele não partiria enquanto eu não os tivesse visto. Emana Ola disse que alguns dos seus melhores amigos eram homens leopardos e que ele ia chamá-los. Apareceram uns 12 sujeitos vestidos nos trinques. Garras e tudo. Eles rondaram, rosnaram e atacaram. Depois subiram nas árvores, mas, francamente, devo dizer que eles não pareciam leopardos. Dr. A. disse que não era a aparência física que os homens leopardos tentavam reproduzir; eles eram espíritos de leopardo. Bem, não importa, depois eles desceram das árvores e deram uns pulinhos, rosnaram mais um pouco e mostraram os dentes. Humanos, é claro, não tinham presas nem garra extra e isso é uma limitação quando você está tentando ser um leopardo, ou até mesmo um espírito de leopardo. Ora, a garra extra do leopardo é capaz de arrancar o couro cabeludo de um homem em um piscar de olhos. Retalhar o rosto. Estes caras não estavam nesse nível. Eles tinham feito garras com facas de lâminas tortas: cinco pedaços de metal afiado saindo de suportes colocados sobre os dedos, parecendo luvas de madeira. Ou socos ingleses com pontas afiadas.

— Mas eu não zombei deles. Gostei do entusiasmo que eles demonstravam. O bom doutor também; ele ficava balançando a cabeça e dizendo *sehr interessant*, e elogiando o que ele chamava de consistência daquelas representações espirituais. Ele achava que se eles realizassem mesmo o ato, os ferimentos causados nas vítimas seriam muito semelhantes aos de leopardos de verdade.

— Devo confessar que fiquei espantada com as inconsistências do dr. A., e muito impressionada com a pouca importância que ele dava a elas. Dr. A. fumava cachimbo, mas odiava o hábito de fumar do povo do Gabão. Mas ele sempre levava com ele uma caixa de folhas de tabaco americano e usava uma folha de cada vez como dinheiro. Como se fossem notas. Ele arrancava uma folha. Era uma coisa escura, forte, venenosa, mas as pessoas adoravam. Então lá estávamos nós, conversando com africanos que se drogavam com psicotrópicos, tinham visões e gostavam de matar gente. Entretanto, dr. A. era um puritano e um homem que reverenciava a vida. Ele acreditava nos vivos; não tomava o partido dos mortos. Os homens leopardos eram destruidores da vida, se você os levasse a sério. Eles diziam que estavam matando feiticeiros, mas, de fato, estavam assassinando pedestres inocentes. Mas dr. A. concordava com aquilo tudo, achava *sehr interessant* porque, você entende, para ele, eles ainda eram nobres selvagens, e ele preferia os indígenas viciados, vestidos de leopardos, matando por razões religiosas, aos que ele considerava como selvagens espertos; africanos educados que ele via como versões deturpadas de europeus ainda mais deturpados...

Ninguém disse nada para minha mãe no dia em que ela pousou no Grand Central com um passageiro. Um garoto no assento de trás e uma mulher grande com óculos de pilotar e um longo cachecol lilás, que se parecia com qualquer outra madame branca viajando com seu criado negro. E, além disso, o garoto não estava usando sua indumentária, e você não distingue um homem leopardo só de olhar para ele. A aparência dele era a de qualquer outro cozinheiro ou varredor de rua.

Quando eu perguntei como ela conseguiu, ela disse:

— A sra. Garfinkel tem um jardineiro da Niasalândia, então por que eu não posso receber um amigo em casa? Do Gabão?

Parecia que o cara tinha o desejo de conhecer uma cidade grande. E mesmo com os avisos do dr. A. sobre o veneno da civilização frescos em sua mente, minha mãe, que era, a seu modo, louca por missões de salvamento, levou-o da selva real para a selva urbana, para provar um pouco da vida na cidade.

Ele se chamava Nzong, e era um sujeito alegre, de pele muito escura e belas mãos. Ele morou algumas semanas conosco em Forest Town, e minha mãe o fez mostrar-me suas coisas. Seu traje de camuflagem era uma espécie de manto feito de casca de árvore, pintado com tinta preta e amarela, formando pintas. Ele o amarrava com um cinto ao redor da cintura e o puxava por cima da cabeça para formar um capuz. O rabo era preso no cinto.

Nós nos demos bem, Nzong e eu, embora não conseguíssemos falar realmente um com o outro. Eu costumava visitá-lo no quarto dele no quintal, e quando eu batia na barriga e mastigava em seco e ele balançava a cabeça afirmativamente, eu sabia que ele estava com fome e dava pão de forma e Coca-Cola para ele comer. Ele me deixou experimentar a roupa e então me mostrou como saltar como um leopardo. Eu gostei muito das garras de aço dele; e ele me deixava usá-las, embora minha mãe dissesse, “Pelo amor de Deus, você não vai se cortar, vai?" Nzong e eu praticávamos saltos de leopardo no gramado enquanto ela assistia e gritava, "Arqueie as costas, Alexander, e observe Nzong."

Ele batia palmas quando eu acertava e eu me sentia quase como se fosse um leopardo. Eu sabia que se tivesse a chance, na floresta, também atacaria os passantes e os rasgaria com minhas garras. Era isso que um leopardo decente fazia. Quando Nzong bancava o leopardo, ele era tão bom, ou pelo menos fingia muito bem. Eu nunca consegui ser tão bom. Acho que por nunca ter conseguido acreditar como ele acreditava.

Mas depois de alguns dias, a brincadeira perdeu a graça para nós dois. Eu não culpei Nzong: pensando bem, o repertório do leopardo é muito limitado, principalmente no jardim de uma casa. Como minha mãe dizia, era importante para um homem leopardo promover uma matança regularmente, senão de que adiantava?

Então, para dar uma saída, nós levamos Nzong ao zoológico.

— Talvez ele se sinta em casa — minha mãe disse.

No zoológico, ela comprou casquinhas de sorvete para nós e nos prometeu um passeio de elefante. Nós tivemos dificuldade para convencer o guardador a deixar Nzong andar nas costas do elefante.

— Não pode — o guardador de elefantes disse. — Garotos negros não podem andar de elefante.

Minha mãe disse:

— Ele não é um garoto; ele é um homem leopardo! Ele veio lá dos Camarões Alemães.

O guardador de elefantes tirou o boné; ele tinha um monte de cabelo louro e seu boné, que estava bem debaixo do meu nariz, cheirava a elefante. Os homens quase sempre tiravam o chapéu quando falavam com minha mãe.

— O que são os Camarões? Nunca ouvi falar nesse lugar.

Minha mãe respondeu como se qualquer imbecil soubesse a resposta.

— Foi uma colônia alemã na África Ocidental, no golfo da Guiné, que se estendia até o lago Chad. Depois os ingleses e os franceses a ganharam na Grande Guerra. Mas algumas pessoas, em regiões remotas, continuaram a falar alemão durante décadas. Este garoto é uma delas.

— Ah, é? — o guardador de elefantes não estava convencido.

— É, sim.

— Então manda ele dizer alguma coisa em alemão.

Minha mãe falou com Nzonga em kwa-swahili; e ele disse ao guardador:

— *Dummer Barbar — verfluchter schwarzer Dummkopf — Sie niedriger Form des Lebens.*

O guardador de elefantes ficou curioso.

— O que foi que ele disse?

— Ele chamou você de bárbaro idiota, maldito *domkop* preto e forma inferior de vida.

— Puxa vida. — O guardador de elefantes ficou impressionado. — Ele é genuíno: um maldito chucrute preto de verdade.

E ele nos deixou subir no pequeno assento de madeira, no alto das costas do elefante, e lá fomos nós gingando. Depois, fomos ver os leopardos e eu me lembro de uma jaula enorme com uma árvore velha no meio de um chão de terra e, nos galhos carecas da árvore, dois leopardos, balançando os rabos. Nzonga olhou para os leopardos e sorriu.

— Graças a Deus, Nzonga encontrou uns amigos — disse minha mãe.

Nzonga queria passar a noite no zoológico, mas minha mãe não deixou.

— Só animais de verdade podem passar a noite no zoológico, Nzong, humanos são proibidos.

Mas ela deve ter pensado melhor a respeito, porque o deixou dormir lá. Afinal, ela disse, Nzong também era um homem leopardo e tinha todo o direito de passar a noite no meio dos animais. Ela comprou mais dois sorvetes e uma garrafa grande de refrigerante, caso ele tivesse fome durante a noite; e nós fomos para casa, sozinhos e preocupados. Quando voltamos na manhã seguinte, nós o encontramos sentado do lado de fora da jaula dos leopardos; ele tinha tomado os sorvetes e bebido o refrigerante e parecia muito bem. Os leopardos não pareciam nada aborrecidos, mas talvez isso fosse porque ele não estava usando sua fantasia.

Mas Nzong ficou ainda mais tristonho e minha mãe viu que as coisas estavam ficando difíceis.

— Ele quer um pouco de ação. Eu entendo. É o que ele faz, onde vive. Se ele quiser atacar um passante, tem liberdade para isso. Para poder ser um homem leopardo, você tem que sobreviver sozinho na floresta por oito semanas, comendo apenas o que conseguir matar. Mas não temos isso em Forest Town. Não faço ideia quem ele poderia matar e estripar.

Ela estabeleceu limites: ele só podia usar sua roupa de leopardo durante o dia, em casa, no gramado, onde ela podia ficar de olho nele. Ele não podia andar sozinho na rua.

Mas ela sabia que isso estava errado e, um dia, sem dizer nada para mim, partiu com ele. Ela levou Nzong de volta para as florestas dos Camarões onde ele podia atacar e matar à vontade.

Poucos meses depois nós fomos assistir a um filme chamado *Tarzan e os homens leopardos*, no cinema Lago, em Parkview.

No saguão de veludo vermelho havia cartazes por toda parte, com figuras de homens mascarados que saltavam das árvores e comiam as pessoas. Havia também alguns pigmeus. Mas eles eram falsos, como os homens leopardos eram falsos. Um cartaz dizia: "As monstruosidades e as maravilhas que vêm das profundezas do Congo!"

Eu não gostei do filme; não gostei de Tarzan, não gostei dos gritos — havia um bocado de gritos — e não quis mais ver, então fui para o saguão, tremendo um pouco.

Minha mãe foi me procurar:

— O que aconteceu? Você ficou com medo?

— Não.

— Então o quê?

— Não gostei do filme.

— Por que não?

— Ele não é real.

Ela se sentou e segurou minha mão:

— Alexander. Não é para ser real. É só um filme, um bioscópio. Não o leve tão a sério; é só faz de conta.

— Eu não gosto de faz de conta.

— Não encare de forma tão pessoal — minha mãe me abraçou.

Mas eu encarei de forma pessoal. Eu sentia saudades de Nzong. Ele não era nem uma monstruosidade nem uma maravilha, era apenas um homem leopardo perfeitamente normal que podia matar e comer gente se quisesse. Os atores na tela não chegavam aos pés dele; no entanto, todo mundo ficava dizendo como eles eram reais e assustadores. Todo mundo menos eu. Eu não acreditava em faz de conta; esse era o meu problema.

7

Ele saltava do seu Vauxhall verde no portão da nossa casa, ia gingando até a varanda da frente, onde minha mãe estava sentada, limpando sua espingarda. Um cara grande com um bigodão, cabelo castanho curto, usando uma jaqueta marrom com botões de couro. Ele se chamava Louis Labuschagne, conhecido pelos amigos como "Lappies", mas para nós ele era simplesmente "Oomie": tiozinho.

Ele piscava o olho e seguia em frente. Ou andava mais devagar quando passava por mim, ajoelhado no gramado, catando lesmas por um tostão a dúzia.

— Você nunca me viu. Certo?

— Sim, senhor.

— Eu não estou aqui. Eu nunca estive aqui. Entendido?

— Sim, Oomie.

Uma vez ele me disse:

— Eu tenho um emprego muito, muito importante, Alex, meu garoto, só que não posso contar para você qual é. Então, quando você me vir, lembre-se, eu não estou aqui.

Estranhamente, o homem que não estava lá iria adquirir muito mais substância. Eu nunca achei que os homens que visitavam nossa casa tivessem uma vida real; eles simplesmente orbitavam em torno da minha mãe e a importância que assumiam era sempre em relação a ela. No início, Oomie era apenas outro tio e eu tinha tios assim como o jardim tinha lesmas: havia o tio Barrie, que viajava para Helena Rubinstein, e tio Jack, que fazia "alguma coisa relacionada a alumínio", tio Papadop, da Rodésia, e tio Hansie, do Sudoeste da África, diversos caçadores brancos e um zulu branco. Cada um desses estranhos de passagem fingia ter uma vida real, quando tudo o que faziam era zumbir e saltar ao redor da minha mãe, como abelhas ou bolas de borracha.

Eu levei muito tempo para começar a ver que, às vezes, estes caras eram o que diziam ser: homens com empregos e cenários, vidas e esposas, e não simples adornos que minha mãe usava até se cansar deles. Mas de todos os meus tios, posso dizer que o que mais me surpreendeu foi Oomie, porque eu tive a chance inesperada de vê-lo no seu trabalho real. Ele se destacou da maneira como as pessoas se destacavam quando estavam realmente vivas e não eram simplesmente bipes no meu radar pessoal que assinalavam tráfego pesado de tios.

Era 1960, eu tinha 16 anos e trabalhava nos fins de semana e nas férias. Minha velha acreditava em incentivar o que chamava de "poder da independência financeira", o que queria dizer arranjar um emprego e cuidar de mim. "Vejo você em breve", ela dizia antes de partir para Quênia, Congo ou Rodésia, sem deixar dinheiro nenhum. Ela era muito generosa quando estava com dinheiro, mas sustentar máquinas voadoras, ela sempre repetia, "custa uma baba". Então, quando eu não estava na escola, arrumava um monte de empregos. Nos sábados de manhã, eu vendia bebida ordinária num botequim; na época do Natal eu trabalhava em OK Bazaars; na Páscoa eu trabalhava no Milner Park, no Rand Show, na barraca de sopa instantânea, distribuindo copinhos de plástico escaldantes com a nova sopa milagrosa para os passantes. Era sopa de frango e macarrão... "Cheia de bondade, feita com o respeito devido a todos os valores tradicionais da fazenda", diziam os cartazes de propaganda. "Basta acrescentar água e mexer." Nós nunca tínhamos visto nada parecido e aquilo provou, sem sombra de dúvida, que Jo'burgo estava voando como um foguete para o futuro, não importa o que dissessem ou pensassem.

Páscoa, e lá estava eu novamente na barraca de sopa do Rand Show. Ele era composto de uma grande mistura de homens, animais e máquinas, num enorme espaço com tratores, arados e canos de irrigação, e dezenas de folhetos grátis anunciando coberturas de plástico, ou fertilizantes milagrosos ou ceifeiras combinadas; pilhas enormes de papel brilhante que meninos carregavam, apertadas contra o peito, salivando com o cheiro forte daquelas placas altamente desejáveis de papel de imprensa inteiramente grátis. Havia salas de exposição, cercados para gado, parque de diversões, e um poste de concreto iluminado marcava o centro deste grande bazar e era conhecido como a Torre de Luz. Aquilo não passava de uma feira de gado com alguns atrativos a mais, na minha opinião, mas era promovido por homens que chamavam a si mesmos de "cavalheiros" fazendeiros, e que faziam acreditar que a reunião era uma espécie de Espetáculo Real.

Como muitas de nossas fantasias, este faz de conta era vital e confortador porque nos permitia acreditar, por breve tempo (e breve era melhor do que nunca), que não éramos, de fato, um bando patético de tolos — ingleses, negros, judeus, católicos e estrangeiros de qualquer classe —, todos impotentes, todos governados por bôeres barbudos e cruéis; sujeitos de pescoços grossos usando shorts cáqui que carregavam sjamboks; puritanos medíocres e maus, que só ligavam para rúgbi, pureza racial e ter sempre razão; brutamontes que faziam da palavra "fazendeiro" o tipo de xingamento que bêbados em bares gritam para aqueles que desejam ofender. Isso nos permitia fingir que tínhamos importância; que não éramos meras vítimas, inúteis e desprezadas, da história.

Fingir era o que mais fazíamos em Jo'burgo: fingir não era apenas uma forma de arte, era uma puta indústria. Nós não erguíamos montanhas apenas a partir de montinhos de toupeira; erguíamos montanhas a partir de detritos de minas. Nós éramos a capital mundial do faz de conta. Éramos uma mina posando de paróquia anglicana, prostitutas posando de párocos. Nós éramos bandidos vorazes, nojentos, sempre sendo apanhados com a boca na botija, e sempre tentando dar a impressão de que estávamos pondo o dinheiro de volta.

O Rand Easter Show, embora "agrícola", não era para bôeres, pelo menos não em teoria. O Rand Easter Show era para fazendeiros como nós, sujeitos joviais, de rosto vermelho e costeletas, que falavam inglês e acreditavam em jogo limpo. Eles dirigiam Austins e mandavam os filhos para Oxford; os cavalheiros fazendeiros de Jo'burgo, com seus paletós de montaria e grandes rosetas vermelhas. Era a nossa maneira de insistir, "Vejam: existem fazendeiros ingleses, fazendeiros liberais, também!"

As coisas estavam particularmente tensas naquela Páscoa porque os responsáveis pelo Show estavam se preparando para uma visita do primeiro-ministro, dr. Hendrik Frensch Verwoerd, o homem que, mais do que qualquer outro, era responsável por nossa profundamente depravada e terrivelmente chata obsessão com pureza racial e limpeza do sangue e conflito religioso.

O local da exposição, em Milner Park, tinha sido batizado em homenagem a Alfred, lorde Milner, antigo Alto Comissário da África do Sul durante a Guerra dos Bôeres. Milner era um sonhador sanguinário, cujas visões de jovens eunucos efeminados governando o mundo do Tâmisa ao Indo excediam até as de Cecil John Rhodes com sua perversão venenosa.

Nós tínhamos uma conexão de família, Milner e nós. Meu avô, quando era um jovem fazedor de bombas na Guerra dos Bôeres, tinha querido assassinar Milner. Era 1901, os bôeres reunidos em Vereeniging estavam diante da derrota e tinham decidido apelar para a paz quando meu avô, que, como o resto da Brigada Irlandesa, rejeitava violentamente a hipótese de rendição aos ingleses, teve uma ideia. Lord Milner ia ser conduzido a Vereeniging por trem especial para discutir os termos de rendição com os generais bôeres, Botha, De Wet, Delarey e Jan Smuts. Bem, por que não explodir o trem em pedacinhos? Meu avô tinha até escolhido o aqueduto. Infelizmente, Jan Smuts descartou a ideia com uma observação que sempre entristeceu meu avô (que adorava o líder bôer) em virtude do que ele chamava de "seu excesso de bom senso anglo-saxão".

Smuts disse a ele: "Você não pode negociar com um Milner morto."

Meu avô ficou bem aborrecido. "E por que não? Morto, ele vai ter mais sensatez."

Mas Smuts venceu, Milner ficou vivo, os bôeres se renderam. No entanto, embora tenham perdido a guerra, dez anos depois eles recuperaram o país das mãos dos ingleses. E, em 1910, eles construíram sobre as ruínas das velhas repúblicas bôeres independentes uma *terra da fantasia* em que todas as quatro províncias da velha África do Sul fundiram-se em uma nova união de uma nova África do Sul, um arranjo que eles chamaram de Paraíso, mas que, para o resto das pessoas, se tornou uma prisão miserável onde iríamos passar a maior parte do século seguinte.

Era para comemorar 50 anos dessa união fatídica que o dr. Verwoerd, evangelista do apartheid, monstro sagrado da segregação, vinha falar em Milner Park. A ironia da visita — Apóstolo do Apartheid Discursa para Filisteus Ingleses a convite de Pobres Filhos da Mãe — não tinha passado despercebida mas, como sempre, todo mundo tinha concordado em não criar caso com isso.

Eu estava no intervalo do lanche quando os alto-falantes amarrados na Torre de Luz começaram a anunciar que a abertura oficial do show, pelo primeiro-ministro, estava acontecendo na Arena Central; e eu me dirigi para lá para ouvir o discurso de Verwoerd, caminhando no meio da multidão, sentindo, como sempre sentia no Easter Show, que aquela devia ser a sensação de estar em contato com o mundo, todo aquele movimento e confusão, bois e tratores, canos de irrigação e algodão-doce, turbinas e rodas-gigantes; uma espécie de bagunça animada que eu acreditava compor o mundo de verdade, aquele que existia em outros lugares, onde muitas coisas aconteciam ao mesmo tempo para muitas pessoas, e que não se parecia em nada com a vida em Johanesburgo; vida que era uma série de clausuras, uma caixa chinesa de vácuos interligados, muros reforçados destinados a manter o mundo do lado de fora e que, no entanto, não guardavam absolutamente nada do lado de dentro.

Verwoerd estava num palanque, com diversos outros VIPs, uma das mãos no bolso do terno (preto, jaquetão) mais a roseta vermelha. Ele tinha bochechas rosadas e uma vasta cabeleira branca. O presidente da mesa, coronel Alguém, estava agradecendo a presença de Verwoerd, e se entusiasmou tanto que, quando terminou de agradecer, agradeceu de novo. À direita de Verwoerd estava sentado um cara que eu achei que era apenas outro fazendeiro, e este cara ficava pondo a mão no bolso de dentro do paletó, como se estivesse checando as chaves do carro ou a carteira. Eu não prestei nenhuma atenção a ele, e nem ninguém.

O que me espantou foi que, em pé atrás de Verwoerd, estava alguém que eu conhecia muito bem: era Oomie. E por um momento eu não consegui imaginar o que ele estava fazendo ali.

O primeiro-ministro estava muito acostumado a receber agradecimentos e esperou até o discurso do coronel reduzir-se, finalmente, a sorrisos e acenos para, então, pegar o microfone. Ele começou a falar naquele tom esganiçado e um tanto sufocado que sempre me lembrava um ventríloquo sem o boneco, então a sua ladainha parecia vir de outra pessoa.

Os fazendeiros de paletó de montaria estavam torcendo por um milagre: a saber, se eles fingissem ser bons sujeitos, o Líder iria fingir ser um homem civilizado e não debocharia deles por serem uns estúpidos ingleses, uns liberais tolos, herdeiros do velho inimigo a quem ele tinha obrigação de humilhar — para começar — e de destruir — permanentemente.

Verwoerd sabia que era seu dever humilhar — para começar — e depois destruir — permanentemente. Seu discurso era suave; ele se contorcia como uma cobra entre meias cortesias e desacatos mordazes. Havia pessoas, ele disse, que viam a "União" da África do Sul — 50 anos desta União — como um triunfo para "o povo". Mas a União só era um triunfo na medida em que tinha castrado o odiado inimigo britânico. Ela tinha sido uma desgraça para bôeres decentes de toda parte, que tinham herdado todas as dificuldades e os costumes impingidos pelo velho inimigo imperial.

Os fazendeiros atrás dele no palanque contemplavam os sapatos; presos entre profunda vergonha e raiva disfarçada, alternando acenos de cabeça afirmativos e negativos e tentando fazer que ambos passassem como uma anuência respeitosa.

Meus olhos estavam em Oomie; que diabos ele estava fazendo ali?

Verwoerd estava chegando à sua conclusão brutal, as bochechas vermelhas e brancas tremendo de animação. Seus olhos azuis pareciam cegos. Cinquenta anos de União sob a coroa inglesa — sua voz soou trêmula, mais esganiçada — eram um insulto permanente aos milhares que morreram pelas repúblicas do Transvaal e do Estado Livre, e quanto mais cedo a África do Sul voltasse ao seu status divino, predestinado, de república Nacionalista Cristã Bôer, governada pelos bôeres para os bôeres, melhor...

Então ele se sentou e todos os fazendeiros que estavam no pódio abriram seus sorrisos amarelos e bateram palmas. Bom e velho Hendrik: ele tinha chutado o saco deles de novo, e eles estavam muito, muito gratos. Coronel Alguém se levantou e começou a agradecer de novo.

Foi então que o cara que, mais cedo, punha toda hora a mão no bolso se levantou e se dirigiu para onde estava o dr. Verwoerd, carregando o que parecia ser uma arma; só que eu sabia que não podia ser uma arma, porque se fosse uma arma poderia disparar. O homem disse numa voz calma e educada, “dr. Verwoerd?”, como se quisesse perguntar as horas para ele, como se não tivesse certeza se ele era o homem certo, e então o que eu achei que não podia ser uma arma disparou, e o dr. Verwoerd meio que se encolheu. Foi precisamente nesse momento que eu compreendi por que Oomie estava no palanque; entendi por que ele nunca me contou o que fazia. Oomie era um policial, um agente secreto, ele era um dos guarda-costas do primeiro-ministro.

O homem com a arma encostou-a, então, no ouvido do dr. Verwoerd, e ela tornou a disparar, mais abafada desta vez, porque estava bem apertada contra a orelha dele, e Verwoerd caiu e começou a sangrar.

Foi quando Oomie também caiu, como se eles tivessem ensaiado aquilo, como se tivesse havido uma combinação entre eles, e ambos ficaram ali deitados. Só que Oomie não estava sangrando. Então o coronel Alguém agarrou a pistola, outro homem começou a empurrar o atirador para fora do palco, e quando ele chegou ao chão, eles o agarraram e saíram correndo com ele porque algumas pessoas na multidão estavam obviamente querendo matá-lo. As sirenes começaram a berrar. A multidão também. Ficou tudo bem sul-africano. Alguém tinha tentado matar alguém e um bando de gente também queria matar alguém. Era a vez deles, era perfeitamente natural e justo. As sirenes ficaram mais altas e então o focinho branco de uma ambulância começou a abrir caminho no meio da confusão.

Foi nesse momento que Oomie, que tinha ficado o tempo todo deitado, e que podia estar morto, de repente se levantou.

Ele não estava morto, mas parecia que o dr. Verwoerd estava.

Houve tiros de pistola que mudaram o mundo: tinha havido o sérvio, Princip, em 1914 em Sarajevo, e Lee Harvey Oswald, no depósito de livros em Dallas. Para nós, houve 16 de abril de 1960, quando um homem no espaço VIP da Rand Easter Show virou-se amavelmente para o primeiro-ministro e deu dois tiros na cabeça dele. E errou.

Seu tiro ecoou em toda África: ele continuou ecoando, nos sons das portas sendo fechadas em nossas caras, do Limpopo ao Nilo. Depois deste tiro nós seríamos confinados ao extremo sul do continente, no meio dos nossos irmãos brancos doidos varridos, onde a raça dominante acordava todos os dias ouvindo-os gabarem-se de sua inteligência e nobreza inata, e ia dormir depois de ter engolido obedientemente todas as mentiras do dia. Os resultados disso foram totalmente inesperados.

Nós medimos o impacto, ou minha mãe mediu, pela recusa das autoridades em permitir que ela pousasse no Sudão. Pela primeira vez em sua vida, ela não podia deslocar-se para qualquer lugar na África; ela ficou confinada, como dizia, aos malditos quartéis, aos enclaves brancos ao sul do Zambeze: Rodésia, Sudoeste da África, África Oriental Portuguesa. E as grandes viagens ao Quênia; as pistas de pouso de terra em fazendas distantes, de Dar es Salaam ao Congo Belga; os rios e lagos em uma dúzia de países onde ela podia pousar, passando poucas centenas de metros acima das cabeças dos hipopótamos e dos leões, o pôr do sol sobre o lago Vitória, o amanhecer em Khartoum: um atrás do outro, estes lugares e prazeres foram negados a ela. Eu não me lembro, à medida que fui crescendo, que ela viajasse menos, mas ficou mais difícil para ela viajar: ela precisava de licenças, planos de voo, papéis, autorizações para pousar, subornos para voar para a África Central e Oriental, não podia mais pousar à vontade no Congo, pelo menos não nos aeroportos oficiais e pistas de pouso conhecidas.

Embora eu não soubesse disso quando fiquei parado na Arena Principal naquele dia, ouvindo o discurso de Verwoerd, minha mãe também estava lá, bem pertinho. Entre nós havia uma multidão de cavalheiros fazendeiros de bigodes e rosetas e com um ar de bem alimentados, bem-vestidos, parecendo perus de Natal. Eu achava que ela estivesse em trânsito, voando, em Adis Abeba ou Zanzibar ou Cairo.

Durante toda a minha infância, eu tinha olhado para o céu para tentar ver minha mãe voadora, e fingia que podia ver o avião dela, um pontinho veloz de energia. Mas eu nunca consegui alcançá-la: ela voava depressa demais para mim. Mais tarde, eu a imaginava como o neutrino, uma partícula subatômica tão pequena, tão rápida, tão esquiva que tentavam vislumbrar sua passagem pela terra instalando instrumentos de medida no solo de minas de ouro de quilômetros de profundidade e esperando um golpe de sorte. Durante anos, eles nunca conseguiram captar um só vestígio: as partículas passavam pelos interceptadores que eles usavam sem deixar traços. Era assim que eu pensava na minha mãe, o neutrino humano. Ela vivia uma vida que podia ser adivinhada, mas não provada, e quando você a procurava, ela já não estava mais lá. Mas, por fim, eles captaram o neutrino: eles viram seus sinais de passagem. Ele realmente existia. A mesma coisa com minha mãe. Ela cruzava o continente, como um grande galeão com todas as velas içadas, sempre indo para algum lugar, totalmente indiferente ao oceano de peixinhos prateados sob ela, ou ao ar sobre ela. Viver significava continuar. Ficar parado era para os outros, não para ela.

O fato de não estar por perto era algo que ela reprovava em mim, depois que eu parti. Ela me telefonava, em algum outro mundo, em Hanói ou Vancouver ou Siem Riep, com uma voz perplexa. "Onde você está exatamente? Eu nunca sei onde você está!" Como se não compreendesse que ela era o modelo que serviu de inspiração para o meu eu sempre em movimento.

No dia em questão, 16 de abril de 1960, eu calculo que ela devia estar a 20 metros de distância, naquela parte da multidão com uma boa visão do primeiro-ministro, do presidente da Sociedade Agrícola Witwatersrand (que título grandiosamente tolo!) e do coronel Alguém.

É estranho como você adquire conhecimento. De modo geral, você o adquire nos livros, com vizinhos ou na escola; em fontes mais ou menos comuns. Mas existe uma velha tradição no meu país de que algumas verdades importantes também podem ser reveladas por balas. Basicamente, é o seguinte: se você encontrar alguma coisa ou alguém que o desagrade, grite; se isso não funcionar, quebre alguma coisa; e se os filhos da mãe ainda se recusarem a ser razoáveis, comece a atirar. Aprendizagem com ajuda de tiros é tão tradicional para nós quanto chá de rooibos (chá vermelho) ou biltong (carne-seca) ou mosca tsé-tsé.

Com certeza, esta era a opinião da minha mãe. Eu não acho que ela gostasse de violência — em princípio —, mas sempre se mostrou perfeitamente calma com a quantidade de violência ao seu redor. Era tudo perfeitamente normal. Podia ser ruim para alguns, podia até fazê-la tremer, mas ela nunca sonhou em acabar com ela porque era assim que as pessoas estavam acostumadas a lidar com as coisas. Era como dinamite; todo mundo que ela conhecia trabalhava satisfeito com dinamite, porque isto era Jo'burgo, dinamite era o que nós fazíamos. Nossa vida familiar foi pontuada de explosões.

Dr. Verwoerd sobreviveu; sua recuperação, segundo os médicos, foi impressionante; segundo seus seguidores, foi um milagre. E Verwoerd assumiu, então, o papel de herói ressuscitado de sua tribo, de salvador do seu povo das garras do demônio, isto é, estrangeiros, judeus, católicos, comunistas, homossexuais e, é claro, os malditos "ingleses". Muitos acham que Verwoerd e seus cúmplices odiavam negros: é um engano — eles odiavam todo mundo.

O quase assassino, um certo David Pratt, foi trancado num hospício. Seu erro, para muitos, não foi ter tentado matar o primeiro-ministro — todo mundo entendeu por que ele quis fazer isso —, mas foi ter chegado tão perto e errado duas vezes.

Os sul-africanos nunca acreditaram, como afirma o velho clichê, que a violência não muda nada. Nós sabíamos que ela mudava tudo, desde que você acertasse. As duas balas de Pratt, disparadas de uma pistola calibre 22, erraram o cérebro. Como você atira no ouvido de um homem e erra o cérebro? Pergunte a um sul-africano; pergunte a um liberal.

E havia Oomie; ele foi bem mais difícil de lidar do que Pratt. Ele apresentou mais problemas: problemas de imagem, de raça, de autoridade, de humor ou falta de humor, de dignidade e da necessidade de mantê-la, do papel da polícia no que era agora constantemente chamada de "nova" África do Sul, República da África do Sul. Porque a questão era a seguinte: quando devia estar protegendo o primeiro-ministro, o idiota não tinha simplesmente desmaiado?

Não era permitido especular isso em público; a versão oficial era de que o guarda-costas do primeiro-ministro:

1. Tinha se abaixado para consultar o PM sobre o que fazer;
2. Tinha empurrado o primeiro-ministro para o chão para protegê-lo com o próprio corpo;

3. Tinha se atirado no chão como exigia seu treinamento, tinha feito o rolamento do leopardo e se preparado para atirar de volta.

Ninguém dizia nada. Não havia nada a dizer. Qualquer que fosse a sua opinião a respeito da polícia, Oomie era um homem branco, e no dia em que homens brancos começassem a criticar homens brancos, o fim do mundo estaria próximo.

As pessoas diziam que o poder serve ao poder, mas elas não sabiam da missa a metade. Na África, o poder não apenas servia ao poder, ele executava diversas variedades de atos de solidariedade tão perversos que só tiranos poderiam executar.

Depois de sua queda, Oomie ainda vinha nos visitar. Acho que éramos as únicas pessoas que ainda o recebiam em casa. Ele aparecia no seu Vauxhall verde e minha mãe sempre tinha uma bandeja preparada: café fresco e bolo de chocolate, porque, segundo ela, chorar tirava a energia. Oomie tirava o revólver e ensaiava o que tinha acontecido, mostrando-nos como ele tinha caído no chão e feito o rolamento do leopardo, como era ensinado na academia de polícia, jurando que tinha ficado consciente o tempo todo em que esteve no chão. Superalerta, apontando a arma para o assassino, mantendo-o na mira; e minha mãe o consolava enquanto ele chorava baixinho.

— Queixo erguido — ela dizia —, existem coisas piores.

Ele nunca perguntou que coisas piores eram essas. Mas, na realidade, ele parecia achar que ela não tinha opiniões políticas. Ele estava enganado. Ela odiava tudo que a amarrasse. Todo mundo era livre para voar. Ela não apenas acreditava nisso: ela só vivia para isso.

Se Oomie nunca perguntou, eu perguntei, e ela me deu um breve resumo:

— Leis segregacionistas, sentenças de prisão, perda de direitos sobre a terra, cerceamento das liberdades, insanidade racial, tédio mortal. Em um mundo louco como o nosso, um homem que comete um erro é agradavelmente humano. Quando você caça, você sabe que qualquer coisa pode acontecer e que qualquer um pode ter um momento de fraqueza. Pelo menos o comportamento dele foi natural. De certa forma, ele era o único homem honesto no palanque naquele dia, o meu pobre Oomie.

8

Eu tinha 16 anos quando Koosie veio morar conosco. Koosie me disse que tinha "mais ou menos" a mesma idade. Havia um bocado de coisas que eu não sabia a respeito de Koosie porque havia um bocado que ele mesmo não sabia. Ele tinha se apegado a minha mãe no aeroporto, onde ele estava vivendo de restos de comida que conseguia com os pilotos e os funcionários e ganhava uns trocados carregando bagagem até os aviões.

Minha mãe o trouxe para casa, como fazia quando alguém que gostava atraía sua atenção; e foi assim que crescemos juntos durante os sete ou oito anos seguintes. Esta era uma situação incomum nos anos 1960. Ele era menor do que eu; era muito magro e tinha olhos muito grandes. Ele sempre desaparecia quando alguém de fora vinha xeretar nossa vida.

Ele dizia que tinha perdido os pais. Koosie dava a impressão de ainda estar procurando por eles, como se eles pudessem aparecer. Ele tivera uma casa, mas ela "foi tomada". Eu fiquei perplexo com isso: como é que alguém podia "tomar" a sua casa?

Koosie ficou meio zangado, como se eu tivesse dito que ele estava mentindo.

— Eu tive uma casa e ela foi tomada. Eu me lembro.

Mas eu não consegui me convencer disso.

— Quem tomou?

— Eles vieram com escavadoras e a derrubaram.

Isso me assombrou:

— Eles a derrubaram. Por que eles a derrubaram?

— Não sei. Depois eles nos levaram embora. Nós fomos retirados. — disse e sacudiu os ombros.

Eu não senti muito por ele ter se perdido dos pais. Eu perdia minha mãe regularmente e tinha aprendido a lidar com isso. Mas ter o lugar que fez você ser quem você era derrubado e levado embora tijolo por tijolo. E depois retirarem você também...

Koosie não morava dentro da nossa casa e, sim, no quarto de fora. Em vez de reduzi-lo a algum tipo de status de empregado, isto o tornava mais importante, pelo menos a meus olhos; ele era independente, tinha seu próprio teto sobre sua cabeça e sabia cuidar muito bem de si mesmo. Quando minha mãe se esquecia de deixar comida suficiente, Koosie pegava comida na loja grega da esquina. Eu o invejava, mas nunca me senti culpado: ele sabia cuidar de si mesmo e me demonstrou isso, mas usava minhas roupas, andava na minha bicicleta, lia meus livros. Koosie me ensinou que você podia sobreviver com meio pão de forma e uma Coca. Ele me levou ao bar do Big Lou, o Golden Gate Fish Bar, para comprar batatas fritas a seis pence.

O bar do Big Lou ficava a uma milha de distância, e nós fomos andando até lá. Big Lou tinha uma cabeça grande e pesada, como uma bala de canhão empoleirada numa pirâmide, um pescoço grosso, ombros largos, camisa branca aberta até a cintura, um monte de pelos pretos no peito duro como uma pedra e quadris enormes.

Ele era uma figura, parecia um vulcão em atividade. Lou estava sempre pronto para explodir. Ele era um verdadeiro espetáculo; podíamos passar horas olhando para ele. Lou dando tapinhas na pistola enfiada no cinto, apertada nas dobras da sua barriga. Lou batendo com a cesta de batatas fritas na tampa da fritadeira e estendendo a mão para pegar a lata de geleia cheia de furos que servia de saleiro. Despejando as batatas, quentes e brilhantes, numa cama quadrada de papel branco encerado, que ele tinha cortado com uma faca enorme. Lou fazia belos pacotes. Um papel branco para embrulhar, depois um segundo bem apertado para selar. E as batatas quentes queimavam seus dedos através do embrulho duplo, e vapor de vinagre subia como uma oração. Às vezes ele usava a pistola como peso de papel, com o cano apontado para o freguês.

Lou com suas duas filas, uma branca e outra preta. Mas com uma só caixa registradora, como Koosie observou. Lou berrando toda vez que algum cara preto saía da fila:

— Seus negros filhos da mãe, vocês querem as porras das batatas, não querem? Vocês querem batatas quentes? Puta merda, vocês vão esperar até eu fazer um sinal, porque quando eu fizer um sinal vocês podem dar um passo à frente, mas só quando eu fizer um sinal para vocês, porque isso quer dizer que eu terminei de servir o patrão, e só depois que eu sirvo o patrão é que vocês são servidos, seus macaquinhos da selva, e se algum de vocês me olhar torto, vai levar uma porrada no meio do crânio.

E eles riam — a fila preta ria, uma fila de risonhos — e eles achavam mesmo graça, porque, bem — aquele era o Lou; e ele sempre falava daquele jeito. Ele era um espetáculo ambulante; ele era hilário.

A fila branca não ria quando Lou começava a gritar. A fila de brancos olhava para o outro lado. Eles achavam vulgar, perigoso, falar do jeito que Big Lou falava. Afinal, os pretos também eram gente; ninguém gostava de ser xingado. Se você quisesse dizer coisas como aquelas, devia ter a decência de dizê-las em particular. Lou era agressivo e falastrão e a fila branca gostaria que ele calasse a boca; a fila branca gostaria que a fila preta parasse de rir quando Lou a insultasse. Não era certo e, além disso, aquilo não enganava ninguém; ninguém gostava de ser chamado de um bando de macaquinhos da selva; ninguém gostava de ter pistolas apontadas para si e de ouvir "tira esse sorrisinho da cara se não quiser levar um tiro", então por que eles riam daquele palavreado ofensivo quando isso os fazia parecer patéticos e deixava todo mundo embaraçado? Mas a fila preta era assim: ela nunca fazia o que devia fazer, ou o que se esperava dela. Não é de estranhar que houvesse separação; não é de estranhar que precisasse haver filas diferentes: como você ia se misturar com pessoas que eram capazes de incentivar racistas violentos como Lou a insultá-las?

Koosie riu do outro lado do metro de linóleo verde que nos separava. Ele achava tudo muito natural. Eu não. Lou me amedrontava, me distraía, mas nunca me divertia... Eu tinha dúvidas a respeito de Koosie: será que ele achava graça em Lou; de *verdade*? Eu sabia o que ele ia dizer depois, quando estivéssemos sentados lambendo os dedos sujos de gordura: "É a vida. Lou é cômico, e as batatas são boas."

Quando minha mãe chegava, era como uma tempestade no mar, excitante e perturbadora enquanto durava, mas nós sempre ficávamos aliviados quando a tempestade acabava e ela saía de nossas vidas outra vez, pilotando o seu avião para a

Nigéria ou Uganda ou Rift Valley, para um outro mundo que nós chamávamos de "sei lá onde".

— Onde está a mãe? — ele perguntava.

— Foi para sei lá onde — eu dizia.

Nosso mundo era a casa, o jardim e a amizade tranquila, nunca explicada, nunca questionada entre nós. Atrás da cerca de madeira que escondia a casa dos carros em Jan Smuts Avenue, dois adolescentes, morando juntos por sete ou oito anos — até Koosie desaparecer.

— O que vamos comer hoje?

— O que tem aqui?

— Ovos.

— Ótimo, vamos comer ovos mexidos.

Então, nós morávamos, dois garotos, numa casa vigiada pelos retratos da minha mãe e de seus amigos. Aqui, ela estava bebendo tempo, uma cerveja forte, com nativos em algum lugar no Quênia; ali, ela estava parada ao lado do seu avião depois de caçar elefantes; aqui, ela estava sorrindo no set de filmagem de *Mogambo*, entre Clark Gable e Ava Gardner, e um deles tinha escrito, com o que parecia ser batom, sobre o céu cinzento atrás do seu cabelo revolto: "Querida Kate — Com nosso amor!!"

Koosie parou de ir à escola e voltou a trabalhar no aeroporto, ou fazia um pouco de jardinagem para as donas de casa da vizinhança. Isto ajudava a conseguir mais dinheiro. Ele não podia trabalhar no OK Bazaars; ele não podia trabalhar na loja de bebidas nos sábados de manhã; ele não podia nem entrar no Rand Easter Show. Nada disso era permitido. Eu ganhava um bom dinheiro; ele não ganhava quase nada.

Tudo isso era perfeitamente normal; teria parecido estranho para nós dois se as coisas fossem diferentes. Nós éramos simplesmente dois caras juntos. Mas eu estava me tornando um homem branco; ele estava se tornando um jardineiro. Koosie deixou de ser real, deixou de ser visto, ele era a minha sombra; ele seguia as minhas pegadas. Só eu era real.

Atrás da cerca de madeira, nós lavávamos nossas roupas e cuidávamos do jardim. De Wet's Flying Dutchmen vinham uma vez por semana e limpavam a casa.

Do lado de fora da cerca era diferente. Nós íamos até o Zoo Lake juntos, mas não nos sentávamos no mesmo banco; nós não íamos ao bioscópio juntos; nós viajávamos no mesmo ônibus de dois andares, vermelho e creme, pela Jan Smuts Avenue, mas Koosie se sentava no último banco do andar de cima, reservado para os não brancos. Eu ia à escola todo dia; ele ia de vez em quando; eu ia de ônibus; ele pedalava quase dez milhas até a escola, em Alexandra Township.

Eu não podia levar Koosie à minha escola: não podia falar sobre ele lá, nem mesmo para Jake Schevitz, meu melhor amigo. Não faria sentido. Apesar de Schevitz ir à minha casa, apesar de ele ver Koosie lá, apesar de ele achar normal o jeito da minha mãe e os nossos hábitos — mesmo assim —, ele jamais poderia entender que Koosie era quase aquilo que eu nunca tive: um irmão.

Schevitz era o único cara que eu conhecia que olhava para Koosie e para mim e não via nada muito preocupante. "Estranha, mas consistente", era como ele definia a situação na minha casa. Ele se referia a mim, sozinho em casa, quando minha mãe estava em outro lugar. Quer dizer, sozinho exceto por Carequinha, nosso papagaio cinzento, e pelo De Wet's Flying Dutchmen. E, algum tempo depois, eu e Koosie, dois meninos, um branco, um preto, morando numa casa de classe média em Johanesburgo. Ser capaz de olhar com tranquilidade e sensatez para essas esquisitices era uma coisa notável na demente África do Sul, que na época não era na realidade um país, nem uma sociedade, era mais uma gangue armada: prodigiosamente pervertida, terrivelmente cruel, horrivelmente hilária. Uma gangue unida não só por uma intensa admiração, mas também por uma imensa sede de estupidez; que considerava um direito divino, a maior plataforma da consciência nacional, ser não só mais burro do que qualquer outra pessoa no planeta, mas se orgulhar muito disso.

Schevitz e eu costumávamos imaginar quem tinha nos colocado neste caminho e culpávamos um cara chamado Jan van Riebeeck, que chegou no Cabo com a gangue de piratas holandeses, em meados do século XVII. Os holandeses ergueram uma cerca, construíram um forte, matavam tudo que passava no caminho: todas as coisas normais da colônia. De certa forma, eles eram como todos os invasores, desde Alexandre, o Grande, até Júlio César e os vikings: eles achavam que assassinar os nativos era normal; eles os atacavam com vigor.

Vamos admitir, não existem conquistadores bacanas, mas deem-me conquistadores de verdade, ou puritanos que sonham com uma cidade maravilhosa sobre uma colina. Deem-me romanos, turcos, vikings: qualquer um menos um bando de contadores, guarda-livros e párocos ordinários carregando armas.

O truque era o seguinte: eles iam transformar o suor dos pretos em ouro para os brancos com um golpe de chicote. Eles deram o tom. Os fundadores da civilização branca no extremo sul da África iam ficar ricos sem fazer nada. E os holandeses fizeram um monte de coisa nenhuma: eles não construíram estradas, nem escolas, nem pontes; eles não tocaram música, não compuseram poemas, não fundaram jornais, não tiveram nenhum sonho; em vez disso, ficavam sentados com suas bundas gordas e mandavam os escravos ganhar a vida por eles. Não fazia nem três minutos que eles estavam no Cabo e já havia mais escravos do que homens livres. O que era o Cabo da Boa Esperança tornou-se o Cabo dos Escravos — você não podia se mexer pelos escravos —, e isso era ótimo, porque homens brancos não se mexiam, era para isso que serviam os negros. Para se movimentar, para movimentar o mundo.

Mais tarde, o velho Van Riebeeck, um funcionário holandês faminto de ouro, foi canonizado. Ele não se reconheceria. Ele nunca quis ficar preso no Cabo, no dedão da África, debaixo de uma montanha com a ponta serrada, cercado por um bando de hotentotes. Mas eles o transformaram num patriota. Deram a ele uma testa nobre, cabelo castanho e expressão sóbria, e puseram a cara dele no dinheiro. Ergueram estátuas. Um sujeito ambicioso, de origem humilde, que mal podia esperar para ir para um lugar decente, tinha virado estátua e estava espalhado por toda parte.

Qual era o efeito deste cinismo monumental? Ele deixava você furioso, sim, e triste, sim; talvez, precisamente por ser triste, isto provocava em Schevitz e em mim uma espécie de alegria furiosa. Você ria, na verdade, porque não conseguia tolerar.

Minha mãe queria que Koosie amasse a África de uma forma que eu acho que ela percebia que eu não amava. Quer dizer: do jeito dela, a África dela. Ela se recostava na cadeira e nos contava histórias, de como ela tinha sido atacada por elefantes e leopardos, mas era da hiena que ela tinha pavor. Uma vez ela acordou com uma hiena dentro da barraca, olhando para ela. Ela nos levou para caçar elefantes em Moçambique. Ela dizia que dava para ver que Koosie era um caçador nato.

Ela o ensinou a usar a espingarda de cano longo; eles perseguiram um velho macho e o pegaram de lado. Ela mostrou a ele como mirar num ponto acima da barriga e um pouco atrás das pernas dianteiras. O objetivo era fazer a bala atravessar o coração e quebrar uma perna ao mesmo tempo; matar o mais depressa possível.

Ele atirou, errou e o macho fugiu.

— Não faz mal, haverá muitas outras oportunidades. Tem alguma coisa especial que você queira matar, Koosie?

Ele assentiu.

— Leão, búfalo, antílope?

— Gente — disse Koosie. — Tem certas pessoas que eu gostaria de matar.

9

A maneira diferente como eu e Koosie víamos as coisas foi se tornando aparente aos poucos. Nós tínhamos viajado com minha mãe para o Congo. Ficamos com um pequeno grupo de efe em sua aldeia, que era chamada Baudoin, em homenagem ao rei da Bélgica. (Isto foi quando os belgas governaram o Congo e mandaram dar nomes europeus a tudo, antes de Mobutu tomar o poder e mandar dar nomes africanos a tudo.) Os efe foram muito amáveis: eles nos puseram numa cabana no meio de Baudouin e todas as crianças vieram olhar para nós. Do teto de sapê da cabana pendiam peixes secos e três grandes chifres de búfalo.

Minha mãe passava o dia todo fora, caçando. Koosie e eu ficávamos com as crianças, que nos levavam para a floresta e nos mostravam como jogar *mangola*, uma espécie de jogo de damas dos pigmeus, só que você usava sementes secas como peças e fazia quatro linhas na terra vermelha e movia as sementes ao longo dos pequenos sulcos. Elas nos mostraram pegadas de elefantes na lama e nos ensinaram a comer cogumelos amarelos chamados *lobololo*. As crianças efe tinham nomes franceses — Mathieu e Lucien e Marta — o que os fazia soar muito estrangeiros, e elas cantavam um bocado e nos avisaram que certas orquídeas nunca deviam ser tocadas ou as chuvas as levariam embora e três galhos cairiam na cabeça delas. Havia centenas de tabus na floresta, mas nós estávamos seguros, elas disseram. Por sermos *muzungu*, homens brancos.

— Eu não sou uma droga de *muzungu*! — Koosie disse. — Sou tão preto quanto vocês.

Mas elas não achavam.

As crianças cantavam quase o tempo todo e fumavam um bocado de maconha; elas se embriagavam com cachaça de banana, contavam longas histórias sobre bruxas. Koosie, eu acho, primeiro ficou entediado, depois ficou muito zangado. Eu não sabia por quê.

Minha mãe disse que ele era um garoto da cidade e que o campo o irritava. Eu agora acho que não era só porque as crianças efe não o viam como uma delas, mas porque elas eram totalmente autênticas e, no entanto, estavam a quilômetros de distância de Koosie. Foi então que eu senti a diferença: ao ver a África com os olhos dele, o que não tinha nada a ver com minha mãe ou comigo. Os pigmeus o decepcionaram; eles não eram os africanos que ele queria que fossem. Eles davam a suas aldeias os nomes dos seus bebedouros, quando não as batizavam em homenagem aos reis belgas; eles comiam mandioca e frango fritos. Os efe não tinham noção de dinheiro; suas vidas eram uma longa troca. Koosie trocou seu canivete por carne de elefante defumada e isso o fez vomitar. Ele ficava impaciente com o modo como os efe dependiam da floresta, como se ela fosse uma mistura de deus e jardim e guardiã e amante. Ele ficava impaciente com o jeito autodestrutivo deles. Quando minha mãe nos disse que os pigmeus babudu usavam redes, e que redes eram muito mais úteis para pegar caça, ele quis saber por que os efe insistiam em usar arco e flecha.

Koosie ficava impaciente com os efe do mesmo modo que os primeiros colonos holandeses, comandados por Van Riebeeck, ficavam impacientes com os hotentotes por se movimentarem de um lado para o outro; e com os bosquímanos por estarem sempre roubando. Ele ficava impaciente do mesmo jeito que os britânicos ficavam impacientes com os bôeres por eles serem calvinistas teimosos e analfabetos. Ele ficava impaciente do mesmo modo que os brancos ficavam impacientes com os negros porque eles simplesmente se recusavam a ser, bem, mais parecidos conosco; e agora, quando olho para trás, eu vejo que ele ficava impaciente do mesmo jeito que os negros iriam ficar impacientes conosco.

Era um sinal, mas eu não sabia ler os sinais.

Koosie lia muita poesia; ele lia Tennyson e Charles Causley e Henty e Auden. Ele queria ser um poeta, mas mais do que isso: ele queria escrever sobre flores. Ora, isso era espantoso. Flores? Nós? Ele achou um conjunto de velhos desenhos botânicos no meio dos livros de minha mãe.

— Esta aqui é a violeta do Cabo, às vezes chamada de "bonezinho" ou "boca-de-leão". Olha, ela tem folhas que parecem dentes.

Ele me mostrava o que escrevia; lia para mim e eu ainda me lembro de alguns versos:

"A lobélia de olhos brancos está me vigiando."

Eu achava esses interesses tão atraentes por eles serem tranquilos e inesperados. Numa terra violenta, eu nunca tinha conhecido ninguém tão fascinado por coisas simples e bonitas. Eu pensava, imagine se eu contasse isso para o Big Lou. Flores... Ele ia pegar sua arma e dizer "Você está escrevendo... o quê? Fique longe das porras das flores, seu macaquinho da selva, ou eu vou abrir tantos buracos em você que você vai parar debaixo da terra."

Eu olho para dentro da boca escura e macia da petúnia
E algo me diz que ela só tem bons pensamentos;
E que nunca irá me trair,
Nem sonhar em cortar a própria garganta.

Foi assim que começou para Koosie, com flores e poemas e diversão. Mas não foi como terminou, como nunca é; neste país nada acaba bem. Talvez nada acabe.

Koosie estava destinado à resistência em grande escala. Eu devia ter visto isso quando sorria para mim da outra fila na loja de Big Lou. Eu devia ter visto isso quando ele me levava naquelas excursões de domingo para a cidade.

O centro da cidade nos fins de semana era um túmulo vazio; a cidade que fervilhava a semana inteira caía morta todos os domingos. A partir da hora do almoço de sábado, Jo'burgo começava a esvaziar, e por volta das 17h todo mundo já tinha ido embora. Ninguém morava lá; os brancos não queriam e os negros não podiam. Os brancos voltavam para os bairros nos arredores da cidade e se preparavam para fazer o que faziam no domingo: nada. Eles entravam em coma, porque essa era a lei; nada se mexia no domingo, e, se alguma coisa se mexesse, os guardas iam querer saber por quê. Não havia bondes, as lojas não abriam, ninguém sorria se pudesse evitar.

E as sombras negras que serviam a cidade branca também iam para casa, para as aldeias empoeiradas, em algum lugar remoto; e a cidade, tão agitada e barulhenta a semana toda, se transformava num vasto e vazio cenário de um filme que nunca foi filmado. As ruas pareciam rios cinzentos passando no meio de gargantas desertas. Na Commissioner e na Anderson, na Plein e na Jeppe, o que você ouvia não era apenas silêncio, era o suspiro dos moribundos, da morte da vida. Nada se movia do lado de fora de Library Gardens, exceto um recorte de jornal ou um único pombo bicando um copinho de sorvete.

Domingo em Jo'burgo: o dia dos mortos.

Foi então que Koosie me mostrou uma coisa muito especial. Nós íamos a pé de casa: levávamos cerca de uma hora. Nós nos dirigíamos para um lugar central, como Commissioner Street, e então esperávamos. Não por muito tempo.

— Olha — dizia Koosie. — É um Ford Fairlane.

A limusine era o carro nupcial e trazia recém-casados das aldeias proibidas. Depois do Fairlane vinha um Skyline verde-maçã com teto conversível de lona, os pneus de banda branca tão limpos que brilhavam nas sombras dos arranha-céus. Studebaker Hawk, Hudson Hornet e Chev Corvette, em tons de caramelo e ameixa, tinindo de limpos, entupidos de celebrantes, sentados no capô e nas molduras das portas; homens de chapéu e abotoaduras, polainas e flores na lapela, e mulheres de saias justas e meias de nylon. Limusines elegantes, ternos folgados, polainas, veuzinhos atrevidos; os convidados do casamento eram os reis e rainhas da cidade durante algumas horas, no domingo. Valia a pena, a caminhada e a espera, sentar na calçada e ver passar os casamentos, animando a cidade comatosa.

— Você viu *Rua sem nome?* — Koosie me perguntou.

— Não.

— Então vá ver.

Eu fui, sozinho, é claro. Koosie não podia entrar nos nossos cinemas. E vi Richard Widmark, vulgo "Styles", com seu sobretudo de cinto, cheirando o seu inalador de benzedrina, e mordendo com força a sua maçã.

Eu achei que eles pegaram muito bem os rapazes exibidos cruzando Harrison ou Jorrissen ou Jeppe num Caddie vermelho como cereja, vermelho como sangue, ou em Lincoln Continentals que pareciam ter sido esculpidos em creme batido, com a capota baixada, assentos forrados de couro marfim, enfeites prateados. Koosie conhecia todos eles: os russos, os americanos, a Gestapo, os berlinenses; todos os rufiões *tsotsi* que usavam sobretudos com cinto, como Widmark, andavam como Cagney e falavam como Humphrey Bogart. Eles eram gângsteres, de verdade ou de ficção, claro. Mas então, quem não era? O que para você era crime, para outros era progresso. Os caras na distante Pretória que mandavam em nossas vidas eram apenas outra gangue fingindo ser governo. Os *tsotsis* das aldeias, passando nos seus Chevys e Lincolns, amavam estilo e elegância e originalidade e ritmo e irreverência; eles sabiam — melhor do que os políticos, melhor do que os truísmos de todos os partidos da nossa lamentável pátria — que era, precisamente, *não* a solidez, mas a leveza, não a uniformidade, mas a originalidade e o estilo e a cor que eram a verdadeira revolução. As loucas festas de casamento animando as ruas mortas e cinzentas eram uma bofetada na cara do dia carrancudo.

Eu terminei a escola; consegui um emprego. Koosie nunca terminou a escola porque, na verdade, ele nunca começou. Ele fazia alguns serviços de jardinagem e como caddy. Achava difícil conseguir emprego, mas não se preocupava porque seu trabalho já estava escolhido. Ele ia resistir. Koosie foi ficando cada vez mais obcecado. E, estranhamente, mais chato. Koosie, o poeta das flores, tinha ficado tão radical que era de tirar o fôlego. O garoto que me mostrou o carnaval de limusines navegando pelas ruas cinzentas e mortas de domingo, ou que falava na petúnia de olhos sábios — que mostrava nisso uma coragem de parar o coração — foi subjugado. A carga de adrenalina da luta sufocou a rebelião. A revolução não regava flores. O prazer deu lugar à seriedade, e a seriedade levou à obediência. Koosie não se juntou apenas ao movimento, ele entrou para uma espécie de congregação semidivina de heróis, uma comunhão de santos e salvadores modernos.

Eu também fui ficando cada vez mais obcecado. Aprendi que o parlamento húngaro tinha usado gelo tirado de um lago para esfriar o prédio. Aprendi que os persas, já nos anos 400 a.C, construíram enormes refrigeradores subterrâneos com paredes com muitos metros de espessura, isoladas do calor por uma argamassa feita de barro, pelo de cabra e clara de ovo.

Eu posso precisar o momento em que soube que Koosie estava seguindo um caminho que não era o meu. Ele tinha acabado de chegar de algum lugar. Ele não disse de onde, e eu não perguntei. Nós estávamos sentados na sala da frente.

— Big Lou levou uns tiros. Você sabia? — ele riu.

Eu não gostei do som do riso dele.

— Numa noite na semana passada. — Koosie piscou os olhos, ergueu a voz. — Lou estava encostado no balcão, apoiado no cotovelo, daquele jeito dele, e então entrou um cara preto, bem baixinho. Ele não entrou na fila. Foi direto para o balcão. Ele era tão baixo que mal conseguia espiar por cima do balcão, mas tinha um revólver enorme na mão. Ele não diz nada. Lou diz "E o que você quer, bonequinho de porcelana?" Ele não diz nada. Lou diz "Bem, se você perdeu a língua, dá o fora daqui." O cara não diz nada, só olha para ele; os olhos logo acima do balcão, como olhos de crocodilo logo acima da superfície da água; e então ele fura o Lou. Bem no meio. E Lou, ele é pesado, então cambaleia para a direita, e dá a impressão de que vai pegar sua arma, mas não, ele está caindo. Mas o carinha torna a atirar, desta vez no peito... e aí ele vai embora. Lou estava morto antes de cair no chão.

Ouvindo a história, eu percebi alegria e choque, raiva e admiração. Uma parte de mim entendeu a admiração — aqui estava um sujeitinho preto que chega e mata o ogro do Portão Dourado.

Ou, como disse Koosie: "Nada mau para um macaquinho da selva."

Eu senti pena, não de Lou — era incrível que ninguém o tivesse matado anos antes —, mas porque parte do que nós tínhamos sido acabou. Esse era o problema, é claro. Afinal, o que Pratt tinha tentado fazer e não tinha conseguido quando enfiou a pistola no ouvido de Verwoerd? Pratt falhou. Mas o mágico anãozinho preto tinha tido um desempenho impecável e Koosie ficou satisfeito com isso, e se aborreceu porque eu não fiquei. Nós não víamos mais as coisas da mesma forma. Como seria possível? As exigências eram tão diferentes, a raiva dele era tão grande, e os tempos tão violentos.

Nós éramos impetuosos, impetuosos demais.

Eu quis saber por que matar Lou era bom, mas tudo o que ele pôde me dizer foi que era necessário. Eu achei que isso era uma história requentada. Koosie queria que eu parasse de pensar, parasse de lembrar o que nós éramos, que não dissesse nada sobre a imbecilidade das certezas raciais. Os companheiros dele estavam do lado "da história". Eu disse que história era uma orgia de assassinatos pontilhados de lições de moral fajutas para fazer os monstros parecerem bons.

— A sua história, talvez — disse Koosie.

Para mim, o mais interessante sobre o sujeitinho foi a novidade do seu método. Nós não sabíamos por que ele tinha matado Lou. O que o distinguia, entretanto, o que o tornava tão diferente dos canastrões como nós, era a sua eficiência. Ele foi econômico, rápido e eficiente; não fez nenhum sermão, não fundou nenhum partido político, fez o que tinha ido fazer e simplesmente desapareceu. Ele não era um revolucionário, não era um defensor da liberdade; mas talvez fosse um anarquista, um improvisador, até mesmo um artista.

— Matá-lo foi a melhor coisa. — Koosie repetia frequentemente.

— Para o quê?

— Para a liberdade.

— Liberdade é outro conto de fadas que nós contamos a nós mesmos antes de sair e matar alguém.

— Você é fraco, Alex.

Depois disso, nós nos separamos. Foi doloroso, profundo e permanente. Como dividíamos a mesma casa, era impossível não saber o que o outro estava fazendo. Koosie estava mergulhado na revolução. Eu estava construindo modelos de cata-ventos. Cata-ventos eram como funis ou torres em forma de "v", montados sobre o telhado de um prédio. Eles podiam ficar virados numa direção e mandar o ar para baixo, ou podiam virar como um moinho de vento. Este impulso para baixo de ar frio era uma forma simples, contínua, de ar condicionado. Se eu posicionasse o funil sobre uma bacia de água, via a temperatura baixar incrivelmente. Koosie ficava parado diante de uma das minhas lindas criações e perguntava por que eu estava perdendo o meu tempo.

— Bem, se você quiser ar fresco, pode conseguir um escravo com um galho de árvore para sacudi-lo sobre sua cabeça, ou pode abrir a porta dos fundos da sua caverna, cabana ou barraca, ou pode lavar e secar o ar que nós respiramos.

— Com tanta desordem e loucura por aí... você fica soprando ar?

Então foi isso. Eu achava que a história — a nova, que Koosie defendia — parecia já ter durado demais.

A matança começou nos anos 1970. A polícia, os agentes de segurança, os espiões, os estrategistas do regime eram muito eficientes, e aqueles que diziam ou faziam a coisa errada eram punidos.

Precisava ser dito — embora ninguém o tenha feito — que os companheiros de Koosie não eram muito eficientes. De fato, para um movimento de libertação criado antes da porra do Partido Comunista Chinês, eles eram incrivelmente ruins. Ninguém do lado de Koosie jamais matou um policial com a frieza do assassino anão que derrubou Big Lou. O pessoal de Koosie, se eu fosse compará-lo com alguém, se parecia muito com o grande espetáculo que eu tinha tido a sorte de assistir no Milner Park: o Show de Pratt e Oomie, que não conseguiram nem matar nem salvar Verwoerd.

Foi aí que entrou a minha mãe. Os guardas de segurança estavam por dentro de cada movimento de libertação: houve prisões, assassinatos, traições, confissões e confusões, e isso significava que havia uma fila de caras loucos para dar o fora dali e procurar abrigo em Lesoto ou Botsuana ou Zâmbia.

Koosie fez uma jogada perfeitamente calculada para convencê-la. Ele deu a ela uma chance de servir a causa, e sua conversa me lembrou alguém que tinha encontrado sua família, que tinha achado a senha para a salvação.

— Nós precisamos de um cara com um avião, um cara sem ligação com nenhum grupo político. Precisamos de um homem que a polícia nem sonhe que possa estar tirando gente do país. Alguém meio esquisito, que está sempre pulando de um lugar para outro na África.

Minha mãe nem pestanejou:

— Então eu sou o seu homem. Eu vou fazer isso, mas não pela causa, qualquer que seja ela. Vou fazer para me divertir.

Ela se hospedava num hotel luxuoso, como o Carlton, com um nome falso, e de manhã descia para o saguão usando uma blusa de cor diferente, de acordo com as instruções. Ela carregava um exemplar do *Le Monde* ou de *La Stampa,* todos os dias durante uma semana, e, se ninguém aparecesse, ela ia para casa.

Quando o plano falhava, ela criticava os responsáveis:

— O plano gorou. Uma perda de tempo. Essa gente não entende nada. Escuta o que eu digo, esse movimento de libertação é totalmente imprestável!

Mas ela não desistia.

Quando o plano dava certo, alguém, geralmente uma mulher, entrava no saguão, sentava-se ao lado dela e passava um pedacinho de papel com um número de telefone. Minha mãe ia até a cabine telefônica, discava o número e era mandada para outro hotel. Lá, ela se encontrava com a pessoa que planejava sair do país. Ela preparava planos de voo para o Kruger Park se estivesse indo para Moçambique, ou para o Free State se estivesse indo para Lesoto. Depois ela passava algum tempo nesses outros acampamentos para parecer que era tudo legal. No dia combinado, o freguês ia para o aeroporto e minha mãe estava lá esperando. Depois que cruzavam a fronteira, ela geralmente pousava numa estrada de terra e largava o passageiro. Voava de volta para o seu acampamento no Kruger e passava alguns dias caçando. Acho que ela deve ter ajudado mais de uma dúzia de pessoas a fugir para Maputo, Francistown, Adis-Abeba ou Lusaka.

Ela foi detida duas vezes pela polícia para interrogatório; esteve na solitária por 66 dias; mas eles notaram o tamanho do bíceps dela e disseram a si mesmos que uma pessoa que caçava no sudoeste, fazia a sua própria carne-seca e apertava a sua mão com tanta força que esmigalhava os seus dedos — "não estou brincando, *ou maat*" — não era do tipo que ajudava uns negros filhos da mãe a pular fronteiras. Ela era um cara legal; ela era a própria essência do pioneiro branco, agressivo e violento.

Seu disfarce era tão bom por ser tão real.

Eles a chamavam de "a tia que voa".

Koosie foi o último homem que minha mãe salvou. Ele tinha sido preso duas vezes, passado 146 dias na solitária, e estava sob prisão domiciliar em Soweto quando ela o embarcou. Levou-o para Maputo.

Essa foi a última vez que o vi em muito tempo. Soube que depois ele foi para Adis, em seguida para Londres. Ele estava casado, como dizem, com "a luta". Quanto a mim, bem, eu estava casado com cata-ventos, mas isto não me impediu de me casar e divorciar duas vezes, em rápida sucessão.

10

Não seria verdade dizer — bem, não exatamente verdade — que minha mãe afundou meus casamentos; entretanto, para Benita Freeman, no final dos anos 1970, e depois para Maxine Vermeulen, nos anos 1980, ela se mostrou fatal.

Quando olho para trás, vejo que o impacto que ela exerceu foi incrível, considerando que ela quase nunca estava por perto. Mas, como a corrente do Golfo ou a atração lunar, este foi o impacto que ela teve. Nos anos 1970, ela estava levando fugitivos políticos para Adis Abeba, ou Maseru, ou Francistown. Nos anos 1980, ela estava caçando no Congo; mas, de uma forma ou de outra, ela estava sempre por perto: "como algo no vento", como Benita um dia disse.

Benita e seus seios giram na minha cabeça como uma velha melodia.

Benita tinha sido uma rainha da beleza. Miss Transvaal em 1971 e depois Miss Orange Free State dois anos seguidos, um recorde que nunca foi igualado e nunca será, pois os nomes dos lugares mudaram. Aos 27 anos ela se aposentou dos concursos de beleza, entrou no ramo de cosméticos como Benita Freeman Beauty e tirou a sorte grande. Ela patenteou uma linha de cosméticos chamada Juvenescence, montou escritórios em Oxford Road, tinha um Bentley e uma equipe de 30 funcionários.

Seu seio esquerdo era um pouquinho maior do que o direito. Sua pele clara e macia como giz era enriquecida por pequenas sardas marrons que se espalhavam sobre o arco do nariz como formiguinhas simpáticas. Eu me lembro dela dizendo a palavra "amor", especialmente do jeito que ela juntava os lábios e fazia um biquinho ao dizê-la.

Eu era o que um dia ouvi minha mãe descrever com bastante precisão como uma espécie de vendedor. Eu não teria explicado melhor. Meu trabalho era superficial, mas meu produto era vital, excepcionalmente leve e amplamente disponível e, em seu estado natural, inteiramente grátis. Então uma espécie de vendedor resumia muito bem quem eu era.

Benita lidava bem com minha carreira etérea. Quem ela não conseguia aturar era minha mãe, ou o que minha mãe fazia. Ela tinha tanta dificuldade em lidar com minha mãe como caçador, piloto ou explorador? Não, o que ela, de fato, detestava era minha mãe como arruaceira de bar. Além dos ombros largos, dos músculos poderosos e das mãos enormes — que a polícia de segurança tinha achado tão convincentes —, minha mãe também tinha, depois de alguns drinques, o jeito escrachado que a gente vê quando brancos se embriagam no bar, num sábado à noite, e começam a puxar briga por causa de rúgbi ou revolução, principais preocupações masculinas na minha cidade. Minha mãe, bêbada, ou ligeiramente alta, mostrava um traço de maldade.

Benita poderia ter ignorado isso; nossa principal falha nunca foi realmente social, mas racial. Não que ela discordasse das opiniões da minha mãe; o que a deixava irritada era a cegueira descarada da minha velha. Eu não acho que a minha mãe distinguisse entre preto e branco. Ela não era liberal de forma alguma, ela simplesmente ignorava raça, do mesmo jeito que um monarca ignorava diferenças intrínsecas de nível social entre seus súditos. Ela era majestosamente cega.

Devo dizer que eu entendia a preocupação de Benita. Se você não sabia em que pé estava com relação à raça, você não sabia onde estava. Afinal de contas, sul-africanos brancos eram treinados desde o útero, desde as primeiras células embrionárias, a registrar nos mínimos detalhes a diferença que mais, ou menos, melanina fazia na pele. Nós éramos tão conscientes das posições raciais que, a cada pequena oscilação na balança da cor da pele, nossos sensores ultrassensíveis soavam como sinos de igreja.

Minha mãe não. Ela agia sem ligar para isso, tratando as pessoas como se fossem iguais a ela, ou seriam se tivessem muita sorte. Ou como qualquer pessoa, quando, obviamente, elas não eram. Você podia ir para a cadeia por pensar assim. A cegueira dela não era simplesmente incomum; era ilegal, era ofensiva, era provocativa, era burra.

Como Benita gostava de dizer, ela não era "muito gentil".

Benita achava que se tentasse com afinco seria possível viver num mundo "tranquilo". Quanta nostalgia ela depositava nessa palavra. Um mundo em que ela poderia ser como gente "educada", que morava em lugares como Estocolmo, e passeava com os cachorros e tomava café em paz; em vez de ficar presa num continente que sangrava por todo lado, em que, a qualquer momento, uma coisa podia voar para dentro. Que nem mesmo era um lugar, era um problema que desafiava constantemente o seu direito de existir; que debochava de cada tentativa que você fazia para deixar sua marca numa terra indiferente, sem fim, que, por seu simples exotismo, fazia você se sentir desconfortável, fazia você lembrar que não tinha nem valor nem lugar aqui! Que a única forma de você ser visto era trepado no ombro de alguém. Que você era menos real até do que um personagem de romance; que droga, você não valia o preço do papel em que estava escrito.

Outra dificuldade era o fato de minha mãe não ter empregados. Do ponto de vista dela, isso não era uma questão de princípios, era puro bom senso.

— Sinto muito, eu tentei, mas para quê? O que eles fazem? Eu não vejo sentido em ter empregados.

Para Benita, os empregados não existiam, necessariamente, para fazer especificamente alguma coisa. Eles existiam para ficar entre você e a vida crua do outro lado; eles existiam para que, como convinha a uma pessoa branca, você soubesse quem era: um Senhor do Universo. Mas o truque só funcionava se todo o mundo jogasse o jogo, e isso significava que você assumia seus deveres de senhor e eles iam limpar o banheiro ou fazer o jantar ou tomar conta das crianças. Nós só éramos superiores se eles fossem servis. E vice-versa. Qualquer pessoa que não tivesse empregados estava traindo o seu lado.

Benita e eu levávamos uma vida normal: tínhamos um empregado negro chamado Francis: e Benita o vestia com uma túnica branca e uma faixa vermelha e sempre tocava uma campainha para chamar Francis na cozinha, onde nossa cozinheira, Emily, cuidava das coisas; assim como, na nossa horta, dois homens fortes, Nicodemus e Bom Homem, plantavam coisas. Eu nunca na vida tinha usado uma pá, cortado grama, lavado um prato ou carregado um embrulho. Tudo isso era perfeitamente normal. Nossas vidas eram vividas com base em uma única premissa: as pessoas como nós não faziam nada; as coisas eram feitas para nós. O único dedo que minha esposa erguia era para fechar as janelas enquanto esperávamos que

Francis servisse o cordeiro assado porque, como ela gostava de alertar: "Isto aqui é a África, e alguma coisa pode voar para dentro."

Bem, minha mãe voou para dentro, e continuou a voar para dentro. Querendo que Benita voasse com ela para fora, para o Congo, para o Quênia; querendo dar aulas de boxe para ela.

E havia os meus tios.

— Sua mãe coleciona amantes como outras pessoas colecionam selos — Benita dizia. — Quer dizer, quem ela pensa que é?

Eu não fazia a menor ideia de quem ela era, e esse era o problema.

Benita falava com naturalidade dos "casos amorosos" da minha mãe. Mas eu tinha sido exposto a vida inteira a homens que passavam por nossas vidas como grãos de poeira num raio de sol e nunca parecia haver nenhum amor na história. Uns poucos ficaram comigo — seu relacionamento com, digamos, Oomie ou tio Papadop —, mas o resto sumiu e eu nunca mais pensei neles.

— É claro que você sabia que eles estavam dormindo com ela — Benita dizia.

Sim, suponho que, de uma forma vaga, eu sabia que eles deviam estar dormindo com ela; mas nunca pude imaginar que, portanto, ela estava dormindo com *eles*. Isso seria considerar a minha mãe outra coisa que não uma ventania ou uma tempestade.

— Se ela não gostava deles, por que fazia isso? — Benita insistia.

Mais uma vez, eu não sabia. Talvez ela gostasse, mas não muito, e não de um modo especial. No máximo, eu acho que ela gostava de certos aspectos característicos dos seres humanos — sim —, mas na maior parte do tempo ela parecia não ligar a mínima para seres que, por acaso, eram humanos.

Benita ficava envergonhada; ela dizia que não era "decente" que uma pessoa da idade da minha mãe "desfilasse" com uma fileira de "amantes".

O motivo dessa sensibilidade não era um melindre natural, e sim o problema de sempre: raça. A velha e firme crença disseminada em nosso país entre os brancos de que revelar os seus desejos, exibir sua sexualidade, era, de certa forma, descer "ao nível dos bantos".

Benita nunca usava a palavra "negro" ou "africano", palavras não apenas politicamente incorretas, mas grosseiras. Elas criavam problemas, então as pessoas sensatas preferiam "banto", porque isso dava a elas um jeito de não falar sobre coisas que elas sabiam que precisavam falar, mas que sempre terminavam em brigas e lágrimas, impedindo, assim, que as pessoas continuassem a ser, na vida ou nos negócios, tão comuns, sensatas e lógicas — e acima de tudo normais, pelo amor de Deus, quando queriam ser.

Uma vez eu disse a ela:

— Espere um instante, você prestou atenção no que disse? Prestou atenção no quanto isso soa mal? Não é só sem sentido, é idiota. Um banto, dois bantos... Eu preferiria ser chamado de cafre.

— Eu nunca, jamais — ela não conseguiu completar a frase.

— Nunca? Eu sou chamado de cafre branco com tanta frequência que nem me dou conta.

— Quando?

— Quando? Você quer dizer, quando não? É o tipo de coisa que os caras dizem quando não gostam do jeito de você dirigir ou da sua cara ou do seu jeito, do tipo, "Ei, qual é a sua? Seu cafre branco filho da puta!".

— Eu nunca usei e nunca vou usar essa palavra horrível.

E era isso. A palavra estava em toda parte, você não podia fugir dela, mas preferia não ouvir. Como sul-africanos, nós estávamos divididos não por classe, mas por graus de vergonha auditiva provocada por certos sons. Gatilhos sonoros. O longo pio da coruja "uuuuuuuuu" em banto era o meu; eu queria me esconder debaixo da mesa, queria sair correndo da sala. E era a sílaba final da palavra "cafre" que funcionava como gatilho para Benita.

Um dia, Benita fugiu com um cantor sertanejo baixinho, de cabelo vermelho, chamado Frikkie La Page, o "Caruso bôer"...

Ela escreveu no bilhete de despedida:

"Sua mãe virou nativa e eu não quero mais ficar perto dela. Sinto muito, mas ou ela ou eu..."

Eu rasguei o bilhete, preparei um chá de ervas, tomei um banho quente, ouvi o rádio, deitei na água aquecida e me lembrei vagamente que um banho é um bom lugar para morrer — se você cortar os pulsos, a morte chega com um lento escurecimento da água quente. O rádio transmitiu um anúncio de chocolate em pó, feito por um homem com um falso sotaque holandês: ele nos incentivava a provar o "Bensdorp's Chocolate Shprinkle-Shpread..." e isso me pareceu ao mesmo tempo triste e consolador.

Eu sentia certa simpatia pelo dilema de Benita — minha mãe era impossível, sim —, mas Benita estava errada na parte de ela ter virado nativa. Minha mãe não "virou nativa" — isso sugere uma mudança —, minha mãe sempre foi nativa. Benita queria um tipo de delicadeza baseada numa espécie de nobreza, um mundo em que nativo significava *banto* e tudo era normal. Em vez disso, nós vivíamos num lugar, e de um modo, em que não se sabia o que era ser normal; e onde não havia nenhuma delicadeza.

Quando soube da nossa separação, minha mãe se ofereceu para localizar Frikkie e dar uma surra nele, e eu tive um trabalhão para impedi-la. Isso não era exatamente o que eu queria: minha mulher me abandona por outro homem e minha mãe dá uma surra nele!

Eu disse:

— Obrigado, mãe, mas não.

— Droga, eu só ofereci porque amo você.

Se Benita era "delicada", então acho que me casei com Maxine alguns anos depois porque ela não era. Alta, com olhos muito azuis. Uma bela testa, larga e calma. Lábios pequenos, rosados, franzidos. Maxine ensinava locução e interpretação na universidade e você poderia achar que ela era do tipo artístico, aéreo, mas estaria equivocado: ela era muito agressiva, como eu iria descobrir, e esta descoberta mudou minha vida para sempre.

Maxine estava milhares de léguas à frente do grupo acadêmico radical — principalmente marxistas, trotskistas ou stalinistas. Geralmente, nossos intelectuais viviam por procuração; eles eram como receptores de rádio de longo alcance; sua inspiração, seus livros, seus filmes e sua linguagem, seu Marx e Fanon e Gramsci, seu *News Statesman e African Communist*, seus panfletos, slogans e canções vinham de muito longe, sinais fracos e cheios de estática, vindos daquela enorme loja que era vibrante, admirável, excitante, persuasiva, o lugar que nós chamávamos de "além-mar", ou mais frequentemente de "mundo lá fora". Se as ideias não viessem de lá, não valia a pena conhecê-las, e se você não soubesse disso, então também não valia a pena conhecer você.

Maxine tinha um primo que trabalhava com um grupo de ativistas de direitos dos animais na Inglaterra. Eles foram elogiados na *Country Life* porque invadiam fazendas de criação de martas, cortavam as cercas e soltavam os bichos. Eles eram tão radicais que não tinham cartazes nem panfletos nem livros; comunicavam-se em código. Maxine tinha uma queda, não tanto por martas, mas pelo que eles representavam. Ela formou um grupo radical com alguns amigos, chamado Animais Contra o Apartheid.

Quando olho para trás agora, vejo que Benita e Maxine, apesar de muito diferentes, tinham uma coisa em comum: ambas queriam que o lugar onde elas viviam fosse mais parecido com os lugares com que elas sonhavam. Para Benita, era um lugar cauteloso e limpo e branco e calmo — como a Suécia. Para Maxine, eram os pântanos de Essex, e caras usando paletós-esporte, correndo pelos campos cobertos de névoa, libertando martas.

Maxine não tinha empregados, e não ligava a mínima para o que minha mãe fazia com as outras pessoas; isso era bom.

Eram os animais que atrapalhavam o relacionamento delas.

Minha mãe chamava Maxine de "fauna-maníaca" porque Animais Contra o Apartheid — ACP — invadiam zoológicos e matadouros, dizendo que os animais ficavam segregados atrás de cercas de arame, eram aprisionados e mortos, assim como os negros eram encurralados atrás das cercas de arame das cidades e países.

Maxine chamava a minha mãe de assassina.

Eram as viagens ao Congo que irritavam minha esposa e, especialmente, um grupo de amigos pigmeus do grupo dos wambuti que minha mãe costumava visitar. Os wambuti e, particularmente os efe, um povo que caçava com arco e flecha, estavam na família havia quase tanto tempo quanto os malditos bôeres. Nós conhecíamos os pigmeus do Congo desde que meu avô tinha feito amizade com Sir Harry Johnston, o caçador que passou muito tempo no Congo Belga, caçando gorilas gigantes, borboletas e pigmeus; ele acreditava que em algum lugar nas encostas de Ruwenzori, no alto das Montanhas da Lua, ou nas profundezas das selvas do vale do Semlik, ele iria descobrir algum dinossauro extinto ou um espécime de homem primitivo.

Em vez disso, o que descobriu foi o ocapi, uma criatura absurda, entre cavalo, zebra e antílope, conhecida pelos wambuti — embora ninguém prestasse a menor atenção a ela — como *ndumba*, mas rebatizada em homenagem a seu perseguidor armado Sir Harry Johnston (*Ocapia Johnstonia*).

Eu vi pela primeira vez imagens de pigmeus numa série de filmes dados ao meu avô por T. Alexander Barnes, que os havia filmado no que ele sempre chamava de seu "cinescópio". Seus filmes cinzentos e tremidos mostravam os wambuti nas florestas Ituri, usando tapa-sexos de folhas trançadas, sorrindo para a câmera e comendo sal, que eles adoravam. O sr. Barnes referia-se a eles como "anões da floresta" e tinha certeza de que os wambuti eram o elo perdido: "o macaco estava todo lá, até os cabelos, que em alguns casos cobriam o corpo inteiro dos anões..."

Minha mãe vinha caçando ocapis nas florestas há anos, e como ninguém conhecia os ocapis melhor do que os wambuti, eles eram seus guias. Os amigos dela eram um casal da tribo efe, chamados Bara e Buti. Esses eram seus novos nomes, adotados depois que o presidente Mobutu decretou, em 1972, que todos os velhos nomes cristãos e europeus do país, das cidades e dos povos deveriam ser abandonados e substituídos por nomes africanos. Então, o presidente, Joe Desiré Mobutu, tornou-se "Mobuto Sese Seko Kuku NgBendu wa ZaBanga", o que pode ser traduzido como "o guerreiro todo-poderoso que, por sua vontade inflexível de vencer, irá, de conquista em conquista, deixando atrás de si uma trilha de fogo". Uma melhor descrição, palavra por palavra, de quase todas as medidas opressoras tomadas contra os africanos por seus malditos governantes seria difícil de inventar.

E Alphonse e Desirée tornaram-se Bara e Buti.

"Umas criaturinhas muito boas", segundo minha mãe.

Não sei por que eram as viagens ao Congo que horrorizavam tanto Maxine, quando minha mãe, na época, estava constantemente visitando comerciantes libaneses de diamantes, fazendeiros rodesianos, visionários alemães, caçadores brancos no Quênia e homens leopardos negros no Gabão; e, considerando as características daquela época, você teria a impressão de que qualquer pessoa que vivesse no meio do povo no Congo seria considerada bastante progressista pelos ativistas políticos. Entretanto, nossos espíritos radicais nunca se interessaram por outros lugares da África; eles estavam interessados, como Maxine, em princípios. Ela nunca tinha estado em lugar nenhum da África, mas tinha opiniões.

Eu olhava com desespero para Maxine e minha mãe. Eu amava a minha esposa, e amava a minha mãe, mas do modo como você ama o mar. Você quer sentar perto dele, mas prefere não ser arrastado por ele. Eu amava Maxine por sua pele macia e pelo modo como ela chorava dormindo e pela efusão de sua vulva quando fazíamos amor, uma umidade quase embaraçosa. Para ser honesto, eu amava Maxine por causa da sua xoxota; o problema era que Maxine tinha princípios e princípios sempre ganhavam de xoxotas.

Minha mãe tinha estado em toda parte e não tinha opiniões. Os pigmeus do Ituri eram simplesmente amigos, família, e rastejadores. Ela transformava estranhos em parentes, como se devesse ser assim, como se todo mundo fizesse isso.

Maxine dizia:

— O Congo? Isso me parece uma evasiva.

Minha mãe dizia:

— Animais Contra o Apartheid? Se quer saber, isso está mais para Babacas Contra o Apartheid.

Maxine dizia docemente:

Conte-me qual é a sensação de ser uma assassina profissional.

Minha mãe erguia as sobrancelhas de aço.

— Muito boa. Vou partir amanhã.

Era a vez de Maxine ser irônica:

— Por que o Congo? O que tem lá? A luta é aqui.

— A sua luta — dizia minha mãe. — Eu vou atrás dos ocapis junto com os wambuti. Talvez eu traga alguns para casa.

— Ocapis?

— Pigmeus.

— Você quer dizer que traria pigmeus para casa?

— Por que não? Para um pouco de descanso e recreação.

— Kathleen, isso apenas perpetua o modelo.

— Modelo? Do que é que você está falando? Que modelo?

— Caçar animais, caçar gente. Explorar seres humanos por lucro ou prazer.

— Eu não perpetuo o modelo, diria que ele me perpetua. Eu já cacei com todo mundo, desde Karen Blixen até Gregory

Peck, e tenho orgulho disso. O que caçar tem a ver com racismo?

— Eles são praticamente a mesma coisa, Kathleen. Nós criamos negros como outras pessoas criam martas.

— Eu não crio negros. E nem martas. Eu nunca vi uma marta na vida.

— Não você, pessoalmente, e não martas especificamente. Mas há pessoas que criam martas em cativeiro e matam os bichos para fazer casacos de pele para estúpidas mulheres ricas.

Minha mãe ficou atônita.

— Onde é que fazem isso?

— Em Essex.

— Em Essex!

Ah, o ódio, a perplexidade com que ela pronunciou esta palavra.

Uma semana depois, minha mãe ligou:

— Venha conhecer meus amigos.

Maxine disse:

— Eu não vou. Se houver pigmeus lá, eu vou surtar. Ela passa a mão neles e os carrega como se fossem... artigos de mercearia.

— Se isso aborrece você, então não vá. Há sempre um elemento de provocação quando ela faz essas coisas.

— Provocação! Olha, isso não é provocação, é guerra. É claro que eu vou. Eu também sei brigar.

Minha mãe estava na varanda, numa cadeira de vime; duas pessoas pequenas estavam sentadas no chão, perto dela, fumando cachimbo junto com ela. Ela se inclinou e bateu com a haste do cachimbo numa de cada vez. Seus amigos eram pequenos, tinham cerca de 1 metro e vinte de altura. Sobre os muros do jardim, ela tinha mandado colocar um metro de tela de arame.

— Conheçam Buti e Bara. Eles é que mandam no jardim.

Buti e Bara estavam usando apenas umas poucas folhas ao redor da cintura e fumavam cachimbos de maconha. A barriga deles caía por cima do tapa-sexo e eles seguiam minha mãe por toda parte, como gatos. Ela falava com eles em kwa-swahili e eles riam um bocado, mas eram muito, muito magros. Eu adorei a trombeta deles, feita de marfim e que eles usavam pendurada no ombro.

Maxine não tinha tempo para trombetas.

— Primeiro você mata o que eles comem, depois os coleciona como se fossem bonecos!

Minha mãe nem se abalou:

— Eles não são bonecos, são grandes matadores, estes dois. O que é bom para eles. Matar é algo que se deve ter sempre em vista. É o que mais tem por aí. Os escravos fizeram isso com as tribos, as tribos umas com as outras, os colonos brancos fizeram isso com seus criados negros, e seus peões negros revidaram e fizeram o mesmo com seus patrões, os belgas, quando tomaram o Congo e os mandaram para o inferno. E todo mundo fez isso com os animais, e, nas florestas, os wambuti são atacados por quase todas as tribos ao redor... Eu estou fazendo um favor a eles. Eu os trouxe aqui para eles terem um pouco de paz. Dei a eles a liberdade do meu jardim. Frango à vontade e todo o sal que eles quiserem comer. Eles adoram sal.

Maxine estava despreparada para aquilo. Você não luta contra redemoinhos, terremotos, tsunamis. Se você for esperto, sai correndo. Eu estava acostumado com os amigos de minha mãe, suas descobertas, suas pilhagens, suas paixões, suas lembranças: isso fazia parte da nossa convivência, algo que ninguém mais poderia entender.

Maxine disse:

— Essa tela é para quê?

— Para garantir que eles fiquem no jardim.

Maxine ficou horrorizada.

— Parece um galinheiro.

— Melhor um galinheiro do que uma ave fujona. Sem a tela, esses dois pulariam o muro num segundo e não durariam três minutos no meio do trânsito.

Maxine apelou para mim:

— Você precisa fazê-la entender, Alexander. Ela não pode manter pessoas trancadas no jardim, como se fossem pavões ornamentais.

— Esses safadinhos comem qualquer coisa — disse minha mãe, sorrindo para Buti e Bara. — Eu tenho que ficar de olho neles. Se tiverem chance, são capazes de fritar um gato ou algo semelhante. Imaginem o que madames Terre'Blanche, Garfinkel, Smuts e Mason irão dizer! Um bichinho de estimação assado na fogueira.

Em vez de gatos, ela dava frangos para eles assarem na fogueira e sal numa grande lata azul de Cerebos, que ela substituía de poucos em poucos dias. Eles a chamavam de "Bibi", o que eu achava engraçado porque significa "a esposa" ou "a mulher casada"; e pareciam felizes em estar no jardim, comendo coxas de frango e fumando seus longos cachimbos.

— Eu dei um pouco de maconha para eles. Eles não conseguem passar sem — minha mãe disse.

Estava tudo muito bem até a noite em que alguém entrou no jardim e fez um buraco na tela de arame e os wambuti foram "libertados", segundo Maxine, ou "fugiram correndo para salvar suas vidas", segundo minha mãe.

— E — ela acrescentou zangada — é isso que eles fazem com as martas, eu acho, em Essex! Soltam os malditos bichos para acabar com o campo.

Bara e Buti não fugiram para muito longe. Eles correram para os jardins muito maiores de madames Terre'Blanche, Garfinkel, Mason e Smuts e se esconderam lá. Os pigmeus da floresta Ituri passam a vida escondidos; eles são especialistas em desaparecer. Eles escalam, eles cavam esconderijos, eles se enfiam em lugares impossíveis, e era muito fácil desaparecer em cinco acres de jardim em Johannesburgo, no meio de eucaliptos, nespereiras e amoreiras.

Mas se Bara e Buti estavam praticamente invisíveis, você conseguia ouvi-los: eles caçavam com música e era a música que acordava os vizinhos. Quando caçam à noite, os pigmeus do Ituri chamam uns aos outros como pássaros, e usam suas trombetas de marfim para produzir um som parecido com o de uma gaita. Ele é muito doce e totalmente inesquecível, um som baixo, suave e bonito, muito diferente da sinfonia habitual de latidos de cachorro, gritos, tiros e sirenes, comuns em Johanesburgo.

A primeira baixa foi o nosso velho papagaio, Carequinha, mas como disse minha mãe, você não podia culpá-los: os wambuti tinham uma paixão pelo papagaio-cinzento africano. Nós desconfiamos que eles tinham entrado na casa de fininho e levado o papagaio. Nunca encontramos nem uma só pena dele. Depois disso, como eram adaptáveis, contentaram-se com pombos, pardais, passarinhos e frangos.

Minha mãe disse:

— Bem, enquanto só caçarem nossos bichos, tudo bem. Mas tenho minhas dúvidas quanto a isso. Se as coisas ficarem pretas, talvez eu tenha que chamar você.

Não demorou muito. Uma manhã, a Sra. Garfinkel deu de cara com a pele do seu cão alsaciano, Domitian, pendurada, seca e salgada, no galho de uma amoreira. Felizmente, ela disse a todo mundo o que todo mundo costuma dizer em tais circunstâncias, que algum nativo desgraçado devia ter matado o pobre Domitian. As pessoas tinham cães grandes para maltratar os nativos, e era inevitável que às vezes os nativos maltratassem os cães. Fazia parte da ordem natural das coisas.

Minha mãe me telefonou.

— Preciso que você carregue um pouco de peso.

Nós estacionamos o Land Rover na frente do portão. Em seguida pulamos para dentro do enorme jardim dos Garfinkel. Ela carregava uma pequena zarabatana com uma lanterna amarrada na haste de bambu: um velho truque de caça que ela usava quando saía para caçar leopardos à noite.

Ela usou sal para fazer uma trilha das roseiras até a amoreira, onde plantou um saco de Cerebos. Quando Bara e Buti sentiram o cheiro da isca e se foram para lá, ela acertou um de cada vez com dardos cheios de tranquilizante. A zarabatana calibre 0.4 era uma arma eficiente e silenciosa: os dardos se moviam a uma velocidade de quase cem metros por segundo. Eles correram, é claro, o que tornou a droga ainda mais eficaz. Nós os encontramos dormindo como bebês.

— Safadinhos! — minha mãe disse, enquanto carregávamos Bara e Buti para o Land Rover. — Eles não vão dar um passo enquanto não estiverem de novo em casa.

No aeroporto, ela suspirou quando os prendemos no assento.

— Eu gostaria que você tivesse uma conversa com a sua mulher, Alexander. Isto poderia ter ficado bem feio.

Ela taxiou e levantou voo no vasto céu noturno. Eu fiquei olhando até as luzes do avião desaparecerem. O Voyager alcança uma velocidade de cerca de 190 km/h. Ela estaria no Quênia ao amanhecer e em Stanleyville no dia seguinte. Sem problemas.

Passei muito tempo sem vê-la depois disso. Ela ficou várias semanas no Congo, caçando antílopes.

Eu não tive nenhuma conversa com minha mulher. Cada um podia pensar o que quisesse. Maxine acreditava que tinha libertado os wambuti da opressão colonial. A sra. Ganfinkel chorava por Domitian, morto por nativos. "Eles devem ter feito chapéus com a pele do pobrezinho", ela disse, estremecendo...

E eu acabei indo embora. Foi uma fuga pela sobrevivência. Maxine achou que eu tinha fugido com alguém. Ela tinha razão: eu fugi comigo mesmo. Cansei de martas, de mãe, de militantes de qualquer credo. As duas acharam que eu tinha enlouquecido. Por que sair do país, quando ainda havia tanta coisa para ver na África?

Desde então, eu não parei mais em lugar nenhum e, desde então, minha mãe passou a seguir minha pista. Era um jogo, era um safári, era uma missão de vida, ver até onde eu conseguia ir antes que ela conseguisse encontrar uma maneira de me puxar de volta, de me armar uma cilada, de me fazer voltar para casa.

II A Crise Cubana

"Meu filho, um estranho por quem esperei
como a um amante. Estranho como um
prisioneiro num país estrangeiro..."

Monólogo de uma mãe, D. H. Lawrence

11

Eu estava subindo o rio havia vários dias no *Mistress of Mandalay*, uma velha barcaça transformada em navio a vapor que cruzava o Irawaddy entre Rangoon e Mandalay. Os donos estavam substituindo o sistema de ar condicionado de seis cabines. Nós estávamos indo para Bagan, antes chamada Pagan.

A Birmânia era especial. Era uma terra suspensa entre nomes: Birmânia/Mianmar; suspensa entre budismo e brutalidade. Uma terra nada militar, desgovernada por generais, onde a onipotência estava num cara conhecido como "Secretário Um" e o retrato dele estava em toda parte.

Na Birmânia, você aprendia a respirar direito. Na Birmânia, você era preso por falar ou por fazer uma brincadeira ou sem qualquer motivo. E por que não? Quando sua existência dependia inteiramente da decisão dos pequenos deuses de óculos, cujas fotos apareciam, como cartazes de homens procurados, na primeira página de *A nova luz de Mianmar* (conhecido pelos leitores como *O pesadelo de Mianmar*). Os generais eram mostrados inspecionando "vigorosamente" instalações sujas e enlameadas e batendo continência uns para os outros. Cruéis, estúpidos e ridículos; espécimes perfeitos do efeito grotesco do excesso de poder sobre idiotas arrogantes.

A ideia de que a linguagem deve ser racional ou clara ou justa ou delicada é uma ilusão que só se sustenta em países onde a polícia não atira ou prende você pelo uso de certas palavras. Existem sinais de delírio de poder que só as vítimas conhecem. Lugares em que todas as palavras são manifestações de força, maneiras de exercitar o poder. Onde o direito de falar é, na realidade, uma espécie de tirania. A língua de botas. Lugares em que o patrão é dono das palavras e você não é e não vai conseguir licença para usá-las tão cedo; e, por isso, as pessoas usam menos palavras e mais sinais: um suspiro, um sacudir de ombros, um erguer de sobrancelha servem para as pessoas mandarem você calar a boca. Liberdade de expressão é tanto uma decisão governamental como, digamos, saúde pública. De fato, em alguns lugares, e a Birmânia era um dos exemplos mais interessantes, ficar de boca fechada era o único socorro médico que se tinha para oferecer. Falar poderia pôr em risco a sua saúde. E aprender a respirar corretamente — ar condicionado interno — era a forma certa de respirar em circunstâncias difíceis.

Eu gostava tanto de Mianmar/Birmânia que tinha quase esquecido de onde eu tinha vindo — certamente eu tinha me esquecido *de quem* eu tinha vindo. Eu não tinha que pensar em casa, ou nela, ou na maldita África do Sul com sua loucura venenosa — eu podia olhar, em vez disso, para um hospício asiático, suavizado por um temperamento budista, tão doce e preguiçoso quanto a bela Irawaddy, com suas nuvens de mariposas brancas flutuando ao lado do barco, como preces ao luar.

Em Bagan, nós atracamos na margem enlameada, e subi os degraus íngremes de pedra e atravessei a velha cidade, onde relicários budistas medievais enchem a planície como cogumelos depois das monções. As figuras pintadas dos espíritos guardiães da cidade ficavam de cada lado do velho portão da cidade; eles eram chamados carinhosamente de sra. Peixe Dourado e sr. Bonito. Além do Buda, que era supremo, e como forma de complementar sua perfeição, os Nats, imperturbáveis e subliminares, espíritos guardiães mais humanos e mais ferozes do lar, também eram reverenciados.

Antigamente, no meu país, as pessoas também adoravam seres chamados Nats, mas nossos pequenos deuses eram uns chatos puritanos, brancos, com medo de sexo, que só nos traziam lágrimas e derramamento de sangue. Isto não diminuiu em nada a adoração de seus seguidores, que um dia foram tão numerosos quanto os relicários que cobriam a planície de Pagan, mas recentemente eles tinham desaparecido como se nunca tivessem existido. Um milagre!

Eu rezava para os Nats de Bagan: "sra. Peixe Dourado e sr. Bonito: protejam-me do terror dos espíritos malignos cuja arrogância pesa sobre nós como chumbo. Atormentem os governantes desta terra e infestem seus sonhos com demônios..."

Na cidade de Nova Bagan, eu segui uma longa caravana de celebrantes, comemorando o noviciado de dois meninos que iam ser monges. Os pais abastados iam na frente de uma procissão de dançarinos, arqueiros, tecelãos, punguistas, músicos e um elefante de veludo preto com presas muito brancas, e fechando a procissão alguém carregando um cartaz: "Vídeo já disponível! Manchester United vs. Arsenal".

No Hotel Bagan, me entregaram um fax. Ele vinha me seguindo há dez dias, tendo ido primeiro para os meus fornecedores em Nova York, dali tinha sido enviado para Bagan e esperado por mim enquanto eu estava no Irawaddy. Eu me sentei na varanda do meu quarto, com uma cerveja gelada na mão. O fax era de Jake Schevitz e, embora breve, sua voz rouca crepitava nele.

Garoto Alexsy, sua velha esteve aqui e trouxe um cara moreno — com aparência latina. Ela deve ser pelo menos meio século mais velha do que o don-juan. Ela me disse que eles querem se casar. Alex, meu rapaz, estou preocupado. Você tem que fazer alguma coisa...

Seu nas entranhas de Cristo,
Jake S.

Eu gostei da parte "nas entranhas de Cristo".

Jacob "Jake" Schevitz sempre foi um cara sarcástico. Sendo judeu numa escola católica, ele aprendeu a dirigir, como gostava de dizer, dos dois lados da rua. Ele sabia de cor todas as nossas orações; ele era — mais uma vez em suas próprias palavras — "ambidestro". Esse sempre foi o seu lado mais afiado. Ele pegava uma informação, pensava, concluía e a atirava de volta na sua cara.

Schevitz aos 14 anos: orelhas de abano, rosto atento e esperto, uma mente afiada como uma faca. Schevitz aos 30: um dos melhores advogados de todos os tempos. Representava todo mundo que se erguia contra os baderneiros que governavam o país. Um homem com uma causa. Ele dizia que o velho regime era quase igual ao nazismo. Se você fosse surrado pela polícia, apelava para Schevitz; se seu filho caísse da janela do décimo andar enquanto estivesse sob custódia da polícia, você apelava para Schevitz; se seu amigo morresse na traseira de um camburão e a polícia dissesse que ele tinha batido com a cabeça ao atacar um policial, e o médico da polícia confirmasse isso, você apelava para Schevitz. Sempre afável, mas totalmente impiedoso no tribunal, ele destruía todas as provas e levava às lágrimas as testemunhas oficiais.

Isso era Schevitz em toda a sua glória, salvando os fracos dos vândalos do governo. Schevitz, que levantava dinheiro para advogados negros, que conseguia ajuda para presos confinados na solitária; que criou o Legal Outreach Bureau, que passou uma semana na solitária por ter-se recusado a testemunhar no julgamento de Koosie, acusado de provocar explosões. Schevitz, que os intelectuais e os profetas acreditavam que seria nomeado, por uma administração mais justa, não racista, de uma África do Sul inteiramente nova, juiz da Suprema Corte ou até mesmo — por que não? — ministro da Justiça...

Ah, mas foi então que...

Pairava agora sobre Schevitz uma nuvem de tristeza. Mais do que isso: ele exalava infelicidade. Schevitz tinha mudado — "evoluído" segundo ele — de principal cão de ataque na época do velho regime para crítico rabugento dos novos caras que governavam nossa nação arco-íris; e no final da ilusão multicolorida, Schevitz resmungava, você ia achar não um pote de ouro mas "uma porcaria de uma lata de minhocas".

As coisas não eram mais como costumavam ser, mas Schevitz era, e isso doía. Ele não conseguia aceitar o que tinha acontecido. E não estava sozinho. Havia muita gente como ele. Ignorada, desprezada. E isso os derrubou, embora no fundo eles soubessem que não deviam se sentir tão fracassados porque não era a primeira vez que eram derrotados. Eles já tinham estado lá, esparramados no chão, incontáveis vezes.

O destino de gente como Schevitz, de gente como nós, fora viver duas revoluções. A primeira aconteceu em 1948.

Uma vez, Schevitz me disse: "Quando os racistas venceram em 1948, as pessoas, as pessoas decentes — ouso dizer os democratas — apertaram as mãos deles e disseram, "Puxa, caras, isso é uma reviravolta política, não é?", e os novos patrões disseram, "Foda-se, cara. Nós não fazemos reviravoltas; isto é revolução." E nós dissemos, "Por enquanto. Vocês são o governo e nós somos a oposição... Isto é democrático, não é? Mas da próxima vez pode ser diferente." E eles disseram, "É democrático, sim, e é por isso que não vai mudar. Não haverá próxima vez; estamos aqui para ficar. Vocês pensam que nós somos uns trogloditas morando em cavernas. Bem, sejam bem-vindos ao novo mundo. O homem da caverna é o rei, e vocês estão ferrados."

"Como já tínhamos nos ferrado antes, devíamos ter visto o que ia acontecer," disse Schevitz. "Mas não vimos. Entramos na briga de olhos fechados, com o queixo desguarnecido. Da última vez, eram maníacos obcecados com a cor da sua pele. Calvinistas brigões; tribalistas que diziam que éramos o país mais sortudo da terra e que acabariam com qualquer um que tivesse a ousadia de discordar por ser um derrotista, esquerdista, judeu, comunista."

Exatamente. O regime branco que tomou o poder na metade do século odiava Schevitz. Ah, tinha sido uma luta e tanto! Como a guerra pode ser divertida quando os maus têm tanto orgulho de serem maus e os anjos estão no seu time.

Agora nós tínhamos novos governantes, revolucionários do final do século. E eles eram realmente bons; eram tão santos que doía; não eram um partido político, eram santos que desceram à terra para salvar o país. Eles eram nacionalistas, é verdade, mas eram nacionalistas simpáticos, carinhosos, justos.

Entretanto — aqui estava o problema — eles também odiavam Schevitz, e pelas mesmas razões que o bando anterior. Pior, eles o desprezavam — o que ele tinha a oferecer que fizesse falta a eles? Um liberalismo morno, atrasado, de outra época e outra cultura. Mas eles não o combateram; não viam sentido em combatê-lo; de fato, eles não viam sentido *nele* — ponto final.

Então Schevitz foi descartado. Aposentado. Chutado. E tudo o que ele representava, tudo o que fez e amou e acreditou, passou a ser velharia. Ele passou, da noite para o dia, pobre Schevitz, de agitador radical e herói da luta a sobra do dia anterior: pálido, viril e ultrapassado. Pior ainda, num país cada vez mais obcecado com a cor da sua pele, ele era branco. Aqueles que tinham essa cor não eram mais vistos como seres vivos, mas como notas de rodapé ambulantes ou ruínas de carne e osso. Portanto: nada de lutas, nada de glórias; apenas sobriedade, respeito, esquecimento. Estas eram as opções de Schevitz depois dos anos de fogo.

E talvez tivesse que ser assim mesmo. Talvez Schevitz representasse aqueles de nós que, embora tivessem tido importância no passado, estavam fatalmente aleijados porque o que parecíamos ser nunca foi realmente a nossa essência. A camuflagem que usávamos — e era verdade que alguns de nós davam uma impressão incrivelmente realista de ser contadores ou médicos ou advogados — tinha alguma coisa que não se encaixava bem.

É verdade que nós, caras brancos, não somos simplesmente orgulhosos de nossa ignorância, somos extremamente protetores em relação a ela. Em segundo lugar, como fomos obrigados por tanto tempo a acreditar no nosso status superior, aprendemos a representar várias vidas ao mesmo tempo, vidas paralelas. Nós temos quase que uma genialidade em passar de uma existência para outras e em assumi-las mais ou menos simultaneamente, e com alívio. Porque é precisamente assumindo outros papéis, que servem de máscara para os nossos, que podemos dizer a nós mesmos que não estamos sozinhos. Solidão é o verdadeiro terror do povo de que eu descendo. E ser outras pessoas, ao mesmo tempo, quase que compensa o fato de não ter uma vida própria.

Que cambada: não somos uns Faustos! Vendemos nossas almas por muito pouco. Impostores. Não alcançamos nem o posto de filhos da puta. Apenas fingimos ser reais. Às vezes chegávamos muito perto de ser o que dizíamos que éramos — gerentes de banco ou vendedores de sabão ou magnatas da mineração —, mas nunca completamente. Por uma razão profundamente importante: porque o único papel destinado aos sul-africanos brancos era ser branco. Nada mais contava. Embora fôssemos negar veementemente isso, embora fôssemos ameaçar de violência qualquer pessoa que insistisse em dizer isso, no fundo sabíamos que era verdade: nós sabíamos por que tínhamos tanta dificuldade em ser qualquer outra coisa. Então, branco não era uma cor, era um destino. Uma ocupação de tempo integral. Ela nos dava status, riqueza, poder; ela nos proporcionava cozinheiros, jardineiros, babás... escravos.

E você levava isso muito a sério. Era isso que dava *gravitas* ao seu relacionamento com o homem que cuidava do seu jardim ou à mulher que fazia a sua comida.

Mas você precisava diferenciar-se; mostrar que não era igual aos outros — seus compatriotas africâneres que maltratavam as pessoas e decidiam tudo, desde dizer com quem você não devia se casar, até o que você não podia ler e quando poderia fazer uma rifa ou um bazar. Você, ao contrário, era decente, tolerante, justo.

E, realmente, havia uma diferença, mas não era em termos de moral e, sim, de poder. Eles tinham o poder; você não. Você era fraco, ninguém ligava para o que você dizia, nem pedia sua opinião. Então, você mergulhava cada vez mais no seu disfarce. Ele era necessário para manter as aparências, não só como professor, médico, bombeiro; ele era ainda mais necessário para você enganar a si mesmo que havia um nicho, um mundo mais racional em que as pessoas iam à igreja aos domingos e chamavam o pastor de vigário, onde a lei era respeitada e os juízes pronunciavam sentenças justas.

Mas nós nunca conseguimos realmente fazer isso; nós herdamos inibição demais dos nossos antepassados ingleses para agir com a convicção que distinguia aqueles nacionalistas fogosos que governavam o nosso mundo. E que nos atropelavam.

Schevitz tinha sido pisado, aposentado, e agora queria revidar. E ele reagiu ao seu declínio com uma demonstração de força — afinal, ele era sul-africano. Se você perguntasse a ele se estava deprimido com o que estava acontecendo em volta dele na "nova éfrica-do-sur", ele pularia em cima de você, brigando feito louco.

— Que tipo de pergunta é essa, hein? Seu maluco? Escuta aqui, eu estou feliz, estou *muito* feliz. Acho que este é o melhor país do mundo, está ouvindo? Mostre-me um país que não tenha problemas. Puxa, cara, só porque alguém aponta certos problemas não quer dizer que ele está infeliz. Quer dizer apenas que ele tem indagações. O que há de errado nisso? Hein, hein?

E ele ia em frente, cuspindo fogo.

— Que diabo! O que é que você está dizendo, hein? É claro que eu estou feliz!

Tão feliz que queria dar na cara de alguém.

Eu rasguei o fax. Pedi mais uma cerveja. Eu sabia que minha mãe tinha passado a perna em Schevitz: seu plano era me alcançar através dele.

Eu podia ouvir a pergunta dele ao ver seu amante mais recente.

— Alex está sabendo disso?

E ouvi a resposta dela.

— É claro que não, e espero que você não diga nada a ele.

Eu me lembrei que, nos anos 1970, nós costumávamos visitar George Adamson no Parque Nacional de Kora, no norte do Quênia. Ele fez um incrível truque com a fogueira. Nós estávamos no meio de lugar nenhum e ele tirou das chamas um pedaço de carne, jogou no mato, depois acendeu uma lanterna e havia sete pares de olhos brilhando para nós.

— É uma corrida — George disse. — Somos nós que eles querem, mas vão se contentar com a carne.

Minha mãe tinha olhado para a escuridão, imaginado onde eu estaria, e atirado um pedaço de Schevitz na minha direção.

"Você vai ter que fazer alguma coisa", ele tinha escrito.

Mas não havia nada a fazer. Ela era tão impenetrável quanto um incêndio na floresta, quanto um exército de formigas. Não se tratava dela e, sim, de mim. Ela estava atrás de mim: os chamados estavam se multiplicando, ela estava planejando me encontrar e me levar para casa. Mas ela era uma caçadora boa demais para fazer pouco da sua caça. Ela falava sempre do preço que seu amigo Eddie Baine tinha pagado por se esquecer disso. Eles estavam caçando em Masai Mara. Eddie atingiu um búfalo com três tiros e teve certeza de que tinha causado um bom estrago; então, quando o búfalo se virou e desapareceu no mato, Eddie foi atrás dele. Como não voltou, minha mãe foi procurá-lo e encontrou Eddie destroçado, com as roupas rasgadas, e o búfalo, furioso, pisando no cadáver. Ela matou o búfalo com um tiro na cabeça. Depois deu uma boa olhada e viu que a primeira bala de Eddie tinha atingido o ombro, mas um pouquinho para cima, e a segunda tinha sido um pouco baixa. Bons tiros, mas não suficientemente bons. O terceiro tinha sido uma beleza: a carga pesada do .470 de Eddie tinha entrado pela cabeça e saído pelas costelas.

— O búfalo — ela disse — estava morto, mas não sabia disso, e não existe nada mais perigoso...

Quando contava a história, ela sempre lamentava por Eddie. Eu sempre sentia pena do búfalo. Mas não podia dizer isso a ela. Ela teria tomado como um ataque pessoal a ela, ao seu papel de mãe, um papel que ela desempenhava magnificamente, inesquecivelmente mal.

Eu estava fora do país havia 20 anos, com raras visitas em casa, e nas minhas viagens tinha me acostumado com o grito de minha mãe que ecoava pela linha telefônica, atravessando a enorme distância que, me dava prazer saber, nos separava.

— Onde você está vendendo ar?

Era isso que eu fazia: eu vendia ar. Eu vendia os compressores, canos, ventoinhas, bombas e sistemas para instalá-lo onde você quisesse, quando quisesse, na temperatura que quisesse. Eu podia fornecer ar quente e podia fornecer ar frio; de minha parte, eu preferia frio. Vindo de onde vinha, era a minha segunda natureza, vender ar. Eu não via isso como sendo um trabalho. Era algo natural para alguém que cresceu onde eu tinha crescido, onde se gastava rotineiramente mais ar em arrogância, petulância e linguagem bombástica do que em qualquer outro lugar que eu conhecesse. Tudo o que eu fiz foi aproveitar o passado no futuro.

Desde que deixei a África nos anos 1980, depois do que eu chamo de episódio "Maxine e os pigmeus", não parei mais em lugar nenhum. Acho que eu estava em busca de um lar, ou algo parecido. Bem, eu tinha encontrado lugares em que o cheiro de hipocrisia era tão forte, o absurdo do poder tão exacerbado, que reconhecia imediatamente onde estava. Por todo o sudeste da Ásia; no Vietnã e no Laos e no Camboja, eu tinha encontrado todos os antigos perfumes, todas as coisas que havia detestado quando convivia com elas no meu próprio país, e, reencontradas, elas me encheram de um prazer frio e feroz.

Parecia-me que o mundo era dividido em dois. Havia as regiões mais frias e mais estabelecidas do norte, vastos oceanos de ar, principalmente ar inerte; e havia ilhas de turbulência em que a passagem de ar tinha precedência sobre todas as coisas, movendo-se através do diafragma, por sobre as cordas vocais, saindo na forma de gritos, berros, ordens, vivas, suspiros, decretos, proclamações. Lugares em que havia alguns lobos muito, muito maus que sopravam e bufavam e derrubavam todo mundo — e havia uma porção de porquinhos cuja missão era ser comida.

O ódio, aparentemente, sempre exalava. Era o ar comprimido que impulsionava a tribo. E era um fato observado em toda parte que as pessoas que se comportavam nobremente sob tirania, quando livres dela, frequentemente se comportavam tão mal quanto seus antigos opressores. Realmente, poder-se-ia dizer que, numa tirania, as vítimas precisam concentrar-se em permanecer vivas, então abandonam seus desejos de maltratar os mais fracos ou mais estranhos do que elas; e é só quando o tirano é retirado que seus sentimentos naturais vêm à tona e as antigas vítimas se mostram tão cruéis e estúpidas quanto os imbecis que as maltratavam.

Na Birmânia, eu tinha chegado àquele ponto de estagnação que uma boa viagem provoca: eu tinha quase esquecido de onde vinha, e não me importava para onde iria. As ondas calmas do Irawaddy sob o barco apaziguavam o coração. Eu era ninguém viajando por lugar nenhum. Eu vendia ar, sim, mas às vezes sentia, embora jamais fosse confessar, que isso era mais do que um trabalho. Era uma espécie de vocação.

Quer dizer, pense bem: David Livingstone queria levar, como ele disse, comércio e cristianismo para a África, a fim de aliviar a ignorância dos que viviam lá. Eu também, de certa forma — minha missão era instalar um ar condicionado em cada casa, levar ar fresco para aliviar a opressão, o calor. Eu trabalhava para dois pequenos fornecedores americanos e nós tínhamos um bom relacionamento, baseado em duas condições: eu não viajava para a América e não carregava telefone celular. Telefone fixo e e-mail eram suficientes para me achar.

Um dos meus fornecedores, um homem chamado Hiram, uma vez me disse:

— Mas, se você tivesse um celular, o contato seria mais fácil.

E eu tive que explicar:

— Eu não quero que seja mais fácil.

Então, ao tomar conhecimento desta travessura materna, eu disse a mim mesmo, "Siga adiante, ela está chegando perto." Eu não quis me arriscar. Ela estava no meu rastro. Eu fiz o que qualquer filho sensato faria nessas circunstâncias: confirmei meu voo para a Malásia. Eu tinha encontros em Merlaka, e planejava estar lá.

Além disso, eu sabia tudo sobre o cubano da minha mãe.

12

Eu o tinha conhecido na minha última visita, poucos meses antes. Eles estavam na salinha, ao lado da sala de estar, que dava para o jardim da frente, tomando chá e comendo pão recém-saído do forno; havia uma garrafa de rum sobre a bandeja de chá.

Era um sinal de honra recebê-lo na sala de visitas, porque só a rainha da chuva era recebida ali. Era um hábito que remontava à época das visitas inesperadas da rainha Bama. Naquela época, antes dos muros de segurança serem erguidos, nós não tínhamos cerca na frente, e a rainha podia ficar de olho no seu Holden Imperial, que ficava estacionado em frente ao portão, com o motorista real cochilando atrás do volante.

Ele estava na cadeira da rainha Bama, tomando rum.

Minha mãe disse:

— Vamos primeiro ao que interessa, meu caro rapaz. Quero que você conheça um amigo muito especial. Este é o dr. Mendoza.

— Prazer. — E Mendoza me apertou a mão.

— *Muy buen!* — minha mãe sorriu. — Ele está me ensinando um pouco de espanhol. Ele não sabe muito inglês, não é, Raul?

Ela devia ser uns 50 anos mais velha do que o cubano. No seu fax, Schevitz tinha mencionado a diferença de idade. Mas muito mais discrepante, quando os vi juntos pela primeira vez, era a disparidade de tamanho. Ela era muito maior do que ele. Ela era tão alta e sólida. Mendoza era pequeno, elegante e encantador. Mas o que mais me impressionou foi seu encanto evidente pelo homem.

— Ele não é um docinho?

Ela alisou os cachos dele, e ele segurou a mão dela e a beijou.

— Onde você o achou, mãe?

— Eu o ganhei de Papadop. Ele me ligou um tempo atrás e disse que tinha recolhido este cubano, que estava com problemas, e perguntou se podia passá-lo para mim.

Papadop era um dos meus tios mais antigos. Quando eu era menino e minha mãe ainda voava pela África, costumávamos ficar na casa de Papadopolous em Mount Darwin, uma cidadezinha ao norte do que era então Salisbury, onde ele vendia equipamentos agrícolas numa loja montada debaixo de um enorme jacarandá. Ele era um homem grande e moreno, com um corpo quadrado e sólido, e naquela época ele dirigia um Hudson Hornet com dois pequenos bassês pendurados no espelho retrovisor. Eu o chamava de Papadop e o apelido pegou.

Ele veio de Atenas para a África, um órfão magrinho e faminto e, como muitos outros gregos, tinha uma lojinha em Parkview, e foi lá que minha mãe o conheceu. Mas ele se cansou daquilo. Qual era o sentido de se ajustar àquela camisa de força que os sul-africanos adoravam? Se você fosse português, vendia verduras, se fosse grego, tinha um café numa esquina, se fosse negro, fazia o trabalho pesado e se fosse um sul-africano branco, não fazia coisa nenhuma.

— O maldito holandês só pensa em negros e o inglês só quer saber de jogos com bolas. Que bando de babacas!

Então ele largou tudo, foi para o norte, para a Rodésia, onde as pessoas não estavam ligando para quem era ou não era branco. E ele vendia tratores e sistemas de irrigação em Mount Darwin.

Ele se tornou um rodesiano; este foi, ele costumava dizer, o "meu período intermediário". Antes disso ele tinha sido grego; ele chamava essa época de seu "período primário". Mais tarde, ele se tornou um cidadão do Zimbábue; ele o chamava de seu "último período". Ele se orgulhava de todos os seus períodos; ele se orgulhava de tudo o que tinha feito na África. Papadop era um patriota feroz.

— Onde você guarda esse cubano? — minha mãe quis saber quando ele telefonou.

— Kathleen, vou dizer quando estiver com você. Você vai gostar dele. Ele é um rapaz simpático.

Dois dias depois, ele apareceu na casa dela em Forest Town. Papadop chegou no seu Datsun, com aquelas placas fininhas que usam no Zimbábue, e estava com o cara.

Papadop disse a ela:

— Ele se chama Raul.

Minha mãe apertou a mão dele.

— Aceita um chá?

— Você tem rum, Kathleen? Os cubanos gostam de rum, não é, rapazinho?

E o cubano balançou afirmativamente a cabeça, como um bom cachorro.

Eles se sentaram na sala da frente, tomando chá misturado com uma dose de rum jamaicano Blue Bay, e Raul devorou o pão que minha mãe tinha feito.

— Onde você o achou? — minha mãe quis saber.

— Ele me achou. — Papadop bateu de leve nos cachos pretos do cubano. — Não foi, filho? Nós somos bons amigos.

— Como foi que você o fez atravessar a fronteira?

— Eu o enfiei na mala do carro e o cobri com um cobertor.

— Como ele conseguiu respirar, Papadop?

— Eu fiz uns furos na mala.

— Céus!

— Não muitos. Os malditos buracos enferrujam e meu calhambeque já está nas últimas.

— Nos velhos tempos eu poderia tê-lo trazido de avião.

— Nos velhos tempos, Kathleen, isto jamais teria acontecido. Bem, não foi difícil. A fronteira está um caos. No cruzamento de Beit Bridge, você espera duas horas; eles verificam seus papéis; você passa, eles não estão ligando. Se você estiver de carro. Beit Bridge está lotada de caminhoneiros. Eles ficam semanas esperando. E tem o pessoal a pé: comerciantes, mascates e malandros, tentando comprar moeda, ou talvez contrabandeando droga para dentro da África do Sul, ou carregando sacos vazios ou latas de parafina ou garrafas para encher do outro lado e depois voltar para casa e vender a droga. E há os bandidos, os *guma-guma*. Esses caras são um perigo: se tiverem chance, enfiam uma faca em você ou dão um tiro na sua cabeça. Eles gostam de sequestrar motoristas do sul. Brancos desavisados da República são presa fácil. Todo mundo sabe que a maioria dos sul-africanos nunca esteve na África antes, eles são uns panacas. Os *guma-guma* põem um quepe na cabeça, fingem ser da alfândega e levam tudo desses turistas sul-africanos. Os sul-africanos têm guardas vigiando os *guma-guma*, mas ninguém consegue acabar com o tráfico de parafina ou de gente ou de armas: eles são o óleo na máquina da corrupção, comandada pelo Big Brother Bob, nosso amado líder.

Minha mãe serviu mais uma dose para o cubano.

— Ele fala inglês?

— Veja só isto — Papadop ergueu a xícara de chá. — Ei, Raul: viva Cuba!

— Viva Cuba — Raul ergueu sua xícara.

— Viva Castro! — Papadop disse.

— Viva Castro! — Raul disse, e então acrescentou:

— Morra, filho da puta!

Papadop deu uma gargalhada.

— Não é o máximo, Kathleen? Ele odeia Castro. Quem não odiaria? Este rapaz chega a Harare, recém-saído de Havana; a primeira coisa que fazem é tirar o passaporte dele e mandá-lo para Mount Darwin para ser o médico de lá. Mas nosso hospital está fechado há meses; não temos remédios nem ataduras nem lâmpadas. Num passe de mágica, Raul abre o hospital; faz o que pode; ele é um ótimo médico. Recebe 300 dólares por mês do nosso fantástico governo. Mas não fica com o dinheiro. Tem que levar a grana para Harare e entregar para a embaixada. Moeda forte, sabe como é. Eu fiquei com pena do rapaz. De vez em quando ele vinha me visitar, nós tomávamos um drinque, e eu dava a ele um bife e uma cerveja. Então, um dia, ele disse que não ia voltar. Nunca mais. Não é verdade, Raul?

O cubano concordou enfaticamente.

— Eu fujo. Eu me mato. Não volto mais.

Papadop deu um tapinha no ombro dele.

— Não se preocupe, rapaz. Eu disse a ele, fugir você não pode, meu chapa! Já olhou para os seus sapatos? Você não vai muito longe com essas sandálias de plástico. Isto aqui é a África. Então eu o levei para o rio, onde tenho minha cabana de pesca. Deixei com ele leite condensado, cereal e laranjas. Ele achou que estava no paraíso, pobre-diabo. No dia seguinte, a polícia apareceu na minha casa, procurando por um cubano. "Que cubano?" eu disse. Então os cubanos mandaram uns rufiões de Harare para investigar. Eles vasculharam a cidade, mas Raul estava seguro lá perto do rio.

Eu conhecia a cabana de pesca de Papadop no rio Musengezi. Havia mais do que pesca no Musengezi. Papadop sentia pelo Musengezi o mesmo que os indianos sentem pelo Ganges: era um rio sagrado. Ele pescava nele, bebia sua água e nadava nele. Embora ele gostasse de lembrar às pessoas que não fazia muito tempo que os crocodilos impediam que se nadasse lá.

Papadop costumava contar-me a história do primeiro homem branco em Mount Darwin, um cara chamado "o Portuga" ou aquele "portuga brutamontes, o padreco".

Este homem era um jesuíta português chamado Silveria, que tinha chegado a Sofala em 1560, no que agora é Moçambique.

— Esse cara era um furão. Em pouco tempo ele tinha conhecido o rei Monomatapa, que gostou do portuga e quis dar ouro, gado e escravas para ele. Mas Silveria disse, "Obrigado, mas isso não é para mim." Ele não queria ouro nem nada disso: ele pregava a palavra de Deus. Bem, Silveria foi para o que agora se chama Zimbábue e chegou no que é hoje chamado de Mount Darwin e conheceu o chefe do lugar, que era um cara legal, só que venerava crocodilos e vendia gente para os árabes traficantes de escravos. Silveria diz ao chefe que ele está fora da linha no que se refere a Deus: o crocodilo é um bicho feio, cheio de dentes e não serve para adoração. Mas Jesus, por outro lado, é um Deus em quem se pode confiar. E o chefe enxerga a luz e diz: "OK. Chega de crocodilos para mim. Eu e as esposas e a tribo vamos largar os crocodilos e orar a Jesus." Então tudo parecia ótimo para Silveria.

— Mas você sabe como é a África: feche sempre as janelas, senão alguma coisa voa para dentro. Bem, alguma coisa voou para dentro. Havia os árabes, certo? Aqueles que vendiam escravos. Eles sempre tinham vendido escravos. Se você parasse um árabe na África naquela época e perguntasse, "O que você faz?", era muito provável que ele dissesse, "Eu vendo escravos; quantos você quer?". Era um negócio. Bem, de repente os traficantes de escravos veem este padre português arruinando o negócio deles, dizendo a todos os chefes que ele encontra, "Chega de escravos". Você pode imaginar o que eles acharam disso. Eles chegam para o chefe e dizem a ele, "Escuta aqui, chefe, esse padre português não presta, ele é um *muti* ruim; é um feiticeiro, um bruxo. Os crocodilos sagrados estão muito zangados porque vocês os trocaram por esse deus Jesus. Mas os crocodilos estão dispostos a fazer um trato: vocês criam juízo e eles recompensam vocês." O chefe topa. E quando Silveria acha que está tudo bem, o chefe dá um aviso e seus homens estrangulam o pobre português. Depois jogam o corpo dele no Musengezi para pedir desculpas aos crocodilos sagrados.

— Esta não é uma das coisas mais tristes da África: as mentiras que o povo local engole dos invasores safados? Inclusive este seu criado? Então eu mantive o cubano na minha cabana perto do rio até a polícia e os cubanos começarem a pegar pesado. Aí eu tive que tirá-lo de lá.

— O que você vai fazer com ele? — minha mãe perguntou.

— Eu estava esperando que você me dissesse. Eu não posso ficar com ele. As coisas não são mais como eram lá onde eu moro... você entende, certo?

Quando Papadop chegou pela primeira vez em Mount Darwin, nos anos 1950, ali era uma cidade animada. Havia fazendeiros ingleses, famílias gregas que administravam a garagem e a mercearia, havia bancos, hotéis, lojas e um auditório comunitário. Minha mãe ainda estava pilotando safáris ao norte de Salisbury. Às vezes nós ficávamos na fazendinha de Papadop, com um monte de tratores novos sob árvores enormes.

Então veio a declaração de independência da Rodésia e a guerrilha dos anos 1960 e 1970. Fazendeiros e guerrilheiros brigavam e matavam uns aos outros. O auditório comunitário tornou-se o alojamento dos soldados, onde a associação das mulheres servia sopa quente.

Depois da guerra, Papadop permaneceu lá. Ele não gostava da guerra e não gostava dos imbecis que comandaram a rebelião Smith. Ele se tornou um cidadão do novo Zimbábue, chegou até a se filiar ao partido do governo. Ele falava shona perfeitamente, foi eleito prefeito de Mount Darwin e tomou chá duas vezes com Robert Mugabe.

— Um cara muito amável, agradável. Não parecia ser um comunista safado, parecia ser um cavalheiro rural. Ele queria conversar sobre críquete. Bolas, bolas e mais bolas. Eu disse a ele: "Eu não sei nada, não ligo a mínima para bolas. Mas vejo muitas mudanças em Mount Darwin, sr. primeiro-ministro, e acho que está na hora de consolidá-las."

Mas as mudanças continuaram acontecendo. Os gregos foram embora, depois o banco, a garagem, e o hospital fechou. Os fazendeiros brancos que antes consideravam Mount Darwin parte da Europa, e viam os negros como sendo escravos ou selvagens, arrumaram as malas e partiram. Eles foram substituídos por fazendeiros negros, que viam os brancos como sendo uns vermes. Papadop tornou a concorrer para prefeito e perdeu. O centro comunitário fechou, o country clube se transformou em bordel, mas o ex-camarada prefeito continuou na sua casa debaixo do jacarandá.

— Eu sou o último homem branco em Mount Darwin — Papadop gostava de dizer, com uma mistura de orgulho e tristeza. — Ou era, da última vez que olhei. Então chegou este cubano. Eu quis ajudar, mas não posso ficar com ele, Kathleen.

— Então você quer que eu fique?

— Bem, há um milhão de refugiados de Zim em Jo'burg. O que é mais um, entre amigos? Talvez ele possa pedir asilo político. O certo é que ele está fora, e é melhor que continue fora. Se alguém o pegar, é o fim de Raul. Vão mandá-lo de volta para Cuba ou transformá-lo em comida de crocodilo.

Então ela ficou com ele. O cubano de cabelos cacheados não foi alguém que ela considerou como sendo da família; ele era exótico. Precisava de um cuidado especial. Ela arranjava vídeos e CDs espanhóis para ele; comprava latas de chilli com carne no supermercado porque achava que ele iria gostar. Ele não saía porque alguém podia estar procurando por ele. Ele ficava o dia inteiro em casa, vendo novelas na televisão, e minha mãe cuidava dele à sua maneira de caçadora. Eu tinha visto isso acontecer com Nzong, e com Bara e Buti. Ela não adotava vagabundos ou vira-latas, ela adotava caça: aqueles que ela teria sido capaz de abater com tiros em outros contextos. Mas até eu pude ver que Raul era especial. Talvez pelo fato de ele ter sido o primeiro não africano a tocar nela.

Logo ele se tornou uma obsessão.

— Se ao menos eu fosse mais jovem, eu teria ido até o Grand Central, ligado o Piper e voado para Maputo.

Mas ela sabia, no fundo, que mesmo que não tivesse pendurado o capacete de piloto, esse era um sonho impossível.

Moçambique, na época em que ela estava transportando refugiados, era um paraíso em que se combatiam os regimes da África meridional branca e se sonhava com a liberdade.

— Agora eles estão mesmo livres e não querem rebeldes.

Ela também brincou com a ideia de Lesoto, outro esconderijo para fugitivos nos bons-maus tempos, mas a rejeitou.

— A maioria dos sotho nos odeia agora, desde que nós os invadimos e eles queimaram todos os nossos bancos. O pobre Raul seria preso em dois tempos.

Eu disse a ela francamente:

— Você não pode ficar com ele, mãe.

— Vou pensar em alguma coisa, você vai ver.

13

Ela tinha ido no seu velho Land Rover até o arranha-céu da Commissioner Street. Subiu de elevador e não saltou; tornou a descer para ter tempo de checar o papel em que tinha escrito os nomes africanos de Koosie.

Ele não só mudou de nome como foi relançado, o nosso Koosie. Depois de muitos anos no exílio, após décadas de luta, ele tinha voltado para casa em 1993, e um ano depois foi eleito membro do parlamento no governo democrático. Depois ele foi "reciclado" no setor de Empoderamento Negro e enviado para chefiar um setor de monitoramento com o título de "transformação da mídia", que tinha por objetivo garantir que editores, redatores e apresentadores de TV negros obtivessem mais influência.

Ela saltou do elevador no vigésimo andar, num ambiente silencioso. As letras grandes de metal sobre a entrada do escritório executivo diziam: Conselho de Marketing e Mídia. Pelas paredes de vidro da recepção, via-se toda a paisagem do centro de Johanesburgo: arranha-céus, depósitos, e ao longe, a Torre de Televisão, como o chapéu amassado de alguma divindade secundária.

Ela ajeitou o turbante azul e disse à recepcionista bonita e bem penteada, com uma voz clara e confiante:

— Vim falar com o diretor, sr. Sithembile Nkosi.

— *Dr.* Nkosi — a recepcionista disse.

— Isso me pôs no meu lugar. Aquela garota olhou para mim, para o meu turbante e a minha blusa, como se fossem algo que um gato tivesse arrastado para lá. Uma velha doida com um chapéu engraçado. E então, quando me fez entrar no escritório, eu esqueci completamente como deveria chamá-lo. — Minha mãe soltou sua risada encantadora, em que havia uma mistura de timidez e de prazer culpado. — Eu disse "Olá, Koosie" — e a garota olhou em volta, tentando entender com quem eu estava falando.

O novo nome de Koosie combinava com os novos tempos, mas o seu velho nome também. Nos velhos tempos, ser um garoto negro chamado Koosie era uma jogada inteligente, um símbolo de estima pela classe dominante bôer. De fato, o novo nome de Koosie não era tão novo. Seu nome sempre fora Nkosi, mas ele foi holandesado para Koosie. Na nova era isso era péssimo. Você não podia ter um veterano da luta pela liberdade usando um crachá que o identificasse como sendo um camponesinho africâner. Então saiu "Koosie" e entrou o dr. Sithembile Nkosi, diretor do Conselho de Marketing e Mídia.

De certa forma, isso era justo; todos nós tínhamos sido muitas coisas, atores desde o nascimento. Todos nós tínhamos vivido muitas vidas. Então o que era mais uma máscara? Koosie já tinha sido um monte de coisas: órfão, empregado doméstico, jardineiro, prisioneiro, poeta, refugiado, combatente da liberdade, negro radical e então, depois da nova reforma, um homem importante.

Então, quando Koosie e seus amigos passaram a ser o poder, continuaram a fingir, os pobres filhos da puta, que o passado tinha sido uma loucura, mas que o futuro era lúcido e que eles eram o futuro e que logo — ah, muito em breve — coisas de verdade iriam acontecer.

Koosie não se abalou quando ela errou o nome dele; ele segurou sua mão e a puxou para dentro da sala, fechou a porta, a fez sentar-se e ofereceu-lhe chá de um grande bule de prata numa grande bandeja de prata.

Então a cena estava preparada, uma cena para ser lembrada ou esquecida, cortada ou mantida. Eu podia vê-los, no grande escritório, com a bandeja de chá. A velha alta de turbante azul; o negro elegante, magro ("magro demais!"), nosso amigo que não era Koosie. As coisas aconteceram do jeito que sempre aconteciam na África, quando negros e brancos se encontravam, espetáculo e brilho ao mesmo tempo. Nós éramos sombras, sempre sonhando em nos tornarmos pessoas reais, querendo ser de carne e osso, dizer o que realmente pensávamos, sentir que fazíamos parte daquele lugar, que tínhamos peso ali, embora soubéssemos que nunca tivemos. Porque tudo o que se pode dizer sobre o longo mal-entendido entre brancos e negros na África é que nenhum dos lados jamais parecia encontrar o outro.

— Ele ainda era o nosso Koosie, mas diferente.

Eu sabia o que ela queria dizer. Eu costumava vê-lo quando estava na cidade e também nunca me acostumei com a mudança. Antes, ele tinha uma luz perigosa, que iluminava as tardes mortas quando eu e ele íamos ver os desfiles de casamento. Agora que ele tinha se tornado o dr. Nkosi, era mais lento e até um pouco ponderado, e tomado do que só posso chamar de um espírito de melancolia reflexiva, como se não conseguisse entender exatamente como tinha chegado onde estava, um executivo respeitado, usando um bonito terno azul-marinho, uma gravata vermelha e dirigindo um BMW novinho em folha. Ele era o oposto de Schevitz, que era triste porque nunca chegou aonde queria chegar. Koosie me parecia triste por ter chegado.

— Eu sabia que não ia ser fácil, mas pensei no pobre Raul e tive que tentar — disse minha mãe.

Koosie serviu o chá, ofereceu biscoitos e então perguntou em que poderia ajudar.

— Eu tenho esse cubano — ela disse.

Koosie pousou a xícara.

— Que tipo de cubano?

— Bem, suponho que ele seja apenas um cubano comum, um cubano normal.

— De onde vem o seu cubano?

— Acho que de Havana.

— Mas depois disso?

— De Zim.

Koosie serviu mais chá para ela. Ele mexeu seu chá diversas vezes sem dizer nada, até minha mãe perder a paciência.

— Que diferença faz de onde ele vem?

Koosie pousou a xícara e contou nos dedos.

— Um, ele está aqui ilegalmente: ele pulou a fronteira; não tem papéis. Dois, ele fugiu de Zim quando estava trabalhando para o governo cubano. Três, ele está morando na sua casa, como fugitivo.

Minha mãe disse:

— Só um instante. Será que estou ouvindo o Koosie que eu conheço? Que morava nos fundos da minha casa? Estou sentada em frente a um homem que lutou para ser livre? Que foi preso pela polícia? Que foi exilado? Sim, meu cubano está fugindo. Ele precisa de ajuda. Como nós ajudamos um ao outro.

— Sim, Kathleen, nós ajudamos um ao outro. E eu nunca vou me esquecer disso. — Koosie saiu de trás da enorme escrivaninha para pôr a mão no ombro dela. — Mas estávamos em guerra na época.

— Ele também está.

— Estávamos lutando contra um regime ilegal.

— O que você acha que Raul está fazendo? Ele saiu do Zimbábue. Um dos lugares mais infernais da África.

Koosie recuou.

— O que você acha que eu posso fazer?

— Converse com seus amigos do Ministério do Interior, Koosie. Consiga papéis para o homem.

Koosie sacudiu a cabeça.

— O que você está dizendo, Kathleen? O Ministério do Interior tem imigrantes ilegais saindo pelas orelhas. Se eu falar com o Ministério sobre o seu cubano, eles vão mandar a polícia cercar a sua casa em dois tempos. Vão processar você por abrigar um imigrante ilegal, um desertor político.

Minha mãe pousou a xícara, enxugou os lábios, levantou-se da cadeira e foi até a porta.

— O que você teria dito se eu mencionasse a lei para você quando a polícia estava no seu encalço?

— Eu já disse, aquele era um regime ilegal.

— Assim como o de Bob Mugabe.

Koosie suspirou.

— Isso é uma questão de opinião. E, em todo caso, não se trata apenas de Mugabe. Cá entre nós, eu não estou ligando para Mugabe. Mas também temos os nossos cubanos. Médicos trabalhando no campo. Os cubanos nos emprestam estes médicos com a condição de que os devolvamos, todos eles. Mas esses caras doidos às vezes dão o fora, se confraternizam, se apaixonam por alguma moça nativa, e então ela diz, eu quero me casar com o meu cubano. Em seguida, eles pedem para ficar aqui. E nós não podemos permitir isso.

— Não querem permitir, é isso.

— Sim. Porque, se permitíssemos, todos eles iam fazer a mesma coisa! Temos que ser firmes.

— Qual o tipo de firmeza que você usa com os seus cubanos?

— Quando eles fogem, nós os mandamos para casa.

— Não acredito nisso. Caras que temem pela própria vida recorrem a vocês e vocês os mandam para casa! Mas por que vocês fazem isso?

— Porque é o único jeito. Se você disser sim para um, quem sabe quantos mais farão fila na porta?

Koosie disse que sentia muito, e ela também. Ela o chamou de dr. Nkosi, propositadamente, mas isso não fez muita diferença porque ele era mesmo dr. Nkosi, ou pelo menos estava dando uma boa impressão de ser. Eles estavam em lados opostos da cerca. Isso a deixou triste.

Eu já vinha notando havia algum tempo a tristeza de minha mãe. Era uma coisa nova, como o muro que ela ergueu em volta da casa, e os portões de segurança, e as câmeras de circuito interno. No que consistia essa tristeza era difícil dizer. Era como um perfume e mudava de acordo com as emoções, a temperatura interna do usuário. Nós podíamos ser forçados a escolher dentre um número muito limitado de marcas, mas usávamos nosso cheiro particular de melancolia do nosso próprio jeito; era por isso que duas pessoas tristes nunca cheiravam igual.

A tristeza de minha mãe se expressava de forma muito original. Ela a expressou assim numa das minhas visitas:

— Não há mais notícias.

Eu não soube se ela tinha tirado essa impressão da TV ou dos jornais. Era pouco provável que fosse de um dos dois. Ela nunca tinha se interessado muito por notícias antes das grandes mudanças. Cada vez que eu voltava a Jo'burgo, e isso era diversas vezes por ano, ela mencionava a falta de notícias.

Eu perguntei a que tipo de notícias ela se referia.

Ela respondeu:

— Ah! Você não faz ideia! Se você soubesse o que está acontecendo...

Ela estava sentada na sua cadeira de Dralon azul, com o tricô no colo. Atrás dela, na parede, estava o retrato da sua velha amiga, a rainha da chuva, que ainda aparecia de vez em quando. As duas mulheres tinham um gosto por catástrofes, mas se davam bem porque seus demônios eram diferentes. Cada uma conseguia acalmar, ou pelo menos minimizar, os pesadelos da outra.

A rainha da chuva estava encrencada e esta encrenca assumiu formas desconcertantes. A ciência não gostava do jeito tradicional dela. A encrenca chegou na forma de rapazes afetados, usando bonés de futebol, que não gostavam do certificado e seu elo com o antigo regime. Os rapazes murmuravam palavras como "vendida" e "antiquada". Eles diziam que não importava o que uma dança da chuva pudesse ter representado antes, ela não se adequava ao espírito da nova África.

A rainha Bama os havia expulsado.

— Eu os persegui com meu chicote, bati neles com meu bastão. Idiotas! África é *deserto*. África é *secura!* Na África você agrada os deuses. Não joga fora o fazedor de chuva como se fosse lixo. Nós precisamos respeitar. Respeitar, Kathleen! Até os bôeres sabiam o que era respeito. Eles rezavam por chuva.

Ela estava lutando pela vida e isto a deixava sensível. Os rapazes modernos eram insolentes; eram eles que mandavam agora; eram contra privilégios reais, enchentes e rainhas, dança da chuva. Água limpa e grátis para todos. Era isso que eles queriam, em cada casa, em cada aldeia, em cada vida, em cada balde. Eles faziam perguntas que a deixavam furiosa. Para que ela servia?

Mais uma vez ela tinha recorrido ao bastão.

— Uns cachorros! — ela disse. — Eu os fiz sair correndo!

Minha mãe, tão corajosa na floresta, começou a reagir à violência das ruas e à taxa de assassinatos. Antes ela teria ignorado isso. Serena e imperturbável. Mas, aos 80 anos, ela parecia estar fraquejando. Foi então que ela construiu o muro em volta da casa, com uma cerca eletrificada no alto, e instalou câmeras de segurança no portão. Agora ela sabia de uma visita real quando o portão buzinava e os olhos límpidos da rainha Bama olhavam para ela do monitor de TV.

Ela e Bama se conheciam há tanto tempo, se entendiam tão bem, que sentavam ali, tomavam chá e suspiravam. Durante muito tempo eu não soube o que as incomodava; então, mais tarde, comecei a entender. Elas se sentiam deixadas de lado: quando se olhavam no espelho, viam que estavam sobrando.

Talvez seja isso que aconteça após uma revolução; talvez os marcadores, os padrões da vida cotidiana, sejam brutalmente mudados e tudo aquilo que alimentou seus sonhos desapareça. Talvez minha mãe estivesse expressando isso ao dizer que não havia mais notícias.

A vida é um filme B muito ruim, muito violento.

Por falta de notícias, as duas amigas aumentaram sua dieta de catástrofes. Isso, pelo menos, era um tema familiar. Uma história que elas gostavam de recordar era a dos homens trancados no frigorífico. Isso tinha acontecido meses antes: um caminhão de carne tinha sido sequestrado. Não havia nenhuma surpresa nisso; sequestros não eram novidade. Mas esse teve uma diferença porque havia seis homens no caminhão: carregadores das carcaças congeladas. Os sequestradores levaram o caminhão para Alexandra Township, mandaram os homens descarregar a carne, depois trancaram-nos no enorme frigorífico e fugiram.

Os prisioneiros fizeram tentativas desesperadas para abrir a porta com os ganchos de carne. Deixaram marcas de unhas no gelo que cobriu as paredes para todos verem quando as portas do caminhão foram abertas pela polícia. Seis homens, três negros e três brancos, morreram congelados lentamente no caminhão trancado.

A simetria horrorizou as duas mulheres; mas alguma coisa nela também as deixou satisfeitas. Como a mistura racial era tão bem balanceada, a dor podia ser igualmente compartilhada. Numa época tumultuada, quando o mundo que elas conheciam tinha deixado subitamente de existir, qualquer coisa, por mais trágica, que confirmasse o pior, pelo menos confirmava alguma coisa. Minha mãe via nos assassinatos sinais do que acontecia quando você destruía a ordem existente. A rainha da chuva os via como um presságio do que acontecia quando rapazes atrevidos, usando bonés de futebol, assumiam o poder no país e cuspiam nas velhas crenças.

Minha mãe acrescentava drama à tragédia imaginando o que tinha acontecido, como se seus sentimentos pelos homens de alguma forma melhorassem as coisas para ela:

— Imagine só, Alexander, arranhar as paredes com as unhas até seus dedos sangrarem. — Minha mãe enfatizava sua dor sentindo a dor dos outros. — Pobres homens. Você consegue imaginar?

Obviamente, ela achava que eu não conseguia. Eu tinha me desqualificado para sentir as tragédias que assolavam o país ao ir morar no estrangeiro.

Minha mãe contemplou as próprias mãos.

— O que está havendo conosco, Bama?

— Por favor, diga-me, Kathleen.

Minha mãe estendeu a mão para pegar o bule.

— Não faço ideia, Bama. Não faço ideia.

E então foi a vez da dança. Uma noite, atrás das janelas que ela cobriu, no que costumava ser o quarto de empregada atrás da garagem, Raul ensinou-lhe o mambo. Seus movimentos eram bons, mas ela não tinha mais agilidade nos pés.

— Eu faço a versão refinada — ela dizia.

Raul dizia que ela estava indo muito bem.

— *Hecho muy bien, Kataleen!* — ele batia palmas e estalava os dedos e gritava enquanto ela dançava:

— *Mambo, qué rico el mambo!*

Ela adorava.

— Raul diz que mambo é uma palavra africana que significa conversa com os deuses. É uma fusão de ritmo americano e estilo europeu. Não é o máximo?

— Você não pode ficar com ele, mãe.

— Eu vou pensar em alguma coisa, você vai ver.

No dia que estava marcado para eu voltar para a Ásia, ela me disse que ia fazer um trabalho voluntário numa casa para crianças portadoras de deficiência, um lugar chamado Abrigo Raio de Sol. Acho que ela tinha esperança de que seria um bom disfarce ser vista indo todos os dias para o trabalho enquanto Raul ficava escondido no velho quarto de empregada do fundo do quintal, onde ela se encontrava com ele depois que anoitecia, e eles punham música para tocar e dançavam o mambo.

— Ele diz que eu me movimento maravilhosamente.

— Fico contente, mãe. Muito contente. Mas o que você vai fazer com ele?

— Não sei ainda. Mas ele me deixa alegre. É como nos velhos tempos. Antes de eu parar de pilotar. Quando vivia voando.

Ela deu sua velha gargalhada rouca, de um jeito meio envergonhado, como fazia quando era mais jovem e menos triste, antes de não poder mais voar para onde quisesse, para qualquer lugar que lhe desse na telha. Impedida de pilotar pela idade, pelas guerras que tinham fechado regiões inteiras da África por onde ela tinha voado a vida toda, sem licença ou passaporte, descendo com o pequeno hidroavião em qualquer extensão decente de água. Quarenta ou 50 anos antes, quando a África era aberta, e quando sua presença em qualquer lugar que escolhesse, em qualquer lugar do continente, era algo que ela considerava como sendo natural. Quando as pessoas viajavam pelo Leste Português e pela África Ocidental, por Niasalândia e Uganda, para Zanzibar e Congo, para o Sudoeste da África e para o Saara espanhol com toda facilidade. Antes de a África do Sul cortar os elos com seus vizinhos, depois com a realidade, e se recolher a um abrigo subterrâneo feito por ela mesma; e antes da “sua” África entrar em guerra consigo mesma.

Eu a fiz prometer ficar no quarto atrás da garagem quando Raul lhe desse aulas de mambo.

— Você acha que eu vou ser invadida? É claro que não! Esta é a nova África do Sul: a polícia não invade mais. Não se preocupe conosco! Eu vou pensar em alguma coisa. Alguma coisa... elegante.

— Eu não quero que você assuste os vizinhos.

Isso a animou. Ela tinha sempre assustado os vizinhos.

14

Eu estava em Merlaka, no New Renaissance Hotel.

Eu começava o dia tomando café no elegante saguão, sentado numa poltrona de couro, lendo o *New Straits Times*. O sistema de som tocava Haydn ou rock'n'roll dos primeiros tempos. Tudo na Malásia vinha com muzak. Eu descobri um anúncio de caldo de frango, em forma de pílula, desenvolvido, conforme afirmavam, nas cozinhas do palácio de Buckingham para alegrar e consolar George IV. Construtores em KL estavam vendendo aos novos-ricos casas de luxo cujos salões de mármore continham áreas reservadas chamadas de "locais de conversa"; diversas agências de emprego estavam oferecendo uma "empregada de confiança", com substituição gratuita caso "ela fugisse".

A Malásia era autoritária, profunda e agressivamente nacionalista. A Malásia tinha feito o que o despotismo moderno faz: tinha assegurado que a democracia era boa para você usando-a para garantir o lugar do Grande Líder e mantê-lo lá. Quem dirigia o espetáculo era um bando de homens que pensavam com o sangue, fanáticos que faziam o que queriam, enquanto o resto obedecia. Um império agitado, barulhento, com conversas ameaçadoras sobre "a nação", "os escolhidos", "os filhos da terra": uma corrente de arrogância tão superaquecida que você podia voar de asa delta pelo país levado por esse ar quente.

A Malásia queria esfriar, e isso era bom para os negócios. Mas era estranho, pensando bem. Lugares como a Malásia eram considerados, poucos anos antes, como estando em desvantagem na história, precisando de ajuda para conseguir tornar-se um lugar liberal, decente, no pouco tempo que restava antes que a história, que alguns já haviam declarado que estava no fim no Ocidente, terminasse em toda parte. A história não era mais quente: era muito fria. Tolerância e democracia estavam chegando a uma tirania perto de você; os déspotas iam aposentar sua polícia secreta, fechar as prisões e pagar pensão aos seus carrascos. Países antes chamados de "atrasados" iam progredir. Vítimas, em toda parte, iam poder votar pela liberdade. E isso não ia demorar muito porque a história tinha pressa de ver países como a Malásia abrandados e livres do tribalismo de uma minoria favorecida.

Mas isso foi há muito tempo, antes de 11 de setembro de 2001, quando aqueles aviões colidiram com as torres na distante Nova York. E agora, em vez de pequenas tiranias exóticas e antiquadas — que em breve, pobrezinhas, iriam igualar-se ao mundo doce, esclarecido, tolerante — de repente, ódio tribal e guerra racial pareciam ser projetos bastante sensatos. De repente, a Malásia não era nada atrasada: de jeito nenhum, era positivamente futurista. Porque neste covarde mundo novo, éramos todos tribalistas, e essa conversa de tolerância passou a ser uma babaquice sentimental. A força não só era certa, mas era sensata, era razoável. Era progressista. A destruição mútua não era bonita, mas era necessária quando os outros caras eram piores. Despidos de piedade, nós voltamos a ser nossos velhos eus sanguinários. Quando o avião bateu na torre, a conversa doce se dissolveu em sangue, e não havia ninguém que não quisesse ser duas vezes mais cruel do que o vizinho do lado.

Sempre fora assim em Merlaka. Uma cidade portuária, dúbia, sonhadora, tremulando na névoa de calor do verde acinzentado estreito de Málaga, onde piratas espreitavam e, em algumas das ilhas, separatistas islâmicos sequestravam estrangeiros. Ela antes se chamava Málaga, tinha sido holandesa, depois britânica, e fora sempre semichinesa, com alguns extâmeis para contrabalançar. Agora ela era governada por uma das principais tribos, que, como todas as outras, considerava-se a escolhida. A história pairava sobre Merlaka como um sonho agitado. A cidade tinha sido tantas coisas que não sabia mais o que devia ser.

É estranho que cidades profunda e cruelmente colonizadas, capitais construídas para a glória de homens que davam um pontapé na sua cara assim que conseguiam a liberdade, quase nunca alcançavam a grandeza. Em vez disso, elas se tornavam exercícios interessantes e charmosos de uma certa nostalgia, vivendo do passado, com surtos ocasionais de "desenvolvimento", realizados numa tentativa desesperada de se tornarem modernas. Mas isso é feito sem grande convicção, como se as pessoas soubessem que o que um dia as tornou importantes, poderosas e merecedoras de que se lutasse e morresse por elas tinha ido embora e não ia voltar.

Eu gostava de andar a esmo todo dia; caminhar na margem do lamacento rio Merlaka ou atravessando para a Jonker Street, onde ficavam os antiquários, vagando por entre as velhas fachadas coloniais das lojas e as belas casas onde antigamente viviam os ricos comerciantes chineses. Eu passava um bom tempo na loja do sr. Wah Aik. Ele fazia sapatos de brocado de seda vermelha para as mulheres chinesas que tinham tido os pés contidos em criança. Os sapatos tinham cerca de dez centímetros. A dor, o sapateiro dizia, era enorme, pelo menos até os ossos estarem quebrados. Ele mostrava retratos dos pés depois da contenção, comprimidos em alguns pontos: pareciam delicados pés de porco. As mulheres faziam isso, ele me dizia, porque os homens gostavam, e a pessoa saía da loja de Wah Aik pensando em amor, dor e pezinhos minúsculos, eróticos, irresistíveis na China por milhares de anos.

Eu atravessei uma porta onde estava encostado um caixão enorme cor de caramelo, ornamentado com enfeites de latão. A Loja de Longevidade Chin Chin não fabricava caixões e, sim, pipas, e o velho fabricante de pipas estava sentado de pernas cruzadas no chão, quebrando junco. Havia pipas em forma de caixa e pipas em forma de pássaro penduradas nas vigas do teto; uma jovem estava balançando um bebê numa rede no canto da loja; na rua, uns poucos turistas pálidos saíam dos ônibus "Batik Tours", piscando sob o sol forte da manhã.

Eu tornei Merlaka minha com toda a sinceridade espúria de um viajante que não tem um lugar para chamar de casa, e que, portanto, tinha o hábito de se enfiar sob a superfície de uma cidade e se cobrir com ela como se fosse um cobertor, de pensar alegremente: eu poderia me estabelecer aqui — um sentimento totalmente sincero, mas mais forte, eu percebi, quando estava prestes a ir embora.

A magia estava funcionando: eu já tinha quase esquecido de onde eu era. Eu parava para tomar uma cerveja ou para comprar alguma bugiganga, um bule em forma de um menino montado num búfalo, pintado de verde e marrom. Eu descobri um buda da fortuna, gordo e sorridente, esculpido, inusitadamente, em resina cor-de-rosa. Ele estava recostado em sacos cheios de moedas de ouro, sua barriga brilhando do toque de milhares de dedos esperançosos que, ao longo de muitas décadas, a esfregavam para ter sorte.

Eu tinha passado a tarde passeando no velho centro colonial, com umas poucas ruas pintadas de vermelho, infelizes e deslocadas no meio da agitação da moderna Merlaka, como se este pedaço do passado tivesse sido posto em quarentena. Ali eu encontrei o velho clube Britânico, limpo e empertigado, como uma tia solteirona abandonada num bazar oriental. A catedral da Igreja de Cristo, construída pelos holandeses e, como tanta coisa em Merlaka, tomada pelos britânicos, não era mais um lugar de veneração, mas simplesmente um prédio quadrado devotado a um culto estrangeiro que ninguém em Merlaka entendia muito bem.

No antigo Dutch Town Hall, o Stadthuys, eu parei diante de um retrato a óleo. Reconheci-o instantaneamente, do modo como você reconhece alguém cujo rosto está no dinheiro do seu país. Fiquei olhando para aquele burguês com sua barba castanha e sua gola de renda e seu ar grave e imperturbável — a arrogância desses governantes era realmente sublime — e quase caí na gargalhada. Lá estava ele: Jan van Riebeeck. No século XVII, ele tinha sido o primeiro governador do Cabo da Boa Esperança e o cara que Schevitz e eu tínhamos decidido, muito tempo antes, que era a raiz de toda a podridão.

Você simplesmente não conseguia fugir dos filhos da puta.

O Cabo não era grande coisa na época. Uma montanha e uma baía, no fundo de lugar nenhum. Van Riebeeck plantou uma horta, construiu um forte, matou um monte de nativos e deu o fora. Ele se mudou para o "Leste", segundo nossos livros de história. Bem, agora eu sabia para onde. Ele foi governador de Málaga de 1662 a 1665. Málaga era o sonho dos holandeses: tinha riquezas, tinha ouro, tinha o Leste a seus pés e você podia sentir o cheiro de especiarias no vento.

Acho que Málaga se safou bem. Só o que restava de Van Riebeeck, na sua versão oriental, era este borrão de tinta numa sala escura. Nós ainda estávamos nos recuperando do estrago que ele fez na África do Sul. Este era o problema com heróis nacionais: ter sua cara estampada em dinheiro ou em cartazes de procurados era apenas uma questão de tempo.

A sala estava escurecendo e perdendo o resto da luz da tarde. Até as sombras pareciam pesadas. Vigas escuras no teto, janelas com molduras de madeira escura, ladrilhos pretos e brancos no chão, pesadas cômodas de madeira encostadas nas paredes. Eu conhecia salas lúgubres como esta; que diabo, parecia que eu estava na Cidade do Cabo.

Cidade do Cabo! Meu Deus, que desânimo.

"Uma madamezinha desleixada de uma cidade com uma droga de montanha enfiada no meio", minha mãe disse uma vez.

Eu olhei para Van Riebeeck e ele olhou para mim, e eu entendi a mensagem. Nós estávamos jogando Morte Súbita, isso estava claro. Eu tinha sido alertado; o cerco estava se fechando. Existe algo de assustador em descobrir que você foi para a pontinha da Ásia e acabou dando de cara com o homem cujas ambições medíocres, mas predadoras, obrigaram gerações de excêntricos com coração de pedra a salvar a África para a civilização ocidental cristã. E por que este homem, que teve um papel tão arrasador na África, aqui nesta sala escura parecia apenas um incidente da história, mais um funcionário vaidoso e insignificante tentando se promover?

Acho que tinha a ver com poder. Os portugueses, os chineses, os holandeses, os britânicos eram poderosos na Malásia, sim, mas nunca insistentes, portanto o veneno de sua presença foi menos tóxico do que na África; do alto de seu orgulho, eles olhavam com desprezo para o povo da Ásia, mas nunca acharam que ele não existia. Na África, eles não viam nada que fosse humano; eles despiram a África do seu povo, varrendo-o de lá, não só com armas e germes, mas duvidando, verdadeira e honestamente, de que eles fossem seres vivos, e então o povo virou nada. E depois que este genocídio mental foi feito, eles puderam povoar o espaço com produtos da sua fantasia; e matar, acumular, chicotear, roubar e destruir à vontade. O resultado disso era que a África ainda estava despovoada, desprovida hoje de gente simples, natural, comum — e cheia de fantasmas febris clamando para voltar a nascer como seres humanos.

África...

Para a minha mãe, esta era uma palavra que ela usava sem nenhum traço de vergonha — como se a possuísse, habitasse e se identificasse com ela. E eu sabia que devia sentir a mesma naturalidade em relação a ela. Afinal, amor não era isso? Mas o sentimento que eu tinha em relação a ela era ardente demais, desequilibrado e febril, como um ataque de malária. Eu achava que a palavra "amor" devia ser usada com muita cautela, principalmente quando relacionada à África — mantendo um olho no coldre do revólver o tempo todo —, porque frequentemente significava uma espécie de assassinato.

Quanto ao fato de ser filho da minha mãe, bem, esse era outro acidente; sua natureza não era maternal. Ela era mais como uma tia louca que a gente mantinha trancada no sótão, até ela fugir, ficar bêbada, tirar a roupa e criar uma confusão. Ela era o que eu amava — e também o que eu mais queria deixar para trás. Sempre que pensava nela, eu ficava horrorizado.

Acho que senti isso a vida inteira. E compreendi, com Van Riebeeck me olhando no escuro, que quanto mais distância houvesse entre nós, melhor.

Mas compreendi também que a distância nunca era suficiente. Por mais longe que eu fosse, em pouco tempo, com absoluta certeza, eu a encontraria esperando por mim na próxima esquina. Eu chegava, anônimo, em alguma cidade tórrida da fronteira, onde ninguém tinha ouvido falar de mim e, quando me dava conta, o batalhão de soldados do meu passado vinha galopando pela colina, com um mandado para minha prisão e extradição.

Mas eu não ia me entregar ainda. Havia um trem expresso de manhã para Kuala Lumpur e eu estaria nele.

15

Desde Merkala eu dividi um compartimento com um policial e um prisioneiro algemado, que estava lendo um livro. Ambos eram homens pequenos, escuros e calados. O policial se chamava Bashir, o prisioneiro, Affendi, e eles pareciam ser bons amigos. Affendi estava algemado e Bashir tinha que encher o copo dele de água, ajudá-lo a comer os croquetes de camarão que todos dividimos e acompanhá-lo pelo corredor quando ele precisava urinar.

— O pobre sujeito é desequilibrado e está aguardando julgamento. Já está aguardando há muito tempo: dez anos ao todo. Ele é quase o que chamaríamos de um prisioneiro esquecido. Estou vendo que o senhor está chocado, mas, por outro lado, se ele não estivesse aguardando julgamento estaria na cela, esperando para ser enforcado. Ele esfaqueou um turista nos Camarões há um tempo. O senhor conhece os Camarões?

Eu conhecia os Camarões. Era lá que a neblina descia como um véu e pregava peças nas falsas fachadas em estilo Tudor dos falsos hotéis ingleses; onde o Kosy Korner Teashop vendia maçaricos, com cafés da manhã de ovos e bacon e, nos belos jardins dos chalés, a selva começava onde terminava o bem tratado gramado inglês. Era lá que o meu amigo, Jimmy Li Fu, tinha o seu hotel, The Gloucester, que oferecia o "Melhor da Cozinha Britânica": Beef Wellington e Spotted Dick e Bubble and Squeak; comida de colégio interno transformada por Jimmy na estranha cozinha da longínqua e misteriosa Albion.

Bashir estava levando Affendi para KL, "para que esse médico de cabeça possa checar sua saúde mental. E, caso ele seja considerado mentalmente são, com certeza será enforcado, o quanto antes".

Ele repetia isso frequentemente, como se quisesse compensar pelos anos em que o prisioneiro tinha ficado esquecido.

Affendi estava mergulhado num romance londrino, do tipo que se vê aos montes no metrô de Londres, escritos por autores com nomes que soam como os arredores da cidade — Pawnsley ou Gormlee —, histórias de moças encrencadas em Kentich Town, ou de confusões em Archway Road. Affendi estava lendo *All My Loving* e a capa mostrava Buddy Holly, com seus óculos de coruja brilhando como duas luas sobre uma paisagem granulada de Hornsey High Street.

Não, talvez, o tipo de coisa que você esperaria ver nas mãos algemadas de um prisioneiro, indo de uma prisão para outra e, possivelmente, a caminho da forca. Mas, outra vez, essas histórias risíveis estavam, como os prédios ingleses em estilo Tudor nas selvas dos Camarões, estranhamente exóticas, se não inteiramente sufocantes, no lugar certo. Elas falavam de um mundo dispendiosamente tolo, e seguramente cinzento, onde ninguém morria de fome ou de infarto ou de dengue, onde o horror nunca acontecia — e, se acontecesse, alguém exigia uma investigação urgente —, onde a sombra do carrasco nunca estava presente.

Bashir e eu jogamos dominó. Affendi estava mergulhado, fascinado, na romântica Hornsley, e o único som que se ouvia dele era o tilintar de suas algemas ao virar as páginas. E o trem corria na direção de KL, e de vida ou morte. Do lado de fora das janelas, nas ruas de terra das aldeias, crianças seminuas, suas pernas finas cobertas de pó, perseguiam galinhas apavoradas, um velho esporte das aldeias da Malásia; e a pimenta dos croquetes de camarão ardia na minha garganta.

Era bom estar em movimento, era bom ser livre em horas como esta. A dor gostosa de saber que você estava vivo num lugar estranho, e completamente sumido. Onde nenhuma de suas regras se aplicava, onde nada do que você sabia tinha utilidade.

A velha estação de trem, no centro de Kuala Lumpur (KL), foi construída pelos ingleses no estilo rebuscado e opressivo de suas grandes catedrais em aço e vapor. Era uma visão moura, projetada por um arquiteto que sonhou que estava em Granada. A velha estação era cheia de minaretes e torres como algo saído das Mil e Uma Noites. Nenhum desenhista da Disney poderia comparar-se em maluquice e arrogância. Só os grandes cartunistas da época colonial poderiam projetá-la. Birmingham sonhando que era o Alhambra. St. Pancras no meio da Ásia.

A área ao redor da estação era elétrica da estática que a grande estrela imperial, que já explodiu há muito tempo, deixou para trás; ela estalava com as correntes de um passado improvável. Os fantasmas dos velhos imperialistas não só andavam ao redor da velha estação de trem, mas organizavam grandes passeatas.

E essa estação me lembrou minha mãe, embora ela tivesse odiado a comparação. Ela também tinha sido, sob muitos aspectos, construída pelos ingleses: ela era alta, alarmantemente exótica e, quando colocada na paisagem africana, ela era um templo gigantesco a estranhos deuses. Era impressionante.

Num quiosque sob o enorme telhado, Affendi, Bashir e eu almoçamos samosas e café. Affendi comia levando as mãos algemadas até a boca, mas ele fez uma certa sujeira e Bashir limpou a massa que ficou grudada nos seus lábios, carinhosamente, como uma mãe. Nós todos nos abraçamos ao nos despedir. Não sei por que nos sentimos tão ligados, tão próximos.

Jimmy Li Fu estava esperando por mim. Ele tinha estacionado o seu novo Toyota ao lado do campo de críquete.

— Seja bem-vindo, Alex, vamos até seu hotel e depois paramos para tomar um bom café no First Cup.

— O que há de novo em KL, Jimmy?

Ele sorriu, seu rosto moreno e fino, com o nariz comprido, fazendo-me pensar de novo numa vespa muito elegante. Apesar do sorriso, ele parecia meio chateado.

— Nada, fico feliz em dizer, absolutamente nada.

Eu vi Jimmy Li Fu pela primeira vez na casa de chá da fazenda de Borboletas Victoria and Albert, em Cameron Highlands. Era um lugar alegre e espaçoso porque caçar borboletas era uma coisa delicada. Ele estava no fundo da casa de chá, sentado numa mesa comprida, com uma jovem chinesa muito magra e silenciosa, o celular no ouvido, tomando Coca-Cola. Ele atraiu meu olhar porque a frente da sala estava cheia, com um grupo de americanos em visita às plantações de chá, e eles pareciam grandes demais. A culpa não era dos turistas, mas eles estavam no lugar errado. Em comparação com a solidez deles, Jimmy era reservado, austero. Magro como um varapau e muito moreno, nós nos tornamos — amigos é uma palavra muito esquisita — aliados desde então. Jimmy às vezes me dava a impressão de sobreviver apenas de ar e entusiasmo.

Eu agora sabia mais sobre ele. Eu agora sabia que aquele dia, na fazenda de Borboletas, ele estava falando no telefone com seu corretor de apostas em Cingapura. Eu sabia que a mulher que estava com ele era uma de suas "funcionárias". Eu sabia que Jimmy pertencia àquela categoria indeterminada que na Ásia é conhecida, em tons neutros, como "empresário..."

Se você olhasse para ele de um jeito torto, Jimmy era evasivo — jogador, gerente de bordel, hoteleiro, chef. Em garoto ele tinha sido membro de uma seita chinesa particularmente cruel. Ele tinha o emblema de dragões vermelhos do grupo tatuado no braço direito. Mas aplicar a Jimmy o pragmatismo implacável do mundo organizado era um exercício tão estúpido e cruel quanto caçar as belas criaturas voadoras, que davam voltas em torno das gaiolas de plástico do Victoria and Albert, com um cutelo de carne — e, igualmente improvável, de captar a essência do homem.

Jimmy era uma alma perdida. Ele vinha do que eu chamaria de marginalidades, pequenos segmentos étnicos que viviam longe de qualquer raça, país, nação, tribo, grupo ou genes que pudesse dar-lhes identidade, e para eles até a palavra "viviam" era perigosa; digamos, em vez disso, que eles tinham encontrado uma forma de conviver inquietamente no meio de grupos raciais muito maiores de puristas raciais que mal os toleravam (bom); que não os toleravam (suportável); ou que os expulsavam (difícil).

Jimmy levou-me para o Federal Hotel, onde eu larguei minha mala, e então fomos para o First Cup, uma cafeteria na Praça B&B, bem no meio do The Golden Triangle, mas longe o suficiente do Petronas Tower para ser civilizada. Os garotos ricos de KL viviam fazendo compras, e a Praça B&B era um lugar quente para consumidores que viam o mundo passar do terraço do First Cup.

Nós estávamos lá havia menos de cinco minutos quando a confusão começou.

Jimmy Li Fu disse:

— Estudantes. Eles estão protestando contra a LSI, a lei de segurança interna, que permite que as pessoas sejam presas com muita facilidade e que as mantém presas. Essas pessoas não gostam do governo, não gostam do primeiro-ministro, não gostam de nada.

Havia guardas por toda parte. Eles isolaram o café, as lojas e a rua, e começaram a encurralar os estudantes na direção de dois grandes caminhões vermelhos, com canhões de água em cima. As portas de ferro foram baixadas no Kwang's, a casa de câmbio oficial. As moças do salão de massagem Heavenly tinham parado de trabalhar. As cortinas foram fechadas nas janelas do dr. Gigi e do consultório dental Fong e Goh. As únicas pessoas do lado de fora eram turistas de shorts e capangas.

Os guardas que manejavam os canhões de água testaram a pontaria atirando na direção do First Cup, que tinha um escudo formado pelo teto inclinado do ponto de táxi em frente, o que é muito útil quando os guardas estão atirando jatos de água em você.

Atrás de nós, na praça, os lojistas imaginaram seus clientes se transformando subitamente em saqueadores, então baixaram as portas de grade e se ainda houvesse algum comprador dentro das lojas, pior para ele. Minutos antes, os garotos ricos tinham sido visitantes da loja de departamentos Sweet Polly; agora eles eram prisioneiros. Eles enfiavam as mãos por entre as grades, acenando e emitindo um som abafado, como bezerros arrancados das tetas. Aqueles que tinham conseguido sair do shopping antes das portas de grade serem fechadas ocuparam as mesas restantes, largaram suas bolsas Gucci, pediram café e assistiram ao tumulto.

Os meios usados pela polícia para agredir os cidadãos são típicos de cada cultura. As badernas têm sua própria geografia e física, e o número de maneiras pelas quais você pode ser atacado é variado e convincente. De onde eu venho, nós éramos perseguidos por homens com chicotes de couro, sjamboks, feitos, se você seguisse a tradição, de pele de rinoceronte, mas pele de vaca servia. Às vezes os guardas atiravam com chumbinho. Era doloroso mas, normalmente, não era fatal, e era melhor do que balas de borracha ou esferas de plástico ou gás lacrimogêneo — nós o chamávamos de fumaça lacrimogênea.

Os guardas de KL usavam preto e carregavam longas bengalas e quando atacaram eu me lembrei dos Irmãos Cristãos Irlandeses, que me instruíram. Levantar e baixar uma vara nas costas ou nas pernas de alguém é um gesto violento: ele torce o corpo, começando por uma flexão da batata da perna no eixo do tornozelo, como um jogador de golfe, um ombro que sobe e um rápido movimento para frente e para baixo quando o bambu desce na carne da vítima. Você pode enxergar no corpo contorcido do atacante uma expressão de alegria. Atingir outra pessoa — bater repetidamente no alvo com um punho, um pé, uma vara, até ela fugir ou cair — tem uma naturalidade que sugere que isso deve ter sido um dos primeiros prazeres dos hominídeos.

Os manifestantes, jovens e rápidos, despistaram os guardas entrando pelas portas. Os guardas não tinham chance de fazer isso com frequência e não iam ser enganados. Eles olharam em volta e viram os turistas. Havia uma porção deles. Na temporada de depressão e incerteza da Ásia, os agentes de viagem tinham vendido pesadamente a Malásia. Lá era quente, barato, seguro e familiar o bastante para atrair viajantes britânicos e australianos de certa idade: Malásia tinha molho Worcester e cerveja Guinness, e para chamar a polícia você discava 999.

Bem, alguém tinha discado 999, mas quando os guardas chegaram, eles não eram gentis policiais ingleses, eles não sorriam nem chamavam você de madame. Eles eram violentos e cruéis e usavam armaduras brilhantes que os faziam parecer besouros ameaçadores. Os turistas eram presa fácil. No mesmo momento em que estavam apanhando, em que se encolhiam ao serem atingidos, eu podia sentir sua revolta, sua sensação de vergonha. Aquilo estava acontecendo com eles! A constatação era maior do que a dor. Eles tinham se levantado de manhã e tomado café no salão; e esperavam que o dia se desenrolasse conforme a programação prevista. Esse era o seu direito como cidadãos sérios, sólidos, de algumas das sociedades mais privilegiadas do mundo, enfaixadas, protegidas contra traças, aconselhadas por funcionários públicos cuja única obrigação era cuidar de que estivessem seguros, contentes, saudáveis e com direito a pensão. Agora, sem nenhum aviso, eles eram alvos gordos, desajeitados, de pele clara, ridículos de bermudas e capangas, caçados por demônios ágeis, armados de paus e mangueiras, que queriam machucá-los...

No meio da confusão, o celular de Jimmy começou a tocar. Ele escutou por um momento e então disse:

— É para você.

Eu olhei espantado para ele.

— Quem é que sabe onde eu estou?

— Eles sabem onde eu estou, KL inteira sabe que você está com Jimmy Li. Atenda o telefone, Alexander.

A voz da minha mãe ecoou na linha, do mesmo modo que tinha ecoado durante todos os anos da minha vida. O telefone, nas mãos dela, era um instrumento perfeitamente adaptado para expressar emoções fortes sem revelar nada, usando todas as cores verbais que compunham sua camuflagem acústica característica: desdém.

— Que barulheira é essa? Onde você está?

— Estou na Malásia, mãe.

— Ma-láaaa-sia!

Quanta consternação ela pôs nesta palavra. Se eu tivesse dito que estava passando o fim de semana em Sodoma e Gomorra, ela não poderia ter soado mais ofendida.

— Eu liguei para o número que você me deu e era um hotel e eles me deram esse número. Você está ocupado? O que está havendo aí?

— Como vai, mãe?

— Eu estou bem, mas fui despedida do Abrigo.

— Por que você foi despedida?

— Eu abraçava as crianças.

— Eles a despediram por abraçar as crianças?

— Eu não pude evitar, Alexander. Eu simplesmente precisava envolvê-las em meus braços; eu as amava. E elas gostavam disso. Mas os poderes constituídos não ficaram satisfeitos e disseram que abraçar crianças não era a política deles. Eles não podiam continuar comigo. Então minha amiga Cindy disse: "Bem, Kathleen, se eles pensam assim, eu vou com você." E foi o que ela fez! Demitiu-se na mesma hora, sem pestanejar. Imagine só, rapaz. E Cindy tem muito mais em jogo do que eu, com seu próprio filho no Abrigo.

— Mãe, o que foi que você fez com Raul?

— Eu o escondi.

— Você o escondeu onde?

— Onde eles nunca pensarão em procurar. Eu conto quando estiver com você.

— Mãe, Jake Schevitz me mandou um fax. Ele disse que você foi visitá-lo.

Eu pude ouvir o muxoxo dela.

— E não me serviu de nada. Aquele homem é uma *desgraça*. Eu tinha um belo plano, mas tudo o que consegui de Jake foi um motivo atrás do outro para mostrar por que ele não podia ser posto em prática. Imagine se eu o tivesse procurado nos velhos tempos, com Nelson Mandela, e quisesse escondê-lo; será que Jake teria dito que isso não podia ser feito? Mas que barulheira é essa, Alexander?

Eu não queria contar a ela. Eu disse a mim mesmo que ela não ia querer saber. Se ela tivesse telefonado lá do outro lado do mundo só para descobrir que eu tinha me envolvido num protesto, ia ficar furiosa. Ela teria dito: "Bem, realmente; se você quer mesmo fazer esse tipo de coisa, nós temos ótimos protestos aqui mesmo na África. Você não precisa ir até a Malásia para isso."

Um rapaz com sangue no cabelo estava andando em círculos. Uma turista gorda, atingida pelo canhão de água, estava sentada na rua, enxugando o rosto com a saia.

— E agora, mãe?

Ela suspirou.

— Ele partiu, está seguro, mas eu sinto saudades dele. Ele era divertido. Aliás, eu tenho que fazer uns exames; o médico disse que era importante.

De repente, eu estava ouvindo com atenção, como era intenção dela.

— Que tipo de exames, mãe?

Ela baixou a voz.

— Eu tenho sangrado... Não vou mencionar daqui, de um telefone público. Bem, não importa, eu fui ao médico quando descobri você sabe o quê. Tomei um banho, penteei o cabelo, entrei no meu velho Landy e fui ao médico. O doutor disse que eu tenho que ir ao hospital, então eu vou.

— Quando, mãe?

— Agora mesmo. Assim que desligar o telefone. Vou me internar na clínica Fourways, um hospital particular perto da William Nicol Highway, na parte norte da cidade. Você não conhece, meu bem, foi depois do seu tempo. Padre Phil, da minha paróquia, atende lá. Não é uma sorte? Acho que você não conhece o padre Phil, ele também veio depois do seu tempo.

O guarda estava guiando os turistas na direção do canhão de água. Um homem idoso, de meias cinzentas e sandálias, estava tentando cobrir a cabeça com o estojo da câmera fotográfica, e os guardas batiam nas nádegas dele. Eu vi três mulheres correndo com as bolsas balançando, então a água as atingiu entre os seios e as derrubou.

— Eu vou voltar para casa, mãe.

— Você não vai fazer nada disso! Eu nem sonharia com isso. Eu vou sair do hospital nova em folha, logo, logo. Onde você disse que estava?

Quando eu repeti, ela disse:

— Bem, eu imagino! Até logo, querido, eu tenho que ir agora.

Minha mãe odiava usar o telefone para dizer alguma coisa importante, e só usava o telefone para comunicar raiva ou preocupação. O fato de ela ter me localizado era sua maneira de mostrar o máximo possível de preocupação. Era uma coisa rara, um telefonema interurbano, ia custar caro para ela, e significava que esta ida ao hospital era algo sério. Descobrir que eu estava na Malásia ia deixá-la com uma impressão ainda maior acerca da chocante, da escandalosa falta de confiabilidade do telefone: ele custava uma fortuna e levava você a lugares estranhos, onde você não tinha nenhum desejo de estar.

Jimmy fechou o celular e o deixou cair com elegância e agilidade no bolso do paletó.

— Você devia comprar um desses. As pessoas o achariam.

— Eu não quero ser achado.

— Más notícias?

— Minha mãe: ela não está bem; está a caminho do hospital. Eu vou ter que ir para casa.

Nós vimos um policial pequeno chutando um estudante grande que tinha caído e estava tentando cobrir o rosto, mas o policial afastou as mãos dele, querendo chutá-lo na boca.

Jimmy disse:

— Eu estou chocado, Alexander. Isso não acontece em KL.

O que o chocou não foi o chute — com um som parecido com uma tosse seca — na boca do homem caído no chão, mas o protesto em si. O canhão de água atingiu um pequeno grupo de turistas, que caiu, como se aquilo fosse uma brincadeira e eles estivessem se divertindo; e eles escorregaram pela rua, gritando.

Jimmy estava dizendo:

— Meu Deus. É melhor evitar a água. Tem alguma coisa química nela. Gruda na pele que é um horror. Você vai passar dias se coçando se cair um pingo dessa água em você.

* * *

Aquela noite nós jantamos no Coliseum, um restaurante tranquilizadoramente modesto na velha KL, um lugar que os plantadores de borracha ingleses costumavam frequentar e onde deixaram sua marca característica de exotismo de steak e rim, cozido demais. Jimmy presidia o bar, no banquinho reservado para ele, pedindo mais gins. O bar era escuro e quente e farto e coberto do tipo de poeira que eu chamo de partículas do passado daqueles que um dia o usaram e amaram.

Causou prazer a Jimmy pagar gins e tônica para mim e fingir por algum tempo que, como eu falava inglês, ele podia controlar um inglês itinerante, porque muito tempo antes os ingleses o desprezaram por ser um "um maldito china". O rosto fino de Jimmy se fechava quando ele pensava naqueles tempos.

Se aquilo o consolava, tudo bem. Mas os ingleses não eram mais o inimigo e não haviam sido por muitas décadas. A influência deles perdurava na Malásia, onde perdurava, numa espécie ligeiramente sórdida, estranhamente perversa, de anglicanismo de selva. Eram os bumiputra, os malásios puros, os filhos da terra, que mandavam agora e já fazia muito tempo que eles tinham cortado as asas de Jimmy, arrancado seu ferrão e dito a ele, "Se você quer encher o bolso, tudo bem. Mas fique de boca fechada e nunca se esqueça de que é um ninguém."

Jimmy fez mais do que mandaram, ele "amava" o primeiro-ministro. Este homem irônico, inteligente, tinha feito o acordo que derreteu o cérebro dele; ele havia implorado e, em troca, obteve permissão para vagar pelo país como um fantasma inofensivo, que fazia negócios, que tinha influência na comunidade chinesa; e ele podia ser rico, mas de que adiantava para um fantasma ter ouro? Ele comprava influência, cavalos de corrida, prostitutas e segurança. Mas não comprava cidadania. Ele não fazia parte da tribo, não era um dos filhos da terra, ele tinha influência mas não tinha poder, ele tinha dinheiro mas não tinha substância.

— Que o primeiro-ministro possa viver cem anos — Jimmy Li Fu ergueu seu copo de gim.

— Por que, Jimmy, por quê?

— O que você acha que vai acontecer com chineses como eu se o governo cair?

"Chineses como eu": o grito de todas as pequenas comunidades que existem, como os *Straits Chinese** de onde vinha Jimmy, por consentimento, por permissão, ao bel-prazer de anfitriões mais poderosos, não muito amigáveis.

Uma expressão perfeita para revelar os direitos de um parasita. Se você imaginar a tribo como sendo um ninho de vespas, então Jimmy era um zangão. Ele só tinha permissão para certas coisas: ser rico, usar sua influência no seu mundo limitado, mas jamais se meter na forma como seu mundo era controlado. Desde que ele cumprisse a regra, podia juntar todos os tesouros que sua pequena tromba pudesse carregar sem explodir. Mas se ele ousasse sonhar em sair da linha, eles lhe dariam um castigo tão cruel que ele estremecia só em pensar: *eles o mandariam para casa*. Casa era outro país onde ele era ainda mais estrangeiro do que na Malásia. Jimmy era *Straits Chinese* de origem e isso significava que havia muitas gerações que ele estava fora de sua pátria de origem do outro lado do oceano.

Uma fila de visitantes parou na nossa mesa — chineses que deviam favores a ele, depois um tira malásio e a namorada. Eles o cumprimentavam, recebiam seu sorriso amarelo de bênção. Eles não se demoravam; visitavam Jimmy do modo

* Assim são chamados os chineses que emigraram para a Malásia no século XIX, para trabalhar nas minas de estanho. (*N. do T.*)

como as pessoas visitam um santuário, prestavam seus respeitos e garantiam boa sorte. Não havia dúvida quanto à autoridade ligeiramente sinistra de Jimmy, e eu imagino que ele a usava e apreciava do mesmo modo que fazia com o poder que vinha do fato de pertencer à gangue que liderava quando era menino: mais ou menos da mesma forma como ele saudava o primeiro-ministro. Politicamente, ele comprava proteção de quem quer que mandasse no lugar, para se garantir. Como nós sempre tínhamos feito.

Quando eu era menino, no Transvaal, costumava visitar uma usina de urânio e ganhava uma bolinha de lama amarela que diziam ser urânio: eu a guardava numa caixinha de fósforo azul como se fosse um ratinho de estimação e a tirava lá de dentro e a contemplava de vez em quando. Eu gostava da pureza do amarelo e quando olho para trás agora imagino se era mesmo urânio, portanto radioativa e perigosa. Era isso que Jimmy Li Fu me lembrava, e quando eu ia visitá-lo em KL, nunca ficava muito tempo; eu não queria expor-me aos raios que ele emitia.

— Então, Alex, quando é que você vai?

— Amanhã, se conseguir lugar no avião.

— Para onde você vai?

— Para Johanesburgo, eu sou de lá.

— Jo-a-nes-burgo? Bom saber que você é de algum lugar.

Esta era uma velha piada entre nós. Ele era malásio, eu era africano, mas só por assim dizer. Estes álibis podiam ser derrubados a qualquer momento, e Jimmy voltaria a ser um maldito china, do mesmo modo que eu poderia ter meu nome africano confiscado e me transformar em mais um intrometido da maldita Europa.

— Nós dois não somos de lugar nenhum — Jimmy gostava de dizer. — E isso será usado contra nós. Chineses como nós.

Ele olhou para mim e disse devagar, cuidadosamente, como se estivesse experimentando:

— Nel-son Man-de-la...

A intenção dele era boa, eu sei. Mas não funcionou. Um país sobre o qual você não sabe nada pode ser, às vezes, exaustivamente conhecido através de um único indivíduo. Tamanho único. Você dizia a palavra e se safava. Era como dizer "Madre Teresa" — e bingo! Deu conta de Calcutá. Eu não achava isso desconcertante. Pelo contrário, gostava disso porque me livrava do peso da culpa e do conhecimento e da ainda mais ridícula noção sul-africana, ainda prevalente, de que todo mundo sabia tudo sobre o lugar: no passado, porque o povo era tão asqueroso; agora, porque ele é tão gentil.

Jimmy tornou a dizer:

— Nel-son Man-de-la.

Ele fez isso para mostrar que sabia e se importava com o lugar de onde eu era. De fato, como muitos no sudeste da Ásia, ele sabia muito pouco sobre a África do Sul e não ligava a mínima para ela. Os países africanos, todos os países africanos, eram habitados por criaturas selvagens, e a salvação da África do Sul era ter como marca registrada este super-homem que tinha surgido magicamente do caos e se tornado um amuleto de sorte, um mantra, um nome que, quando entoado, trazia calma, ordem e dignidade a um lugar sombrio.

Foi um gesto de delicadeza, feito na esperança de que eu pudesse apreciar. Isso nos tornava o tipo de amigos que só gente como nós podia ser. O que nós éramos, na realidade, era mais do que parentes. Nós éramos tribo, Jimmy e eu; éramos unidos pelo quadril, e o que unia "chineses como nós" era o seguinte: nós sabíamos que lar nunca era um lugar deixado para trás; era sempre um lugar para onde você estava indo, sempre mais adiante.

16

Meu jato da Lufthansa entrou no espaço aéreo africano sobre o Marrocos, depois passou sobre o Cairo e começou a seguir o Nilo ao sul, sobre o Egito, e depois seguiu na direção do Sudão. O 747 traçou praticamente a mesma rota dos velhos Empire Flying Boats, dos anos 1930, que saíam de Londres, atravessavam a Europa e iam até Durban, na África. Os grandes Sunderlands, da Imperial Airways, só podiam voar de dia e voavam baixo, como patos gordos, mantendo-se a mil e quinhentos pés, olhando para baixo, para a África, enquanto a África olhava para cima. Ótimo divertimento para poucos afortunados, almas presenteadas com a mais rara das liberdades: o direito de ir para onde quisessem. Aqueles que voavam para a África para cultivar terras ou pescar ou governar países seis vezes maiores do que a Inglaterra saíam de Dover e voavam sobre a França, a Suíça e a Itália, mas era quando eles deixavam o continente europeu e voavam sobre a África que a realidade ficava para trás.

Quando Joe Healey quis levar a filha pequena com ele na viagem, quem iria se opor? As minas de ouro eram fantasticamente ricas. Um irlandês forte, de terno azul e chapéu panamá, as bananas de dinamite numa pasta que "guardou debaixo do assento", segundo minha mãe

— Os detonadores ele guardava numa sacola de lona. Muitas vezes nós jogamos baralho usando a pasta como mesa durante as viagens.

— Seu emprego como encarregado-chefe de explosivos levava-o para a Rodésia, Angola, Congo e uma vez para o Egito. Eu me lembro que pousamos em Wadi Halfa. Você podia viajar para países nos anos 1930, 1940 e 1950 que agora já faz meio século que estão proibidos.

— Do Egito, o Boat seguia sobrevoando o Mediterrâneo, na direção de Creta, entrava na Europa sobre a Itália, os alpes suíços, a França, o canal e então, finalmente, a Inglaterra.

— Mas nós voávamos sobre a África, sempre. Nunca íamos além. Era... maravilhoso. As aeronaves eram gordas, flutuavam no ar; eram, na realidade, criaturas aquáticas. Baleias com asas! O capitão era um marinheiro! Elas também eram barcos. Transatlânticos voadores. Você podia jogar uma partida de malha — em pleno voo! —, enquanto a África se revelava a seus pés. Elas serviam, meu caro rapaz, às pessoas que gostavam de coisas caras.

Ela se lembrava de tudo que havia atraído sua atenção: o homem de turbante que tocou a campainha chamando para o embarque em Wadi Halfa; as cortinas marrons da sala de observação; as vozes melodiosas das camareiras; os assentos de couro verde escuro; o perfume Blue Grass, "disponível aos montes, podia ser usado à vontade no banheiro feminino. Eu aproveitava..."

Um Empire Flying Boat não seguia a espinha dorsal da África. Ele rumava para leste para poder começar, como uma pedra lançada na água, a saltar pela superfície da costa leste. Do Cairo, o avião seguia para Cartum e pousava em Gordon's

Knee. Depois seguia para Malakal e acompanhava o Nilo até Jubba, no Sudão e, se o tempo permitisse, fazia um rápido desvio sobre Murchinson Falls antes de pousar em Port Bell, a grande aeronave abrindo dois enormes sulcos nas águas escuras do lago Vitória para a parada noturna em Kampala. No dia seguinte, seguia para Mombasa, depois para Dar Es Salaam e fazia uma parada noturna em Beira, uma cidade costeira com gosto de Portugal, camarões peri-peri e Chianti, especialidade do hotel da Imperial Airways.

As aeronaves voavam baixo o suficiente para os passageiros contarem crocodilos nas margens do Zambeze, baixo o suficiente para enxergarem passarinhos entre os chifres de um búfalo. Apertando o nariz contra a vitrine da África, deixando o olhar cair onde eles quisessem. E por que não? Era tudo deles e era tudo de graça.

E então, a enorme nave baixava o nariz e descia até atingir a água, tremendo e gritando no meio da espuma enquanto taxiava até parar, no silêncio imenso, quente, pulsante. A lancha obediente saindo da plataforma de aterrissagem. No Zambeze, eles mandavam uma lancha para afugentar os rinocerontes. Depois, o amável marinheiro, de braços fortes, a ajudava a embarcar, e ela atravessava a água até a hospedaria para passar a noite. Podia ser no lago Niasa ou Livingstone, no norte da Rodésia, onde as cataratas Vitória lançavam borrifos no céu. Ou o hotel Kisumu no lago Vitória, para um banho quente e um jantar: guardanapos engomados, tão duros que você os abria como se fossem pedaços de papelão, garçons usando túnicas brancas e faixas vermelhas, talheres de prata, candelabros, e a África sussurrando do lado de fora das janelas, um leão urrando ali perto como uma sirene de ataque aéreo, enquanto ela comia rosbife e pudim Yorkshire.

Na manhã seguinte, bem cedinho, partida para Lourenço Marques, depois a entrada no espaço aéreo sul-africano, descendo a costa verde escura de Natal até Durban, por sobre o Bluff, voando por cima dos grandes hotéis em South Beach para pousar no oceano Índico, taxiando ruidosamente até o hangar da Imperial Airways em Congella.

— Dá para sentir a liberdade?

Estes voos através da África eram jogos de tabuleiro celestiais disputados por pessoas chamadas Rodney e Felicity e Millicent e Roy, que guardavam o tabuleiro durante a noite e se esqueciam dele, porque embora fosse muito divertido jogar, flutuando como deuses sobre um exótico zoológico, isso não era real. Ou melhor, só valia a pena quando você pousava, e a realidade começava e terminava enquanto você estava lá, fazendo o lugar existir com sua presença.

É claro que fazia parte da natureza dos colonos se isolar e se tornar seres mutantes. Mas parecia que o destino desses arrivistas era ser uma mistura esquisita, feita sem qualquer receita conhecida, uma espécie de mofo ou fungo alucinógeno que cresce no escuro e se desenvolve, por razões desconhecidas, em lugares inusitados, desaparecendo em seguida.

Meu amigo Koosie disse um dia que o cheiro da derrota pairava ao redor de nós. E eu perguntei a quem ele se referia — aos brancos, aos ingleses? —, ele arregalou os olhos castanhos, afagou a barba pontuda, deu um peteleco na aba do chapéu, tirou um grão de poeira da lapela larga do seu elegante terno listrado e disse:

— Olhe bem para mim. Respire fundo, prepare-se para um grande choque. Eu pareço branco? Pareço inglês? Olha aqui, meu caro, eu disse "nós". Estava me referindo ao bando todo. Os idiotas mais atrasados, provincianos e isolados do planeta.

Você, eu e todo mundo. Cada homem, mulher e criança. Sul-africanos. Ou seja, *nós*. Me dá licença para cuspir. Não viram nada, não estiveram em lugar nenhum e, puxa! Tão orgulhosos disso!

Foi o melhor elogio que eu recebi de Koosie. A parte simpática foi o "nós".

Eu estava com um alemão do meu lado, um homem grande, muito rosado, lendo Rilke e bebendo conhaque e Coca-Cola. Ele me disse que era da Namíbia; seu nome era Dieter e ele tinha uma fazenda grande perto de Luderitz, que o governo estava falando em confiscar.

— Eles dizem que eu sou um proprietário ausente. Talvez eles me tirem a fazenda. Talvez estejam blefando. A Namíbia não é um país fácil para agricultura. *Ja*, eu tenho muita terra, mas você precisa ter mais e mais terra para uma fazenda dar dinheiro. Essa é a questão. Se quiserem, podem dar minha terra para os negros pobres. Mas eles vão continuar pobres. E isso é roubo. O que pode haver de bom nisso?

Eu podia ver o que havia de bom: quando estrangeiros, desconhecidos, imigrantes passaram séculos roubando você, você quer de volta o que é seu. Não é gentil, mas desde quando tomar de volta o que é seu foi gentil?

Dieter disse:

— Você sabe muito sobre a Namíbia?

— Nada sobre a Namíbia; mas eu conheci muito bem o Sudoeste Alemão da África... — eu disse.

Ele pareceu um tanto confuso.

— Sudoeste Alemão? Já faz muito tempo que não o vejo ser chamado assim.

Eu disse:

— Onde você mora, Dieter?

— Eu moro em Hamburgo.

— Onde você nasceu?

— Em Windhoek.

— Então você é o quê?

Ele ficou surpreso.

— Eu sou namíbio. — Ele mostrou o passaporte. — Veja.

Era um tanto deprimente ter que mostrar o passaporte para provar de onde você era.

Eu disse:

— Eu não acho que você possa ser um namíbio.

Ele interpretou isso como uma provocação.

— Por que não?

— Porque você não é africano; só africanos podem ser namíbios.

— Nós temos uma boa Constituição. Ela diz que qualquer um pode ser namíbio — disse

— Namíbio honorário, talvez. Isso é o melhor que você pode ser. A festa acabou, e nós também.

Ele ficou ofendido, então fez um discurso que começou assim:

— Mas o meu lugar é aqui... — e assim por diante.

Grandes homens brancos dizendo com lágrimas nos olhos o quanto eles amam a África; é uma baboseira, é uma babaquice e, pior ainda, eles são sinceros. Normalmente, também há raiva nessa afirmação, talvez porque estes amantes saibam que a amada não dá a mínima para eles, nunca pensa neles, e talvez deteste a cara e o cheiro deles.

— Por outro lado — Dieter prosseguiu —, você não pode culpá-los por nos odiar. Nós, alemães, não temos uma boa fama na Namíbia. Eles são sensíveis. Muito sensíveis. Eu não os culpo, de jeito nenhum; nós fomos muito, muito maus. No velho Sudoeste da África havia uma matança generalizada. Veja o que nós fizemos com os hereros em 1904. Nossas tropas, comandadas pelo general Lothar von Trotha, mataram dezenas de milhares deles. Em Waterberg. Agora eles estão no poder e nós temos que pagar.

Era verdade. Mas isso não tornava as coisas menos horríveis, nem o choramingo de Dieter menos nauseante. Ele não precisou explicar quem eram "eles" e "nós". Da passagem horrível dos brancos pela África não havia a menor dúvida. Não importava se eram britânicos, belgas, franceses ou alemães, o padrão era sempre o mesmo: desprezo seguido de assassinato em massa. Nós tínhamos passado da era em que europeus matavam nativos para a época em que africanos brancos passavam seu tempo se desculpando. De homicídio para homilia, da corda para o arrependimento.

Mas veio muito tarde. Pior, veio das pessoas erradas. Aqueles que fizeram o estrago nunca sentiram o peso do ódio dos escravos recém-libertos, nunca chegaram perto de imaginar que não eram seres humanos incrivelmente inteligentes, bondosos, superiores, escolhidos para governar crianças selvagens, para corrigi-las quando fosse possível e matá-las quando fosse necessário. Nunca deixando de afirmar, enquanto acariciavam seus chicotes ou lubrificavam suas armas, o quanto adoravam a África... enquanto a África continuava a odiá-los e como esse ódio precisava de um alvo, nós éramos esse alvo. Os brancos que restaram iriam assumir a responsabilidade. Como os anglo-irlandeses, nós tínhamos entrado nas terras dos outros e ficado, tínhamos nos estabelecido, quase acreditando que estávamos em casa; e, como eles, nós estávamos errados: gente errada, tempo errado, lugar errado.

Dentre as fotos guardadas na cesta de costura da minha mãe, havia uma do seu velho pai. Depois da Guerra dos Bôeres, e muito antes de ele se tornar encarregado-chefe dos explosivos da Corner House Investments, meu avô, sem saber o que fazer em seguida, entrou para a Polícia Britânica da África do Sul. Eles eram uma espécie de Polícia Montada Africana. Ele está com capacete e perneiras, carregando um Lee-Enfield, posando na muralha de uma grande montanha de pedra chamada Namutomi, imitação de um castelo medieval, com torrinhas e torres de pedra, erguido na selva pelos alemães com ilusões de nobreza, sonhando com a Bavária e o louco rei Ludwig. Os sul-africanos capturaram o castelo em 1915, na invasão do Sudoeste Alemão, e meu avô está a cavalo, usando um casaco longo e uma bandoleira e seu capacete de copa alta que o deixa parecendo uma peteca. Ele estava lá por causa do rumor de insurreição entre os fazendeiros derrotados, ao lado dos quais ele tinha lutado durante a guerra anglo-bôer. Mas é claro (e aqui você pode ver toda a saga maluca das andanças do homem branco pela África tropical) que, sob aquele chapéu engraçado, havia um matador que aprendeu seu ofício na primeira guerra moderna que deu o tom para os conflitos do nosso tempo — quando fazendeiros matutos enfrentaram o maior exército da terra.

E uma história.

Eu acredito — você não podia ter tido uma mãe como a minha sem acreditar nisso — que nada favoreceu tanto os bôeres quanto o modo como eles lutaram para corrigir aquele erro. E nada, antes ou depois daquele evento, deu a menor pista de que eles seriam capazes de tal heroísmo. Até resolverem enfrentar o Império Britânico, eles tinham sido os baderneiros de sempre, destilando a estupidez habitual.

“Deem-nos empregos, não trabalho”, era o grito deles. “Empregos decentes, empregos que nos permitam não fazer nada, a não ser ficar aqui sentados, nos sentindo superiores.”

Mas eles fizeram isso: eles foram para a guerra e quase conseguiram. Só a morte lenta de suas esposas e filhos em campos de concentração britânicos os fizeram finalmente ver que o inimigo estava preparado para exterminar toda a tribo se fosse preciso, e decretaram uma penosa rendição. E então veio a próxima “nova” África do Sul. Desta vez, ela foi liderada por Jan Smuts e pelos “novos” líderes bôeres que nos conduziriam a um futuro mais justo, sob a mira de um revólver, se fosse necessário. E foi. Os bôeres “teimosos”, que nunca tinham aceitado a nova África do Sul, viram sua chance quando a Grande Guerra começou e sonharam em se revoltar. Da última vez, eles tinham perdido por muito pouco. Agora eles iriam expulsar o inimigo do país amado. E tudo voltaria a ser igual de novo, só que melhor!

Os bôeres teimosos tinham um profeta, Niklaas van Rensburg, e ele deu uma espiada no futuro e previu o fim do Império Britânico no confronto com a Alemanha.

— Enfrentem os malditos cáquis, matem-nos e a liberdade será nossa — o Profeta disse aos rebeldes. — Os odiados imperialistas vão virar pó e o destino glorioso dos bôeres vai florescer de novo.

Os alemães concordaram com o Profeta, mas eles elevaram o tom. Disseram aos rebeldes bôeres que o *zeitgeist* estava com eles; que a história estava agindo através deles para destruir o opressor.

Este era o plano deles, tão sem chance que me faz chorar: enquanto os malditos ingleses estivessem ocupados lutando contra os alemães, os rebeldes bôeres iriam erguer-se e recuperar as repúblicas perdidas e as liberdades que lhes foram tiradas. O Transvaal e o Free State seriam deles de novo.

Algum dia existiu um outro povo com tal dom para se autodestruir? Parecia fantástico, até você refletir por um segundo. O destino glorioso dos bôeres, de forma geral, consistia em passar os dias sentados em suas fazendas distantes, tomando café, movimentando-se uma vez na vida outra na morte, apenas o suficiente para chutar seus escravos negros. Mas, agora, eles se insurgiram, e o Sudoeste da África tornou-se a cabine de comando da guerra. Os britânicos destruíram suas repúblicas livres, roubaram seu ouro e seus diamantes. Agora eles iam revidar. Por algum tempo, eles ficaram radiantes: estavam empunhando armas mais uma vez.

E tudo conspirava para garantir o fracasso.

Desta vez, estes fazendeiros não estavam enfrentando os britânicos: eles estavam entrando em guerra contra guerreiros da mesma tribo, estavam lutando contra irmãos, bôeres modernos, que comandavam o governo, o exército e o país. Eles estavam lutando contra a "nova" África do Sul.

Tal era a insanidade do nosso povo que entre estes agricultores arruinados, estes guerreiros esfarrapados, havia alguns loucos que acreditavam que podiam lutar e vencer a Guerra dos Bôeres 12 anos depois de ela ter sido perdida.

Embora os homens que governavam a "nova" África do Sul não fossem britânicos, eles agora estavam firmemente do lado do Império, da tolerância, da democracia e dos valores liberais. Eles podiam um dia ter sido líderes bôeres, mas agora estavam determinados a ser estadistas; e não eram nada sentimentais em relação aos rebeldes. Os velhos companheiros de armas do meu avô, Jan Smuts e Louis Botha, não iam se envolver com um bando de camponeses barbados que não compreendiam que os tempos tinham mudado. Como todos que se convertem a uma fé que antes odiavam, estes Novos Homens eram mais implacáveis do que os velhos inimigos quando desafiados por traidores. Um rebelde era um rebelde, e uma rebelião tinha que ser sufocada.

E foi assim que Joe Healey foi lutar contra os mesmos homens por cuja causa ele um dia tinha explodido aquedutos na selva. Ele pode ter dinamitado um monte de pontes de estrada de ferro no Free State pela causa dos bôeres, mas não tinha ilusões acerca desses enteados da migração — circunspectos, críticos, astutos, cruéis — que ficaram para trás.

Ah, África do Sul... que idiotice sublime...

Minha mãe também guardava na cesta de costura, no meio de agulhas e novelos de lã, uma foto do pai com o profeta Van Rensburg. A barba do profeta é longa e branca; ele tem um olhar fixo e um rosto pálido, marcado de cicatrizes. Meu avô é simpático; seu bigode é bem aparado. Os dois homens seguram toras de madeira na frente do peito, cada uma com um travessão, como o punho de uma espada. Os dois homens estão praticando um esporte bôer chamado *kennetjie*, usando um cabo de vassoura como bastão, no qual está equilibrado um pedacinho de madeira que serve como "bola". O que você faz no *kennetjie* é lançar o pedacinho de madeira no ar e ver a que distância você consegue atirá-lo com seu bastão.

Foi mais ou menos o que aconteceu com os renegados bôeres do Sudoeste. Isto era a África do Sul, a história não se revelava sem uma escolta policial, e o tipo de *geist* que habitava nosso *zeit* você não gostaria de encontrar num beco escuro. Vidas valiam tanto quanto pedacinhos de madeira, e o que a história fez com os rebeldes foi lançá-los para cima, erguer o cassetete e atirá-los para fora do campo.

No início dos anos 1950, nós voávamos para o Sudoeste da África toda semana. Eu devia ter uns 7 ou 8 anos e ficávamos na casa do tio Hansie. Ele construiu um *Schloss* no deserto, uma miniatura de Namutomi, e era representante da Porsche em Windhoek. Embora tivesse apenas 30 e poucos anos, Hansie estava ficando prematuramente grisalho, mas de um modo elegante. Ele tinha uma barba prateada, cabelo prateado, terno prateado e um carro prateado. Tio Hansie acompanhava a si mesmo no piano enquanto cantava "Die Schöne Müllerin", e minha mãe ficava muito entusiasmada e batia com força nas costas dele quando ele terminava, fazendo o monóculo saltar do seu olho como uma lágrima gorda e espantada.

Tio Hansie era, para mim, a coisa mais próxima da Europa que eu já tinha visto, seus armários de madeira escura cheios de livros, com letras douradas nas lombadas azuis — Goethe, Schiller e Thomas Mann. Tio Hansie era o único homem que eu conhecia que ostentava orgulhosamente, nas paredes do quarto, umas 12 fotos de mulheres peladas, e parecia não se envergonhar nem um pouco com isso, e que era casado com uma princesa herero.

Outro tio; outra pista de pouso; outro fio na tapeçaria da família; outro episódio ridículo na vida dos brancos que foram para a África e que a compreenderam tremendamente mal.

Se eu conhecia a Namíbia? Se conhecia.

O que você diz para quem nunca esteve muito longe de Hamburgo ou Windhoek?

* * *

Estavam fechando as cortinas e pondo o filme. Esta era a velha rota dos hidroaviões, mais ou menos, mas nós estávamos a cerca de seis milhas de altura, numa cabine pressurizada e sonolenta, e do lado de fora das janelas a escuridão gelada corria em nossa direção, como o futuro. E Dieter, o namíbio, dormia, com o livro pousado no colo.

As telas da cabine brilharam com os sorrisos e gritos de uma bonita atriz fingindo ser uma pobre *chocolatière* solteira, com uma linda filha para sustentar; moça bonita se apaixona por rapaz bonito que finge ser um cigano, num bonito cenário que finge ser a França. Tudo aquilo tinha não só o verniz da artificialidade — isso teria sido meramente cansativo —, mas a falsidade hollywoodiana de que todo mundo, mais cedo ou mais tarde, terá simplesmente que acreditar, e jorrava esta luz para dentro dos cérebros das centenas de pessoas presas em seus assentos, de olhos e bocas abertos, como peixes mortos na meia-luz azul do tubo voador.

Do lado de fora da minha janela, só havia escuridão. Nós não precisávamos ver para onde estávamos indo. Que importância tinha? Nós sabíamos qual era o nosso destino; estava escrito em nossas passagens — Johanesburgo — e voávamos para lá como uma bala.

17

Ao chegar de avião em Jo'burgo, a primeira coisa que você via eram as piscinas: milhares de olhos azuis piscando na vegetação seca e marrom. Em seguida, um conjunto de arranha-céus cercado por antigas minas, colinas amarelas de rocha pulverizada que um dia apertaram a dourada Jo'burgo contra seu coração de pedra. Nas extremidades daquele amontoado, havia manchas reveladoras, tão bem escondidas por baixo da fumaça de mil fogões que só um racista retórico — do tipo que nós todos fomos criados para ser — podia identificá-las como as impressões de pés e mãos e corações daqueles que construíram esta cidade: fileiras e mais fileiras de caixinhas de tijolo que eram os assentamentos e favelas onde se escondia a maioria dos habitantes de Johanesburgo.

Nós baixamos sobre Soweto, lar dos heróis que lutaram pela liberdade, mas de onde — Koosie me contou — qualquer um que pudesse correr estava partindo o mais rápido que seus contracheques permitissem, dirigindo-se para os guetos verdes e abrigados dos subúrbios do norte, cujos nomes refletiam as crises de identidade daqueles que diziam a si mesmos o quanto eles eram verdadeiramente africanos: Kilarney e Sandton, Rosebank e Morningside, Houghton, Blairgowrie e Rivonia...

Antigamente, as mansões luxuosas daqueles recantos arborizados eram habitadas exclusivamente por aqueles que chamavam a si mesmos de "europeus" ou "wharts"...

A meu lado, Dieter bocejou, se espreguiçou, fechou o seu Rilke e disse "Á-fri-ca!". Depois foi para o banheiro e voltou vestindo shorts cáqui e jaqueta de caça.

Por que o fato de pousar no continente confundia o cérebro?

Á-fri-ca!

Essas devem ser as três sílabas mais vazias que já foram inventadas. Uma prece ameaçadora que passava por patriotismo do Cabo ao Cairo, do tipo que dizia: se você ama este lugar, estenda a mão e bata em alguém.

A fila estava longa; os funcionários encarregados de examinar os passaportes eram lentos. Dieter tornou a bocejar, espreguiçou-se, sorriu, e abraçou — nada.

— Que bom estar em casa.

Mais uma vez, o impulso de se derramar, de se expandir, de estender os braços e abraçar o corpo quente da Mãe África. Era poderoso este impulso de se fundir — talvez desde que o primeiro homem pôs o primeiro pé branco no continente. Na verdade, talvez quase toda a vida branca na África se resumisse a trabalho com os pés; pés brancos andaram de uma ponta a outra do continente, imprimindo novos nomes num lugar que já tinha um bocado de nomes, e depois pés brancos chutaram os nativos à vontade.

Nos tempos de loucura, o aeroporto de Johanesburgo tinha sido um dos principais locais de sofrimento; prodigiosamente triste; o salão de embarque comandado por grosseiros funcionários brancos: um lugar de onde mil exilados partiram com vistos só de saída, privados de seus passaportes, esperando nunca mais voltar.

A grande diversão, muito tempo atrás, era ir até o aeroporto nos domingos para ver os aviões decolando. Quase tudo mais era proibido. Era o modo como Jo'burgo profanava o Sabbath. Os caras ficavam horas sentados no telhado do aeroporto. Vendo as enormes aeronaves levantando voo, pelo simples prazer de saber que elas estavam indo para algum lugar quando tudo o mais dizia que nós íamos para lugar nenhum, e quando a impressão era de que tudo mais era proibido.

Então, por um curto período, depois que os antigos donos do país foram embora, o aeroporto virou uma alegria. Um novo exército de funcionários negros tinha surgido e apagado as lembranças do passado. Controle de passaporte, funcionários da alfândega, guardas, todos negros: toda essa gente nova fervilhava; era encantador.

Mas o estresse da autonomia foi demais. A impaciência cresceu, a novidade virou indiferença, uma sensação de "Bem, se isto é liberdade, e agora?" Quando se tornou claro que a resposta para isso era "Mais nada, só a mesma coisa", a impaciência cresceu ainda mais.

Dieter estava na minha frente. Ele entregou o passaporte e a funcionária da imigração mostrou que não gostava nem um pouco dele no modo como virou as páginas, na ruga que franziu sua testa, na maneira cuidadosa como tocou nas lapelas da sua blusa branca. Ela o desprezava e deixou isso muito claro, e isso o incomodou. Ele falava inglês muito bem, mas não conseguiu entender o que ela estava dizendo, ou melhor, por que ela estava resmungando para o ar, a meio metro de distância do seu ouvido direito.

O que ocorreu entre eles não foi só um diálogo de surdos entre um alemão de roupa cáqui e uma mulher negra com insígnias douradas nos ombros, mas a dança dos cegos. Ela falava para um ponto além dele; ela queria saber quanto tempo ele ia ficar na África do Sul, queria ver sua passagem para Windhoek e sua passagem de volta.

Dieter ficava dizendo, "Como? Como?", com a mão em concha no ouvido, como que para capturar pelo menos algumas das palavras que ela lançava em sua direção. Ele estava realmente pesaroso: por não entender o inglês carregado dela; por ela estar sendo grosseira com ele; pelo fato de um homem com tanto amor no coração e Á-fri-ca! nos lábios, uma fazenda na Namíbia e um passaporte perfeitamente em ordem ser tratado daquele jeito.

Dieter via a si mesmo como um cara normal que pagava seus impostos e mantinha um apartamento em Hamburgo. Mas, para a funcionária da imigração, havia tanta coisa errada com ele que ela nem sabia por onde começar. Ele era uma regressão aos tempos ruins do passado. Ele era seguro demais de si mesmo. Ele tinha uma propriedade e dinheiro e tinha passado muitos anos na África. Ela o via como seu passaporte dizia que ele era: namíbio. Outros brancos que passaram diante da funcionária vinham da Alemanha, da Espanha e da Itália: países de verdade, países decentes, países para onde eles iam voltar. Eles não estavam fingindo estar em casa na África; eles não usavam roupas de safári nem apresentavam passaportes de países vizinhos; eles não pertenciam à classe dos órfãos velhos e pálidos que diziam ser do Zimbábue, do Quênia ou do Congo, mas que eram, sem dúvida, alguma forma inferior de colonizadores, não apenas supérfluos mas, provavelmente, completamente falidos, perdidos num continente negro. Francamente, eles eram um vexame.

Provavelmente, havia outras razões para o desprezo dela: a África do Sul era um destino comum para pessoas que estavam fugindo de países arruinados, para gente que estava sempre tentando passar ilegalmente pela fronteira; e isso incluía brancos do Zimbábue e da Namíbia.

Então ela não gostava dele, assim como não gostava de visitantes do Congo ou do Chade ou da Guiné, ou de qualquer infeliz que viesse do norte do Limpopo. Dava para ver, de onde eu estava, que ela também não gostava do seu emprego.

Dieter ainda estava dizendo "Como? Como?" quando, de repente, como um vento que para de soprar, ela perdeu o inte resse e fez sinal para ele passar, com um longo bocejo.

Ele ficou ofendido, eu vi pelo modo como ele caminhou empertigado para a esteira de bagagem, lançando de vez em quando um olhar zangado para as costas da funcionária, parecendo um amante zangado e rejeitado.

Mas o que ele esperava? Ele tinha pousado na nova Jo'burgo; se a velha já deixava você um bocado deprimido, a nova então nem se fala. Se você chegasse em qualquer lugar da África do Sul depois dos anos de ferro da obsessão racial, pisaria num lugar recentemente deixado por lunáticos impertinentes.

Na esteira de bagagem, Dieter estava falando sozinho. "Negra sem vergonha, filha da puta", ele estava dizendo enquanto retirava suas malas Louis Vuitton da esteira e as jogava num carrinho.

Eu vi que Dieter estava se aclimatando. Estava se lembrando de onde estava. Eu me despedi com o coração mais leve. Quando chegasse em Windhoek, ele já seria ele mesmo de novo

Eu entrei na multidão, recusando os serviços de um grupo de carregadores, observando como a arquitetura e os anúncios tornaram-se o modo de dar à África do Sul a aparência que todo mundo quer ver, uma aparência simpática, do tipo "nós amamos uns aos outros". Os cartazes no aeroporto internacional de Jo'burgo anunciam a todos os recém-chegados que estamos nesta terra feliz onde as pessoas de todos os gêneros e tons de pele, os bem dotados e os portadores de deficiência, se encontram, se misturam, fazem amor, tomam cerveja e conversam o dia inteiro em seus celulares; dedicados a se tornar simpáticos, confiantes e competitivos astros desportivos.

A moça no balcão da Hertz, rechonchuda, alegre e vestida de amarelo como um limão energético abriu a boca e falou comigo, no sotaque mais esquisito do mundo: puro jo'burguense. O som vinha do pequeno espaço que resta quando a língua é erguida em direção ao fundo do céu da boca, espremendo-se e soltando as palavras com um tom fanhoso que vibrava nas passagens nasais com um gemido que os estrangeiros achavam torturante, mas que, se você tivesse nascido nesta cidade, acharia profundamente comovente.

A moça da Hertz disse simplesmente:

— Olá, como vai? E de onde o senhor está vindo?

— Da Malásia.

— Ma-láa-siaaaah!

Era minha mãe de novo, aquele tom incrédulo, ligeiramente irritante. Era estranho como essas coisas afetavam você: de repente, eu tive vontade de chorar. De repente, eu estava em casa.

A moça da Hertz levantou a mão, segurando as chaves, como estivesse me abençoando, e disse no seu tom de voz cantante:

— Tenha uma boa estada, divirta-se, cuide-se...

A bênção de uma locadora de automóveis não era grande coisa, mas isto era Jo'burgo e, nessas circunstâncias, eu aceitaria qualquer coisa. No escuro do estacionamento, eu fiquei algum tempo sentado no meu City Golf vermelho, alugado, cheirando a couro, cera, plástico e, ligeiramente, ao produto à base de lavanda usado para limpar o painel, e eu pensei, por que sair daqui? Eu queria ficar ali mesmo, bem protegido dentro do carro. Era uma tentação que sempre acompanha o início de uma viagem, o demônio deliciosamente subversivo que sussurra, "Por que você não desiste agora mesmo? Saia do carro, volte para dentro do aeroporto, pegue um avião e desapareça para sempre. Saia, vá embora, acima de tudo não continue."

Mas eu estava de volta, e tinha que fingir que fazia parte daquele lugar. Esse é o paradoxo do viajante. Quando você não pertence a lugar nenhum, está sempre lançando raízes superficiais, mas preciosas. Ninguém se enraíza mais depressa do que pessoas errantes, sem pátria. Elas chegam num lugar e, dois minutos depois, já estão armando uma barraca, abrindo uma loja, agindo como se sempre tivessem estado ali. São colonizadores incorrigíveis: instalam-se em qualquer lugar, como crianças perdidas que querem ficar com qualquer adulto bondoso que apareça na frente delas.

Eu saí para o sol, o ar tremulando com aquele nervosismo do *highveld*. Eu guiei na direção do horizonte absurdo que é Jo'burgo, Joeys, Jewburg, Egoli, Josi, J-town, Gauteng... mais pseudônimos do que nomes. A avenida de quatro pistas levava ao centro de Jo'burgo. Os nativos a chamavam de avenida da Morte. Ladeada de fábricas, shoppings, fábricas de borracha e, aqui e ali, os ombros maciços, dourados, cabeludos de velhas minas. A avenida que saía do aeroporto estava cheia de bunkers de concreto, construídos nos anos 1970 e 1980, quando o velho regime fascista e seus lacaios adoravam complexos comerciais.

Entretanto, nosso deus não era o comércio: era o ouro, enterrado lá no fundo, mas sempre presente quando você procurava por ele. Meu avô o tinha extraído de rochas superficiais. Agora você tinha que descer quase duas milhas debaixo da terra em busca de um filão, mergulhando atrás dele: tomando dois elevadores, descendo 11.000 pés em apenas oito minutos, para pousar no inferno, corredores estreitos, limo batendo nos calcanhares, temperaturas de até 50 graus, mantidas num nível suportável por canos cheios de água gelada e enormes aparelhos de ar-condicionado. Não se pode ter ouro sem ar-condicionado: um fato que não me prejudicou em nada nos anos em que vendi sistemas para as minas. Eu fazia a mesma peregrinação que meu avô, só que ele instalava explosivos, produzia calor para obrigar o grande deus a mostrar sua cara. A minha era uma missão secular, eu ia para o subsolo para esfriar as coisas. Você está trancado num forno, arrastando-se pelo chão, com duas milhas de rocha acima de você, até que, sob a tocha acesa no fim do túnel, uma faixa de tinta vermelha diz, sim, aleluia! O barulho das brocas perfurando as rochas, o ranger das botas altas que os mineiros usam. Esta pedra tinha o que você procurava. Aqui você ia montar seus explosivos, explodir o tabernáculo rochoso que continha o espírito sagrado, depois erguer oito toneladas de escombros até a superfície, esmagá-lo, limpá-lo com cianeto, tudo isso para conseguir alguns gramas de ouro.

Todo ano derramava-se mais sangue por menos ouro: antes esta cidade produzia mais de dois terços de todo o ouro do mundo; agora isso não passava de um quinto, e você tinha que buscá-lo em locais mais profundos, mais escuros e mais quentes — três milhas abaixo da superfície era a ideia mais recente, se conseguíssemos continuar bombeando água gelada e garantindo o ar-condicionado.

Nós éramos ferozmente fiéis a esta divindade e dávamos a alma por ela.

Quando eu era pequeno, os extratos das minas erguiam-se sobre a cidade, montanhas amarelas agigantando-se sobre as barragens de lama, depositórios da borra de cianeto descartada depois que o ouro tinha sido extraído da rocha. Estes depósitos eram pontos de referência; eram as únicas montanhas que tínhamos. Uma vegetação rasteira cobria seus cumes. Durante décadas ninguém se importou com eles. Então, alguma mente brilhante calculou que ainda devia haver ouro no meio de toda aquela areia, pedacinhos de ouro que não haviam sido extraídos da primeira vez, então começaram a vasculhar a areia pela segunda vez.

Cada vez que eu voltava, havia menos minas de ouro e mais cassinos.

Quando eu morava em Jo'burgo, havia regras repressoras para tudo. De rifas a reprodução. Tudo era proibido. Exceto rúgbi e fobia racial. Se você tivesse que pedir, a resposta seria, quase com certeza, "não". Nós estávamos trancados dentro da barraca de um pregador doido, chamado África do Sul branca, e o que era notável — não, terrível! — era o que acontecia dentro da barraca. Não acontecia nada. *Zilch,* nada, *niks*. E ninguém queria que acontecesse coisa alguma. Acontecimentos eram subversivos. Acontecimentos aconteciam em outro lugar. Acontecimentos eram culpa de loucos, negros, judeus, comunistas.

Em outros lugares, quando você tinha regras demais, às vezes havia desobediência. Não aqui. A África do Sul era única neste sentido: como país, estava morta na cabeça e inerte da cintura para baixo. Os brancos eram tão tímidos, tão abjetos, tão destruídos por anos de baboseira fascista, que pediam permissão até para mijar.

Duas BMWs conversíveis, vermelha e azul, esquerda e direita, passaram por mim, cabeça com cabeça, capotas arriadas, chegando a 200 por hora, e eu podia jurar que um dos motoristas tinha um celular grudado no ouvido. O brinco de Jo'burgo. Eles chamavam isso de "jogar dados", esta corrida em alta velocidade. Jogar dados com a morte. A última palavra em jogos de azar. Acho que este risco vinha da nova igualdade e, não importa que você o assumisse nas mesas de roleta ou nas estradas, ele ainda era bem típico de Jo'burgo. Nesta cidade, jogar morte súbita não era um jogo, era uma jogada profissional. Era como jogar na bolsa; os cassinos só tinham corretores mais bonitos.

Jo'burgo tinha orgulho dos seus novos cassinos. Mas a verdade é que as pessoas que fizeram esta cidade sempre tiveram crises de identidade, elas nunca souberam o que construir primeiro: bordéis ou delegacias de polícia. Eles iam ser fodidos ou presos? Jo'burgo sofria do equivalente urbano de depressão bipolar, oscilando eternamente entre o desejo de se divertir e o desejo de prender as pessoas por se divertirem. Ela era como o rei voraz que foi punido por seu amor pelo ouro tendo metal derretido derramado em sua garganta. A diferença era que o rei tinha morrido; Jo'burgo engolia todo o ouro que derramavam em sua garganta e voltava querendo mais. Jo'burgo não tinha um destino; não tinha uma identidade; usava disfarces. Durante algum tempo, quis ser um centro financeiro. Ia ser a Londres da África; depois, após a chegada da democracia, passou algum tempo sonhando em ser uma cidade africana; mas os habitantes de Jo'burgo, que nunca haviam estado em outro lugar da África, começaram a dar uma olhada em lugares como Lagos ou Harare e a ideia morreu: por que passar de bordel dourado para ruína marrom? Mas, finalmente, com a chegada dos cassinos, ela acreditou ter descoberto sua verdadeira vocação: Las Vegas da selva.

Eu peguei a saída para Motortown, depois do velho Carlton Centre. Para construir o lugar, no final dos anos 1960, tiveram que cavar um buraco de 15 acres. Aqueles rapazes dinâmicos, as casas mineradoras, forneceram o dinheiro e deram ao lugar sua aura semirreligiosa. Os jornais estamparam as manchetes ridículas de sempre: "AS lidera o mundo em tamanho de buracos"... "Primeiro Kimberley, agora Jo'burgo!" Os joburguenses diziam uns aos outros que cavavam buracos mais fundos, mais depressa do que qualquer um no mundo. O buraco Carlton era grande o suficiente para engolir o Empire State Building (se este fosse derretido). Sua torre tinha 50 andares, o maior prédio de concreto do mundo. Ela tinha lojas, restaurantes, cafés, cinemas, um rinque de patinação no gelo e um hotel tão luxuoso que só os super-ricos podiam pagar por seus talheres de prata e guardanapos de linho.

Eu passei pelo Carlton, o *Titanic* de Jo'burgo, há muito naufragado e incapaz de disfarçar sua feiura. Toda aquela energia, aquela riqueza, aquele *chupatz* reduzido a uma ilha de abandono; o hotel fechou; o rinque de gelo derreteu; os talheres de prata foram vendidos; e até os guardas armados que costumavam acompanhar os poucos visitantes corajosos que ainda iam ao Carlton em ousadas expedições ao centro de Jo'burgo tinham sumido. Uma ruína assustadora: mendigos, vendedores ambulantes e desabrigados circulavam ao redor da torre deserta. Ela agora era apenas mais um daqueles prédios altos esquecidos quando os ricos se mudaram para o norte, para os condomínios cercados, deixando para trás uma cidade traumatizada, com todos os seus pontos de referência ainda no lugar: o Standard Bank Building, o City Hall, o Park Station. O centro da cidade ainda se mantinha em ação, funcionando durante o dia, mas fantasmagórico à noite.

Atravessando a ponte Queen Elizabeth e entrando em Braamfontein, as manchetes passando nos painéis eletrônicos cantavam velhas canções:

Crianças paraplégicas agredidas
Cadáver recebe pensão
O último suspiro do cachorrinho Milo

A mistura peculiar do grotesco e do insípido, um fatalismo tristonho que era típico de Jo'burgo. As palavras mudavam, mas as melodias não.

Eu estava em casa.

18

A clínica Fourways era grande, fresca e silenciosa, com janelas azuis, palmeiras e um estacionamento cheio de carros elegantes. Na recepção, mandaram-me esperar porque minha mãe estava com seu pastor.

Alguns minutos depois, eu fui conduzido por um pequeno corredor cheirando a cera. Um padre, usando uma batina curta que deixava de fora a calça de flanela cinzenta, estava caminhando na minha direção, conversando com a freira responsável pela enfermaria. Ele era branco, vestido de preto, ela era preta, vestida de azul, e ambos eram gordos e grandes como duas rochas. Eles vieram pelo corredor na direção dos elevadores, onde eu estava sentado de costas para a máquina de Coca-Cola. Ele parecia um lutador, por causa do corte de cabelo e dos músculos em seu pescoço. Em volta do pescoço, ele tinha uma estola vermelha debruada de dourado e estava carregando uma caixinha de prata. Eu achei que era para levar a hóstia, o que significava que ele tinha dado a extrema-unção à minha mãe. Ele era extraordinariamente jovem. Minha mãe tinha tido uma queda por pilotos da força aérea durante a guerra, e mais tarde tinha se afeiçoado a padres — talvez porque eles combinassem autoridade espiritual e uniformes.

Ele jogou a estola sobre o ombro como se fosse um cachecol e apertou minha mão.

— Eu sei tudo sobre você. Sou um velho amigo, padre Phil. Venho ver sua mãe de novo mais tarde. Que Deus a abençoe!

A freira disse:

— Você está esperando para ver sua mãe. Pode ir.

Ela estava na enfermaria com mais duas mulheres, e estava recostada em dois travesseiros brancos e duros, com uma televisão no alto. Seu cabelo branco espalhado sobre o travesseiro branco realçava seu rosto como se ele fosse talhado em pedra, o queixo quadrado e firme, os olhos azuis brilhando. O azul e branco dava a ela um ar vagamente náutico, como um velho veleiro fora d'água. Ela parecia bem — forte até — e eram suas mãos, fechadas, paradas ao lado do corpo, e menores do que eu me lembrava, que demonstravam o declínio físico e, talvez, dor.

Um aviso no pé da cama alertava: "Nada pela boca."

Ela piscou os olhos e olhou para mim do jeito que costumava olhar quando eu aparecia, contente em me ver mas convencida de que eu devia estar com problemas ou não estaria lá. Se eu não estava com problemas, bem, logo estaria.

— Minha nossa. O que foi que aconteceu?

Ela ergueu as sobrancelhas para as duas mulheres que a ladeavam como que dizendo, bem, a gente tem filhos, eles vão para lugares muito estranhos e voltam sem avisar, o que se pode fazer?

— Olá, mamãe — e me inclinei para beijá-la.

Ficamos ali sentados, de mãos dadas, e então ela lançou um olhar penetrante para as duas mulheres caladas, "Só quero lembrar a vocês", o olhar dizia, "que este rapaz é capaz de tudo, mas não ponham a culpa em mim e não digam que não avisei."

Ela disse, com um leve tom de acusação.

— Achei que você estivesse fora, num lugar muito distante.

— Eu estava na Malásia.

Ela olhou para as amigas, ergueu as sobrancelhas e tossiu, envergonhada com esta confissão. A pergunta seguinte ela não formulou com palavras, sinalizou.

— Bem, se você estava na Malásia, o que está fazendo aqui?

— Eu vinha para este lado, então parei para ver você.

— Estas são a sra. Blum e a sra. Niekerk; elas têm sido muito gentis comigo. Este é o meu filho. Ele some de repente.

A pele da sra. Blum era cremosa e seu cabelo dourado. A sra. Van Niekerk era macia como caramelo e seu cabelo estava escondido sob ataduras. A sra. Blum era negra e a Sra. Van Niekerk era branca; ambas usavam camisolas cor-de-rosa e tinham um ar um tanto fúnebre. Ou digamos apenas que elas sabiam por que estavam ali. Eu tinha ido embora — deixado minha mãe e meu país —, e como minha mãe não tinha ninguém para cuidar dela, elas tinham assumido esta tarefa e se sentiam um tanto ofendidas porque esse cara tinha aparecido de repente para tomar posse dela. Elas já tinham visto isso antes. Sabiam tudo sobre filhos errantes. Quem não sabia? Por todo o país havia pais idosos cujos filhos tinham ido embora para lugares distantes.

É claro que isso não era novidade, os exilados sempre existiram. Mas o número deles tinha crescido muito nos anos em que eu estive viajando e a diáspora podia ser dividida em várias camadas.

Havia, para começar, o que você poderia chamar de exilados da terra — a maioria brancos que saíram correndo de lá nos anos 1920 e 1930 porque o lugar era atrasado, chato e distante, e se mandaram para a Europa; perderam o sotaque, tornaram-se refinados poetas ingleses ou fascistas ou cientistas ou dançarinos clássicos.

Em seguida, havia os exilados envergonhados, que partiram nos anos 1950 e 1960 e se disfarçaram tanto que todos os traços de uma conexão com a terra que deixaram foram apagados. Eu podia estar em Bolton ou em Slough e — que diabo — lá estava um advogado de Bloemfontein ou um poeta do Cabo, tão à vontade entre os nativos que ninguém adivinhava de onde eles tinham vindo. E eles não diziam: por medo de ser identificados com um dos novos nazistas.

Depois vinham os exilados zangados dos anos 1970, caras que se abrigavam sob céus cinzentos europeus: pan-africanistas, marxistas e nacionalistas, esperando pela revolução, que poderiam ter desistido se não tivessem sido reanimados em meados nos anos 1970 pelos garotos revoltados que apareceram depois do levante de Soweto, garotos que odiavam a velha guarda revolucionária e se livraram dela.

A maioria deles tinha voltado para casa em 1994; de volta para o serviço público, a residência oficial e o Mercado.

Mas, estranhamente, quando o velho regime caiu, uma onda de novas migrações teve início. Homens jovens. Ser branco e macho na nova África do Sul era uma roubada. Você não era desejado. Mas no exterior era bacana: mais dinheiro, carros maiores, mais diversão, zero de culpa e ninguém batendo em você por causa da sua cor.

A maioria desses exilados era de profissionais liberais: médicos, advogados, engenheiros, enfermeiros e professores. Cidades inteiras do Canadá eram atendidas por profissionais de saúde africâneres, que frequentavam sua própria igreja protestante holandesa e diziam "Jislaik!" quando levavam um susto, e comiam *melktert* depois de *braaivleis* — mesmo quando a temperatura estava 30 graus abaixo de zero. Outros se instalaram em colônias na Austrália, nos arredores de cidades como Perth, ocasionalmente morrendo de vontade de tomar uma cerveja Castle gelada e sonhando com o chutney da sra. Ball. Londres e os condados vizinhos estavam cheios deles; eles colonizaram vizinhanças inteiras, implantaram *boerewors* nos confins da Inglaterra e vinho Tassenburg; havia tiras de carne-seca penduradas nas vitrines dos açougues em Chiswick e Ealing.

Estes novos expatriados eram profundamente patriotas, e dificilmente voltariam. O verde vibrante da nova bandeira nacional brilhava no para-choque de seus automóveis, e medalhões com o rosto de Nelson Mandela eram usados como chaveiros. Eles falavam alto no metrô, assustavam os nativos andando descalços em lugares públicos e ficavam com os olhos marejados quando ouviam *Nkosi Sikele'y i Afrika*.

Uma coisa os fazia voltar para casa, inesperadamente, brevemente, saindo de Birmingham e Boston e do Azerbaijão, piscando os olhos na luz ofuscante do sol, ligeiramente envergonhados, ligeiramente culpados, ligeiramente — vamos confessar — estrangeiros. Eles voltavam quando uma mãe adoecia ou um pai morria; eles voltavam *in extremis*. Para uma última visita.

Portanto, não, os anjos da morte não eram a Sra. Van Niekerk e a sra. Blum; eram gente como eu.

A Sra. Van Niekerk pôs a mão no meu braço.

— Quero dizer o quanto nós nos orgulhamos da sua mãe. Tem uma enfermeira horrível aqui que pensa que é a rainha do pedaço; não é, Kathleen? Ela tem sido uma peste conosco. Mas sua mãe a pôs no lugar.

— E ela chamou sua mãe de branca filha da puta — disse a sra. Blum.

— Eu achei que ela ia bater na Kathleen, de tão zangada que ficou! — disse a Sra. Van Niekerk.

— Nós temos orgulho da sua mãe — disse a sra. Blum. — Kathleen é uma pessoa que nós aprendemos a conhecer.

Minha mãe tinha aquela luz nos olhos que dava a entender que ela tinha feito marola em algum lugar e que isso tinha sido muito bom. Mas antes que eu pudesse perguntar o que era, uma enfermeira chegou e eu vi o carrinho do lado de fora. Dessa vez era uma enfermeira branca e o ar ficou pesado com uma sensação do que tinha acontecido antes.

— Está na hora do espetáculo, sra. Healey — a enfermeira disse com um tom de voz suave, como que se desculpando.

Minha mãe assentiu, depois suspirou. Nós todos esperamos, sem graça. Em momentos assim, o estado de espírito que predomina é medo misturado com um certo embaraço por tudo o que não pôde ser falado. Quando eu estava me perguntando se voltaria a falar com ela de novo, ela recuperou a voz.

— Só um instante. — Ela deu o seu velho sorriso de contentamento. — Você se lembra da minha peruca?

— Sim, mãe, lembro. De Monróvia.

— Sim. Bem, um dia eu posso querer que você dê essa peruca para Koosie. Você faria isso?

— É claro.

— Ele tem me telefonado: querendo endireitar as coisas, eu acho. Ou me livrar da prisão. Acho que dei um baita susto nele.

— Você fez o mesmo com Jake Schevitz.

Minha mãe fungou devagar. O grau de desprezo naquela longa fungadela foi alto.

— Pobre Schevitz. Que degradação: um tição queimado. Um bêbado, um *woes*, um sclemiel! Eu queria uma coisa muito simples, muito elegante. Parecia que eu estava pedindo o mundo.

Ela olhou para a Sra. Van Niekerk e para a sra. Blum e disse com simplicidade:

— Eu queria me casar com um jovem médico. De Havana.

Talvez, então, essas novas amigas tenham começado a perceber que Kathleen não era, afinal de contas, alguém que elas conheciam bem.

Estávamos todos fascinados, até a enfermeira.

— Nós compramos um anel, meu cubano e eu. Levamos o anel conosco quando fomos ver Schevitz. Mas em vez de nos ajudar, ele fez uma preleção. Vocês podem imaginar? Grande ajuda a dele. Se eu quisesse um sermão, Alexander, teria ido procurar o padre Phil.

Ela se virou para a enfermeira.

— Agora, meu bem, eu estou pronta. — Ela fez um beicinho para ela. — Em suas mãos capazes esta velha deposita seu corpo ridículo.

Eu fiquei sentado na sala de espera, um espaço aberto no final de um corredor, entre os elevadores e a máquina de Coca-Cola, e estudei o painel de avisos, onde estava pregado um cartaz de turismo que usava uma montagem de zebras, zulus e a Table Mountain para ilustrar a frase: "África do Sul — o mundo num só país."

À esquerda das portas dos elevadores, alguém tinha colado um aviso que terminava com uma linha em letras maiúsculas: "Chegou ao nosso conhecimento que certos funcionários estão chegando atrasados. Se isso continuar, os retardatários serão multados. VOCÊS PAGARÃO ESSAS MULTAS!"

Eu refleti sobre aquelas letras maiúsculas, sobre o tom de alerta. Soava como uma ameaça, disfarçada em palavras novas que igualavam todo mundo: sem sexo, sem cor, por favor — nós somos novos sul-africanos... Mas eu sabia quem estava falando com quem. O autor daquele aviso não tinha nenhuma certeza de que "eles" iriam pagar as multas. Talvez "eles" o mandassem pastar. E não havia nada que se pudesse fazer a respeito porque atualmente "eles" estavam no comando.

É claro que sempre havia aqueles que continuavam insistindo em bom senso e lógica. Que resolviam — Deus nos livre — ser sensatos; que diziam que algumas coisas não iriam mudar porque não podiam mudar; que insistiam que havia fatos, e fatos não se curvavam a manipulação política; que dois e dois sempre são quatro e que germes espalham doença. Esses doidos metódicos diziam que se você dirigisse um hospital tinha que garantir que os funcionários chegassem na hora, fizessem as camas, lavassem os pacientes, abrissem o centro cirúrgico pontualmente.

Fatos concretos, lógica inexorável. Essas regras eram racionais e não tinham nada a ver com cor de pele, e seriam seguidas. Mas isto aqui era a África do Sul: nada era seguido e *tudo* tinha a ver com cor de pele. Se você fosse negro ou asiático ou mestiço ou branco, trazia consigo sua cor, sua bagagem histórica, você mesmo.

Acho que passei duas horas refletindo sobre isso, então, de repente, a enfermeira-chefe, com um uniforme engomado azul e branco, entrou e me pediu para falar com o cirurgião.

Há um certo conforto num calmo profissionalismo. O cirurgião era um homem pequeno e tímido, que conseguiu comunicar sua impotência aflita por saber dos fatos e não poder fazer mais. Ele não perdeu tempo, não disfarçou.

— O câncer é muito extenso, muito agressivo. Tudo o que podemos fazer é deixá-la mais confortável. Vamos colocá-la num quarto particular. O senhor poderá vê-la quando ela acordar.

Eu soube que ela estava morrendo e ele deixou aberta a possibilidade para eu dizer isso ou para pedir que ele confirmasse minha suspeita. Mas eu não precisava perguntar.

A enfermeira-chefe me levou de volta para a sala de espera e eu perguntei a ela sobre o desentendimento que tinha ocorrido entre minha mãe e uma de suas enfermeiras.

Ela nem pestanejou.

— Uma de nossas enfermeiras estava trocando os curativos de sua mãe e sua mãe a chamou de "garota" e disse a ela para ser menos desajeitada. A enfermeira respondeu de uma forma pouco profissional.

— O que foi que ela disse?

— Ela disse que não era uma empregada. Que se sua mãe falasse assim com ela, podia trocar os curativos sozinha. Em resumo, foi isso.

Não deve ter sido exatamente assim. Eu podia ouvi-la.

— Você não pode ter mais cuidado, sua idiota!

E a idiota devia ter dito:

— Quem é a senhora para falar assim comigo? Sua branca filha da puta.

Eu nunca vi minha mãe ligar para cor de pele, mas ela não levava desaforo para casa e nunca hesitava em atacar. E minha mãe deve ter dito:

— Se eu não estivesse passando tão mal, daria um soco na sua cara, garota.

E não estaria blefando.

A enfermeira-chefe disse, com cuidado:

— Peço desculpas pelo comportamento da enfermeira.

— Eu também peço desculpas. Minha mãe pode ser muito áspera.

— Sua mãe está doente, é nossa paciente. A enfermeira foi grosseira. Sua mãe está sob nossos cuidados; é uma questão de profissionalismo. Nós não permitimos grosseria com os pacientes.

Nós olhamos um para o outro. Estávamos falando em nome do povo ao qual pertencíamos. Estávamos, ao mesmo tempo, deixando de lado o fato de que ela era negra e eu era branco. Não acreditávamos que o fato de pedir desculpas fosse mudar nada, mas pedimos desculpas assim mesmo. A situação exigia aquela falsidade. Enfermeiras devem ser profissionais o tempo todo, seja qual for a provocação. Se você escrever isso em letras maiúsculas e pendurar no quadro de avisos ao lado dos elevadores, ainda vai soar falso. Mas, por outro lado, saber que uma coisa não era verdade geralmente significava ser obrigado a acreditar nela.

19

Foi no início da noite que ela começou a voltar a si. Ela não abriu os olhos, mas, de repente, disse:

— Me dá sua mão.

Ficamos muito tempo ali sentados, de mãos dadas. Ela tentava dizer alguma coisa, mas o anestésico a fazia dormir de novo. Sua respiração era pesada, sua mão cobria a minha e eu via uma veia pulsando com força no "v" entre seu polegar e seu dedo indicador. Uma bolsa transparente, cheia de um líquido claro estava suspensa sobre a cama; havia um tubo enfiado no seu braço que gotejava no ritmo do seu pulso.

Então ela pareceu acordar, porque disse, de repente, com muita clareza e um belo sorriso:

— *Hecho muy bien, Kataleen!* — E eu soube que ela estava dançando mambo no quarto dos fundos, com Raul...

Eu aproximei os lábios de sua orelha.

— O que você fez com ele, mãe?

Ela abriu os olhos e olhou para mim como se não soubesse quem eu era.

— Sou eu, mãe.

— Sim — ela disse. — Acho que é. — Mas não pareceu muito segura.

— Onde está o cubano, mãe?

Ela abriu bem os olhos e apertou minha mão com força. Então começou a falar, devagar, com clareza, com muito prazer, interrompendo-se de vez em quando para sacudir a cabeça ou rir ou suspirar. Mas principalmente para rir. Ela não estava falando exatamente comigo: estava contando a história para si mesma, porque isso a deixava animada.

— Quando Koosie me deixou na mão, eu fiquei uma fera. Então tive uma ideia, uma pequena ideia. Eu me lembrei de algo que Papadop disse quando trouxe Raul para a minha casa. Ele disse que havia milhões de *zimbos* em Jo'burgo, sem documentos. E que havia muitos mais com documentos em ordem. Então eu perguntei a mim mesma onde, em Jo'burgo, uma pessoa poderia arranjar documentos e a resposta tinha que ser Hillbrow, porque você consegue arranjar quase tudo em Hillbrow: garotas, armas, ouro. Então eu entrei no carro, e em Kotze Street, defronte a uma churrascaria, eu vi esse cara. Ele tinha uns quatro telefones celulares em volta do pescoço, além de um monte de cordões de ouro, tênis vermelhos, terno branco e estava encostado na parede. Eu tive um pressentimento, então perguntei a ele onde poderia comprar documentos de identidade para um amigo. Assim mesmo, direto ao assunto, sem fazer nenhum rodeio. Eu nem me preocupei em falar baixo.

"Um cara tão charmoso, apesar do traje meio esquisito. Ele me disse que o nome dele era Chinaza, que significa "Deus ouviu minha prece", em igbo, que tal isso! Ele vinha de um lugar chamado Ogbelle, no delta do Níger. Que surpresa. Eu voei sobre aquele delta inúmeras vezes. Caracóis do tamanho de pratos de sopa e montes de percas vermelhas. Grandes comedores de peixe, os habitantes do delta. Eles chamam o lugar de mata, mas se trata, na verdade, de uma floresta tropical; rios, pântanos; com árvores de sete metros de altura: elas são como penhascos de cada lado da asa quando você pousa o avião. Era difícil pousar na água. Eu gostava de avistar os pescadores em suas canoas para calcular a profundidade, mas normalmente eu pousava um pouco atrasada e tinha que reverter o motor para parar.

"Chinaza me disse que as pessoas do delta já não viviam mais de peixe. Só havia óleo por lá; grandes fogueiras cor de laranja queimando dia e noite, helicópteros e plataformas de petróleo. Um monte de dinheiro no delta, mas nenhum trabalho. Então ele veio para o sul e se deu bem. Ele me explicou que não lidava com documentos de identidade. Vendia estimulantes e drogas. Qualquer tipo de pó que eu quisesse comprar. Mas se eu estivesse atrás de papel, não de pó, tinha que encontrar um homem que vendesse papel.

"Chinaza me levou para uma casa em Yeoville, para falar com outro nigeriano, de belos olhos castanhos. Ele era um chefão do papel. E tão amável. "Seu desejo é uma ordem", ele me disse. Ele tinha ajudado centenas de pessoas. Eu só precisava decidir se queria pegar emprestado ou casar. Ou será que eu preferia um "recém-nascido"? Se eu tomasse emprestado, isso queria dizer que estaria usando os dados de uma pessoa viva. Ele poderia arranjar o casamento de Raul com uma sul-africana genuína, sem que ela soubesse, claro. Ou, se eu preferisse, ele poderia dar um nome novo a ele, uma nova vida, e transformá-lo num recém-nascido.

— Bem, eu não queria tomar emprestado, e não gostei da ideia de Raul se casar, mesmo que a esposa jamais fosse saber. Então eu preferi a opção recém-nascido. Mas eu também queria que ele continuasse sendo médico. Este país precisa de médicos. Sem problema, disse o homem do papel. Eu posso transformá-lo no que a senhora quiser: médico, advogado, professor, à vontade do freguês. Ele precisava de quatro retratos para passaporte, cinco mil em dinheiro trocado, notas de no máximo cinquenta pratas, um novo nome e uma nova data de nascimento. E se eu dissesse a ele que faculdade de medicina gostaria que meu amigo tivesse frequentado, ele conseguiria um diploma perfeitamente legítimo, já emoldurado...

— Que beleza de serviço! — ela apertou minha mão. — Você não adora a livre iniciativa, não adora a energia dos imigrantes?

Ela fotografou Raul, enfiou o dinheiro num envelope e voltou para Yeoville. Uma semana depois, seu cubano recebeu seus documentos: carteira de motorista, certidão de nascimento e passaporte. Raul Mendoza desapareceu. Ela havia transformado seu médico cubano num novo sul-africano, com um nome bem tradicional, um nome africâner. Ele se tornou dr. Cornelius du Toit.

— Seus amigos vão chamá-lo de Connie, pode ter certeza. Abrir mão dele não foi fácil, mas foi o melhor para ele. Ele está livre. Eu abri a gaiola e o deixei voar.

E ele tinha voado para a liberdade, como milhares de outros — armênios, russos, tailandeses, moçambicanos, zimbabuanos, congoleses, sírios, chineses, árabes —, todos comprando, conquistando, roubando ou pegando emprestado. Em uma palavra, conseguindo cidadania. E era justo, pensando bem. Era uma grande lacuna sendo preenchida. Afinal, nunca tinha havido nenhum sul-africano de verdade: desde o início, o termo não passava de uma forma conveniente de estenografia, quando não era uma sentença de exclusão. Era uma nacionalidade tão frouxa, tão amorfa e tão falsa que cabia em qualquer pessoa que a experimentasse. Era feita para ser roubada ou tomada de empréstimo.

Eu imaginei que Raul devia estar bem. Como ele poderia fracassar? Esses recém-nascidos, tão recentemente transformados em sul-africanos, provavelmente usariam suas novas identidades com mais segurança e autoridade, naturalidade e alegria do que qualquer um dos malditos nativos — brancos ou pretos — que não faziam ideia do que significava ser qualquer coisa.

Mas eu fiquei satisfeito por o terem tornado um africâner. Transformá-lo num dos antigos governantes raciais foi um golpe de mestre. Se ela ia dar a ele um novo começo na nova África do Sul, a última coisa que um cubano decente precisava era de um bocado de angústia liberal e sofrimento inútil. Nós — este bando cada vez menor de fugitivos — éramos sobras da ideia idiota de que partes do mundo eram melhoradas pela mera presença de anglo-saxões. Isso tinha sido não apenas sentimental, mas míope. O que contava foi o que sempre contou para todos os invasores, colonizadores e colonos, se eles não quisessem ser exterminados para sempre como uma invasão de piolhos púbicos — poder de fogo: era isso que garantia sua presença, seus despojos e sua legitimidade.

Mas, de todos os invasores, o nosso bando parece ter sido a raspa. Não recebemos uma ordem clara: "Querem saber de uma coisa, vão para X, matem os nativos, herdem a terra como os ianques ou os australianos e vocês vão se dar bem."

Não, para nós foi mais do tipo: "Vocês são uns inúteis, não conseguem arranjar trabalho, não conseguem se sustentar, não conseguem atravessar a rua sem ajuda. Então aqui está uma passagem grátis para a África — onde podem fingir que são importantes."

Então nós partimos, e o resto é história. Nós nos tornamos ex-marinheiros naufragados ou fazendeiros fracassados num lugar onde não estávamos preparados para trabalhar, ou matar, com energia suficiente. Nós nunca fomos nem uma tribo: o máximo que conseguimos foi formar uma espécie de time de segunda. O tipo de gente que preferia ser assassinada na cama do que fazer uma cama.

A história da transformação de Raul em Connie a tinha cansado. Seus olhos ainda estavam fechados e ela cantarolou uma melodia que eu reconheci como sendo "La Faroana."

— Prometa-me uma coisa, meu querido rapaz. — Ela estava enrolando o lençol com a mão livre.

— O quê, mãe?

— Eu arrumei as coisas.

— Que coisas?

— Todas as minhas coisas. Está tudo arrumado, mas você tem que se certificar. Você fará isso? — Ela apertou minha mão com ansiedade, de um modo quase frenético.

— Certificar-me de quê, mãe?

— Eu preciso que você encontre eles.

A respiração dela estava ofegante. Eu não sabia quem eram "eles", então eu disse, querendo que ela se sentisse melhor:

— Eu vou encontrá-los.

Pareceu ser a coisa certa, porque ela largou minha mão, tentou — e não conseguiu — estalar os dedos e então disse baixinho:

— *Mambo, qué rico el mambo!*

Sua respiração foi ficando cada vez mais difícil. Ela parecia estar sufocando. Eu quis chamar alguém, então me levantei silenciosamente e já estava chegando na porta quando, de repente, ela abriu os olhos e olhou para mim, como se estivesse me vendo pela primeira vez.

— Achei que você estava na... Malásia?

Eu voltei para perto dela. Tentei falar com uma voz natural.

— Eu estava, mãe, mas tinha que passar por aqui, então parei para visitar você.

Desta vez eu sabia que era eu quem ela estava vendo. Mas sua surpresa deveu-se, eu acho, não ao fato de eu ter aparecido de repente — ela estava contente, sim —, mas ao fato de ela ter conseguido trazer-me.

Ela estava se esforçando para falar, mas eu percebi que sua reação era de alegria.

— Meu Deus, como você viaja!

Eu achei a enfermeira de plantão e falei com ela sobre a sufocação e ela me pediu para esperar no corredor. As lâmpadas fracas pareciam cogumelos azuis brilhando nos corredores; as portas das enfermarias se abriam e fechavam com um rangido. Eu estudei a lista de pacientes colada no vidro do cubículo da enfermeira da noite. Os VIPs eram identificados apenas pelas iniciais: príncipe X da Zululândia estava na unidade pós-operatória; sua excelência, presidente de Y, e sua excelência, primeiro-ministro de X, estavam em dieta zero; um libanês chamado Khoury, um comerciante de diamantes descrito como zairense, estava em observação; e seu guarda-costas tinha pedido refeições vegetarianas; minha mãe estava listada como sra. Healey — Kathleen, PILOTO. Eu gostei disso.

Quando pude voltar para dentro do quarto, ela estava dormindo profundamente e tinham colocado uma máscara de oxigênio nela. A bolsa sobre sua cama tinha começado a ficar cor-de-rosa. Quando a enfermeira da noite enfiou a cabeça pela porta, eu mostrei a ela.

Ela disse baixinho, gentilmente:

— É sangue; significa que seus rins estão falhando.

O oxigênio melhorou sua respiração. Ela parecia quase bem. Seu tamanho, seu corpo sólido debaixo dos cobertores, a paz do seu sono, tudo isso desapareceu diante do que eu sabia. A bolsa sobre a cama era um alerta, escurecendo cada vez mais. Da rua vinha o barulho do tráfego e, ao longe, sirenes de polícia; a melodia noturna de Jo'burgo. A respiração dela estava regular. Eu me recostei na cadeira e fechei os olhos durante o que achei que fosse apenas um minuto, e quando abri os olhos os dela também estavam abertos. O quarto estava muito silencioso e a bolsa estava cheia de um líquido muito vermelho.

Eu chamei a enfermeira da noite, que entrou, checou o pulso dela, suspirou e disse:

— O senhor foi muito bom; eu sinto muito.

Eu olhei para a cama e vi minha mãe, igualzinha. Mas o que vi, também, foi o espaço vazio, o lugar onde ela não estava mais, e ele era imenso. Ele ia não só de uma ponta a outra da minha vida, mas ia da pontinha da África até o Egito, de Zanzibar a Mombasa. Era tão difícil imaginá-la morta quanto pensar em nuvens morrendo ou em ar morto. Era como ver Guliver pregado à terra. Pregado apenas pelas extremidades, como uma pipa enorme ou o pelo de algum animal grande, pregado nos quatro cantos do continente que ela tocava; naqueles pontos em que seus amigos, suas rixas, suas pistas de pouso a puxavam para a terra. Mas a maior dela estava no ar, sua vida foi vivida no alto, suas velas abertas ao vento.

A enfermeira da noite disse:

— Isso é doloroso, mas vou fazer uma coisa agora.

Ela ergueu as mãos da minha mãe e tirou os anéis de seus dedos. Depois abriu a gaveta da mesinha de cabeceira e tirou seus óculos, sua bolsa, duas voltas de pérolas e um livro de orações, e entregou para mim.

— Nós preferimos não deixar nada disso aqui. Acho que deve levar tudo com o senhor, por segurança.

Aquela era uma coisa que eu costumava ouvir sempre. Uma crença raramente expressa em público, só muito confidencialmente, ou *in extremis*. Uma declaração que tanto o orador quanto a plateia compreendiam que seria veementemente negada se fosse divulgada ou confrontada. A enfermeira da noite, que era negra, falou comigo como uma profissional, dizendo-me no código do lugar que se os anéis, o dinheiro, as pérolas estivessem lá quando os funcionários viessem buscar o corpo da minha mãe, quando o levassem para o necrotério, essas coisas poderiam desaparecer. Essa era outra verdade que a entristecia, mas era um fato. As pessoas não eram bem pagas e era melhor não deixar nada que pudesse servir de tentação para elas. A declaração dela respondia a pergunta que eu não tinha feito: isso significava que eles assaltariam os mortos? Sem dúvida que sim. Ódio e raiva, pobreza e impotência, a arrogância dos ricos filhos da mãe que governavam o mundo e arruinaram o continente lhes davam direito de assaltá-los, vivos ou mortos. O velho slogan de propaganda que o turismo sul-africano tanto amava, elogiando a África do Sul — "O mundo em um só país" —, estava quase certo: nós éramos a guerra do mundo em um só país.

III Últimos Ritos

"Vida é vida e diversão é diversão, mas fica tudo tão quieto quando o peixe dourado morre."

Bror Blixen

20

Eu fui para casa quando o dia estava nascendo lentamente, cor-de-rosa, sobre o East Rand, um céu de cores planaltinas, tão delicadas que você as saboreia mais do que vê, passando a língua pela ponta fria e cinzenta da brisa da madrugada e pela terra vermelha e úmida. Nesta hora calma, a cidade brilhava como joias roubadas na palma de uma mão, ou como os relógios falsos que os camelôs exibiam nas ruas apinhadas de gente. Como todo o contrabando que formou esta cidade.

Eu passei pelo Sandton Centre, atravessei Illovo, depois Rosebank. Nas calçadas, em cabines de madeira, guardas-noturnos estavam terminando seu turno, apagando suas fogueiras, sacudindo seus cobertores ao pé dos muros altos que separavam as casas do mundo. Nenhuma cidade tinha construído mais muros nem os construído melhor. Muros altos, bonitos, de tijolos, terracota, argamassa, de pedra e aço; coroados de pregos ou fios de alta voltagem, pontilhados de câmeras de circuito interno, guarnecidos por equipes de emergência, paramédicos voadores, vigilância externa e cães de guarda...

As ruas estavam vazias, livres por um breve tempo das ansiedades dos assaltos a mão armada. Geralmente, eram bandidos armados exigindo as chaves do seu carro. E depois eles atiravam em você para não serem identificados. Essa era uma violência desnecessária, a incapacidade da polícia em prender assaltantes era quase tão famosa quanto os próprios assaltos — que aconteciam com tanta frequência que só iam para o noticiário quando as vítimas eram celebridades: um conhecido chef atingido por um tiro que o deixou paralítico; um neurocirurgião raptado e assassinado. O chefe de uma mineradora de ouro atingido por um tiro e zigue-zagueando pela rua até sua Mercedes bater num viaduto e alguém comunicar o que, aparentemente, tinha sido um acidente.

As primeiras manchetes estavam nos postes, cantando as canções típicas do lugar: naquela manhã a notícia era edificante...

"Escola assaltada."

Eu subi a avenida Jan Smuts e virei em Forest Town. Levei algum tempo para localizar as chaves certas no molho que achei na bolsa dela. A casa estava escura e silenciosa. Eu entrei pela varanda onde minha mãe costumava tomar chá com a rainha da chuva. Na sala de estar, sobre a velha escrivaninha de madeira fedorenta, ficava a coleção, de capa azul e letras douradas, da *Great Stories of the World*, de Cassell. Havia ainda três retratos meus com uns 2 anos, sentado num carrinho, o cabelo todo encaracolado; aos 10, apontando um rifle de brinquedo para o céu. Com cerca de 12 anos, eu aparecia com minha primeira caça: um antílope em Kalahari. Meu pé está pousado orgulhosamente sobre a cabeça do animal, como os meninos costumam apoiar o pé numa bola. Não havia nenhum outro retrato meu de caçada; eu perdi o interesse depois daquela. Eu preferia as *Great Stories*, de Cassell, e cresci em outras terras, em outros termos. Isso nunca a deixou muito satisfeita; ela não tinha paciência com gente que gostava de livros.

— A África — ela gostava de dizer — não precisa de leitores.

Eu fui até o mapa das viagens de Livingstone, marcada com uma linha pontilhada em vermelho que sempre a fazia lembrar de "uma formiga perdida, tropeçando em volta de enormes gotas de água". As enormes gotas de água eram os Grandes Lagos, um destino favorito quando ela ainda voava: lago Vitória, lago Albert, lago Edward.

Abaixo dos lagos estavam estas linhas dos diários de Livingstone, copiadas em tinta verde com a letra redonda da minha mãe: "Não existe lei de nações aqui. O mais fraco é encostado na parede."

No chão, ao lado da escrivaninha, havia uma caixa de madeira: com cerca de 20 centímetros de largura e 30 de profundidade. Alguém tinha endereçado a caixa com tinta preta:

> *Para: Prof. R.A. Dart*
> *Departamento de Anatomia,*
> *Escola de Medicina,*
> *Hospital Hill,*
> *Johanesburgo.*
> *Conteúdo: crânio*

Os lados da caixa continham um aviso:

> *Conteúdo muito frágil*
> *Manuseie com cuidado*
> *Guarde longe de aquecedores*

Ela me disse que esta era a caixa que um dia guardou o crânio da sra. Ples, "uma dama australopithecus que morava perto de Jo'burgo cerca de dois milhões e meio de anos atrás, provavelmente uma parenta próxima, muito mais próxima de nós do que os macacos."

A caixa ela usava para guardar sua coleção de lanças congolesas.

Sobre a escrivaninha havia uma carta de um velho amigo da época das caçadas no Quênia, "Testa", o argentino. Testalozzi tinha feito enorme sucesso com as mulheres em Nairóbi, e tinha caçado mais na África do que qualquer outro homem. Testa caçou nas duas Rodésias, no Quênia, no Sudão, em Bechuanalândia e Barotselândia, onde se especializou em leões de juba preta. Ele se casou com uma condessa italiana e viu a sogra ser levada por um crocodilo no Zambeze, e ele finalmente deu o fora quando rebeldes em Chade atacaram seu acampamento e mataram seus rastejadores, seus cães e sua esposa. Ele agora gerenciava um parque de safári africano no oeste da América e escrevia longas cartas das quais esta era a mais recente:

"A África roubou meu coração e o enterrou na selva africana como fez com Livingstone — só que Livingstone estava morto quando isso aconteceu e o meu foi enterrado ainda batendo..."

Bamadodi, a rainha da chuva, orgulhosa no seu trono de madeira, usando uma de suas coroas de tricô de cores vibrantes, zigue-zagues coloridos de rosa e verde. A foto tinha uma dedicatória: "Para Kathleen, de sua amiga Bama." Hemingway com uma espingarda; Schweitzer com um capacete; diversos pilotos bigodudos e sorridentes, parados ao lado de Hurricanes, Spitfires e Lancasters; e tios variados: tio Hansie, do Sudoeste, e tio Dickie, do Quênia, tio Bertie, com uma lança, tio Papadop, tio Manny, da Niasalândia; e os tios gêmeos Ronald e Rupert, de Uganda; minha mãe com capacete e óculos de pilotar e um cachecol nos controles do seu Stinson, em algum lugar da África.

E as diversas fotografias de uma vida de caçadas, tiradas nos anos 1940 e 1950. Cada locação tinha sido anotada e ia desde Kalahari até o Congo. Minha mãe ao lado de um búfalo, elefante, antílope, veado ou leão que tinha acabado de matar. O rosto sério e calmo, sentada sobre um crocodilo, o rio atrás dela, o rifle pousado sobre os joelhos. Ou cruzando um rio com uma fileira de carregadores. Aqui ela estava parada ao lado de um pigmeu na floresta de Ituri...

Havia algo fascinante nestas fotografias de caçada, algo primitivo mas também absurdo: o pequeno caçador vivo, a grande fera, morta; e ficar ali parada, como ela, sem parecer tola nem sanguinária, mas simplesmente serena, exigia um grau de desprendimento que o mundo perdeu há muito tempo.

Minha mãe depois de uma caçada é um ser em estado de repouso e contentamento. Ela não está mais pensando na caçada, está contente por ter feito o que planejou e agora está pronta para seguir em frente. Em algum lugar, fora da fotografia, seu avião espera para levá-la embora. Ela gosta muito, apaixonadamente, do esporte do momento, mas quando a caçada termina, ela não pensa mais nela.

Retratos velhos, amassados, desbotados, entretanto eu podia ver bem o músculo do seu antebraço. Ela era colossal, mas totalmente feminina, uma mecha de cabelo castanho se soltava do capacete, e ela não a punha no lugar, mas a mantinha longe dos olhos dando uma sopradinha de vez em quando, o que a fazia voar para o alto da cabeça e ficar ali um pouco até começar a cair de novo.

E a partir do local desses safáris você poderia ter desenhado outro mapa, que teria dito tanto sobre a África da minha mãe quanto o seu mapa das andanças de formiga de Livingstone ao redor dos Grandes Lagos. Ele foi impelido para mais longe e mais fundo — para onde? Para Livingstone, pessoas racionais disseram mais tarde, olhando para trás, para suas andanças febris, os objetivos eram conversão religiosa, oportunidade comercial e possíveis colônias para a Inglaterra. Mas, na realidade, para mim, as viagens dele pareciam perambulações sem sentido de um homem perdido, que estava enlouquecendo aos poucos.

O que impelia a minha mãe, na minha opinião, devia ser a sensação de imensidão. Aventurar-se nela, atravessá-la, olhar de cima para ela, identificando a caça do ar ou simplesmente encontrando uma pista de pouso adequada ou uma extensão de água para pousar um hidroavião. Acima de tudo, o sentimento de que aquele era um espaço vazio e de que todo ele pertencia a ela. Cada um daqueles países onde ela se sentia em casa estava diferente agora, e todas as pessoas dos retratos estavam mortas ou desalojadas. E o espaço nunca tinha estado vazio. Era preciso admitir a possibilidade de que as viagens dela tenham sido uma loucura maior do que a de Livingstone.

Talvez os imigrantes brancos estivessem condenados a redesenhar o mapa da África à semelhança deles; o castigo por moldá-la ao jeito deles era a obrigação de reinventá-la. Desde a chegada deles, algum demônio os cegou em relação ao lugar real e os fez acreditar em seus mapas vazios. A África, para eles, era, literalmente, África *à la carte*. Talvez seja por isso que, quando perguntavam onde ela se sentia em casa, minha mãe não soubesse responder. Ela sabia quem era: ela era uma sul-africana da Witwatersrand, a filha de um colonizador. Ela considerava Jo'burgo a sua cidade e a maior metrópole ao sul do Cairo. Mas, na minha opinião, ela passou a vida inteira resistindo à armadilha sufocante da sua identidade. Ela resistiu, sim, mas não acredito que tenha escapado, porque, de onde vínhamos, identidade era destino.

Numa das poucas fotografias formais da parede, ela estava sentada na frente de um grupo de mulheres vestidas de branco com faixas verdes na cintura. Todas estão sorrindo, mas posando para a foto, como num retrato de escola. Estas eram as Zoo Lake Zionists, um coral local. Nos velhos e maus tempos, o coral negro não tinha tido permissão para cantar no Zoo Lake por que este era reservado apenas aos brancos, então as damas ensaiavam no nosso quintal, nas tardes de domingo, e elegeram minha mãe sua patrona vitalícia por deixá-las fazer isso — até que os tiras proibiram os ensaios depois de uma denúncia anônima. Anônima, embora todos na rua soubessem que ela tinha vindo dos nossos vizinhos, sras. Terre'Blanche, Garfinkel, Smuts e Mason, na forma de um bilhete sem assinatura, enfiado por baixo da porta da delegacia de Parkview.

O bilhete dizia: "A sra. Healey recebe um bando de bantos no seu jardim — todo domingo — e eles berram sem parar..."

Ela recebeu uma intimação oficial, um papel creme ordenando que ela comparecesse ao tribunal por "perturbação da paz ao permitir que um grupo vocal banto se reunisse num bairro residencial, contrariando normas de saúde e segurança da cidade de Johanesburgo".

Ela emoldurou a intimação. O documento era uma baboseira que, naquela época, fazia sentido. Se você traduzisse "reunir-se", em jo'burguês isso significava "uma porra de um bando de negras está se juntando na porra do quintal e berrando sem parar". Mas "reunir-se" foi a expressão usada no papel porque ninguém escrevia como falava e nunca dizia o que pensava. A expressão "saúde e segurança" era outra enganação que tinha como objetivo elevar a autoestima, mas não tinha nada a ver com higiene ou segurança: referia-se ao direito divino que não só permitia, mas encorajava os brancos a usar qualquer meio — botas, armas, cães, prisões — para dominar os negros e os manter longe dos olhos. Quanto a "cidade dc Johannesburgo", essa estupidez soava falso numa cidade mineira recentemente criada a partir de uma confusão de barracas de mineiros e casebres imundos habitados por vendedores ambulantes, prostitutas e assaltantes. Mas as palavras que os habitantes de Jo'burgo usavam, quando usavam alguma palavra, eram tão ligadas a força e poder que ninguém jamais teve ânimo ou coragem para reproduzir os grunhidos, murros e berros que eram o dialeto desta cidade, preferindo, em vez disso, as mentiras floreadas e os legalismos superficiais da intimação da minha mãe.

Os sinais de sua partida, alguns dias antes, depois de ter ligado para mim em Kuala Lumpur, eram evidentes: seu quarto bem arrumado, com sua aquarela de Stanleyville, as máscaras da Guiné e a pele de cudu sobre o chão de madeira encerado. E no banheiro, seus nylons estavam pendurados para secar sobre a banheira. Tudo dela estava lá, menos ela.

Meu quarto estava intacto. Ela devia saber que eu ia voltar: a cama estava feita. Alguém tinha estado trabalhando na casa e no jardim, dava para ver isso. A vida é tão triste que às vezes você não pode deixar de sorrir. Que opção você tem?

Eu fiz café e voltei para a sala e me sentei na cadeira de balanço azul, de frente para a TV desligada. A cadeira dela. A casa vazia causava ainda mais impressão do que quando minha mãe estava viva, sentada na sua cadeira de Dralon azul, com o tricô no colo. Na parede, a rainha da chuva me observava com olhos escuros e lindos.

E num gancho, bem ao lado da rainha — uma cascata de espuma cor de laranja —, ela tinha pendurado a peruca. Poder-se-ia dizer que ela morreu sonhando com perucas. Não uma peruca normal, do tipo de que se vê num salão de cabeleireiro ou num teatro, mas uma peruca fosforescente, cor de laranja, do tipo que as crianças usam no Halloween. Esta tinha pertencido a um garoto — com um AK 47 quase do tamanho dele, que lutava na Libéria, no exército de crianças de um homem chamado Prince Johnson. O retrato dele estava na parede, ao lado da peruca. Ele está apoiado na arma, como um soldado. Ele deve ter uns 14 anos, e seus olhos estão vermelhos, e não por causa do flash da câmera. O mais estranho é que ele está usando um vestido de noiva.

Eu estava em Hanói quando esta foto foi tirada. Foi em 1991 — em junho — e estava muito quente. Eu estava hospedado num hotel chamado Le Colonial, não muito longe do lago Hoan Kiem, e tinha visitado o mausoléu de Ho Chi Minh, onde estavam pensando em renovar o ar-condicionado na sala da pequena múmia que havia lá, sua barba espetada fazendo-a parecer um camarão pelado.

Um dia, quando voltei para o hotel, o recepcionista me entregou uma mensagem, escrita numa folha do bloco do hotel.

"Fui para a floresta — volto em breve — mãe."

Ela não disse para que floresta; eu achei, a princípio, que devia estar se referindo ao Congo, porque sabia que ela estava muito preocupada com os amigos. No início dos anos 1990, a guerra civil no leste do Zaire tinha ficado feia, e alguns soldados, convencidos de que os pigmeus eram seres mágicos, não humanos, começaram a comê-los.

Florestas tropicais não são lugares fáceis, entretanto, eu sabia que ela tinha ido sozinha. Ela devia ter, na época, pelo menos 75 anos, e a notícia me deixou alarmado.

Esse era o objetivo.

Eu tomei alguma providência? É claro que não: não havia nada que eu pudesse fazer quando minha mãe se voltava para aquele objetivo visionário que ela chamava de "África". Este tipo de coisa ocorreu com mais frequência à medida que ela envelhecia e eu viajava para mais longe. Mas esta foi uma das mensagens mais urgentes que eu recebi dela, durante minhas andanças pelo mundo.

As técnicas de caçada da minha mãe eram baseadas em abater animais grandes. Ela era, no fundo do coração, uma caçadora de elefantes, e elefantes são animais sociáveis e se deslocam em grupos, geralmente um macho velho e um monte de fêmeas. Os elefantes africanos chegam a ter quatro metros de altura e a pesar até seis toneladas. Eles não enxergam bem, mas têm um olfato apurado e uma ótima audição. Então, manter-se contra o vento é essencial; o mínimo desvio significa que eles vão sentir seu cheiro, a uma distância de até meia milha. Eles são muito inteligentes; talvez, à exceção de nós mesmos, os animais mais inteligentes que caçamos. Os elefantes auxiliam uns aos outros: a maioria dos caçadores mortos por um elefante não são mortos pelo animal que estão caçando, mas por um aliado que entrou na briga. Isso é sempre perigoso. Você também precisa se aproximar deles: 30 metros ou menos.

O modo clássico de matar um elefante é com um tiro na cabeça, mas isso é difícil e é melhor que seja deixado para profissionais. Sempre mate os seus primeiros elefantes com um tiro no coração, era o conselho da minha mãe.

O cérebro de um elefante, embora cerca de duas vezes o tamanho de um cérebro humano, está profundamente enterrado em osso e cartilagem esponjosa de até 60 centímetros de grossura, e um tiro de um rifle de baixo calibre que não acerte o alvo fará o elefante simplesmente fugir, sem grandes danos. A ferida cicatrizará rapidamente. Também existe o risco de que se você estiver usando uma arma de alta velocidade, digamos, um .375 ou um .404, a sua bala, em vez de viajar em linha reta, possa resvalar em algum obstáculo, mudar de direção e atingir alguma coisa, ou alguém, longe do seu alvo.

Como minha mãe gostava de me lembrar:

— Eu já vi homens serem atingidos, a 40 metros de distância de um elefante, por uma bala que mudou de ideia...

Ela também gostava de lembrar que os machos são particularmente ardilosos. Porque, mesmo quando atingidos de forma correta, eles conseguem se manter de pé.

— Uma vez eu enfiei três balas .700 num macho grande, no norte da Rodésia, e foram tiros muito bons, mas, mesmo assim, ele não caiu.

Exatamente.

Quando estava seguindo a minha trilha, e perto do alvo, ela alternava estratégias de tiro: às vezes mirava o cérebro; às vezes mirava o coração. A mensagem de Hanói foi um tiro na cabeça. Ela sabia que eu ficaria curioso. Mais curioso do que preocupado. Ela sabia que eu iria querer saber por que ela estava numa floresta tropical e em qual delas estaria. Ela queria que eu me importasse, queria que eu compartilhasse o seu entusiasmo, seu senso de aventura, seus talentos de caçadora; ela queria que eu estivesse *lá*.

Eu não estava. Eu resistia e rejeitava a ideia. Eu achava que o seu amor pelo lugar, pela África, estava completamente, irremediavelmente, amarrado a diversas formas de assassinato, grandes e pequenos, e não o via como uma visão sagrada, uma causa, ou uma vítima a ser salva. E nem via tudo isso como uma extensão do meu quintal. E considerava aqueles que viam como sendo colaboradores no jogo de matar.

Este ceticismo provocou diferenças entre nós, que não foram resolvidas. Foi-me sugerido que a sucessão de amantes que minha mãe teve ao longo dos anos foi uma tentativa de compensar o amor que ela nunca obteve de mim. Talvez haja alguma verdade nisso. Mas nós sempre voltamos ao seguinte: basta olhar na direção dos elos entre minha mãe e seus amantes para saber que eles é que precisavam dela, não o contrário.

E este foi o caso do garoto que se tornou o mais jovem dos seus adoradores. Existiu alguém que não fosse derrubado por ela? Porque ela era tão gigantesca, parecia tão próxima. Tratava-se de uma ilusão de ótica e de uma ilusão emocional. Seus amantes queriam atravessar o rio do seu próprio desejo. A distância era essencial para a admiração.

Como acabei descobrindo, não foi o Congo e nem os pigmeus que a fizeram partir. Era a floresta liberiana que ela tinha em mente, e chegou lá via Serra Leoa. Nos velhos tempos, ela teria ido pilotando o próprio avião, mas desta vez ela tomou um avião comercial até Freetown e depois alugou um carro e atravessou a fronteira, entrou na floresta da Guiné e prosseguiu na direção de Sinoe County, no sudeste da Libéria.

Mas, quando eu soube disso, não adiantou muito, porque eu sabia que ela não caçava mais. Aos 75 anos, ela não estava segura de sua pontaria.

— Sempre atire num ponto determinado, nunca no animal inteiro, como qualquer profissional diria. E eu não estou enxergando mais com tanta clareza e minhas mãos tremem.

Então, o que a levou para Sinoe?

Acho que foi o seu lado preservacionista. Como muitos caçadores, ela acreditava apaixonadamente em abater animais e acreditava com igual convicção que os animais deviam crescer: é uma posição difícil de manter, mas ela a defendia com sua equanimidade habitual, como fazia em relação a questões que achava que tinham dimensões africanas.

Sinoe era onde ela um dia tinha caçado antílopes e elefantes nos anos 1950 e 1960, quando tinha conhecido o falecido presidente Tubman, de quem guardava agradáveis lembranças.

— Ele era um safado, mas era um cavalheiro. Quando ele morreu, as coisas desmoronaram. A Libéria foi fundada por escravos libertos vindos da América, que mal tinham obtido a liberdade e já estavam escravizando todos os nativos liberianos que podiam encontrar. Naturalmente, os nativos se rebelaram.

Sem dúvida.

O presidente Tubman morreu no hospital e, depois disso, tudo desmoronou rapidamente. Seu sucessor, presidente Tolbert, foi assassinado pelo sargento Samuel Doe, que se tornou presidente até ser assassinado por Prince Johnson. E daí em diante, todo mundo tentou matar todo mundo.

Era nessa confusão que minha mãe tinha se metido. Sua preocupação com a vida selvagem em Sinoe estava fora de contexto. Naquela época, os liberianos estavam tão dedicados à matança humana que os animais não precisavam se preocupar. Mas a briga era outra questão, e ela teve que deixar a floresta, mas descobriu que não tinha como voltar para Serra Leoa. Então ela prosseguiu até a capital, Monróvia, dirigindo por estradas cheias de refugiados e cadáveres e soldados que se atiravam sobre tudo o que pudessem pegar. Ela estava planejando tomar um navio.

Foi perto de Monróvia, num lugar chamado Chocolate City, que ela encontrou a Unidade de Meninos, liderada por um garoto chamado Washington. Roosevelt Washington tinha cerca de 14 anos, pelo menos era o que ele achava. Seu *nom de guerre* era Duas Toneladas de Terror e ele usava shorts, uma camiseta imunda com a cara de Bob Marley e uma peruca cor de laranja. Ele carregava o AK 47 de sempre pendurado nos ombros como se fosse uma vassoura ou uma lança.

— Sempre se aproxime de um AK pelo lado da coronha — dizia minha mãe, num daqueles conselhos que eu esperava nunca precisar.

Washington e seu "batalhão" de garotos magros, armados até os dentes e famintos cercaram minha mãe quando viram que ela tinha uma câmera.

— Tire uma foto minha — eles diziam.

As unhas de Washington estavam pintadas de cor de marfim e eram longas.

— Por que marfim? — ela perguntou.

— Porque combina com o meu vestido — disse Washington.

— Você usa vestido?

— Sim, madame, eu luto de vestido.

Ele saiu e voltou usando um vestido de noiva e a peruca cor de laranja; ele também carregava uma bolsa.

E foi assim que ela o fotografou.

— Eles estavam bêbados — ela contou mais tarde. — Tinham bebido pó de cana, que é suco de cana fermentado, temperado com pólvora.

Era por isso que os olhos do garoto estavam vermelhos no retrato.

Os meninos estavam lutando por Prince Johnson e eram comandados por um cara conhecido como brigadeiro Bunda de Fora, porque ele só usava tênis quando conduzia os garotos em combate.

— Quando conheci o brigadeiro, ele estava vestido decentemente e foi muito franco quanto aos seus métodos. Ele me disse: "Antes de levar minhas tropas para o combate, nós nos embebedamos e drogamos, sacrificamos um adolescente local, bebemos o sangue dele, depois tiramos a roupa e ficamos somente de sapatos e vamos lutar usando perucas coloridas e carregando bolsas delicadas que roubamos de civis. Matamos quem aparecer pela frente, decepamos suas cabeças e as usamos como bolas de futebol. Estávamos nus, bêbados, corajosos e loucos para matar. Matamos centenas de pessoas, tantas que perdi a conta."

— Precisei de algum tempo para me acostumar, meu querido rapaz. Eu li em algum lugar que ele se tornou um pregador mais tarde, o brigadeiro Bunda de Fora.

Quando Prince Johnson matou o presidente Doe, ele gravou o evento em videoteipe. Cópias estavam sendo vendidas pelos meninos na estrada para Monróvia, e Washington disse elas eram conhecidas localmente como "Com ou sem molho de pimenta." Ela queria comprar uma? O dinheiro ia para a Unidade dos Meninos.

O vídeo voltou para casa, junto com a peruca horrorosa. Ele é duro de assistir.

Doe está nu da cintura para cima. Amarrado e muito machucado de tanto apanhar, ele implora a Prince para afrouxar as cordas. Prince Johnson está sentado, enquanto uma mulher molha o rosto dele e toma goles de sua cerveja. Então, uma das orelhas de Doe é decepada.

No vídeo, você vê Johnson ganhando importância. Se aquecendo. Quem quiser poder tem que preencher espaço e se tor nar pesado e importante e obtuso. Ele veste ternos e turbantes, túnicas e espadas, depois se vira e esmaga os pobres infelizes abaixo dele...

Na África, não era o imperador que estava nu; pelo contrário: ele era o único que estava vestido.

Prince Johnson sempre negou que tinha assassinado Doe. Ele disse a um jornalista que o procurou mais tarde, com todo o grau de reverência e horror que um poder político moderno exige:

— Eu capturei o falecido presidente Doe e o mantive preso até ele ser declarado morto. Eu ainda digo que ele cometeu suicídio.

O respeito aterrorizante que estava contido no título "o falecido presidente Doe" era uma das feições mais grotescas da liderança fracassada na África. O "falecido presidente", neste caso, tendo sido capturado e torturado, continuava sendo um homem que se devia respeitar e mencionar com cuidado, mesmo depois de você ter arrancado e comido suas orelhas. Ou será que foi Prince Johnson que obrigou Doe a comer suas orelhas e seus testículos — como Washington insistia em dizer — "com ou sem molho de pimenta?". Esta era a pergunta que a Unidade dos Meninos fazia e para a qual não havia resposta. Mas, evidentemente, procurar respostas na execução do falecido presidente Doe era ignorar seu objetivo.

Eu vi, mais tarde, o quanto aquele filme estava à frente do seu tempo. Ele anunciava o tempo em que nós nos tornaríamos consumidores de crueldade. Mais uma vez, a África tinha mostrado o caminho. Desde o primeiro hominídeo chupando a tíbia do vizinho até o mais recente reality show na televisão. Não se tratava de dar respostas; tratava-se de fornecer uma nova forma de entretenimento: assassinar um homem de verdade em tempo real, diante das câmeras. E para onde a Libéria ia, mais cedo ou mais tarde o mundo ia atrás. Samuel Doe, sem orelhas, sangrando por todo lado e morrendo na frente da câmera, nos dizia que a distância entre mostrar e fazer, entre cinematografia e assassinato, estava encurtando depressa, e que ia chegar o dia em que o assassinato e o filme seriam a mesma coisa, com ou sem molho de pimenta.

Ela tinha deixado o quintal como ele era, afastado e coberto de mato, mas sob uma nespereira, no que costumava ser chamado de quarto de empregado, eu o encontrei.

Ele disse:

— Meu nome é Noddy, senhor, e o senhor é o sr. Alex.

Clareza é importante quando você está de luto. A morte é uma perda, sim, mas é muito confusa: você é afastado de alguém em quem se apoiava; a âncora se foi e você está à deriva. É você que está perdido.

O nome dele era, na verdade, Uthlabati, e significava "Homem da Terra Vermelha", mas ele preferia o outro nome.

— Eu trabalho para as madames, senhor. Eu sou Noddy das Cinco Madames. Madames Healey, Terr'Blanche, Garfinkel, Smuts e Mason. Eu trato dos jardins de todas elas e moro na sua casa.

Fazia um bom tempo que eu não ouvia o termo "madame". Era uma volta ao passado e isso também foi reconfortante. Ele só teria sido Noddy das Cinco Madames enquanto minha mãe estivesse viva.

— Ela não está mais aqui. Morreu hoje de manhã.

— Eu sei, senhor.

Foi uma expressão de simpatia; foi, também, eu achei, uma declaração de intenções.

— Madame disse que o senhor ia querer que eu trabalhasse para o senhor.

Quando eu era criança, numa das muitas, muitas casas em que acampamos, encontramos um homem morando na garagem e minha mãe o manteve lá.

— O que mais eu podia fazer? Ele veio com a casa.

Agora a casa dela era minha. E também o homem sob a nespereira, e ele acabou sendo um dos seus legados revolucionários que iriam mudar tantas vidas. Ela tinha partido mas eu tinha tomado seu lugar. Isso me transformava na quinta madame.

Como as coisas são estranhas: nós nos tornamos iguais aos nossos pais quando crescemos, mas só crescemos quando eles estão mortos.

21

O enterro estava marcado para as 15h, numa quarta-feira à tarde, azul e vibrante, e eu cheguei cedo. A igreja católica Rosebank, na esquina das avenidas Tyrwhitt e Keyes, era um prédio largo com uma fachada alta, e uma delegacia de polícia em frente. Havia uma sex-shop na esquina: Lucky Lovers, "Empório preferido por todos de entretenimento para adultos." Vendiam miss África do Sul infláveis ("em todos os tons da nossa nação arco-íris") e chicotes de pelo de rinoceronte genuíno ("experimentem a ferroada da África!"). Uma penca de extensores de pênis enfeitava a vitrine.

Eu estacionei em frente à delegacia de polícia. Ali perto, eu podia ouvir as meninas do convento da Misericórdia cantando "Salve, rainha", como minha mãe devia ter feito muito tempo antes no seu convento em Boksburg, onde seu velho pai a tinha colocado quando suas viagens para partes distantes do continente o afastavam por várias semanas seguidas e ele não podia ficar de olho nela.

No asfalto quente do pátio da delegacia, um sargento estava ensinando a uma fila de recrutas a arte de atirar para matar. Diversas damas do Coral Sionista de Zoo Lake, com saias pretas, blusas brancas, estrelas prateadas, estavam sentadas pacientemente no meio-fio. Eu abracei Nandi e Rebecca e Makania e Grace. Alguém pôs o braço ao redor do meu ombro. Era Schevitz, vestindo um terno azul-escuro e uma gravata vermelha.

Não tinha passado mais de um mês desde o dia em que li seu fax em Bagan, e tudo tinha mudado: o cubano tinha partido e minha mãe também, e eu podia ver em seu rosto que ele achava que tinha falhado com ela quando ela foi vê-lo com sua proposta de casamento. Sua boca, sempre um tanto caída, moveu-se de um jeito que sugeria tristeza, mas que deu a impressão de raiva.

— Sinto muito, Alex.

— Eu também.

— Eu queria dizer: ela veio me ver na semana passada. Não tocou no nosso desentendimento, e me pediu para ajeitar seu testamento. Não precisei fazer muita coisa. Estava tudo no papel, muito bem organizado. Eu acrescentei o que era de praxe, arranjei testemunhas e registrei o documento. Sendo da sua mãe, ele tem, digamos, "aspectos". Vou explicar quando entregar para você. Posso passar na sua casa?

— Quando quiser.

— Eu devia tê-la ajudado com a crise cubana e não ajudei.

— Não me amofine com isso. Ela mesma o salvou daquele seu jeito maluco.

Ele não estava escutando. O que veio em seguida foi o que sempre vinha em seguida: palavras de revolta.

— Eu entendi mal, ou comecei do lado errado: pensando no que era certo em relação à lei. Eu devia ter me lembrado que são os humanos que contam neste lugar, a lei é apenas lixo, cara! Ela sabia disso; eu esqueci. Ela estava do lado dos seres humanos. Só porque as coisas mudaram não significa que a gente deva esquecer quem era e no que acreditava e se tornar outra pessoa. Eles dizem que devemos ser sensatos e nos adaptar; dizem que temos que nos adequar às novas ordens do novo bando de excêntricos que tomou o poder neste país. Isso não é só vergonhoso — terrivelmente vergonhoso — é simplesmente errado. "Nós" vencemos: este é o argumento deles. Então nós devemos cair mortos. E daí que eles venceram! Isso os torna certos? Isso tornou os bolcheviques certos? Ou os aiatolás do Irã? Isto não faz com que eles estejam certos! Estou contente que você esteja em casa, Alex, porque quero conversar com você sobre a política do poder em nosso país.

Eu não queria conversar sobre nada daquilo no enterro da minha mãe. Fiquei contente quando o padre Phil chegou, com uma sacola Nike pendurada no ombro.

— Você vai falar hoje?

— Eu não saberia o que dizer.

— Se não se importar, eu gostaria de dizer alguma coisa. Sua mãe era... nobre. — Ele mostrou a sacola Nike. — Agora é melhor eu ir para a sacristia e vestir a batina.

Uma senhora pálida, com um ar vago, se aproximou e me apertou a mão.

— Eu sou a srta. Dewar, sua organista.

Ela era calma e confortadora, uma profissional que já tinha feito aquilo muitas vezes.

— Imagino que você queira um mix de músicas?

— Sim, por favor.

— Sua mãe era maravilhosa. Que postura. Vamos tocar um ou dois hinos católicos? Um pouco de Bach? E algo africano? As damas sionistas vão cantar "Swing Low, Sweet Chariot" e "By the Rivers of Babylon".

— Obrigado.

— Vamos, senhoras — a srta. Dewar disse para as Sionistas de Zoo Lake, que se levantaram, ajeitaram as saias e a seguiram para dentro da igreja.

"Postura", "nobre": boas palavras, apesar de um tanto fortes. Elas, de certo modo, se distanciavam da sua essência. Havia algo no modo como minha mãe se apresentava. Sempre alta, sempre reta. Se eu tivesse que acrescentar outro termo, seria dominadora, quase, mas não inteiramente, a ponto de ser arrogante: era uma questão de postura. Como uma grande escuna que ela navegava sobre a vida, sobre os amantes, sobre a família, sobre a África.

Eu também acrescentaria que ela não possuía nenhum instinto maternal que eu tivesse visto. Agora que ela tinha partido, eu enfrentava um dilema. Eu tinha que fazer tudo para corresponder à expectativa de ser, como era, o único filho da minha mãe. Mas me sentia uma fraude. Não me conectava verdadeiramente com a mulher que tínhamos vindo enterrar: Kathleen Mary Healey. Eu levava seu nome, ela tinha me criado, ela se dizia minha mãe e permitia que o mundo assim acreditasse. Entretanto, faltava alguma coisa entre nós. Mesmo supondo que testes de DNA confirmassem que eu era seu filho, esta era, também, e apesar de tudo, uma relação aprendida, um papel que eu tinha tido que assumir. Eu a amava, irremediavelmente, como os velhos que chegavam em grandes números na igreja, alguns de boina, outros de cadeiras de rodas, outros nos braços de enfermeiros. A verdade é que eu não fazia ideia de quem ela era. Ela fingia ser minha mãe e eu fingia ser seu filho. No fim, nós dois passamos a acreditar nisso, mais ou menos.

Sendo erguido com muito cuidado do banco de trás de uma Mercedes SUV nova, com placa da Namíbia, estava o tio Hansie; e quem o erguia com esforço era uma mulher herero, alta, com trajes tribais e uma pulseira de diamante, e o que parecia ser um conjunto de bolsa e sapatos Gucci, e que disse para mim:

— Eu sou Veseveete. Por favor, aceite meus pêsames por sua grande perda.

Tio Hansie, mais prateado que nunca pelas décadas, sorriu quando Veseveete o prendeu na cadeira de rodas.

— Ela fala inglês, alemão e herero, e o fato de ela morar comigo escandaliza nossos governantes. Porque nós, alemães, massacramos os hereros, eles acham que é errado os negros falarem nossa língua. Alexander, o mundo está cheio de idiotas. Veseveete é minha última amante. Minha última duquesa. Você sabe o que Veseveete significa em herero? Significa "Deixe que eles morram pelo bem da liberdade..." Ele celebra a guerrilha, quando pais davam aos filhos nomes guerreiros. Bons revolucionários sempre atiraram os filhos na fogueira de suas boas intenções. Não existe pai mais cruel do que um carinhoso revolucionário. Quando Veseveete tinha 5 anos, ela foi mandada para um acampamento da Alemanha Oriental para ser treinada como guerrilheira. Então o Muro de Berlim caiu e, de repente, ninguém mais gostava de pretos na velha Alemanha Oriental. Então eles enfiaram os adolescentes num avião e os mandaram de volta para Windhoek. Depois de terem passado dez anos longe, eles não conseguiram encontrar os pais, então houve uma espécie de leilão dessas crianças e dei um lance por ela. Ela tinha 16 anos. Deixe-me ser honesto: eu gostei dos seios dela, ela gostou do meu castelo.

— Como vai o castelo, tio Hansie?

Ele riu.

— Fui convidado pelo governo a pensar em vendê-lo para eles. Vendedor satisfeito, comprador satisfeito. O convite foi feito por cinco policiais com AK-47s.

— Chega, Hansie — disse a esplêndida Veseveete. — Você sabe que esse tipo de conversa o deixa nervoso. — E ela empurrou sua cadeira na direção da igreja.

— Adeus, meu rapaz — gritou tio Hansie. — Sua mãe era uma maravilha. Que Deus a abençoe!

Papadop estava chegando no seu velho Datsun. Como ele, o carro parecia cansado, antiquado, azarado. O que não deixava de me espantar sobre os brancos da África, aqueles que ainda estavam lá, era como eles tinham envelhecido, perdido o glamour. Antes a África era uma barbada, agora era uma roubada.

Ele chorou um pouco quando me abraçou.

— Acabei de chegar de Zim. Sinto falta dela, rapaz. Ela foi um dos melhores caras que eu conheci. — Inclinando-se para perto do meu ouvido, ele murmurou: — Você sabe o que ela fez com o nosso cubano?

— Sei, Papadop. Foi brilhante. Mais tarde eu conto.

— Como estão organizados os lugares?

— Você está no primeiro banco; ele é para a família.

Eu o vi entrar na igreja arrastando os pés, suspirando. A perda de um bom amigo nos priva da vida.

Eu procurei a rainha da chuva; estava certo de que Bamadodi viria. Sobre os sentimentos da minha mãe em relação aos homens eu sabia pouco, mas sabia que ela amava a rainha Bama.

Um carro fúnebre estava virando a esquina de Tyrwhitt e Keyes, passando pelo Lucky Lovers. O emblema branco em forma de asa destacava-se nas portas pretas da elegante limusine: "Pombos", ele dizia. Esta era uma das velhas piadas da minha mãe: "Cegonhas trouxeram você ao mundo; pombos o levam embora dele." — O caixão estava quase invisível sob uma montanha de flores que ia até o teto do carro.

Eu tinha publicado anúncios do enterro no *Star* e no *Sowetan*, pedindo aos amigos para fazer uma doação ao Abrigo Raio de Sol em vez de mandar flores. Isto tinha sido feito com uma intenção maligna: tive a impressão de que enchendo de dinheiro aqueles cretinos sem imaginação, iria aborrecê-los tanto quanto o hábito que minha mãe tinha de abraçar as crianças. Meu raciocínio foi o seguinte: uma demonstração excessiva e inesperada de generosidade era algo que eles achavam difícil de lidar; ótimo, eles que morressem engasgados de dinheiro. Mas vendo a montanha de coroas de flores na traseira do carro fúnebre, tive a impressão de que ninguém tinha dado bola para o meu pedido.

Dois agentes funerários de terno estavam saltando do carro.

— Com licença, senhor. O senhor é o parente enlutado?

— Sim.

— A Sra. Kathleen Healey, que morava em Forest Town, era sua mãe?

— Era.

— Obrigado, senhor; temos que checar.

Eles começaram a descarregar a enorme montanha de flores que cobria o caixão e a colocá-las no teto.

— Desculpe, senhor. Elas deveriam ter vindo no teto. Mas não podemos colocá-las no teto enquanto estamos dirigindo — disse o primeiro agente funerário.

— Por que não?

Ele pareceu surpreso com a minha pergunta.

— O que acontece quando paramos num sinal?

— O que acontece?

— Ficamos sem elas. Eles conseguem depenar um carro em poucos minutos.

— As pessoas roubam flores de um *carro fúnebre*?

— Senhor, elas roubam as alças de cobre do caixão, se tiverem chance. Isto é Jo'burgo.

O segundo agente funerário concordou com veemência.

— É isso mesmo. Lá em Alex, às vezes, eles roubam o caixão do túmulo. Eles o tiram de baixo da terra e vendem de segunda mão. — Ele ergueu até o queixo um enorme buquê de lírios do vale: seu rosto apareceu por cima de um muro de pureza como um clérigo travesso usando uma coleira de cachorro. — O senhor conhece o golpe da magreza?

— Não.

O coral do convento na escola ao lado da igreja começou a cantar "Salve, rainha" numa voz aguda que me deixou arrepiado. Do outro lado da rua, no pátio da delegacia, o instrutor que estava ensinando os recrutas a atirar estava gritando para seus homens:

— Número um! Nunca se dirijam a uma cena de crime sem retaguarda. Número dois! Lembrem-se: tiro no corpo é melhor do que tiro na cabeça!

E foi assim: enquanto o sargento falava em tiros no corpo e as meninas do convento glorificavam a rainha do Céu, os homens de Pombos me relatavam o golpe da magreza, e eles não estavam debochando, não estavam sendo cínicos, estavam explicando direitinho; eles me tomaram por um estrangeiro e queriam falar sobre sua cidade, sobre seus hábitos e costumes.

— O que acontece é o seguinte: você encontra uma mulher bem magra, certo? — o Agente Funerário Um pôs uma palma bem pertinho da outra, as mãos quase se tocando. — Uma pessoa magra, magra, magra. Assim, mas que ainda não esteja para morrer, certo? Se for magra demais, não serve.

— A menos que você a vista com uma roupa acolchoada — disse o Agente Funerário Dois. — E nem todo mundo tem uma roupa acolchoada; roupas acolchoadas não crescem em árvores.

— É assim que eles fazem — o Agente Funerário Um continuou, tendo deixado que a questão da roupa acolchoada fosse assimilada. — Você leva a magra para o cabeleireiro e compra roupas novas para ela e consegue que ela fique com uma aparência quase boa. Depois você a manda fazer compras, comprar tudo, tudo, tudo que você mandar. A crédito. Móveis, TV, você decide. E quando as coisas são entregues, você põe tudo num caminhão, dá um dinheiro a ela para comprar comida, cerveja, se divertir — o que for —, e diz a ela: "Divirta-se", e então você desaparece com a mercadoria. Quando as lojas mandam os cobradores para retomar a mercadoria, não tem mais nada: nem geladeira, nem tapete, nem aspirador... sumiu tudo.

— E a magra também — disse o Agente Funerário Dois. — *Eish!* — ele riu, cheio de admiração. — Ninguém para prender, ninguém para acusar. Esse é o golpe da magreza.

O tom de voz deles tinha aquela nota de orgulho horrorizado que esta cidade inspira em seus cidadãos.

Os agentes funerários armaram um carrinho.

— Nós vamos levar sua mãe para dentro agora, senhor. O senhor pode ficar aqui vigiando as flores?

Eu estava vigiando as flores quando uma mulher se aproximou de mim, com o passo controlado de uma mulher usando saltos muito altos e saia muito justa. Eu calculei que ela tivesse quase 30 anos, com cabelos escuros e pele cor de mel. Seus olhos eram verdes e ela não tinha anéis nos dedos. Estava vestida mais para um casamento do que para um funeral. Uma blusa cor-de-rosa decotada, um chapéu enfeitado. Ela estava com a mão pousada na cabeça de um menino de uns 7 anos. Ele tinha cabelos louros e um nariz meio achatado e um rosto meio achatado e eu soube, antes de ver os olhos puxados, que ele tinha síndrome de Down. Ele carregava uma raquete de tênis, que balançava de um lado para outro, e ela tinha que prestar atenção para ele não acertar os outros.

— Eu sou Cindy — ela disse. — Trabalhei com sua mãe no Abrigo Raio de Sol. Este é Benny.

O menino tinha o maior sorriso que eu já vi e segurou meus dedos depois de ter apertado minha mão e disse:

— Você joga tênis?

— Sim.

— Ah, vamos jogar! — Benny sacudiu minha mão.

— Agora não, querido — disse a mãe. — Primeiro, vamos dizer adeus a Kathleen.

— Para onde foi a Kathleen? — Benny perguntou.

— Para o céu — a mãe disse com firmeza. — Acompanhada por nuvens de anjos.

— Você não quer dizer multidões? — perguntou o segundo agente funerário, transferindo as coroas para o carrinho.

— Não, quero dizer nuvens — Cindy disse com o ar de uma mulher que sabe o que pensa. — Kathleen detestava multidões. Que flores lindas!

— Eu pedi às pessoas para não mandar flores. Pedi que elas fizessem doações para o Abrigo. Parece que ninguém prestou atenção.

Ela olhou para mim bondosamente.

— Tenho certeza que as pessoas prestaram atenção. Talvez tenham querido mandar flores também.

— Eu achei que fazer doações seria melhor, embora eles a tenham mandado embora.

— Eu sei. Eu também trabalhava lá

— Sim. E quando ela foi despedida, ela me contou que você se demitiu também.

— Eu tinha que fazer isso. Ela era minha amiga e o que eles fizeram foi uma maldade.

— Por que eles a demitiram?

Cindy torceu o nariz e balançou a cabeça. Ela tinha uma cabeça muito bonita, bem equilibrada, pousada num pescoço flexível. Cindy era muito, muito jeitosa.

— Acho que ela tinha esse efeito nas crianças. Acho que a direção não soube lidar com isso. Voluntários tinham tarefas definidas — dar banho nas crianças, desenhar, cantar, pintar —, mas sua mãe não fazia nada disso. Ela começava bem, mas dois minutos depois começava aquele festival de amor. As crianças sentavam no colo dela e choravam ou riam ou ficavam simplesmente sentadas, e ela contava histórias para elas. Os funcionários permanentes não conseguiam lidar com isso.

— Por quê? O que há de tão mal nisso que eles precisaram livrar-se dela? Eu simplesmente não entendo. Na verdade, essa história toda me deixa atônito. Eu não sei por que ela fazia isso. Minha mãe não era o tipo de pessoa que saía abraçando os outros por aí.

— Talvez ela achasse que precisava fazer isso. Eu não sei qual era a química, mas você a encontrava abraçada a uma criança. Isso acontecia o tempo todo. Era como se ela nunca tivesse tido bebês e essas crianças nunca tivessem tido uma mãe.

Ela me fitou, pensativa, como se, de alguma forma, eu não tivesse conseguido dar à minha mãe o tipo de paraíso de abraços que ela tinha encontrado no Abrigo Raio de Sol.

Uma BMW dirigida por motorista estava estacionando e lá de dentro saltou meu velho amigo, Koosie. Ele estava elegante, embora muito magro. Sua gravata era azul-escura, seu terno preto, seu motorista branco.

— Dia triste, Alex.

Eu disse a Cindy.

— Este é o meu amigo Koosie, dr. Nkosi, como é conhecido agora. Não consigo me acostumar com isso.

Koosie apertou a mão dela e disse, tanto para ela quanto para mim:

— Ele não consegue se acostumar com um bocado de coisas. Acho que é mal de família.

— Eu tenho um problema filosófico com mudanças forçadas — eu disse.

Koosie disse para Cindy:

— Ele quer dizer um problema político. Em relação à liberdade.

Ficamos ali parados; não era hora de discussões. Koosie e eu nos afastamos porque ele tinha uma visão de mundo que eu rejeitava. Ele agora estava no poder, ou perto dele, e isso atrapalhava as coisas. O pior de tudo era o que ele fazia com as palavras. A conversa fiada que acompanhou a libertação fez o diabo com as velhas e boas palavras. As pessoas falavam em liberdade quando queriam mesmo era dizer poder. Poder era o que contava. E ar quente.

Koosie disse:

— Eu entrei para a política; Alex entrou no negócio de ar-condicionado.

Por sorte, os agentes funerários estavam voltando com o carrinho vazio.

— Vamos levar as flores agora. Obrigado, senhor.

Koosie disse:

— Tenho certeza que sua mãe relatou nosso encontro para você.

— É verdade.

— O que foi que ela fez com o cubano?

— Ele está bem.

— Não vou perguntar o que isso quer dizer. Um dia você me conta?

— Claro.

— Venha me visitar.

— Eu não me sinto bem em gabinetes oficiais.

— Eu não estou trabalhando no momento. Venha me visitar em casa. Em Soweto.

— Eu nunca estive em Soweto — disse Cindy.

Koosie sacudiu os ombros.

— Tudo bem. É normal. Cerca de noventa por cento das pessoas nunca estiveram numa área segregada. Mas o Alex aqui, ele foi batizado em homenagem a uma delas. Peça a ele para lhe contar. Não... melhor ainda... peça para ele levar você quando for me visitar.

— Podemos entrar para ver a Kathleen agora? — Benny perguntou.

Cindy e Benny caminharam pelo corredor central, em direção ao caixão, que estava no terceiro degrau do altar, cercado de flores e guardado pelo padre Phil com sua vestimenta verde-esmeralda, parecendo um jogador de rúgbi em formação de ataque.

O organista estava tocando "Panis Angelicus", "Pão de Anjos", um hino estranhamente apropriado. A fachada da igreja Rosebank tinha um tom dourado de biscoito, mas, dentro, ela era de um verde-merengue; a luz que entrava pelos vitrais estava cheia de poeira suspensa que parecia balançar no ritmo do órgão. As Sionistas de Zoo Lake começaram a cantar "Swing Low, Sweet Chariot".

— Onde está Kathleen? — Benny perguntou.

Cindy não respondeu.

— Ela está na caixa?

— Sim, Benny — disse sua mãe. Ele não pareceu acreditar nela, e eu não o culpei por isso.

Benny tinha razão de se mostrar cético. Minha mãe tinha sido mestra na arte do desaparecimento. O caixão no altar, coberto de celofane, laços de crepe, bilhetes, fitas, lírios e orquídeas era como a almofada enfiada debaixo dos cobertores pelo prisioneiro que tinha fugido da cela: um disfarce para ganhar tempo.

Meu avô uma vez disse a respeito dela:

— Kathleen era como o vento. Se você a amarrasse com arame, ela se livraria dos nós como um coelho calibrado.

— Calibrado — eu disse — significa bêbado.

— Sim, quando usado ao se referir a mim. Então significa bêbado, embriagado, bebum. Quando usado para se referir a sua mãe, significa escorregadio, rápido como um raio.

Minha mãe provou que ele estava certo, do início ao fim; e agora, mais uma vez, ela tinha se livrado do nó. Ela tinha escapado e não sabia para onde estava indo. E nem eu sabia: ela não tinha preenchido um plano de voo.

Benny disse:

— Por que ela está naquela caixa?

— Não aponte — disse a mãe.

— Por quê?

— É falta de educação. Veja quantas flores bonitas. Vamos ver as flores?

Havia coroas da ANC: "Com profunda admiração... Kathleen — que salvou muitos camaradas." Havia flores enviadas via Interflora por tios no Quênia e Umhlanga Rocks e América e Escócia. Havia coroas assinadas Siegfried e Llewellyn e Boetie, homens que escreveram suas mensagens com uma letra tremida: "Morta mas nunca esquecida" e "Voando alto em meu coração" e *"Rus in Vrede Ouus" e "Hamba gable"*. Também havia tributos assinados com nomes do tipo que as pessoas usavam quando escreviam cartas para jornais, denunciando o estupro de bebês e/ou a pronúncia horrível de locutores de rádio: pseudônimos como "Guerreiro Zulu", "Rapaz-Apaixonado" e "Oscar-Romeu".

Eu disse, para mim mesmo, na verdade:

— Por que eles não assinam os nomes?

Cindy ergueu uma sobrancelha.

— Admiradores secretos? Pode ser, hein?

— Mas pseudônimos em coroas de defunto?

— *Ja*, bem, não. Mas este não é o tipo de lugar em que uma pessoa mostre a cara e diga o que pensa. Durante séculos ninguém assinou o nome em nada que pudesse evitar. Onde se você fizesse uma pergunta para o presidente num comício eleitoral, ele mandaria a polícia secreta atrás de você. Até hoje, quando o presidente sabe que rivais desejam o seu cargo, ele chama o serviço secreto para dar cabo deles. Não faz muito tempo, era perigoso até ler certas coisas. Todo mundo vem se escondendo há tanto tempo que virou hábito.

— Eu ainda acho muito esquisito. Um homem adulto assinar "Apaixonado de Cyrildene" num buquê de lírios do vale, que manda para uma mulher morta, e todo mundo balançar a cabeça e dizer, ah, *ja*, é isso mesmo.

Cindy sacudiu os ombros.

— É isso mesmo.

Quando vi o anel de rosas brancas com a mensagem *"Hey Mambo!"*, soube que o cubano tinha visto o anúncio do enterro.

Mesmo ausente, minha mãe era muito mais do que as pessoas poderiam imaginar: ela era grande, ela abria espaços, e a diversidade de pessoas na igreja Rosebank aquele dia era um testemunho de uma amplidão extremamente atípica de um sul-africano. No primeiro banco, reservado para a família, eu me sentei com Koosie e Jake Schevitz, tio Hansie e sua amante, Cindy e Benny, Papadop, que chorava baixinho, e Noddy, o jardineiro, que chegou por último e usava um chapéu tirolês com uma pena multicor.

E essa mistura era uma fraca amostra da variedade que ela tinha experimentado a vida toda: um político de Soweto, um advogado judeu, um aristocrata alemão, sua amante herero, assim como um ex-grego, uma beldade de Jo'burgo, com um menino doce e espantado, que ficava apontando para a poeira suspensa no ar colorido, filtrado pelos vitrais, e dizendo:

— Olha, são nuvens de anjos!

Atrás de nós, estavam sentados moçambicanos, zimbabuanos, quenianos e malauianos; caras que antes tinham fazendas na África, depois foram para o "Sul", deixando para trás os ranchos e áreas de pesca, safáris, escolas de missionários, florestas e fazendas que um dia eles consideraram seus e que amavam apaixonadamente.

Quantos de seus amigos acharam o caminho naquele dia! Havia até alguns dos últimos caçadores brancos que ainda viviam na África, aqueles que não tinham ido para os Estados Unidos para abrir parques de safári, onde o búfalo africano e o rinoceronte branco vagavam sob o sol americano. Lá estava "Scrubber" Atkinson, que um dia tinha matado um leopardo com uma faca e tinha tido metade do rosto arrancada pelas garras do leopardo e que agora usava uma espécie de máscara de salteador sobre a boca que só levantava para comer e beber; e o velho "Slapper" Dewey, o caçador cigano que, na adolescência, nos anos 1930, foi caçar com o príncipe de Gales; e "Tick-Bite" Tallinger, que diziam que tinha tido um caso com Grace Kelly quando ela veio aqui para filmar com Clark Gable; e Big Bill Bruma, que matou o irmão por engano quando a bala atravessou o leão e saiu do outro lado.

Meus amigos de Stanleyville e Salisbury e Lourenço Marques; fantasmas e sombras de si mesmos, de cidades e países que, como eles, eram tristes fantasmas. Antes tão confiantes, tão seguros, tão superiores, tão ricos, tão vermelhos, tão fleumáticos que parecia que nada poderia abalá-los.

Quando eu era garoto, minha mãe costumava levar-me ao Muthaiga Club, em Nairóbi. Eu me sentava em frente à lareira e comia rabada e ouvia histórias de caçadas. As palavras: *Na Kupa Hati M'Zuri* estavam gravadas sobre a lareira.

QUE A SORTE O ENCONTRE SEMPRE...

As vozes inglesas agudas, roucas, ceceantes pedindo mais champanhe, falando de armas.

— Eu estava perto da estação de Makindu, com Frenchy Du Preez. Eu tinha meu .375 e mirei na cabeça. Acertei o búfalo, mas um pouco alto porque ele veio para cima de nós como se fosse uma locomotiva. E aí: bam! A .500 de Frenchy dispara, bem ao lado do meu ouvido, e o búfalo cai como uma árvore, a meio metro de mim.

— Muita desatenção, Alfie... — foi só o que aquele maldito francês disse. Isso é que é *sang froid*!

Minha mãe uma vez observou que, antes da independência, os brancos caçavam livremente por toda a África; depois da independência, os brancos eram livremente caçados, e frequentemente abatidos. Estranho como muitos deles tiveram morte violenta.

E ela ia enumerando: John Alexander, Dian Fossey, George e Joy Adamson...

E dizia:

— Pelo menos eles estão mortos e não sobrevivendo, como Beryl.

Ela se referia a Beryl Markham, que tinha conhecido quando era menina e com quem mantivera contato aqueles anos todos, depois que Karen e Bror Blixen e aquele mundo tinham desaparecido. Ela costumava visitar Beryl em Nairóbi, agora uma mulher idosa que vivia numa casinha de concreto, tomando gim e laranja numa velocidade incrível e tentando lembrar os lugares por onde tinha voado; pegando uma caixa de lata enferrujada com seus mapas de voo, e as pistas de pouso da selva, para mapear o grande voo solo que ela tinha feito sobre o Atlântico.

— Beryl está sempre sendo assaltada. Da última vez, foi parar no hospital com o crânio fraturado. Sozinha, você sabe, e velha. Mas a única coisa que ela queria saber era se eu tinha voado recentemente para Mara-Mara ou para Oloitokitok.

Dentre os presentes, aquele dia, havia também alguns que ainda moravam onde sempre tinham morado, e que tinham vindo de avião para Jo'burgo, para o enterro dela: os amantes da África, os grandes falastrões, a tropa dos "eu sou dedicado ao continente e arranco sua cabeça se você não o amar também". Lá estava Rex Thistledown, dos planaltos quenianos, um dos poucos rancheiros brancos que ainda viviam em Kikuyuland, filho do velho Nicky Thistledown que costumava caçar com minha mãe, beber com Hemingway e transar com Bror Blixen. Rex, pobre infeliz, era como tantos colonizadores brancos, antes violentos e incorretos, que tinham sido reduzidos a boas causas e boca fechada. Rex se dedicava agora a ecologia, salvando elefantes nos seus 50.000 acres de terras, e salvando seus acres das tribos kikuyu que teimavam em achar que a terra pertencia a eles e que tinham começado a invadi-la, sacudindo retratos de Robert Gabriel Mugabe, um herói continental desde que começara a expulsar colonizadores brancos do Zimbábue. Nos anos 1950, o pai de Rex, sir Nicky, conhecido como o nabob de Nairóbi, uma vez entrou a cavalo no clube com uma loura nua na sela e tomou um drinque de despedida sob os aplausos dos presentes. Em contraste, Rex dirigia um velho Range Rover, não bebia e, como muitos quenianos, mantinha uma fazenda na África do Sul como uma espécie de apólice de seguro, para o dia em que os kikuyo finalmente vencessem e o expulsassem de suas terras.

Atrás de nós, havia uma fila de caras muito velhos usando paletós azuis, os olhos cheios de lágrimas, todos eles amantes da minha mãe, todos eles perdidos numa África que não tinham desejado, acanhada, raivosa, jovem e hostil. Mas uma pessoa que não pôs os pés lá naquele dia — e isso me surpreendeu — foi a rainha Bama.

Padre Phil estava no púlpito.

— Nós viemos dizer adeus a Kathleen, uma mulher incrível, que transformou vidas, que pilotava e pescava e caçava; que não apenas desejou as estrelas, mas foi uma estrela. Conservacionista, africanista, uma mulher com a pose de uma modelo de alta-costura. Uma mulher cujo calor inato era como uma enorme fogueira; uma mulher desta cidade, que era feita do maior tesouro desta cidade, um coração de ouro... uma mãe que teve filhos que a admiravam; e caçadores que brindavam a ela ao redor da fogueira. Estou triste por ela não estar aqui; sinto uma falta enorme dela. Ela brilhava tanto que é natural lamentar profundamente sua morte, sentir uma tristeza tão grande, mas eu prefiro celebrar sua fantástica vida.

Foi estranho. Muito estranho. Lá estava um homem vestido como uma árvore de Natal e falando em nome de todos, muito bem. Cindy estava chorando. Era exatamente o que sempre fazemos em momentos assim, misturamos fantasia e realidade. Em pé no púlpito, com suas vestimentas verdes, falando bobagens sobre minha mãe, estava o último dos seus amantes. O papel de sacerdote na África era quase tão estranho quanto o do brigão, do empreendedor e do explorador. O mesmo prazer em se vestir bem, em fazer o bem; o desejo que a África provoca em pessoas até certo ponto inteligentes de socorrer os fracos, salvar os doentes e, ao mesmo tempo, seduzir e brutalizar os próprios. Tudo em nome do "amor".

Ao meu lado, Papadop se agitava e chorava. Papadop, que costumava contar-me sobre padre Silveria, o pobre portuguesinho do Porto, quatro séculos antes, que se sentava junto às águas do rio Musengezi, como Papadop tinha feito, como o cubano fez, como eu tinha feito. Silveria foi o primeiro homem branco no Monte Darwin, assim como o pobre Papadop, hoje um ex-grego, ex-sul-africano, ex-zimbabuano, ex-tudo, totalmente fodido, hoje era o último.

Era incrível como essas coisas se relacionavam. Tudo se juntava e convergia: padre Phil, a triste figura de Papadop esparramado no banco, a coroa do cubano. O cubano que Papadop escondeu em sua cabana ao lado do Musengezi, o rio no qual o primeiro homem branco de Monte Darwin tinha sido jogado para aplacar os deuses crocodilos.

Minha mãe nunca reconheceu esta África. Ela simplesmente navegou sobre ela, e por isso conseguiu escapar. Acreditando que você podia ser quem era, não se dignando nem mesmo a considerar a questão da cor; ela lidou com a África sem lidar com raça. Mas os que ficaram para trás estavam percebendo que esta opção não existia mais, apesar das mentiras, da conversa mole, das grandes expectativas: nós estávamos presos à pele que tínhamos.

Era fantástico e terrível encarar isso, depois de meio século pensando apenas em cor, tribo, sangue e raça; e jurando que, não importa o que acontecesse no futuro, nunca mais faríamos isso. Não só estávamos fazendo de novo, mas aquele era o único jogo disponível na cidade.

Quando saí da igreja, encontrei o louvador da rainha Bamadodi esperando por mim do outro lado da rua, em frente à sex shop. Ele estava usando traje completo e alternando o peso de uma perna para outra. Talvez ele achasse que a loja era um território neutro. Era óbvio que ele não estava à vontade, usando chocalhos nos joelhos e rabo de macaco num funeral cristão.

Ele não tinha vindo na limusine real; chegou lá de táxi, e havia um micro-ônibus lotado esperando por ele do outro lado da rua. Ele estava usando um Swatch e, por alguma razão, isso me incomodou. Um relógio suíço estiloso no pulso de um velho funcionário real que tem que usar um táxi... As coisas deviam estar ruins para a rainha Bama.

Só a saudação dele ainda guardava a antiga majestade.

— Trago-lhe as bênçãos da grande nuvem de plenitude, aquela que faz os rios correrem e que faz cair água sobre o mundo. Aquela sem a qual tudo seria deserto e poeira. A grande teta do céu abraça o filho de Kathleen e pede que ele a visite no Grande Lugar.

Eu tive pena dele. Ele tinha que tomar um táxi para voltar para Megaliesberg e sabia que era melhor chegar com as notícias que a rainha Bama queria ouvir. Eu compreendi e apreciei a honra que estava recebendo, mas não queria ir. Não fazia sentido. A rainha da chuva não recebia homens, não tinha filhos, não ligava para maridos e, sob todos os pontos de vista, eu era um homem, e ainda por cima branco.

Mas ela fazia parte da família.

O louvador estava ansioso para partir; o táxi buzinou.

Eu disse que iria.

Ele ficou aliviado:

— Haverá festa e regozijo no Grande Lugar da rainha. — Então ele refletiu e disse, com cuidado: — Haverá regozijo. Veja, eu marquei o caminho. — E ele me deu um mapa turístico que dizia: "Bem-vindo ao Mágico Magaliesberg, na Província Platinum. Um Paraíso para Observadores de Pássaros."

Então ele consultou seu Swatch e partiu.

IV Melancolia da Cidade Dourada

"Eu não estou indefeso; tenho uma Lüger no meu armário."
West with the Night, Beryl Markham

22

Por algumas semanas após o funeral não vi ninguém, exceto o jardineiro. No tempo em que morei na casa da minha mãe em Forest Town, não tive amigo ou companheiro melhor do que o Homem da Terra Vermelha. Nada que eu disse conseguiu convencê-lo de que Noddy era um substituto pobre do seu nome verdadeiro. Ele era Noddy — Noddy das Cinco Madames — e isso não o incomodava nem um pouco.

Durante as tardes, eu ia andar no zoológico. Quando eu era pequeno, minha mãe me levava para andar de elefante, balançando no assento de madeira, lá no alto. Ela se segurava bem na barra de ferro. Ela dizia que o mundo parecia melhor das costas de um elefante. Depois, nós visitávamos os leões e ela apontava "Nossa, veja só aqueles dentes!". Depois nós íamos até as jaulas dos macacos e víamos as pessoas dando amendoim para os chimpanzés. Tinha gente gritando, pulando, apontando, atirando coisas; às vezes atiravam cascas de laranja, que os macacos pegavam mas não podiam comer.

— Francamente, dá para ser mais cruel? — minha mãe dizia. — Eu realmente não sei de que lado das grades os macacos estão, você sabe?

Você precisa de tempo e de um certo espaço para viver o luto.

Tinha havido mudanças no zoo. Os elefantes ainda passeavam com as crianças nas costas e os leões continuavam tão amarelos quanto antes. Mas as jaulas tinham sumido. Os animais viviam em cercados cheios de árvores e grama e laguinhos. Um fosso profundo separava as pessoas dos chimpanzés, então elas não podiam atirar amendoim para eles. Mais adiante um pouco, do outro lado de um canal cheio de água limpa, vivia um gorila.

As coisas afetam você de um modo estranho quando você está de luto. Eu comecei a me demorar junto do gorila. Eu me sentia do jeito que as crianças abandonadas se sentem: elas se apegam ao primeiro estranho simpático. Não é amor de verdade. É transferência. Elas não querem realmente você; querem suas mães. Você não é ela e elas sabem disso, mas você serve para elas se apoiarem até terem de volta o que perderam.

Antigamente, não havia um gorila lá, mas minha mãe teria gostado dele. Ela tinha grande capacidade de se maravilhar e de sentir medo. Essas duas coisas andam juntas, e por isso ela ficava tão fascinada ao ver os dentes do leão. O gorila tinha um amplo espaço para brincar; tinha árvores com pneus velhos pendurados nos galhos, e uma colina feita de pedras com uma pequena caverna no alto, onde ele podia se abrigar do sol quente. Uma rampa levava à parte de trás da colina falsa e entrava na caverna do gorila. Esta era a entrada do guardador. O nome do gorila estava escrito num cartaz preso sobre o cercado: "Gorila Rwandan — origem Kigali." Só isso: simples, direto, solitário.

Um dia, Noddy perguntou se podia ir comigo ao zoológico e virou rotina, dois caras dando um passeio. Ele me mostrou retratos da esposa. Ela tinha uma aparência jovem, uns 25 anos, com aquele tom bronzeado das mulheres matabele.

— Ela se chama Beleza, Sr. Alex, e eu tenho dois filhos com ela. Meus filhos são Joshua e Sipho e eles estão na escola e as taxas têm que ser pagas todo mês.

Ele me mostrou retratos de Joshua e Sipho. Rostos alegres, usando camisas brancas e a gravata da escola. Os filhos dele estavam felizes na escola. O diretor era bom, "um de nossos melhores homens". Ele disse isso enfaticamente, como se eu fosse discordar dele.

— Minha esposa, ela trabalha na escola. Alguns dias por semana, no escritório do próprio diretor. Ele é um grande sujeito.

Como muitos trabalhadores migrantes, Noddy não tinha documentos. Se fosse apanhado, ele seria preso e deportado. Eu não conseguia ver isso acontecendo porque não conseguia ver Noddy na cadeia; era difícil pensar em Noddy fazendo qualquer coisa que pudesse levar a isso. Ele era um homem decente demais, responsável demais, adorava sua esposa Beleza e seus dois filhos. Ele era tão sólido que, ao lado dele, eu me sentia um nômade, um cigano.

— As pessoas de Jo'burgo não gostam de imigrantes, elas não gostam de mim. Eu não sou daqui, senhor. Sou um estrangeiro de Matabeleland, vou lá duas vezes por ano. O senhor é estrangeiro de onde?

— Eu sou estrangeiro da África do Sul.

— Mas onde é sua casa?

Eu bati com o pé no chão.

— Minha casa é aqui.

Ele refletiu a respeito e eu vi que ele compreendeu minha intenção. Nem todos se sentem em casa em casa.

— É difícil ser um viajante.

— Por que, Noddy?

— Um viajante perde tudo o que deixa para trás.

Ele tinha saudades de casa, como todos nós. Ele tinha saído de casa e ido para Jo'burgo pela mesma razão que todo mundo vinha para Jo'burgo: pelo dinheiro. Ele trabalhava em cinco jardins, seis dias por semana; isso dava um bom salário e ele mandava quase tudo para a família, em Matabeleland.

Se havia algo que eu gostava em Noddy era sua abrangência. Ele era muitas coisas. Viagem, distância, outros lugares, outros mundos, e outras maneiras: estas coisas são muito difíceis para os joanesburguenses. Eles se ofendem. Eles acham que sua cidade é o centro, o umbigo do mundo. Acham que ela é como Nova York ou Chicago. Mas ela não é, claro. Se ela for parecida com alguma cidade americana, em seu amontoamento, sua poluição, seu dinheiro, seus tiroteios, então ela se parece remotamente com Los Angeles. Mas se você disser isso às pessoas, elas vão achar que você as está menosprezando. Poucas delas estiveram nessas cidades americanas, mas isso nunca impediu um jo'burguense de saber das coisas. E de contar para você.

Noddy não gostava do governo do Zimbábue. Ele falava comigo sobre política, falava com naturalidade, não tinha nenhuma daquelas preocupações das pessoas do sul de falar com propriedade.

— Mandaram os assassinos coreanos, a Quinta Brigada, eles mataram nosso povo e atiraram os cadáveres no fundo das velhas minas.

Noddy observou que as roupas das pessoas mortas naquelas minas estavam misturadas com pedaços de ossos.

— É um milagre, sr. Alex. Nossas roupas duram mais do que nossos corpos. Isso me deixa triste.

Quando olho para trás agora, sei que fomos úteis um ao outro. Sem ele, eu teria ficado ainda mais solitário. Eu estava de volta a uma cidade que tinha sido minha e vi que não estava mais lá de verdade. Eu me sentia como um daqueles seres das trevas, ansioso, queixoso, sempre querendo saber notícias do mundo real. Então, o homem de carne e osso que encontrei no quarto dos fundos foi uma dádiva. Nós tínhamos mais em comum um com o outro do que com aqueles que deveriam estar mais próximos de nós. Eu tinha a companhia dele e, em troca, ele tinha um quarto grátis; isso era muito importante para ele, o quarto. Sem isso, ele teria sido obrigado a alugar um quarto em Alexandra, um quartinho enfiado na garagem de alguém. E sendo obrigado a pagar caro por esse privilégio. Ele franzia a testa; Alex era ruim demais, perigosa demais, havia muita bebida, muitas armas. Ele ficaria perdido em Alex.

Agora eu vejo que Noddy foi muito bondoso comigo. Ele sabia que eu estava sem rumo, que estava perdido. Ele sabia que muitos anos passados na estrada tinham confundido o meu cérebro; e, principalmente, ele sabia que eu estava sofrendo. Nós éramos forasteiros numa cidade estranha e forasteiros devem cuidar uns dos outros. Ele tinha viajado, sabia que um homem pode viver em mais de um lugar, e quando ele faz isso passa a ser mais do que uma só pessoa. E que isso não tem importância.

Em Matabeleland, Noddy era um proprietário rural: ele tinha sua própria fazenda, criava gado e cabras, tinha plantações de pêssego e damasco. Ele era, em todos os sentidos, um homem de substância, um fato muito difícil de acomodar com o jardineiro de calças cinzentas e camiseta. Ele tinha um peso, uma seriedade que não correspondia ao seu tamanho, suas mãos pequenas e seus pés bem tratados. Sólido, confiável, essas eram as coisas que chamavam a atenção em Noddy, embora ele não tivesse nem 1m60 e fosse tão frágil que parecia que o vento iria derrubá-lo. Ele tinha padrões, ideais; um homem de qualidade, ele fazia todas as coisas que uma pessoa deve fazer para progredir. Num outro mundo, melhor, ele estaria ajudando a governar seu país.

Nós éramos dois forasteiros conversando sobre China e Islândia e Montenegro e ele gostava disso porque fazia com que ele não parecesse estar tão longe de tudo o que ele conhecia e amava, sua fazenda com suas árvores frutíferas, seu esposa Beleza e seus filhos.

Para o trabalho diário no jardim, Noddy usava calça de lã cinzenta e uma camiseta branca. A camiseta estampava uma bandeira dos Alpes e da Suíça, e dizia "Gstaad, meu amor." Aos domingos, ele ia à igreja metodista em Parktown North; usava um terno listrado azul marinho e sapatos pretos, e chapéu, um belo chapéu marrom-escuro de aba larga e faixa preta. Enfiada na faixa, havia uma vistosa pena de pavão. O que nós tínhamos em comum era aquela casa deixada para trás. O que eu obtinha dele era uma sensação de alívio pelo fato de que as coisas não tinham que ser as mesmas, sempre e em toda parte — que é o que a morte insiste em afirmar. Ele me deu outras formas de ser, ele enfrentava a morte, sabia lidar com o luto. A morte é monótona, inalterável, ela nos reduz a ossos e farrapos de roupas. Ela é a suprema aplicação da força. A morte é radical nesse aspecto, ela ameaça a sua própria vida, então você busca quem o acalme. Noddy me acalmava porque era um homem com muitas versões. Ele nunca era monótono, tinha muitas facetas. Ele era versátil. Noddy durante a semana, Noddy aos domingos, o mais grandioso, Noddy, o proprietário rural.

Só a pluma do seu chapéu indicava uma outra vida que era berrante, barulhenta, agitada e livre. Não é exagero dizer que quando ele usava aquele chapéu ambas as vidas ficavam aparentes: uma, simples e realista; outra, instável e ousada.

Ele gostava de plumas. E gostava do museu de trajes de época do outro lado da rua, que tinha sido criado pelas irmãs Bernberg. Eu ainda podia me lembrar de quando era menino e via as irmãs saindo à tarde para pegar o ônibus para as aulas de dança. Elas usavam meias brancas e malhas de balé e deviam ter mais de 70 anos. Minha mãe as observava com desprezo.

— Como elas acham que ficam desse jeito? — ela se perguntava. — Quem elas pensam que são?

As pequeninas irmãs Bernberg sempre se vestiam de forma exótica. Às vezes elas eram melindrosas dos anos 1920; às vezes vampes, com saias curtas pretas e meias brancas e sapatilhas e boinas ou chapéus sino. Quando elas ficavam de mãos dadas no ponto de ônibus, que ficava bem em frente à casa delas, pareciam menininhas muito velhas, vestidas para uma festa. Elas eram um borrão de cor numa rua muito sem graça, aves do paraíso dançantes em Forest Town.

Quando as irmãs morreram, deixaram a casa e sua coleção de moda para a cidade de Johanesburgo. Os cômodos eram cheios de trajes dos séculos XVIII, XIX e XX. Os manequins estavam dentro de vitrines, usando xales Voortrekker ou elegantes trajes de coquetel dos anos 1930. Havia trajes típicos de uma dúzia de países. Havia até modelos de grandes costureiros parisienses como Coco Chanel. As Bernberg tinham cultivado o que não era valorizado em Jo'burgo: o belo, o delicado e o estrangeiro.

Noddy gostava do fato de eu não saber nada sobre jardins e resolveu me ensinar coisas estranhas de vez em quando.

— Remover os botões de suas dálias melhora a floração, sr. Alex. — Ele punha os dentes de dois forcados no pescoço de um pé de dália de modo que eles se fechassem em volta da garganta da planta como se fossem dedos.

— Bulbos de dália devem ser erguidos do chão, assim. Isso evita que você quebre seus pescoços.

Eu não ligava muito para dálias, mas tudo bem. Eu não planejava aprender a erguer bulbos de dália sem quebrar seus pescoços.

De vez em quando, eu ficava tão mobilizado que achava que Noddy era a chave para alguma coisa vital, se ao menos eu conseguisse enxergá-la. Ele não podia me contar; só podia torcer para eu enxergar. Eu não enxergava. Caía no pior tipo de provincianismo; ele era o campo que eu nunca consegui entender e, portanto, duvidava que fosse real. Tentava compreendê-lo comparando-o a mim mesmo.

Noddy guardava seu dinheiro na Natal Building Society e seu caderno era grosso e organizado e lustroso e amarrado com duas tiras de elástico, formando uma cruz de borracha vermelha. Ele o mostrava para mim, envolvendo-o com os dedos, do mesmo modo que os dentes dos dois forcados se entrelaçavam quando ele erguia os bulbos de dália. Aqui estavam seus pagamentos; aqui estava a quantia mensal que ele mandava para a esposa.

Nós conversávamos sobre clima e hábitos e política. Fazia muito frio na Inglaterra, ou era muito perigoso na América? Eles também odiavam estrangeiros em outros países?

Noddy ficava parado ao lado do cercado dos macacos e lia a descrição: "Gorila Rwandan — origem Kigali." Havia um ar de sofrimento naquele gorila. Era o que nós achávamos. Ele veio de um lugar muitas milhas ao norte, de montanhas e florestas, para esta prisão ao lado do museu de guerra que é o zoológico de Jo'burgo.

— Ele também é um forasteiro, sr. Alex.

Às vezes ele suspirava e eu sabia que ele estava pensando nos filhos que frequentavam a escola em St. Aloysius, onde sua esposa Beleza trabalhava no escritório do diretor que era um sujeito de primeira classe.

Jake Schevitz instalou-se na cadeira de Dralon azul e abriu o sorriso safado que eu conhecia tão bem. Atrás da cabeça dele estava a aquarela de Livingstone das cataratas Vitória; o caminho que subia até as cataratas estava pintado de azul escuro e, de onde eu estava sentado, parecia sair da orelha esquerda de Schevitz.

— Deve ser estranho, estar aqui sem ela.

— É o vazio. Parece que eu vivi toda a minha vida ao lado de um enorme motor. Uma turbina. Ou uma cachoeira. Uma maldita catarata Vitória tão barulhenta, tão monstruosa, que eu não conseguia escutar meus pensamentos. E agora, de repente, ela se apagou; e o silêncio é mais difícil de lidar.

Schevitz se levantou, se aproximou e pôs o braço ao redor do meus ombros.

— Você vai ficar aqui?

— Sim. Pelo menos até ter certeza de que todo mundo receba o que ela deixou. Eu prometi isso a ela.

— Bem, não se afaste. Ligue para mim, podemos percorrer os bares.

Eu disse que sim, mas vi que ele não tinha acreditado, e pude ver, também, que tinha ficado aliviado. Jake Schevitz podia ser um velho amigo, mas eu tinha ficado fora muito tempo e ele não sabia mais o que dizer para mim. Eu não era o mesmo. O fato de ter estado longe tinha me esvaziado do conteúdo que identificava os sul-africanos: músculos, sangue, cerveja, BMWs, balística, culhões, bem como qualquer tipo de paixão idiota. Eu não servia mais como companhia. Eu estava morando na casa da minha mãe, mas para Schevitz eu era mais etéreo do que ela. Ela podia estar morta, mas eu era o verdadeiro fantasma.

Jake me entregou um envelope pesado. No envelope, estava datilografado em letras maiúsculas: ÚLTIMAS VONTADES E TESTAMENTO DE KATHLEEN MARY HEALEY.

— Proteja-se, meu caro Alexsy. Está carregado. Granadas do céu. Ela tinha um fantástico senso de humor, a sua mãe. Ela dividiu suas coisas de um modo que ou é exatamente como você teria querido, ou é a última coisa que você teria esperado ou desejado. Por exemplo, eu fico com seu dicionário de espanhol e suas gramáticas e seu *Espanhol para Principiantes*. Para eu não me esquecer que impedi seu feliz casamento com um refugiado embonecado, meio século mais moço do que ela.

Eu comecei a ver o que ela tinha querido dizer nos seus últimos momentos, quando tinha extraído de mim a promessa de cuidar de todas as suas "coisas". Seus legados tinham sido determinados com uma certa ironia olímpica. O casamento entre presente e presenteado calculado para mantê-la sorrindo na outra vida. Schevitz ficou com os dicionários de espanhol; eu fiquei com Noddy, a casa e o jardim.

E isso era apenas o começo.

23

Cindy September herdou sua jaqueta de piloto, botas, capacete de couro e óculos. Eu liguei para ela e ela explicou, como se estivesse falando com um visitante de outro planeta, onde morava.

— Você conhece Sheerhaven?

Eu não conhecia.

— Bem, com certeza sabe onde fica Lonehill?

O histórico vocal de Cindy vibrava no telefone. Seus "a"s longos se transformando em "*j-a-a-r*"; seus "a"s curtos virando "e"s. Seu uso constante de "ut" para expressar surpresa ou solidariedade: "Uzzuto, hein?" Cada nota um marcador, uma bandeira, uma identidade. Os lugares de onde viemos tinham sido gravados no nosso modo de falar, do mesmo modo que as algemas dos escravos deixavam em carne viva seus pulsos. Nós éramos o que soávamos, até soarmos de modo diferente.

Ela não acreditou quando eu tornei a dizer não, mas se conformou.

— Você conhece Halfway House?

— Sim.

— OK. *Ja*... Então vamos ver. *Ut's* fácil de achar. Se você souber como chegar na autoestrada William Nicol. É lá que fica a clínica onde sua mãe estava internada. OK? Entre na William Nicol e siga em frente. Não vire à direita na direção de Halfway House quando chegar em Buffalo Belle's.

— O que é isso?

Ela deu uma risada breve e, eu achei, um tanto azeda.

— Você não conhece *isso* também? Todo mundo conhece Buffalo Belle's. Não dá para não ver. Bem, você não vai querer parar lá, isso é certo. Vá na direção de monte Cassino.

— Monte Cassino?

— Um lugar enorme, como uma cidade italiana. Uns dois quilômetros depois, vire à esquerda e pronto. Portões grandes; um monte de guardas. Você vai ver um Woolworth bem defronte do portão. Se você vir um Checkers em frente ao portão, está no portão errado. Woolie é a entrada certa. Pergunte por mim quando chegar no portão. Até mais.

Quando conheci Cindy no enterro da minha mãe, diria que ela era de algum lugar do Cabo. Mistura de raças, "De cor". Mas ouvindo-a no telefone, eu a teria classificado como sendo uma jo'burguense branca, do norte, possivelmente judia.

Duplamente errado.

Eu estava me dirigindo para as terras planas do norte, onde os nomes dos conjuntos residenciais murados, bem guardados — Fourways, Lonehill, Halfway House —, diziam o que eles eram: postos avançados de fronteira na longa marcha de Jo'burgo para o norte, sua pressa em deixar para trás seu outro eu, no meio de arranha-céus abandonados e depósitos de minas. Jo'burgo estava avançando e estava levando a cidade com ela. Vistosos centros comerciais erguiam-se ombro a ombro com concessionárias de automóveis, suas vitrines exibindo novos modelos de dar água na boca, que piscavam os olhos para os motoristas presos em infindáveis engarrafamentos, parecendo prostitutas desfilando pelas esquinas: levantando as saias e mostrando as calcinhas para os transeuntes.

Faça com produtos; faça com xoxotas. É tudo a mesma coisa, como diziam por aqui.

Eu ficava ouvindo a voz de Cindy enquanto dirigia. "Woolie é a entrada certa..."

De certa forma, toda a porra da história do país estava contida naquela frase.

Eu tinha crescido no que acreditava ser a "verdadeira" Johanesburgo de anos atrás, onde não existia nada no mapa ao norte de Sandton e Fourways: uma extensão vazia entre Krugersdorp e Pretória. Bem, não era mais assim.

As extensões de terra plana ao norte de Johanesburgo estavam pululando de intensa atividade cupineira. Eu estava numa sólida fila de carros que se moviam lentamente; carros caros: 4x4s e Mercedes e BMWs, presos num engarrafamento que ia até os arredores da velha Jo'burgo. Havia um fervor de novo mundo, guindastes gigantescos e pequenos operários movendo-se como enxames sobre as paredes e telhados de novos conjuntos residenciais cercados. Pregados nos muros desses refúgios protegidos por portões, os cartazes "À venda" mostravam fotos de corretoras de imóveis, gravadas no metal: Evaleigh e Trompie e Charlotta teriam prazer em vender para você o apartamentinho acolchoado dos seus sonhos nas vidas felizes, nos condomínios solitários, onde todo mundo vivia vidas seguras, certificadas.

Os rostos melancólicos me fizeram lembrar de algo que, naquele momento, eu não consegui identificar.

Por toda parte, tratores avançavam sobre grandes joelhos de borracha, preparando o solo para mais templos ungidos com nomes que guardavam uma lembrança frágil, mas ainda mágica, da Europa: Mon Plaisir e Ma Provence, La Capri, Tuscan Heights, Tuscany Towers, Casa Tuscana, Linga Longa, Le Mistral, Verona Heights e Aquitania...

Então, saindo do terreno plano da selva, eu avistei: uma fortaleza marrom-dourado com torrinhas e muralhas. Monte Cassino. Eu me lembrei que tinha havido uma célebre batalha travada entre tropas sul-africanas e alemães, num lugar do mesmo nome, mas não imaginei nem por um momento que quem construiu aquele cassino gigante, disfarçado de castelo italiano, tivesse em mente uma batalha distante numa guerra da qual ninguém se lembrava. Não, esta monumental obra kitsch tinha a ver com a nova África do Sul, que também era, cada vez mais, um cassino gigantesco que totalizava seus lucros em fichas de pôquer.

A próxima coisa que vi foi um rancho, um arco feito de chapéus de caubói e laços, encimado por um par de chifres de neon, e o letreiro: "Buffalo Belle's — Amor é o nosso estilo de vida!" Cindy tinha razão. Não dava para não ver.

Mais alguns minutos e eu cheguei diante de portões de aço, uma cabine de segurança e, sim, Woolworth's do outro lado da estrada. Eu tinha chegado em Sheerhaven; a entrada certa. O muro reforçado que cercava a propriedade me fez lembrar da velha barreira entre Berlim Ocidental e Berlim Oriental, com cinco metros de altura e uma cerca eletrificada no alto.

Um aviso discreto no portão da frente dizia: "Atenção. Há energia elétrica suficiente nesta cerca para matar."

As câmeras CCTV me examinaram; os guardas perguntaram meu nome e o que eu estava fazendo lá, depois me registraram e telefonaram para Cindy, que disse:

— Ah, oi, Alex. Que bom que você achou o lugar. Diga no portão que você quer ir para Beauchamp Drive.

Beauchamp Drive ficava do outro lado de Hampstead Ponds e abaixo de Berkshire Meadows. A casa de Cindy era uma mansão de três andares, cheia de colunas, com janelas sobre o enorme pórtico que me lembraram a Casa Branca. Havia duas aves de bronze, de tamanho real, no meio do gramado; um Porsche cor-de-rosa estava estacionado na frente da casa. Os muros do jardim eram pintados de zigue-zagues pretos e verdes.

Cindy vestia um jeans branco e uma blusa de seda dourada e seu cabelo escuro estava preso para cima. Foi bom vê-la.

Sheerhaven foi construído ao redor do campo de golfe e era, Cindy me contou com naturalidade, o metro quadrado mais caro e mais protegido da cidade. Havia guardas armados e uma cerca eletrificada; sensores infravermelhos estavam enterrados sob o muro para evitar que alguém pensasse em cavar um túnel, e havia vigilância constante de TV. Não havia crime em Sheerhaven, nem roubo, nem estupro, nem baderna. Também não havia lojas, nem banco, nem restaurantes, de fato não havia nenhuma agitação. Eu tive a sensação de que nada se movia, exceto se fosse planejado.

Cindy disse:

— Correto. Não há ninguém aqui que não devesse estar aqui.

— E se você precisar de alguma coisa?

— Nós temos o Woolie's. Qualquer outra coisa que precisarmos é entregue aqui. Não ria, estou falando sério.

— É irreal.

— Talvez. Mas não queremos realidade aqui; pagamos muito caro para que ela não se aproxime de nós.

Foi a minha primeira experiência com o paradoxo em Cindy: ela era rápida, esperta, nada sentimental e não se deixava impressionar pelos enfeites escandalosos que excitavam tanto os jo'burguenses. Entretanto, ela adorava enfeites.

Ela pegou minha mão.

— Quer conhecer uma casa de conto de fadas que combina com uma vida de conto de fadas? Venha ver.

Ela era sincera, afetuosa, e eu a achava muito atraente. Em meia hora, eu tinha sentido a temperatura da sua piscina cor de coral, tinha visto seu quarto, com uma trilha de pedrinhas de resina com rosas dentro das pedrinhas; tinha checado as luzinhas cor-de-rosa que piscavam no galho de plástico que caía sobre sua cama em forma de coração. Tinha admirado seu espelho veneziano verde que fez com que nós dois parecêssemos duendes travessos em sua caverna forrada de doces. Eu tinha aprovado os abajures feitos de pulseiras africanas, e os grandes vasos africanos, e as duas girafas de madeira de um metro de altura, sustentando na cabeça uma estante com livros sobre os masais, sobre Jackie Kennedy e sobre os mais modernos hotéis de caça no Quênia.

— OK. Agora podemos fazer um pequeno tour de Sheerhaven. Pode ser interessante para alguém como você... — ela me lançou um sorriso de esguelha que logo descobri ser um sinal de ironia — que nunca viu nosso estilo de vida especial.

Nós fomos a pé, e Cindy comentou o quanto isso era raro. O sol brilhava forte em Waverley Villas e Tunbridge, em Wessex Weald e Devonshire Downs. Um cano comprido e gracioso, prateado, suspenso bem no alto e apoiado em grandes postes prateados, um canal que imaginei ser algum tipo de viaduto, corria sobre nossas cabeças, sobre a passagem livre, o rio e os telhados. As mansões de Sheerhaven percorriam todo o espectro arquitetônico, do zen africano às fazendas espanholas, do rústico francês ao estilo da Nova Inglaterra; casas grandes em lotes surpreendentemente pequenos. Os proprietários construíram até a beirada de seus lotes, criando um atmosfera estressante e quase asfixiante, contrastando com as amplas ruas vazias e os espaços públicos ajardinados. O tráfego que vi era formado por pequenas vans, com dizeres amáveis: "A fada das flores", "Queridas domésticas", "Antiguidades de Hephzibah"... Fora isso, as ruas eram vazias, exceto por uma ou outra empregada negra empurrando um carrinho e garotos pilotando carrinhos de golfe. Numa colina que dava para o campo de golfe, havia uma favela com casebres de telhado de zinco e cabanas de madeira. Cindy me viu olhando para lá e riu.

— Nosso assentamento irmão, nosso rosto no espelho, aquilo é Donkergat, "Buraco escuro", o acampamento invasor ou "assentamento informal" como chamam. Bem pertinho, hein? Bem na nossa cara. Para nos lembrar que estamos próximos. — Ela estava realmente satisfeita. — Bem Jo'burgo. Para não nos esquecermos.

— Próximos, mas atrás do seu muro.

— Claro. Próximos, mas não intimidados. Este é o objetivo. Nós vivemos em Sheerhaven do modo como as pessoas costumavam viver: com as portas abertas, nosso filhos seguros e o sol batendo em nosso rosto. Mas você só consegue este paraíso se pagar por ele.

Hoje em dia, o que contava era a cor do seu dinheiro; e a qualidade da sua segurança. Jo'burgo tinha voltado aos valores essenciais. Quem pudesse pagar, era bem-vindo aos condomínios abundantes, cercados, onde barreiras impediam a entrada de estranhos e mangueiras para chupar algas, chamadas Kreepy-Krawlies, moviam-se ruidosamente pelo chão das piscinas; onde a corrente de alta voltagem zumbindo no arame farpado estendido no alto dos belos muros cantava a canção da liberdade. Um mundo de Lamborghinis, tiros e sirenes, onde o botão de pânico provocava uma resposta imediata dos guardas armados e o telefone vermelho acionava o helicóptero Medivac vinte e quatro horas por dia, sete dias por semana. E onde, se Deus não estivesse no céu, pelo menos o sentinela estava no portão. Onde — pelo menos no papel — a vida era perfeita. No papel. Mas a verdade era que a perfeição nesta cidade era sempre baseada no papel, e um papel muito fino, e forrada de ações de empresas de fachada, títulos falsos e mapas de tesouro não confiáveis.

Esta foi a escolha de Cindy ao se trancar numa fortaleza na selva. Você trancava as portas, pagava os guardas, soltava os cachorros e dizia que estava no paraíso. Bem-estar entre quatro paredes: um embuste, mas uma delícia. Cindy sabia que não havia um tempo abençoado em que as pessoas viviam em segurança, com o sol batendo no rosto e os filhos livres para ir e vir. O tempo, em nossos termos, era medido pelo momento em que a bota de Van Riebeeck pisou na praia do Cabo e ele começou a matar hotentotes. A guerra tinha continuado desde então, com conversas de paz que duravam apenas tempo suficiente para os combatentes se reequiparem. Mas e daí? Você agia por proclamação; dizia que as coisas estavam maravilhosas mesmo quando elas o deixavam aterrorizado, porque nosso terror era mais maravilhoso do que a normalidade dos outros; e você prendia ou chutava quem discordasse. Você investia tempo e energia criando um passado que levasse à criação presente de você. Declarava que aquela criação era mesmo você; e então fazia tudo de novo. Todo mundo fazia isso, mas ninguém melhor do que os jo'burguenses. Você pensaria, se não compreendesse os enormes benefícios da autoinvenção, que nosso pedaço de selva era um lugar onde matar era corriqueiro; onde os estupros eram numerosos, onde os pobres morriam de fome e as mulheres eram atacadas, quase sempre mortalmente, por seus companheiros, mais do que em qualquer outro lugar do planeta. Cindy sabia disso, mas ignorava. Bastava um pouco de recusa em admitir e estava tudo bem. Bastava instalar um muro alto, uma cerca eletrificada, uma patrulha armada e — bingo — bem-vindo a Sheerhaven, bem-vindo a um estilo de vida fenomenal!

Eu a espicacei um pouco.

— No que você chama de "velhos tempos", as pessoas também construíam um muro de Berlim ao redor do quarto. Todo mundo convivia com a ideia de que os empregados estavam roubando as bebidas e que gangues de assaltantes estavam à espreita nos becos entre as casas, ou conspirando nos quartos de empregado atrás das casas, esperando para atacar e depenar sua casa. Todo mundo comparava modelos de grades contra ladrão. Você usava grades, ripas ou rede? E na sua escolha de armadura doméstica, você usava círculos ou retângulos ou graciosos arabescos art nouveau? Você as pregava, fundia ou aferrolhava? Elas se estendiam como uma cortina pelo lugar ou pendiam da parede em linhas sinuosas? Eram pintadas em tons pastel para combinar com a parede imitando tijolo? Essas eram perguntas importantes, já naquela época, e a arma ficava guardada na gaveta das meias, como acontece hoje, só que agora tem a dele e a dela. No fundo, qual é a diferença?

Ela sorriu.

— Algo bem crucial. Nós deixamos qualquer pessoa entrar no forte. Nos velhos tempos, colocavam uma cerca entre as pessoas. Nós não fazemos isso.

— Vocês preferem muros.

— Querido, isto aqui é Jo'burgo: todo mundo coloca muros entre si e o lado de fora. Mas dentro de Sheerhaven, estamos totalmente abertos a todos. Pretos, brancos, cor-de-rosa: qualquer um que tenha muito dinheiro. Os novos bilionários negros são, no fundo, simplesmente jo'burguenses: eles não querem ser revolucionários; eles querem ser senhores do dinheiro... vergonhosamente ricos e totalmente seguros. Era assim antes, é assim agora. Vamos para casa tomar um drinque?

Ela levou uma bandeja com drinques para o quintal que ia até um riacho, com a rua principal à nossa direita. O enorme cano prateado corria sobre nossas cabeças, refletindo o sol, e nós ficamos ali tomando nossos gins e tônicas.

— Para que serve aquilo? Para levar água?

— *Aquilo* — Cindy disse, quase que com orgulho — é um cano de esgoto. Estranho, hein? — Ela saboreou minha surpresa. — Ele leva o nosso e o deles, de Donkergat ali ao lado. É o nosso elo com o mundo exterior: o nosso único elo.

Era uma ideia fantástica, o troço que descia dos banheiros com ladrilhos italianos de Sheerhaven misturava-se ao esgoto dos ainda mais valiosos — porque raros — lavatórios de Donkergat (que na maior parte usava o velho sistema de baldes). Uma combinação típica, incrível, representada pelo elegante viaduto que brilhava lá no alto, sobre Highgate Ponds e Hampstead Heath, Cheltenham Close e Cham Crescent, passando por cima da paisagem verde e do clube de boliche: um cano no céu, tão rico e elegante e até bonito, e cheio de merda.

— Eu trouxe uma coisa que minha mãe deixou para você.

Fui buscar as coisas no carro. Quando as entreguei, me dei conta de como as roupas dos outros podem ser tristes.

— Seu traje de pilotar.

Eu tinha embrulhado as botas e o capacete e os óculos na jaqueta de couro.

— Não são grande coisa, mas eram dela e ela as deixou para você em testamento.

Cindy ergueu a jaqueta; era grande demais para ela. Depois pegou as botas. Elas fizeram o que fazem botas feitas de couro macio — elas se dobraram ao meio.

Ela me abraçou e tornou a me abraçar e disse:

— Obrigada, obrigada! Querida Kathleen. Eu amava a sua mãe.

Cindy, com sua ternura e sua admiração me deixou triste, contente e um tanto carente. Eu senti que ela conhecia melhor minha mãe do que eu; mas quem não conhecia?

Cindy disse:

— Estive pensando na sua pergunta: por que Kathleen abraçava as crianças? Eu diria que se tratava de amor irrestrito.

— Desculpe, mas eu não acho. Ela não sabia muito de amor, pelo menos, não de amor por gente. Ela era mandona, teimosa, arrogante, bem-sucedida, apaixonada e, por causa disso, ou, quem sabe, apesar disso, havia pessoas que a amavam. Ótimo. Mas não tenho certeza de que ela tenha amado alguma delas.

Ela me olhou com atenção, como tinha me olhado no funeral.

— Talvez seja óbvio dizer isto, mas eu acho que o significado do amor depende do que você quer, ou precisa. Ela estava recebendo alguma coisa quando trabalhava com as crianças. Se você recebe o que precisa de alguém, isso é um tipo de amor. Mesmo que as pessoas não saibam que o estão dando para você.

— Isso não faz sentido.

Ela sacudiu a cabeça.

— Faz sim. Você pode receber amor mesmo que a pessoa em questão não saiba que o está dando para você.

— Mas de onde ele vem?

— Daqui. — Ela tocou o peito. — Você o recebe precisamente porque você é a pessoa que o está dando. Não existe amor perfeito. Alguma coisa é amor porque é amor para você.

— E o que é amor para você?

— Algo que me tire do buraco. Duas pessoas fizeram isso para mim: minha mãe e meu marido. Aliás, ex-marido. Muito útil, permita-me dizer, se você vier de onde eu venho. Ninguém — eu repito, ninguém — ia querer ficar presa onde eu estava. Então eu pergunto a mim mesma, de que buraco o fato de amar as crianças tirou sua mãe? Eu não sei, mas talvez fosse algo que ela nunca recebeu de ninguém? E se você inverter a pergunta e perguntar, o que as crianças recebiam de sua mãe? Eu posso responder em parte: carinho. Você devia tê-la visto com as crianças: elas a adoravam. O meu Benny achava que ela era a melhor coisa do mundo. Ele subia no colo dela, ela o abraçava e eles ficavam ali, balançando... só isso, nada mais.

— Onde está Benny?

— No Abrigo. Quando eu me demiti, não consegui tirá-lo de lá. Ele gosta demais. Ele passa o dia lá e eu o apanho por volta das 17h. Quer ir buscá-lo comigo, mais tarde?

24

Cindy tinha um Porsche, rosa-chiclete, com assentos de couro preto, o que me lembrava fortemente algum tipo de lingerie, um carro tolo, sexy, poderoso, que parecia absolutamente adequado. Ele combinava com o lugar, com o mundo extraordinário de Cindy September.

— Eu vendo imóveis ali. — Cindy apontou para as comunidades cercadas, parecidas, que pontilhavam o planalto até onde a vista alcançava. — São aspirantes a Sheerhavens. Só que não custam os olhos da cara. Mas, também, não se parecem tanto com o paraíso. Vou mostrar para você.

Ela entrou em Torres Toscanas, mostrando o crachá para o guarda no portão. Era um pequeno conglomerado de casas amarelas, cada uma com um gramado e uma área para churrasco.

— É aqui que os mais jovens começam. Muito pequeno. Sem nenhuma privacidade. Você pode ouvir uma mosca pousando no telhado; mas muito popular com quem compra casa pela primeira vez. Não é caro demais, mas você tem seus portões, seus muros, seus guardas, seu serviço de segurança de emergência, sua paz de espírito. Só porque tem um nome italiano não quer dizer que você está limitado. Os estilos são o que chamamos de eclético-africano, o que significa, basicamente, rústico francês, fusão africana e zen africano, assim como estilo étnico rústico — rústico significa sapê. Mas toscano é o máximo. Toscano está dominando tudo, como se fosse uma epidemia. Eu anuncio chalezinhos mínimos como sendo “Africano-toscano genuíno” — a Toscana não é uma região, é um estilo de vida. Os jovens a adoram por alguns anos, depois vão embora.

— Vão embora para onde?

Ela piscou os olhos, surpresa.

— Para condomínios maiores. Eu já disse, não estamos vendendo casas, estamos vendendo um estilo de vida. É seguro, é confortável. Está na moda. Em oposição ao... — ela riu — ao estilo de morte. Eles têm o clube, a área para churrasco, a piscina, a quadra de tênis iluminada, o playground e a TV de tela gigante, então todo mundo pode se reunir nos fins de semana e assistir a partida de rúgbi.

— Eles nunca saem?

— Você quer dizer, para trabalhar?

— Não, só por sair.

— Só se não puderem evitar. Lá fora é onde eles trabalham; lá fora é o mundo. Lá fora é o que você quer esquecer no final do dia e nos fins de semana. Lá fora é perigoso. Eles não querem sair; eles querem entrar. Talvez eles saiam para malhar na academia ou para ir a um shopping. Mas eles têm quase tudo aqui: alguns dos blocos têm restaurantes, lavanderias. E há muitas pizzarias do lado de fora que entregam em casa.

— Eles andam?

— Meu Deus! — Como que para se tranquilizar, Cindy abriu o porta-luvas, enfiou a mão lá dentro e tocou na coronha de madrepérola da sua pistola.

— Ninguém, ninguém em seu juízo perfeito anda a pé em Jo’burgo.

Nós deixamos para trás os milhares de chalés de telhado de sapê; o enorme vazio apinhado de Fourways e Lonehill e voltamos para a cidade, o horizonte onde mundos se encontravam e colidiam e os táxis corriam, paravam, cortavam a sua frente, costuravam e nunca paravam de buzinar.

— Melhor buzinar do que atirar — Cindy disse. — Nós temos guerras de táxis por aqui. Eu já corri para me abrigar nesta rua mais de uma vez.

Cindy tinha um jeito encantador de exagerar desgraças, inclinando-se para a frente e apoiando o queixo nos dedos, o que tinha o efeito de erguer seu nariz quase perfeito. Eu imaginei se ela teria feito plástica. As pontas retas do seu cabelo escuro caíam até roçar nos lóbulos de suas orelhas. Seus olhos verdes brilhavam quando ela dizia essas coisas terríveis. Em seu riso havia uma mistura de orgulho e encantamento com os horrores sem par de sua cidade.

— Antigamente, quando as mulheres se reuniam, elas costumavam perguntar: Quem é o seu ginecologista?

Ela olhou para mim para ver se eu estava impressionado, achando graça ou chocado. Eu não estava nada disso — mas gostei da música, uma velha melodia familiar; morena, melancólica e muito típica de Jo'burgo; eu ouvi o tom ascendente até alcançar o último "i" de "gista", e no silêncio súbito que se seguiu, eu vi aquele "i" pairando no ar. O dialeto de Jo'burgo não tem modulação; ele levanta voo e continua subindo até chegar no topo e fica pairando ali como um trapezista nu — *iiii*...

— E agora?

— Agora elas dizem: "Qual é o calibre da sua arma, benzinho?" Piorou desde que ficamos livres. Parece um outro mundo onde, antigamente, as pessoas dormiam com as janelas abertas porque gostavam de sentir o vento no rosto. A liberdade democrática trouxe o terror pessoal. Uma pessoa, uma prisão.

Evitar o perigo era algo tão velho quanto a cidade, mas ouvindo Cindy falar eu tive a impressão de que isso tinha se transformado numa profissão. Isso a consumia, exasperava e exauria; estratégias de sobrevivência tomavam todas as horas do seu dia. Ela já tinha me apontado que eu não estava apto a dizer nada sobre Jo'burgo. Eu morava em outro lugar, onde quer que fosse isso. Ela perguntou, de passagem, sobre Hanói, Laos, Tailândia, Sibéria, América, mas sempre com um leve ceticismo, como se não conseguisse acreditar realmente que esses lugares existiam ou como se não conseguisse entender por que alguém se daria ao trabalho de ir lá. Era um ceticismo igual ao da minha mãe: ela não duvidava da existência desses lugares estrangeiros, mas não entendia o que os tornava interessantes quando, porra! — como Cindy diria —, havia um lugar de verdade ao seu redor. Esta cidade, este estranho campo minado, caverna do tesouro, campo de extermínio... cidade descontrolada de artistas loucos e supervalorizados.

— Escuta — disse Cindy. — O crime está tão fora de controle que até os refugiados de Ruanda estão indo embora...

Como muitos jo'burguenses, ela achava que se você ficasse fora da cidade muito tempo esquecia todas as nuances que tornavam o lugar tão horrivelmente especial. Na minha experiência, era exatamente o oposto: era entre aqueles que sempre tinham morado em Jo'burgo e nunca tinham saído de lá que o viajante, ao voltar, encontrava uma verdadeira amnésia. Os habitantes de Johanesburgo não tinham noção de passado, talvez porque, se continuassem lembrando, eles enlouqueceriam, talvez porque o presente era tão selvagem que não dava espaço para lembranças. Ou, quando eles se lembram das coisas, normalmente é porque querem enfatizar, com um prazer perverso, a decadência que aconteceu. O mundo exterior e suas crises são irrelevantes — guerras e disputas sem sentido. As únicas coisas que importam dizem respeito às velhas linhas paralelas pretas e brancas, apesar de toda a conversa de amor e unidade. Da maioria faminta: "Como eu consigo comida?" Da minoria afortunada: "Como eu consigo me livrar dos tiros?"

OK. Mas o que não entendia era o seguinte — se sempre tinha sido mais ou menos assim, o que havia de tão diferente agora?

Cindy roeu a unha.

— Acho que eu diria: assassinato. Em maior quantidade. As pessoas estão matando adoidado. Qualquer pessoa, a qualquer hora. Todos nós, qualquer um de nós. É por isso que estou tão feliz por morar em Sheerhaven. E você também estaria, e qualquer pessoa que viesse de onde eu venho.

Enquanto seguíamos, ela me contou uma história deprimente, comum de costa a costa. Ela tinha nascido num lugar chamado Blaukrans, um assentamento muito pobre no meio das barragens de lodo, à sombra dos entulhos das minas; um gueto de gente desprezada, nem branca nem preta, que não tinha abrigo em parte alguma e não era amada por ninguém. Todas as outras pessoas — pretos, brancos, asiáticos — pelo menos sabiam quem eram, mesmo que não soubessem de onde tinham vindo. Mas nós, nós não éramos ninguém e não pertencíamos a lugar nenhum.

Os mestiços de Blaukrans, descendentes de escravos malaios ou de mercenários alemães, marinheiros holandeses e renegados ingleses, ou do povo khoi ou de San Bushmen, ou de todos eles, eram discriminados pelos vizinhos indianos, odiados pelos vizinhos negros e ignorados pelos senhores brancos.

Até agora, perfeitamente normal. Ela vinha não só do outro lado do trilho, mas do outro lado do universo. Ela me falou de si mesma com aquele humor duro com o qual muitas pessoas aprenderam a disfarçar a dor considerável de ter nascido com outra cor em outro mundo.

— Nós estávamos tão longe de ser alguém que ninguém nos enxergava! Nós éramos chamados de mestiços ou mulatos ou de hotentotes ou kleurling ou klonkies ou goffles, ou qualquer nome que quisessem nos dar. Mas, no começo, quando chegamos no Cabo, acho que nós éramos escravos. September era um nome de escravo. Eu podia ter sido October ou November ou December. Não faria diferença, não é?

— Os caras que governavam o Cabo não eram exatamente cheios de imaginação. Eles chamavam os escravos pelo primeiro nome que lhes vinha à cabeça. Meses eram uma boa fonte de nomes. Dias da semana. Segunda a sexta — concordei.

Ela riu.

— Cindy... Sexta-Feira: eu gosto!

Ir do Cabo para o Recife e de lá para Jo'burgo foi a única coisa boa que aconteceu com minha mãe. Em Jo'burgo, ela conheceu o homem que se tornou o pai de Cindy, e depois disso foi só ladeira abaixo. Os September moravam no número 24 de Paradise Street. O pai dela vendia verduras, bebia e batia na mulher e nos filhos. Ela tinha dois irmãos: um caiu na fogueira de cozinhar e morreu queimado; o outro vendia maconha e foi morto pela polícia.

Sua mãe resistiu; sua mãe se lembrava; ela voltou para o Cabo, que se tornou, em retrospecto, um ótimo lugar. Não era de espantar. No duro Transvaal, onde só o que contava era o revólver, o chicote e as botas, o Cabo parecia o paraíso.

— Foi uma loucura, pensando bem — Cindy disse —, mas eu não culpo a minha mãe. Estava louca para voltar para casa. No Cabo ela tinha estudado, tinha se formado como guarda-livros. Seu golpe de sorte foi conseguir um emprego de guarda-livros na Dutch Reformed Church da nossa cidade. Na parte mestiça, é claro, mas que diabo, era um emprego. Minha mãe nos sustentou. Me mandou para a escola, e depois da escola ela me conseguiu um emprego em Motortown. Foi minha mãe quem me fez. Estávamos em 1989, eu tinha 16 anos. "Com o seu salário, alugue um quarto em Hillbrow", ela me disse. Ela chorou, mas me fez prometer: "Não volte nunca mais." E eu prometi e nunca mais voltei.

— Nunca?

— Nunca. Mais tarde, eu soube que ela tinha morrido e me senti muito mal com isso, mas disse a mim mesma que ela devia ter morrido satisfeita. Ela me tirou de lá. Eu tinha um emprego em Motortown, era uma vida nova, um novo eu: eu estava no mundo. Nos anos 1990, as coisas estavam mudando. Eles não usavam sua cor contra você. Aliás, nunca notaram a minha. Você sabe o que as pessoas chamam de "se fingir de branco?" Bem, eu nunca precisei fingir. Eu simplesmente era.

Era familiar e surpreendente. Eu pensei em mim mesmo, em Koosie, em Noddy, em Bama, todos nós marcados pelos lugares de onde vínhamos. Talvez tivéssemos escapado deles. Mas nunca negamos o que nos tinha feito o que éramos. Cindy teve que demolir sua casa e não teve escavadeira para derrubá-la, como aconteceu com a casa de Koosie em Sophiatown. Ela teve que demolir sozinha sua velha vida e começar de novo.

— Você faria uma coisa por mim? Você me mostraria o lugar em que foi criada?

Ela ficou atônita.

— Eu conheci caras que quiseram ir para a cama comigo. Mas nenhum jamais me pediu para mostrar de onde eu tinha vindo.

— Isso depende do que excita você.

— Você é esquisito. Mas, é claro, podemos ir lá; não estamos com pressa. Benny só sai às 17h.

A cidade se aquietou e enfureceu. Estávamos em Orange Grove (alameda das Laranjas). Não havia laranjas nem alameda. Pequenas casas de tijolos amarelos cercadas por grades, carros velhos enferrujando no meio do mato nos quintais. As mãos pequenas, quadradas, confiantes de Cindy nos volante do Porsche...

Eu recebia mais informação lendo os muros do que lendo os jornais. Parábolas, sermões, um refresco para os olhos... BOOZE BROTHERS, GEFIN E GARFUNKEL — ADVOGADOS, MTSHALI E VAN DER MERWE, TUXEDO TAVERN, TOMBSTONE MEMORIALS — GARANTIA VITALÍCIA, ARMAS ACE E ACME GOLD. Depois passamos pelo AÇOUGUE KOSHER NUSSBAUM, pela HOSPEDARIA CASA DE BONECAS, pela CLÍNICA DE BRANQUEAMENTO DE DENTES ZUMA e pelo SALÃO DE RELAXAMENTO DE CABELO HARRY. E em frente a uma escola judia ortodoxa: EMPRESA DE SEGURANÇA KALASHNIKOV, em cuja parede caiada de branco algum médico de rua tinha rabiscado uma receita para a nossa paranoia: UM RESIDENTE — UM PROZAC.

— Está gostando? — Cindy perguntou.

— Estou adorando. Eu cresci bem aqui; esta é uma das muitas partes da cidade em que nós moramos. Minha escola ficava logo adiante.

Ela pareceu não acreditar. Como se alguém que passou tanto tempo fora não pudesse ter saído daqui.

Nós pegamos o elevado que corria ao redor da cidade, como um laço, e fomos para o sul, para os arredores sujos daquele enorme amontoado. Aonde ninguém ia se pudesse evitar.

25

O número 24 de Paradise Street era um prédio de tijolos amarelos. Abandonados na grama cansada para juntar umidade, colchões velhos criavam mofo, parecendo enormes repolhos. Você podia achar que não havia muito o que roubar, entretanto o sol brilhava sobre as grades de ferro atrás de janelas com os vidros quebrados. Cindy estava horrorizada. Três caras negros, usando chapéus de lã rastafári, estavam sentados num muro baixo: cores lindas, um belo trabalho em tricô, minha mãe e Bama teriam adorado, mas eles não pareciam muito amigáveis. Um deles ergueu lentamente o braço, mirou e ameaçou puxar o gatilho.

Cindy disse:

— Ah, fantástico! É nisso que dá a liberdade.

— Você foi longe. Sai como secretária, volta com um Porsche.

Ela respondeu acelerando o carro.

— É. Eu consegui. Eu agora sou um alvo, como todo mundo. É isso que está me deixando nervosa. Este carro está pedindo para levar um tiro. Já viu o bastante?

Eu assenti.

— Ótimo. Vamos.

Nós saímos de Paradise Street cantando pneu, entramos na avenida principal e paramos num sinal vermelho. Três mendigos nos cercaram, suas imagens refletidas na lataria encerada do Porsche. Um cara era cor de ferrugem e usava um velho chapéu cinzento sem copa, sustentado por suas orelhas, e carregava um cartaz de papelão marrom no qual estava escrito com giz branco: "Branco, pobre, honesto e com fome. Família não tem o que comer. Por favor ajude." Havia um aleijado, que tentou limpar o para-brisa com uma das mãos, esfregando com a manga e deixando o vidro todo borrado. Na outra mão ele tinha um celular. O terceiro era uma criança; ela ficou parado ao lado da janela de Cindy, olhando para ela. Ela disse:

— Porra! Por que eles fazem isso? Eu trabalho! Você trabalha! Por que tem que sobrar para mim? Filhos da puta e bilionários, isso é tudo que produzimos... Que país de merda!

O sinal ficou verde, ela pisou no acelerador e o aleijado se afastou. A criança se inclinou para frente e recuou, como um toureiro numa manobra perigosa, chegando o mais perto possível da ponta afiada do chifre do touro enquanto o espelho lateral passava a milímetros do seu nariz.

No estrada ela suspirou.

— Desculpe, mas eles me deixam louca. Tem estresse demais aqui. Basta eu olhar para essa gente de rua e eu perco a cabeça. Tenho vontade de sair do carro e bater em alguém! Não é horrível? Mas é o que sinto, porque fico pensando que são eles ou eu. Sabe qual é o meu pior pesadelo? Preste atenção. Eu sou parada por um robô e um cara enfia um revólver na minha cara, me tira do carro e sai com Benny ainda no banco de trás. Isso já aconteceu, sabe. Uma mãe foi sequestrada, seu bebê começou a chorar e o sequestrador atirou-o pela janela. Agora vamos buscar o Benny, e vamos pelo caminho mais comprido para eu falar com você como uma tia holandesa. Quer ouvir as regras de Cindy para se manter vivo? Elas estão na internet. — E como se isso conferisse um status sagrado, ela as recitou para mim como um poema ou uma oração:

1. Fique atento e livre-se de assassinato, estupro, assalto, roubo e sequestro;
2. Seja especialmente cuidadoso à noite, nos cruzamentos, nos sinais, nos engarrafamentos, nos pedágios de todas as estradas federais;
3. Se for abordado pela polícia, quando for possível não pare, dirija-se a uma delegacia ou ligue 10111. Sequestradores gostam de se fingir de policiais;
4. Se o pneu furar, não pare, nunca saia do carro, siga até um lugar seguro, dirigindo com o aro da roda no chão;
5. Se você vir alguém com problemas no acostamento, *não pare*;
6. Ao chegar em casa, passe devagar diante do seu portão, dê a volta no quarteirão duas vezes, especialmente à noite;
7. Desligue o rádio antes de entrar com o carro na sua casa. Ouça com atenção. Olhe com atenção;
8. Se for sequestrado ou assaltado, não faça movimentos súbitos;
9. Solte o cinto de segurança antes de entrar com o carro no portão para o caso de ser assaltado, e afrouxe o cinto de segurança porque um movimento súbito pode fazer o sequestrador pensar que você tem uma arma;
10. Nesses momentos, não pegue seu celular;
11. Olhe bem nos olhos do sequestrador. Isso o acalma. Tente lembrar-se da aparência dele;
12. Coopere ou morra.

— É isso. Lembre-se delas: elas podem salvar sua vida. Por que você está rindo?

— Estou pensando em você em Paradise Street. Tem algo a ver com a poesia inconsciente dos nomes.

— Poesia! Faça-me o favor!

Ela não precisou acrescentar o que comecei a aprender que era sua frase favorita: "Isto aqui é Jo'burgo." Ouvi isso no seu tom de voz. A vida era violenta demais, rápida demais, perigosa demais para poesia. Em geral, eu iria descobrir, Cindy desprezava tudo que a distraísse da única questão realmente importante: como permanecer vivo? Ela era particularmente avessa a respeito de "baboseiras artísticas", que considerava como um desvio desonesto da dureza da vida "real". Baboseiras artísticas, Cindy dizia, eram "irreais", até mesmo "doentias". Eu nunca tinha ouvido isso antes; a visão geral era que arte era uma coisa de bichas ou estrangeiros ou mulheres. Cindy parecia achar que ela também era prejudicial à saúde.

Eu perguntei o que havia de errado com pintura, poesia ou balé.

— Tem algo no ar que é contra isso. Não me pergunte por quê; é assim e pronto. Algo que não deixa que isso seja uma coisa natural. Acho que arte pode ser uma coisa legal em outros lugares. Mas aqui, não. Este não é um país de Mozart; é um país de roubo e assassinato. Um país de jogo de bola, mania de grandeza e violência. As pessoas que se dedicam à arte decaem; juntam-se em pequenas facções; andam por aí cheirando o cocô umas das outras. É meio que sujo.

— E roubo e assassinato são algo limpo e honesto?

Ela sacudiu os ombros.

— Você vem de outro continente. Não é a mesma coisa aqui.

— Cindy, eu sou daqui. Eu morei nesta cidade mais tempo do que você.

— Eu não estou dizendo que sou a favor de assassinato, só estou dizendo que é uma coisa natural: um monte de gente faz isso. Está no ar. Mas você tem razão. Quando olho para Paradise Street, vejo que percorri um longo caminho e, como eu disse, devo isso em primeiro lugar à minha mãe, e depois acho que devo a Andy. Meu ex. Andy Andreotti. Eu era recepcionista em Motortown e ele entrou para comprar um Alfa Romeo novo. Ele parecia muito rico. Era gerente do Banco de Nápoles. Logo nós estávamos saindo. Ele nunca perguntou de onde eu vinha, nunca pediu para ver Paradise Street, nunca imaginou, nem por um momento, que eu não era o que ele achava que eu era: uma boa moça de um dos bairros do norte da cidade. Por mim, tudo bem. Ele era louco por mim, mais do que isso, ele parecia achar que eu era perfeitamente normal. — Ela deu sua risada alta, rápida, incrédula. — Eu me lembro de pensar, consegui! Achei que minha mãe ficaria muito orgulhosa.

"Andy me levou para Sun City, e foi lá que ele me pediu em casamento e, é claro, eu disse sim. E foi assim que eu me tornei a outra metade de um casal elegante de Jo'burgo. Nós tínhamos uma casa em Fourways, uma Jacuzzi, segurança armada, uma pistola para ele outra para ela — o pacote completo. Dirigíamos Alfas iguais; compramos uma fazenda em Lowveld; velejávamos no Vaal. Eu tinha tudo: clube do livro, BMW, almoços no Baldassar's em Rosebank ou no Carlucci's em Hyde Park. Minhas amigas se chamavam Melissa e Sharon. Nada mau, hein? É incrível como você se adapta depressa. Tornei-me a sra. Andy Andreotti em Fourways. Um diamante de *vinte e quatro* quilates, uma verdadeira princesa de Jo'burgo. Isso não é fantástico?

Era, e eu disse.

— O mais fantástico é o seguinte. — Mais uma vez, ela riu da sua sorte e também de alguma descoberta que tinha feito. — Quando penso em Andy agora, percebo que pessoas como eu são mais modernas do que pessoas como ele. Não é? Você entende o que eu estou dizendo?

— Acho que não.

— Bem, pessoas como Andy, um monte delas, são completas imbecis. Quer dizer, agora. Não eram, mas agora são. Meio que ultrapassadas. Mas Andy se deu mal! Muito mal. Mas eu posso dizer, realmente, honestamente, que sou *muito* grata a Andy, como sou grata a minha mãe; só que minha mãe era uma santa e uma mártir, e Andy era um babaca desde o começo. Desde o nascimento de Benny. Você podia ver, de cara, que Benny era diferente. Ele custou a se virar, custou a engatinhar: ele não tinha coordenação. Tudo que Andy conseguia dizer era; "Mas ele não vai ser um desportista..." Esse é Andy. Sorte a minha.

Não me pareceu que isso era uma sorte.

— Mas é, é sim! Se ele não fosse tão babaca, eu ainda estaria casada com ele. E, então, onde eu estaria? Provavelmente no mesmo lugar que ele.

— E onde ele está?

— Na cadeia. Dez anos.

— Nossa!

— Sim, bem, como eu disse: ele é um babaca. Mas não fique com pena dele. Andy achou que dez anos saiu barato, considerando o preço.

— Qual era o preço?

— Tudo o que ele tinha e mais alguma coisa. Isso foi em 1998, a nova era, a era da liberdade. Estávamos casados havia três anos. Buffalo Belle tinha acabado de abrir. Era um bordel, certo? Só que não tinha esse nome. Salão da Libido, era como diziam. Um estacionamento do tamanho de um campo de rúgbi, mesas de jogo, seis bares de cobre e aço, telas enormes mostrando velhas partidas de rúgbi, termas, banhos de lama, saunas, massagem. Tinham peixes japoneses no lago; tinham suítes particulares, batizadas em homenagem aos cinco grandes, os animais de caça que você gostaria de ver na floresta, estas suítes tinham nomes como Baía dos Búfalos, Caminho dos Elefantes, Caverna do Leão. Toda essa merda dos parques.

"Mas era um bordel, construído para sujeitos que queriam um pouco de distração depois de passar a vida obedecendo às regras rígidas estabelecidas pelo governo. Finalmente, homens brancos podiam trepar à vontade. Andy começou a ir lá. As garotas serviam no bar. Os preços chegavam a mil pratas a trepada. Eles importavam as garotas. Tinham cambojanas, romenas, russas e tailandesas. Aliás, os tiras estão atrás daquelas garotas. Elas são imigrantes ilegais. Os jornais só falam nisso. Competição estrangeira. As trabalhadoras do sexo, locais, reclamam que estão perdendo clientes para as importadas, que cobram mais barato. Em parte, eu acho que elas deviam deixar as garotas em paz. Se os babacas querem transar com estrangeiras, qual é o problema?

"Bem, foi lá que Andy conheceu Mona-Lize. Ela usava um penhoar branco por cima de uma tanguinha e longas botas brancas. Eles foram para a Toca do Leopardo e ele descobriu, espantado, que ela estava cotada no final da tabela: 500 a trepada. Andy não ficou apenas surpreso, ficou uma fera: Mona-Lize, de cabelos louros, olhos azuis, penhoar branco, era a mulher mais bonita que ele já tinha visto. Como ela podia se vender tão barato?

"Mona-Lize gostou disso. Ela gostou de Andy por ele ter visto isso e por dizer. Por ser compreendida. Ela disse que era mão de obra barata, eram os imigrantes, era a globalização, e eram todas aquelas rameiras importadas de Taiwan, da Estônia, de Praga... Mas ela era local e local era — como eles dizem — "lekker".

— E Andy engoliu aquilo tudo. Ele não era só um imbecil, ele era um imbecil patriota. De fato, Mona-Lize era mais local do que Andy imaginava. Na vida real, se é que alguém está ligando para a vida real, o nome dela era Mary, de Blairgowrie. Ela era casada com um romeno chamado Mimicu, tinha dois filhos com ele e achou que merecia coisa melhor, então resolveu ganhar uma mesada trabalhando à noite no Buffalo Belle.... Então, Mary Mimicu, natural de Blairgowrie, se tornou Mona-Lize, da Toca do Leopardo.

— Ele não a amava apenas. Queria compensá-la pela estupidez de todos os sul-africanos que pagavam para trepar com prostitutas estrangeiras. Ele queria que ela tivesse tudo o que precisasse, e Mona-Lize precisava de muita coisa. Para começar, Andy comprou para ela um anel de brilhante, uma BMW, um maldito tanque de peixes japoneses. Mona-Lize adorou; ela disse que Andy era um caçador nato.

— Foi quando eu soube. Um dia, ele me contou que tinha outra pessoa e que queria o divórcio. Foi horrível; eu tinha que pensar em Benny. Bem, nós nos divorciamos, eu fiz um acordo, fiquei com a casa e Andy ficou com Mona-Lize.

— O divórcio custou-lhe uma fortuna; de repente, Andy estava curto de grana, e Mona-Lize não gostava de homens curtos de grana. Então o que foi que o meu ex-imbecil fez? Começou a levantar grandes somas das contas de investimento do Banco de Nápoles. Então resolveu compensar pelo fato de estar curto de grana. Comprou para ela uma mansão em Wendywood por um milhão, um Rolex de ouro, mais um quarto de milhão em joias, pagou para ela fazer uma plástica no rosto e nos seios. Em seis meses, ele torrou três milhões.

— Mas, lembre-se, Andy era um babaca. Pior, que começou a ter, bem, remorsos. Ele não era um ladrão por natureza. O fato de ter tirado dinheiro do Banco de Nápoles começou a pesar, e ele fez algo que não se faz em Jo'burgo: ele começou a se afligir. Ele disse a Mona-Lize que estava infeliz e por que estava infeliz. Mona-Lize também ficou muito infeliz. Ela sempre tinha achado que o dinheiro era dele. Agora lá estava ele, dizendo a ela que o dinheiro que tinha gastado com ela era roubado. Como ele achava que ela estava se sentindo? Como ele pôde fazer isso com ela? Que direito ele tinha de se sentir mal com tudo isso? E quanto ao que ela estava sentindo? Muito bem, se ele estava tão mal, era melhor devolver o dinheiro. Andy disse que não podia: que tinha tirado demais. Bem, então, Mona-Lize disse, faça a coisa certa, diga ao Banco de Nápoles o que você fez...

— Andy disse que queria fazer a coisa certa, mas não queria ir para a prisão. Então, quer saber? Mona-Lize fez a coisa certa por ele. Entrou na sua BMW, foi até o Banco de Nápoles e contou o que Andy tinha feito. Ele foi preso; pegou dez anos.

— O banco recuperou o dinheiro?

— Uma parte. Eles tomaram a casa em Wendywood. Mas como você retoma o que foi gasto em plástica de rosto e seio? No julgamento, ficou claro que Mona-Lize tinha começado a perceber que Andy já não era mais um bom investimento antes mesmo que ele. Então ela tinha começado a diversificar. Nas noites em que não estava com Andy, publicava anúncios na coluna pessoal do *Star*: "Gatinha sensual procura leões e tigres para brincadeiras. Estritamente confidencial; aceitamos todos os cartões de crédito."

Cindy riu alto.

— Que mulher! Desperdiçada num bordel. Ela devia ter dirigido uma mina de ouro. Talvez ela tenha, quando você pensa no dinheirão que Andy pôs na mão dela. Bem, ela também me fez um favor. Andy foi para a cadeia. Eu fiquei livre e fui trabalhar como corretora de imóveis. Obrigada, Mona-Lize!

Que cidade! As manchetes pregadas nos postes gritavam as notícias amargas, tensas, banais, do dia, tão familiares, tão violentas:

Presa mãe de bebê estuprado
Criança morre na cama com tiro
Dois queimados em casebre
Holandeses arrasam australianos

— Seus olhos estão vidrados — Cindy disse. — Você está tomando alguma coisa?

— Sim. Eu fico chapado em casa.

— Bem, fique sóbrio, companheiro, eu preciso de você: não trouxe você apenas para dar um passeio. Buscar as crianças ficou mais difícil desde que os caras começaram a assaltar as mães que iam buscá-las.

— Você não está falando sério. Em plena luz do dia?

Mais uma vez, eu vi no rosto dela aquela expressão de orgulho horrorizado.

— Claro. A luz do dia nunca impediu ninguém. Que bonito, hein? Você toda atrapalhada com uma criança que não anda, ou algo assim. Então eles ficam esperando... Muito espertos.

— Puta merda!

— Bem-vindo a Jo'burgo.

O Abrigo Raio de Sol antes era a casa de um dono de minas rico e poderoso — uma fortaleza de ladrilhos vermelhos em Parktown Ridge, construída com pedra amarela de Jo'burgo cortada a mão, e com grandes gramados que terminavam em cercas eletrificadas. Eu observei Cindy atravessar a rua, equilibrando-se no seu tamanco de pele de cobra, de salto alto, para se juntar ao grupo de mães e babás de túnicas brancas, engomadas, e crianças em cadeiras de rodas, crianças com armações de ferro nas pernas.

Ela voltou com Benny.

— Você se lembra de Alex. Ele é filho de Kathleen.

Benny olhou para mim como se eu fosse velho demais para ser filho de alguém.

— Onde está Kathleen?

— Kathleen está no céu, Benny, querido. Você se lembra, nós dissemos adeus para ela em Rosebank — Cindy disse a ele.

— Quando é que ela volta?

Ela olhou para mim.

— O que posso responder?

— Ela não vai voltar, Benny — eu disse.

— Por quê?

— Porque ela gosta de onde está.

Benny ficou meio triste, mas aceitou bem. Ele disse:

— Você vai ficar para jogar tênis comigo?

Cindy olhou para mim.

— Você pode?

— Claro.

Ela se virou para o menino.

— OK. Mas só um pouquinho e depois você vai tomar banho.

Jogar tênis com Benny significava bater bola de um lado para outro, mas ele só dava golpes de esquerda. Ele era obsessivo em relação a certos movimentos, a certas posturas. O tempo todo em que jogamos, ele cantou: "Um homem foi arar, foi arar uma campina."

Era muito relaxante. Cindy veio assistir.

— Tente um golpe de direita — ela disse.

— Não quero — ele disse.

— Ele fica meio hipnotizado — ela disse, como que se desculpando.

— Não se preocupe, eu também.

Eu a vi dar banho nele. Ele tinha um prazer especial em chutar, longos chutes sinuosos de suas pernas, como se ele as estivesse enfiando em estribos ou pijamas de seda ou em botas de montaria de couro macio. Era lindo. Benny, tão desajeitado no ar, ficava tão à vontade na água. Acho que ele gostava da leveza do seu corpo, sólido demais no ar; ele gostava de ter algo para chutar, gostava da sensação de chegar a algum lugar porque, para Benny, chegar em algum lugar era difícil. Na água era diferente: lá ele podia se deslocar como um peixe. Ele foi feito para viver debaixo d'água, como uma sereia, condenado a viver em outro ambiente.

Voltando para casa aquela noite, eu tornei a ver os rostos pálidos nos cartazes das corretoras de imóveis em frente aos condomínios fechados e descobri o que eles me lembravam. Na Sérvia, durante a guerra tribal que se seguiu ao fim do reinado de Tito, eu passei algum tempo numa cidade chamada Pec, consertando ar-condicionado nos escritórios locais do Offices for Security and Co-operation in Europe. Isso era um sinal auspicioso numa cidade à beira da guerra, cheia de sérvios e albaneses, que odiavam uns aos outros. Mas instalar ar-condicionado é sempre uma coisa serena: pressupõe calma; parte do princípio de que a vida vai ficar estável por um tempo; afirma que existe um mundo no qual coisas simples, como conforto, são mais importantes do que matar. Mas isso não aconteceu em Pec. As pessoas não queriam se refrescar; elas queriam matar.

Na Sérvia, os mortos eram lembrados em fotos coladas em postes ou pregadas em árvores. Frágeis homenagens aos mortos. Os rostos dos corretores de imóveis nos cartazes de "À venda" em frente a Sheerhaven e suas fortalezas irmãs me lembraram aqueles guias para a terra dos recém-falecidos.

Eu sabia que aqueles refúgios eram o futuro, eram o que todo mundo queria. Era uma maneira muito típica da África do Sul de enganar aqueles que queriam acabar com a sua vida. Você ia morar num daqueles mausoléus eletrificados e fingia estar morto.

O que Cindy tinha dito? "Cada pessoa, uma prisão..."

Antes, era o estado que nos trancava em celas estreitas, de acordo com a cor da pele. Agora nós éramos livres e não precisávamos que ninguém nos prendesse. Se nos dessem as grades, nós mesmos nos prendíamos.

Mais tarde, naquela noite, Noddy bateu na porta do meu quarto. Ele tinha chorado. Eu achei que os guardas o tinham apanhado. Olhando para trás agora, eu devia ter sabido que uma coisa dessas nunca teria abalado Noddy. Ser preso, por pior que fosse, era uma coisa social, vinha com os benefícios de uma sociedade civil, com regras e advogados e fiança e tribunais, coisas que Noddy — o fazendeiro, o proprietário de terras — aprovava e apoiava. Ser preso não teria feito isso a ele. O homem parado na porta do meu quarto estava desabando.

Nós fomos para a sala de jantar e nos sentamos na mesa. Eu esperei que ele dissesse o que tinha vindo dizer, mas logo ficou claro que ele não ia fazer isso; ele estendeu a mão para o vaso de bocas-de-leão que estava sobre o peitoril da janela e começou a arrancar a parte de cima das flores.

— Isso é praga, sr. Alex. Não tem cura.

Então, do bolso de trás da calça ele tirou uma carta, abriu e entregou para mim. Estava escrita a lápis numa folha de papel pautado e era muito curta e tinha o estilo floreado de uma carta escrita por um escrevente.

"Saudações, meu irmão", começava a carta, "preciso informá-lo de que sua esposa e mãe dos seus filhos, Beleza, está carregando na barriga o filho de outro — mais precisamente, do diretor da St. Aloysius School, e estou escrevendo para pedir a você, meu irmão, para tomar as medidas necessárias, sem mais delongas. Sinceramente, seu irmão, Johnson."

Noddy olhou para mim.

— Uma mulher que faz isso, que carrega na barriga o filho de outro homem, quando é casada, não pode mais ficar sob o teto do marido.

— Para onde ela vai?

— Ela tem que ser mandada de volta para a casa do pai. É nosso costume. Meu irmão diz que ela não pode ser minha esposa. Eu não sei o que é melhor. Perguntei às outras, "Digam-me o que devo fazer." As outras deram sua opinião.

Ele tinha consultado suas madames. Tinha mostrado a carta, tinha assistido enquanto elas liam. Assim como estava fazendo comigo. Eu achei uma loucura ir de casa em casa, pedindo a outras pessoas para decidir o destino da esposa e da família. Devolvi a carta para ele.

— Noddy, para onde Beleza irá?

— Todas as minhas madames dizem a mesma coisa, "Aceite ela de volta", elas dizem. "Perdoe ela", elas dizem. "Que pena, pobre mulher", elas dizem. "Pense em seus filhos, Noddy." — Ele suspirou e guardou a carta no bolso. — Eu ouço o que minhas madames dizem. Todas as mulheres dizem a mesma coisa. Mas meu irmão diz: mande ela embora. É nosso costume. O que o senhor diz?

— E quanto aos seus filhos? Como é que Joshua e Sipho vão se arranjar sem a mãe?

Ele não queria perguntas, queria respostas. Ele tornou a dizer, desanimado:

— É nosso costume. Eu tenho que ir lá. Vou tomar o trem.

— Vou comprar a passagem para você.

Ele baixou a cabeça. Como alguém recebendo uma condenação.

Eu nunca tomei providências para uma viagem com menos alegria. Nós não podíamos conversar sobre a viagem porque não era uma viagem no sentido da palavra; dever e tristeza o levaram de volta a Matabeleland. Ele arrumou sua mala marrom com fechos de metal, vestiu o melhor terno de domingo e pôs o chapéu. Arrumados para o sofrimento ou para a alegria, temos a mesma aparência. Eu o levei de carro até Park Station e ele me deu adeus da janela do trem, como se estivesse saindo de férias.

26

Suas armas ficaram para Oomie: o Gibb .505, sua arma favorita de matar elefante; o Rigby .416; o Magnum Holland & Holland .375; e um Mannlicher .256 que ela preferia usar para caçar animais menores.

Mas Oomie tinha desaparecido sem deixar pistas. Assim como ele tinha "se atirado no chão" (expressão gentil da minha mãe) quando os tiros de pistola de David Pratt foram disparados 40 anos atrás, agora ele parecia ter feito a mesma coisa outra vez. Eu precisava levar em consideração o fato de que ele podia estar morto, mas desconfiava que minha mãe devia saber que ele ainda estava vivo quando deixou as armas para ele.

Eu tentei a Central de Polícia de Johanesburgo, onde, nos velhos tempos, quando ela ainda se chamava John Vorster Square, Oomie e seus companheiros faziam os prisioneiros implorarem misericórdia ou planejavam acidentes engenhosos nos quais eles morriam — escorregando em sabonetes nos chuveiros ou caindo de janelas. Mas esta era a nova África do Sul e, fora um olhar estranho para mim, os novos policiais não tinham registro e nem lembrança do antigo agente secreto que havia sido designado para guardar o primeiro-ministro e que tinha se atirado no chão com tanta rapidez no Rand Easter Show tantos anos antes.

Eles não estavam escondendo o cara. Acho que a memória deles não recuava até os anos 1960. Se alguém foi responsável por expurgar todos os vestígios do antigo sargento-detetive, na missão secreta de guardar o primeiro-ministro, devem ter sido os velhos colegas de Oomie, que simplesmente não souberam o que fazer com o estranho caso do guarda-costas estendido no chão. (Como ele se atirou no chão instantaneamente naquele dia!) Tão embaraçoso, tão ridículo... Diante de fatos desagradáveis, eles fizeram o que sempre tinham feito quando se viam diante de pessoas desagradáveis: eles os aboliram.

Eu pus um anúncio no *Star*, no *Cape Times*, no *Natal Mercury*...

"Se o Sr. Louis 'Lappies' Labuschagne, antigo servidor do Serviço Policial Sul-Africano e amigo da falecida sra. Kathleen Healey, de Forest Town, Johanesburgo, puder entrar em contato com o filho dela, no endereço ou telefone mencionados abaixo, o assunto a ser tratado é de seu interesse."

Alguns dias depois, eu recebi uma carta registrada do Retiro Nelson Mandela, Umbilo, Durban.

Caro sr. Alex Healey,

Eu sou o homem que o senhor está procurando. Sou o velho amigo de sua mãe. Estou num asilo em Durban. Se puder telefonar, podemos marcar um encontro.

Sinceramente,
Louis Labuschagne (Sargento-detetive, SAPS – Retd)

O Retiro e Casa de Saúde Nelson Mandela — "Celebrando nossa Diversidade" — era um conjunto de casas em estilo africano, de telhado de sapê, quase tão cercado de segurança quanto Sheerhaven. Eu tinha tido a precaução de estacionar o Land Rover na esquina. Não queria ter que explicar aos guardas armados no portão por que estava carregando armas suficientes para iniciar uma pequena guerra.

Uma vez lá dentro, eu percebi que a diferença entre a cidadela dourada de Cindy, ou as barracas neotoscanas onde os "jovens" moravam, e aquele modesto asilo de velhos era mínima. Todos estes retiros representavam o destino final para aqueles que um dia tinham reinado sobre a África do Sul; uma supremacia que podia ser chamada de a mais estúpida da história, mas isso não vem ao caso. Todos tinham como objetivo o que parecia ser uma aposentadoria precoce.

O homem que veio ao meu encontro na recepção estava usando shorts brancos e uma túnica cintada, abotoada na frente, que ia até abaixo dos quadris. Era aquele velho traje de reserva, o conjunto safári. Para onde tinham ido todos os conjuntos safári? Antigamente, batalhões de empregados ficavam até tarde da noite passando a ferro para manter regimentos inteiros de homens bem uniformizados, uniformes que eles usavam com agressividade, como se fossem um sinal de honra. O conjunto safári podia ser branco, cinzento, azul e cáqui, um dos tons favoritos. A túnica era aberta no pescoço, formando um V, deixando à vista um pedaço de peito cabeludo. Os joelhos ficavam de fora, e abaixo deles você usava meias compridas de lã e *brothel creepers*, se você fosse inglês, ou *veldskoen*, se você fosse africâner. Sempre houve mais de farmácia do que de selva no conjunto safári. Algo estranhamente antisséptico, o traje perfeito para fascistas de cabeças raspadas.

Ele me deu um tapinha nas costas.

— Alex, puxa, como é bom tornar a vê-lo!

Não parecia haver nenhuma comparação entre o inquieto, sério e taciturno Oomie, que costumava visitar minha mãe, e aquele amável anão. Pequeno, com feições delicadas, um sorriso doce, um tanto sonolento. Cabelo branco, barba branca, sobrancelhas brancas, a pele clara e lisa. Até o conjunto safári de Oomie era creme e, por alguma razão, eu achei isso um tanto comovente. É estranho como essas coisas pegam você.

— Vamos nos sentar no salão — disse Oomie. — Tome um café.

O salão era uma sala grande com piso de tacos e diversas cadeiras de couro verde, com um retrato de Mandela na parede, sorrindo para nós. Em duas mesas havia gente jogando cartas. Outras pessoas estavam sentadas, olhando fixamente para a frente. De vez em quando, um enfermeiro entrava e as virava um pouco, ou as convencia a tomar uma xícara de chá. Duas senhoras idosas estavam sentadas diante de uma enorme TV, assistindo a um violento filme americano de gângster. Um cara ficava enfiando a arma na cara do outro. As senhoras idosas que estavam assistindo não se mexiam. Quando eu era pequeno, era proibido assistir TV, bem como qualquer outra coisa que pudesse assustar os eleitores. Então, quando a TV finalmente chegou em 1976, alguém comprou um lote de filmes tipo B, e todo aparelho mostrava o que parecia ser o mesmo clipe, o tempo todo, sem parar. Em bares, hotéis, postos de gasolina e lojas, você via algum cara enfiando a arma na cara de outro. É um padrão muito comum. A violência sempre foi nosso modo de manter contato.

Oomie me fez sentar numa das cadeiras de couro verde e me ofereceu café e bolo de frutas. Eu não aceitei; comer era, de algum modo, participar da melancolia da sala. Entregue as coisas para ele, eu pensei, e dê o fora.

Mas Oomie não tinha pressa. Ele parecia estranhamente à vontade, como se estivesse bem consigo mesmo, como se tivesse feito as pazes com o que quer que fosse.

— Sinto muito que sua mãe tenha morrido. Ela era uma mulher maravilhosa.

— Escuta, Oomie, ela deixou uma coisa para você. Foi por isso que o procurei. Não é dinheiro, nem nada — eu parei. Como poderia descrever aquele arsenal? — É mais... pessoal.

— *Ag* não — ele disse. — Estou muito comovido por Kathleen ter se lembrado de mim.

— Ela se lembrou de todo mundo. Só não sei se ela se lembrou das pessoas da forma que elas gostariam de ser lembradas.

— Sua mãe tinha um fantástico senso de humor.

— É mesmo? Às vezes eu gostaria de ter conhecido minha mãe do modo que outras pessoas a conheceram.

— *Ja*, ela costumava me dizer, "Oomie, nós temos que rir dos nossos pecadilhos, mais tarde vamos ter tempo de ser santos." Só sua mãe os chamaria de pecadilhos.

Ela tinha sido muito condescendente com o pequeno lapso de Oomie, sua falta de timing. De fato, ela tinha passado a gostar muito mais dele do que se ele tivesse atirado em Pratt assim que o idiota apontou a arma para Verwoerd. Mas, ao mesmo tempo, eu não podia deixar de sentir que, vindo de alguém que nunca, até onde eu sabia, tinha falhado em atirar quando o momento exigia, ou quando o alvo se oferecia, havia algo especialmente perverso no seu legado para Oomie, algo um tanto sinistro. Um homem que não conseguiu manejar um revólver herda todo o seu arsenal.

Oomie tornou a dizer:

— Uma mulher maravilhosa. Você deve sentir muito orgulho, Alex.

Ele tinha lágrimas nos olhos. Eu nunca soube como lidar com o que me parecia ser emoção excessiva. Isso me assustava, esse transbordamento líquido. E não parecia certo. Minha mãe morreu como tinha vivido, fazendo exatamente o que queria. Não havia nada de triste nela; havia muito de chocante, escandaloso e, até, cruel, na minha opinião.

Eu disse:

— Então, o que você tem feito, Oomie?

— Longa história, Alex. Depois da SAPS, eu não consegui mais emprego, *ja*. Mas então soube que estavam precisando de agentes de segurança em Sheba Sands. Então eu fui até lá e conheci um cara, Barrie Gluhnik. Você o conhece?

Quem não o conhecia? Gluhnik era um típico sul-africano branco; isso quer dizer que a família dele veio de algum lugar, da Polônia ou da Rússia ou da Argentina ou da Inglaterra, ninguém sabia ao certo, e isso não importava. A família Gluhnik tinha vindo para este país, como tantas antes dela, querendo ficar muito rica, chutar um monte de traseiros pretos e nunca mais precisar trabalhar.

Mas não tinha dado certo. Gluhnik cresceu pobre, num dos subúrbios da zona sul de Jo'burgo; ele foi lutador, segurança, prospector de água; ele era forte, esperto e mal sabia ler. Como muitos brancos, homens como Gluhnik não viam nada de errado com o apartheid, só queriam que ele fosse muito mais abundante... Mas empresários bem-sucedidos logo aprenderam que apoiar o status quo nunca impediu que você ganhasse uma grana burlando o sistema. E Gluhnik encontrou uma maneira de fazer isso.

Gluhnik viu que o preço que os brancos eram obrigados a pagar pela garantia de uma vida inteira de superioridade, mais criados, era uma alta soma de tédio. Eles vendiam seu direito à excitação (exceto no campo de rúgbi ou no tiro de rifle) para um grupo de fundamentalistas radicais que consideravam qualquer forma de expressão sexual como sendo teologicamente incorreta porque ofendia a Deus, ou politicamente subversiva porque ofendia a eles. Em suma, Gluhnik viu que a maioria dos brancos correspondia ao ditado: "Um sul-africano normal é um sul-africano castrado."

A primeira sacada de Barrie Gluhnik foi ver que, embora eles tivessem aceitado isso, não estavam particularmente satisfeitos. O fato de abrir mão de jogo, sexo ilícito e mistura racial provocava o desejo de jogo, sexo ilícito e mistura racial. Ele resumiu seu momento de iluminação numa frase: "Se você quiser um orgasmo, viaje para o estrangeiro." Então, Gluhnik iniciou nos anos 1960 uma empresa chamada Pussycat Tours. Toda semana, um avião cheio de jogadores decolava de Jo'burgo para Amsterdã e seu bairro de prostituição, para Las Vegas e suas mesas de jogo, para Hamburgo e as garotas do Reeperbahn.

Pussycat Tours foi um grande sucesso. Mas um bando de caras usando conjuntos safári não é um mercado muito grande. Se ao menos Alemanha, Holanda e Las Vegas não estivessem tão longe, se ao menos o estrangeiro fosse mais perto de casa...

Eu me lembrei de ter lido uma entrevista com Gluhnik, onde ele falou do instante em que a resposta lhe veio à cabeça. "Foi como um relâmpago, como uma visão. Como aquela garota teve em Lurdes", Gluhnik disse ao entrevistador. "Ou como são Paulo, quando estava indo para Damasco, montado no seu camelo e bam! Entende o que eu quero dizer?"

A ideia dele era muito simples. Por que levar clientes para o outro lado do mundo para fazer o que eles poderiam fazer no seu próprio quintal? A África do Sul era, de fato, cheia de países estrangeiros. Nós tínhamos tantos países estrangeiros que não sabíamos o que fazer com eles. Por toda parte, o regime tinha criado nações negras, com suas próprias bandeiras e presidentes.

— OK — disse Gluhnik —, se eles são países soberanos, por que não podem ter cassinos soberanos, bordéis soberanos e strip-tease soberano?

Foi quando Gluhnik viu que tinha acertado na mosca. Ele ia criar palácios de diversão na selva, onde sul-africanos de sangue quente poderiam fazer tudo o que faziam no estrangeiro — sem sair de casa. No país ali no final da rua, ou ao lado de casa. Ou sobre a montanha. O Segredo de Sheba foi o primeiro dos grandes palácios de diversão; depois veio Areias de Salomão, depois o Monomatapo Majestic ergueu-se como uma miragem no planalto seco das reservas negras. Eles ofereciam golfe, mulheres, máquinas caça-níqueis e espetáculos musicais, trazidos de Londres e Las Vegas. Havia strip-tease, combates na lama e livros, filmes e musicais proibidos na África do Sul. Sexo sem barreira de cor era tão fácil quanto chamar serviço de quarto. E tudo a duas horas da melancólica masmorra calvinista que era a África do Sul branca.

Eu disse:

— É claro que sei quem ele é.

— Bem — disse Lappies —, Barrie Gluhnik examinou meu currículo e disse, "OK, sargento-detetive, vou dizer-lhe uma coisa. Estou vendo pelo seu currículo que você foi agente de segurança do dr. Verwoerd, e me lembro pelo que li nos jornais que houve, digamos, um pequeno problema quando o maluco do Pratt atirou à queima-roupa no primeiro-ministro. Eu também sei que algumas pessoas dizem que você deu um mergulho. Mas eu digo que você fez uma coisa boa: você se protegeu para planejar melhor o passo seguinte. Ora, eu gosto de um cara que pensa, Lappies, porque o mundo está cada vez mais precisado de gente que saiba usar a cabeça. O tempo dos valentões terminou. Tem sempre espaço para tiros, eu não tenho nada contra tiros, Lappies. Sempre haverá tiroteios. Mas não estamos mais nos anos 1960, estamos nos anos 1970. O país está mudando. Agora temos um primeiro-ministro que pensa. Vamos precisar de seguranças *que pensem*. Eu tive o privilégio de conhecer o sr. John Vorster e quero dizer para você que ele é um cavalheiro. Cá entre nós, eu nunca gostei de Verwoerd. Rígido demais. E um filho da mãe de um imigrante. Mas Vorster é diferente. Ele vai insistir com essas nações, onde os pretos podem continuar sendo pretos, mas ele quer que eles sejam pretos felizes. Ele quer que eles amem suas nações e eu, Barry Gluhnik, vou ajudá-los a fazer isso: eles trabalham nos meus palácios como seguranças, camareiras, *caddies*, guias, faxineiros. Gente que nunca teve um emprego antes. O primeiro-ministro aprecia muito isso. Muito. Deixe-me dizer-lhe uma coisa, acredito que um dia John Vorster irá jogar golfe com Gary Player num dos meus campeonatos. Em Areias de Salomão ou em Sheba. Que tal isso?"

— Ele deve ter visto a expressão no meu rosto, porque disse: "Eu sei, eu sei, você está pensando, esse cara é maluco! O primeiro-ministro nunca irá a Areias de Salomão porque Areias de Salomão não passa de um grande cassino e um grande bordel, onde todo mundo assiste a espetáculos pornográficos e dorme com garotas negras, coisas que não podem fazer em casa. Bem, deixe-me dizer-lhe uma coisa, Lappies, eu tenho um sonho, assim como aquele tal de Martin Luther ou seja qual for o nome dele, lá nos Estados Unidos. Vou contar-lhe o meu sonho, Lappies. Meus palácios são apenas o começo. Um dia, em vez de as pessoas serem obrigadas a sair de casa para fazer o que querem, elas vão poder fazer isso em casa! E quando isso acontecer, todo mundo vai ver que Barrie Gluhnik não se importava apenas com jogatina e shows de mulheres e golfe. Barrie Gluhnik estava preocupado com liberdade! Ele percebeu que quando todo mundo estivesse livre para jogar o dia inteiro, trepar com quem quisesse e, no final do dia, pudesse jogar uma partida de golfe — e fazer tudo isso em casa! —, então nós teríamos uma nova África do Sul. É aí que erguerão estátuas em minha homenagem, como fizeram com Winston Churchill e Simon Bolívar. Eu serei Barrie Gluhnik, o Libertador! O que você acha disso, Lappies?"

— E eu disse: "Desculpe, sr. Gluhnik, mas como o senhor está me perguntando, eu acho que o senhor está completamente louco. Isso nunca irá acontecer."

— E ele disse: "Você cuida da segurança, Lappies, e deixa o sonho comigo."

— E foi o que eu fiz. Trabalhei para o sr. Gluhnik até me aposentar.

Mais uma vez, seus olhos ficaram marejados de lágrimas.

— E, sabe de uma coisa, ele tinha razão. Hoje, nós somos assim. Você não precisa mais ir para as Areias de Salomão; não precisa ir até o país vizinho para ser livre: pode ser livre e fazer o que quiser aqui mesmo, em casa. — Lappies olhou para o retrato de Mandela. — O sr. Gluhnik enxergou longe. Ele enxergou a nova África do Sul. Que diabo, eu o poria ali, bem ao lado de Madiba.

Você tinha que tirar o chapéu para esses caras. De guarda de segurança pronto para matar para devoto de Mandela. Num piscar de olhos. Eu não tinha dúvidas de que ele estava sendo sincero. Ele teria pendurado o retrato de Gluhnik bem ao lado do de Mandela, assim como, um dia, teria pendurado o de Verwoerd. Que diabo, ele teria posto Átila, o Huno, ali na parede, se isso deixasse os deuses felizes.

Do outro lado da sala, uma enfermeira estava dando comida para uma senhora idosa. A mulher era magra e sua pele parecia uma seda bem esticada, de tão lisa e brilhante. Ela tinha dificuldade para mastigar, então a enfermeira estava movendo suas mandíbulas para cima e para baixo. Mas ela mal podia engolir, então a enfermeira, que era grande, negra e jovem, massageava seu pescoço depois de ajudá-la a mastigar, esfregando o pescoço como um fazendeiro massageia o pescoço de um ganso quando derrama grãos na sua garganta para aumentar seu fígado, do qual ele um dia irá produzir um bom *foie gras*... Alimentar a paciente desse jeito era obrigação da enfermeira; mas também era um choque de vontades. A velha não queria comer. Eu podia vê-la tentando livrar-se dos dedos que apertavam suas mandíbulas, mas a enfermeira não iria soltá-la enquanto ela não abrisse a boca e comesse mais um bocado. Ela abriu. Então a massagem no pescoço recomeçou e a velha engoliu com dificuldade, a enfermeira sorriu, satisfeita, encorajando-a, implacavelmente.

— Você vai comer o seu biscoito; vai engolir sua comida...

Eu me lembrei da minha mãe no hospital. Eu me lembrei do aviso para os funcionários que tinham desobedecido às normas:

"Vocês pagarão essas multas..."

Minha mãe tinha morrido brigando com a enfermeira, e a enfermeira tinha revidado. Apesar da conversa sobre amizade racial, havia uma guerra acontecendo, e ela tinha piorado desde que o fim das hostilidades havia sido proclamado. Na realidade, não havia paz, não havia nem mesmo um cessar-fogo. Havia mais raiva, mais matança e mais ódio. Nós fingíamos mais desesperadamente. Nós mentíamos para nós mesmos mais ferozmente. Como Oomie, nós sofremos uma mutação.

Oomie parecia tão sereno, tão aliviado, porque tinha se tornado crédulo e parado de pensar. Seu cérebro tinha se transformado em mingau. Verwoerd, Vorster, Gluhnik, Mandela...

Aquele lugar me dava arrepios. Todos os residentes idosos eram brancos; todos os funcionários eram negros e jovens. E me pareceu que era isso que estava acontecendo com a maioria dos brancos, eles estavam indo todos para asilos de velhos, com líderes sorridentes, qualquer líder, cuidando bondosamente de seus últimos dias. Saindo direto da frigideira para abrigos de idosos; e já vão tarde, como diria a maior parte do país, a parte jovem.

Oomie me viu olhando para Mandela e disse:

— Um grande homem.

— É. Foi por isso que teve que ficar tanto tempo preso.

— Nós não sabíamos.

— Não sabiam o quê, Oomie?

— O que estava acontecendo.

— Balelas. Todo mundo sabia o que estava acontecendo. Era impossível não saber. Todo mundo sabia. Pessoas morrendo, sendo assassinadas, desaparecendo, sendo surradas até a morte, sendo atiradas na cadeia, perseguidas, espionadas e despedaçadas por pacotes-bombas. Estava no ar, estava nos jornais, dia após dia.

— Nos jornais ingleses — disse Oomie —, mas para nós aquilo era só propaganda negativa.

— Ora, Oomie, fala sério. Você foi um dos caras que garantiu que o que estava acontecendo continuasse acontecendo.

— Eu não — ele disse, com toda a convicção.

— Mas você pertencia à máquina que fez isso acontecer.

— Como assim?

— *Porque você estava lá.*

— Eu nunca matei ninguém, nunca surrei ninguém, nunca torturei nem atirei em ninguém, nunca queimei e enterrei na selva.

Eu estava perdendo meu tempo. Você poderia percorrer o país e nunca encontrar ninguém que tivesse amado e apoiado o velho regime, a velha gangue, os velhos hábitos. Era um verdadeiro milagre. Todo mundo tinha se transformado em Oomie. Ou talvez Oomie tivesse se transformado em todo mundo.

Tão ruim quanto era a suspeita de que talvez tivesse que ser assim mesmo. Não era apenas conveniente, era sensato, razoável, necessário, e até — que Deus nos ajude — uma gentileza.

— Vamos buscar as coisas no meu carro?

Na rua, ele pareceu nervoso.

— Você deixou seu carro do lado de fora, na rua? Tem muita sorte de não ter sido roubado.

Eu abri a mala e lá estavam as armas.

— Foi por isso que estacionei aqui fora. Eu não sabia o que os guardas diriam ao ver tudo isso.

— Jesussss — disse Oomie, com o ar chiando entre seus dentes. — Tem um bocado, não?

— Ela era uma caçadora profissional; precisava de muitas armas. De calibre pesado, médio e ligeiro.

— Que diabo, homem, o que ela achou que eu ia fazer com tudo isso?

Sair atirando?

Eu não disse isso. Por que agredir Oomie onde talvez ainda doesse? E, é verdade, seu arsenal era impressionante. Mas, pensando bem, minha mãe tinha atirado um bocado, matado um bocado. De fato, ela era, ao jeito dela, uma assassina em massa de bom coração. Esse era, profundamente falando, seu *objetivo*.

— Olha, se as armas forem um problema, é só dizer, eu fecho a mala e as levo de volta.

— Não, vou ficar com elas. Elas eram de Kathleen. Ela quis deixá-las para mim. É só que eu não sei como vamos levá-las para dentro, para o meu quarto. Não podemos simplesmente passar pela recepção carregando um verdadeiro arsenal. Posso pedir um favor? Você leva o carro até mais adiante, de onde não possa ser visto da recepção e passa as armas por cima do muro. Eu vou estar do outro lado e vou escondê-las no meio das flores. Aí você entra e me ajuda a levá-las para o meu quarto. Que tal?

Foi o que fizemos. Eu passei as armas pelo muro. Oomie escondeu-as atrás das dálias, depois nós as recolhemos e levamos para o quarto dele. Era um quarto modesto, com um armário, uma mesa, uma cama de solteiro com uma colcha azul. Na mesa havia um retrato de Oomie e Barrie Gluhnik. O armário era pequeno demais para as armas, então as guardamos debaixo da cama.

Oomie apanhou uma garrafa de conhaque Klipdrift no banheiro.

— Posso servir-lhe uma saideira?

— Claro.

Ele serviu duas doses de conhaque e ergueu o copo.

— Um brinde à sua mãe, que sua alma descanse em paz.

Mais uma vez, seus olhos encheram-se de lágrimas. O que havia em Durban que provocava essas demonstrações sentimentais? Acho que Alan Paton começou essa besteira com *Cry, the Beloved Country*. Desde então, as pessoas choramingavam toda vez que alguém lembrava o quanto tínhamos sido horríveis. Isso nunca fez nenhum bem. Oomie chorava por minha mãe, mas também chorava por si mesmo. Era uma magia poderosa e eu desejei que ela pudesse me tocar, mas isso nunca aconteceu. Eu nunca senti nenhuma pena da minha mãe. Fiquei triste quando ela morreu. Também me senti inseguro e abandonado. Sua morte, como todas as suas outras partidas, foi nos seus próprios termos, no seu próprio tempo e a seu próprio jeito.

Não, se senti pena de alguém foi de Oomie. Ele tinha ficado confuso ao ver as armas. Ele se sentiu desconfortável ao ver aquele presente — poder de fogo suficiente para matar uma dúzia de primeiros-ministros...

— O que você vai fazer com as armas?

Ele bebeu o resto do conhaque.

— Que diabo, não sei. Mas vou pensar em alguma coisa. Acho que poderia estourar meus próprios miolos. Não é?

Talvez ele estivesse certo a respeito de Gluhnik. Por causa de todos aqueles que tinham certeza de que sabiam como as coisas se dariam na nova África do Sul, quando a paz viesse e o futuro chegasse, quer você apostasse em Alan Paton ou Ghandi, ou em Jan Smuts, ou em Hendrik Verwoerd, ou em Nelson Mandela, acho que teria que admitir que Barrie Gluhnik ganhou longe.

Noddy apareceu uma noite em Forest Town, com a mesma roupa que usava quando o vi pela última vez: melhor terno de domingo, o penacho exuberante. Pus o braço no ombro dele, peguei sua mala e disse o quanto estava feliz em vê-lo.

Ele não conseguiu dizer nada. Foi para o quarto, pendurou o terno e guardou o chapéu. Na manhã seguinte, ele estava no jardim, vestido com a calça velha e a camiseta, e no outro dia voltou a trabalhar para as outras madames. Eu não consegui pegar o *Times Atlas* para que ele me mostrasse exatamente onde ele tinha estado, e para que eu pudesse fazê-lo sentir-se melhor pelo fato de ser uma pessoa que passava a maior parte do tempo longe de casa, do mesmo modo que ele tinha me ajudado a me sentir melhor pelo fato de eu ser um cigano.

Ele parecia um sonâmbulo. Ele tinha estado em casa e a casa tinha se desfeito em pó. Ele estava de luto. Mas eu não podia fazer nada para ajudá-lo em seu luto, como ele tinha me ajudado no meu. Eu sabia que ele tinha ouvido o irmão, que tinha mandado Beleza embora. Joshua e Sipho não podiam voltar para St. Aloysius e para o diretor que tinha engravidado a mãe deles. Isso não era possível. E não podiam ficar em casa sem a mãe enquanto ele trabalhava no sul. Então ele tinha despachado os meninos para a casa do irmão. Agora eles estavam frequentando uma escola rural três dias por semana. Uma escola ruim.

Talvez eu devesse ter dito alguma coisa naquela noite em que ele tinha me perguntado sobre Beleza. Mas como eu podia aconselhar um homem se ele devia ou não expulsar a esposa? E que diferença isso teria feito? Para que lado eu iria? Eu teria acrescentado minha voz à das outras madames e dito a ele para ser bom, para perdoar. Mas acho que, se estivesse na pele dele, tenderia muito mais a fazer o que ele fez.

De todo modo, isso estava acabando com ele.

Ele comprou um macacão azul com os dizeres: "Assistente Executivo de Horticultura" bordado em vermelho nas costas.

Em vez do seu terno azul, sóbrio, de ir à igreja, ele comprou o terno mais berrante que eu já vi. Era de seda creme. Tinha botões dourados; tinha uma certa elegância; as fendas do paletó eram bonitas; as dobras das calças tinham um belo caimento sobre os sapatos novos de golfe, marrons e brancos.

Ele sempre fora um homem pequeno e delicado, mas agora parecia estar encolhendo, secando de dentro para fora. Era como se ele tivesse resolvido ser tudo o que detestava antes, como se sua seriedade, a responsabilidade que lhe custara tanto sacrifício, fossem horríveis agora e ele quisesse pôr fim a tudo isso, destruindo a si mesmo. Antes, ele estava sempre sóbrio; agora estava sempre bêbado; antes, ele era sólido, agora era irresponsável. Antes, ele era Noddy, o fazendeiro de Matabeleleland; agora ele era uma ruína. Mas espalhafatoso.

Ele não conservou nada do seu antigo eu. E nada da nossa amizade. A vida normal e equilibrada no quarto dos fundos acabou. Nós não conversávamos nem caminhávamos juntos. Ele não ia comigo ao zoológico nem ao museu de trajes de época. Ele não tentava compensar as minhas deficiências no jardim. Não usava mais seu terno sóbrio aos domingos; não ia mais toda semana ao banco para depositar suas economias, carregando a caderneta, tão reconfortante e gorda nos seus elásticos vermelhos. Agora era dinheiro vivo para tudo.

Ele tinha um novo amigo, um dos caras que trabalhavam na nossa rua. O nome dele era Jake e ele morava em Alexandra e eu não gostava muito dele. Nas noites de sexta-feira, Jake levava Noddy para os bares de Alex, ambos com seus melhores ternos. Ele voltava completamente chapado. Aos sábados eles iam até a loja de bebidas e voltavam com sacos de papel cheios de garrafas e iam para o quarto de Noddy e mergulhavam na bebida como se não houvesse amanhã.

Todo mundo estava mudando, mas Noddy não tinha vocação para isso. Em todo caso, ele era mais interessante na sua forma original. E o menos interessante de tudo foi se transformar num malandro de Jo'burgo, vestir seu terno creme e rodar os bares com Jake; tudo para refletir o brilho, a petulância do penacho do chapéu.

Noddy estava sofrendo um colapso interno: um declínio do homem sólido de Matabeleland, que tinha peso e substância, para o pequeno, fabricado, malandro de Jo'burgo.

Parecia uma automutilação. Não era uma mudança orgânica natural, mas uma metamorfose forçada, uma espécie de cirurgia plástica da alma. A única pergunta era a seguinte: você fez isso sozinho ou aconteceu por acaso? Vamos chamar de crise de identidade numa era de mudanças.

Onde é que fica o coração de uma baleia?

Esta foi a pergunta que minha mãe me fez uma vez.

Eu tinha uns 13 anos e nós estávamos passeando pela praia em Durban, onde tirávamos uma semana de férias, e demos com duas baleias encalhadas na areia. Parecia que tinham sido feitas várias tentativas para puxá-las de volta para o mar. Arreios tinham sido passados por seus corpos imensos e, em alguns lugares, as cordas tinham ferido a pele e a camada de gordura.

Perto delas, numa cadeira de armar, estava sentado um cara branco, magrinho, que o sol de Durban tinha deixado cor de mogno, com uma viseira na cabeça inteiramente calva e manchada e uma caixa de projéteis Westminster .50 no bolso da camisa. Ele estava ali para manter à distância negros, indianos e mulatos que tivessem a audácia de tentar sentar na areia destinada a outros. Ele estava zangado, como só um funcionário branco que de repente tinha que lidar com o inesperado, e improvisar, costumava ficar.

— Foda-se — o homem disse.

— Foda-se o quê? — minha mãe perguntou, prestativa.

Ele não estava nada contente, o homem da cadeira de armar. Em resposta, ele fez um movimento com a viseira na direção das baleias.

Eu vi uns garotos brincando em cima das baleias, subindo por um dos ombros pretos e brilhantes, pulando ao redor das cracas, escorregando de volta, como se as baleias fossem brinquedos de praia, enormes boias de pneu.

— Fodam-se as pessoas, é isso.

Havia uma tal multidão de curiosos que, por mais que ele os enxotasse, como se fossem um enxame de moscas, eles tornavam a voltar.

E o pior, eles eram "misturados". O que contribuía para a anarquia era o fato de que, embora as pessoas soubessem que só podiam frequentar as praias permitidas para o seu grupo racial, não havia nada na lei que dissesse que você não podia ir até o mar para ver duas baleias encalhadas. As baleias eram maiores do que as leis da praia. Além disso, os visitantes não estavam nadando nem apanhando sol nem tomando sorvete — tudo isso expressamente proibido —, estavam olhando, boquiabertos, para dois animais gigantescos.

— Tenho asiáticos, bantos e mestiços... todo tipo de bombom... Ora, eu não ligo a mínima para essas malditas baleias, mas isso não é nada bom, é? Usá-las como playground infantil? Montar em cima delas? Algumas pessoas trazem facas e cortam pedaços inteiros!

— Isso é horrível. Elas deviam ser poupadas desse sofrimento — minha mãe disse.

— Com certeza, madame. Mas o que a senhora quer que eu faça? Que dê uma pancada na cabeça delas? Eu passei o dia inteiro afastando as porras das pessoas das malditas baleias. Não pedi para fazer isso. Eu sou pago para tomar conta das cadeiras, e só das cadeiras. E para manter as pessoas erradas longe da praia, não longe das baleias.

Minha mãe disse, ao nos afastarmos:

— Por que eu não trouxe o meu rifle?

— Você sabe matar uma baleia?

— Eu descobriria.

— Em que lugar da baleia você atiraria?

— Na cabeça, eu acho. É onde se atira num elefante. Tenho dúvidas quanto a um tiro no coração. Onde é que fica o coração de uma baleia?

Eu pensei a respeito. A baleia tinha uma cabeça muito grande; então eu calculei que ela devia ter um cérebro muito grande. Mas eu não sabia onde ficava o coração das baleias. Quantos tiros você precisaria dar?

— Mãe, eu acho que você não poderia simplesmente chegar na praia e matar aquelas baleias. Eles arpoam baleias, não é?

— O que importa o modo de fazer isso? Deixá-las ali jogadas é um crime.

No dia seguinte, ouvimos dizer que as autoridades tinham um plano para dar um fim humanitário às baleias. Fomos até a praia e vimos centenas de pessoas esperando lá. O homem das cadeiras parecia ter desistido e ido para casa. A areia já tinha se empilhado entre as criaturas e o mar e o cheiro era forte. Eles tinham caminhões, um guindaste e um homem de jaleco branco e um monte de funcionários municipais. Havia guardas com megafones e nós fomos empurrados para uma distância de uns 50 metros das baleias.

Supervisionados pelo cara de jaleco branco, os operários abriram as cabeças das baleias com canivetes. Depois colocaram pequenas cargas de dinamite no espaço do crânio e seus cérebros foram explodidos. Minha mãe não pôde resistir e me cutucou.

— Está vendo? Tiro na cabeça. — O guindaste removeu os restos e colocou nos caminhões, e os corpos sem cabeça foram levados para se transformar, segundo disseram, em ração animal.

— Da próxima vez, salvem as baleias, e explodam os espectadores — minha mãe resmungou.

Olhando para trás, através das lentes da memória, eu a vi com a rainha Bama, sentadas na salinha de visitas, tomando chá e reclamando do mundo. Muito longe e desaparecendo rapidamente. E pensei naquelas baleias. Encalhadas e esperando que alguém aparecesse e as mandasse para o outro mundo.

Eu não sabia para onde Noddy estava indo, mas ele estava indo para algum lugar, com toda certeza, e eu já sentia falta dele. Ele era um dos poucos amigos que eu tinha feito desde que voltara para casa.

Exceto, talvez, por Cindy, então eu liguei para ela e pedi que ela fosse lá em casa. Eu disse que estava com um problema, um problema com a criadagem.

27

Noddy estava trabalhando no canteiro das ervilhas-de-cheiro, usando seu macacão com o letreiro "Assistente Executivo Agrícola", quando eu a levei até ele.

— Noddy, quero que você conheça Cindy; ela é minha amiga.

Ele parou de cavar e abriu seu sorriso tímido.

— Olá, madame. — Depois, cuspindo nas mãos, ele tornou a pegar o ancinho e voltou ao trabalho.

Nós entramos. Pelas janelas, podíamos vê-lo trabalhando com uma concentração que me deixou triste.

Cindy disse:

— Noddy? O nome dele é esse mesmo?

— Noddy das Cinco Madames. Ele insiste. Mas seu verdadeiro nome é Uthlabati, que significa "Homem da Terra Vermelha".

— Onde você o encontrou?

— Ele estava aqui quando cheguei. Ele mora no quarto do quintal.

Cindy ficou olhando para ele.

— Ele não é um cara alegre.

— Não.

— Criados que dormem em casa são um problema. Um problema sério. A maioria das pessoas hoje em dia usa agências. Você não precisa de um empregado que durma. Você contrata quem quer; manda embora no final do dia. Assim não tem drama.

— Mas um monte de gente não tem, ainda, criados que dormem?

— Sim, mas principalmente o pessoal de antigamente. Ou então gente solitária. Os filhos partiram para Detroit ou Calgary ou seja para onde for. A casa fica grande demais, vazia demais. Então eles se agarram à criadagem. Dão gorjetas, adulam, se apegam a eles, compram carros para eles, pagam suas férias, até adotam seus filhos — fazem qualquer coisa para mantê-los felizes. Isso pode ser útil. Serve para provar que você não tem preconceitos, mas oculta a verdade: você está com um medo horrível de ficar sozinho, então, pagar os estudos de Medicina ou de Física Espacial do filho da empregada parece uma boa coisa. E talvez isso o mantenha a salvo de ladrões, estupradores e caras que estão loucos para dar uma porrada na sua cabeça numa noite escura.

— É mesmo?

— Às vezes. Mas, às vezes, é a criadagem quem dá a porrada. Você gosta do cara, não gosta?

— Ele é de fora. É como eu: um viajante.

— Sim. Mas deve haver mais do que isso.

— Eu gosto dele, e o decepcionei. Ele me pediu ajuda quando a esposa fugiu com outro cara e eu não ajudei. Ele ficou arrasado com isso.

Seu belo rosto se suavizou por um momento.

— Posso entender isso. Aconteceu comigo e com Andy. Aconteceu com você e sua mãe.

— Por favor, não me venha com essa besteira edipiana.

— Sua mãe sempre achou que você fugiu; ela passou a vida tentando trazer você de volta. Ela me disse isso.

— Olha, ela fugiu com um batalhão inteiro de caras. Ela fugiu com um continente inteiro. Ela seguiu o caminho dela e eu segui o meu.

— Ela estava louca para você voltar, Alex. Ela chorava com saudades suas.

— Nós estamos falando da mesma pessoa? Eu não reconheci minha mãe na mulher que você descreveu.

— Sim, ela disse que você só compreendia as coisas olhando para trás.

Talvez isso fosse verdade. Talvez fosse isso que me faltava. Eu não sabia como me tornar o tipo de pessoa que seria reconhecido aqui, na África, ou que pudesse ver como os outros eram de verdade. Mas não existia "de verdade" assim como não existia "bom". Só uma reformulação constante, uma adaptação a um novo papel, até você se tornar o que estivesse representando.

Conforme eu fosse tirando da casa, uma por uma, todas as coisas que minha mãe tinha deixado para os seus herdeiros, conforme fosse vendo a casa se esvaziando, eu tinha esperança de concluir que a coisa mais sensata a fazer seria vendê-la. Depois que eu localizasse todos os beneficiários, eu iria embora. Foi o que disse a mim mesmo. Mas eu estava com a sensação desagradável de que estava mentindo para mim mesmo e que não era apenas o trabalho não concluído que me mantinha em Forest Town: era algo em mim. Eu não estava concluído.

Por motivo que não sabia explicar Noddy era importante, mesmo em franca decadência. Havia algo na transformação dele que eu não conseguia entender e que lamentava amargamente. Uthlabati, o homem da terra vermelha, o homem de qualidade, estava a caminho de se tornar uma paródia de um sujeito exibido. Entretanto, precisamente porque ele estava mudando de forma tão desastrosa, estava se aproximando da maneira de ser local de um modo que eu nunca consegui. Eu tinha a sensação de que ele estava tentando me dizer alguma coisa, alguma coisa que minha mãe tinha em mente quando o deixou para mim, com a casa.

— Então, o que eu faço com ele?

Ela ergueu os ombros.

— Por que você não o despede?

— É tarde demais: ele me despediu, este é o meu problema.

Ela pôs a mão no meu braço, depois pôs o braço ao redor dos meus ombros e foi assim que fomos até o carro dela. Eu podia sentir Noddy atrás de nós, observando, cavando a terra, enfiando a pá bem fundo na terra vermelha.

Cindy disse:

— Olha. Vai ter uma festança, no sábado à noite, no Prester John's, em Sandton. O Fourways Rotary está dando um jantar beneficente para o Abrigo Raio de Sol. Não é meu programa favorito, mas se trata de uma obrigação. Você gostaria de ir?

— De ir?

— Comigo. Como, digamos, meu par.

— Já faz muito tempo que ninguém me convida para uma festa.

Ela me olhou com firmeza.

— Isso significa sim?

— Obrigado. Sim.

Ela deu seu sorriso estonteante.

— Não tem nada que agradecer, é possível que você vá odiar. Pode ser muito sem graça. Eu pego você por volta das 19h.

* * *

Ela chegou pontualmente, usando um vestido preto, com um decote cujo mergulho entre seus seios me fez pensar numa corrida de esqui. Suas mãos eram hábeis no volante e conversou e riu e gesticulou à maneira de Jo'burgo enquanto dirigia, cortando o ar com o dedo indicador como se quisesse feri-lo e fazê-lo sangrar. Sempre aquele exagero. Noddy tinha usado a mesma força para enfiar a pá no canteiro de ervilhas-de-cheiro. Eu vivia num mundo agitado. Interrogações raivosas, pronunciamentos, decretos, ameaças: era assim que o país falava consigo mesmo. Que oportunidade perfeita para o missionário que quisesse ensinar controle de respiração.

Mas teria sido uma bobagem tentar. Eles não queriam isso; não havia discussões, havia declamação: você gritava ou dava um tiro em alguma coisa...

As manchetes da noite estavam na rua; letras maiúsculas em cartazes brancos, presos nos postes:

Racismo atinge rúgbi
Avó de cem anos come bebê
Motorista e assaltante morrem em tiroteio
Rand desvaloriza

Cindy estava falando em assaltos com a mesma paixão com que tinha me ensinado suas regras de sobrevivência.

— Assaltos à mão armada, ataques a motoristas: eles são tão bem organizados, tão frequentes, que você fica imaginando por que estas gangues não estão governando o país.

— Talvez estejam.

— É, e se não estão, talvez devessem estar... hein? Se você vai ser governado por gângsteres, pelo menos que eles sejam profissionais. Seria melhor sob todos os aspectos.

Um dos prazeres de minha mãe era voar sobre o Serengeti, tão baixo que desse para ouvir o barulho dos cascos das zebras. Cindy se empolgava enumerando as vantagens de estacionar em lugar seguro. Ela elogiou as instalações do Prester John's Palácio e Cassino.

— Quer dizer, isto é essencial. Não é?

— É?

— Claro. Quem iria lá se não fosse assim? É como sexo, hein? Se você não estiver relaxado, não consegue fazer. Não é? Se você não se sentir seguro, não consegue gastar. Se não estiver satisfeito, não consegue gozar. Considerando o risco de chegar até lá, pelo amor de Deus, a última coisa que um hotel ou shopping ou cassino quer é que você seja assassinado no estacionamento. Vale a pena manter o jogador vivo. Entendo o que eu quero dizer?

Eu entendi o que ela quis dizer, mas fiquei fascinado assim mesmo.

— Você vai ver como é bom estacionar no lugar em que estamos indo esta noite. Você salta do carro e entra no saguão sem nem olhar para trás. Mas não se engane, eles aprenderam do modo mais difícil. No começo, o Prester John's tinha essa ideia de transparência, certo? Quando construíram o lugar, tudo era transparente. Cristal, vidro, acrílico: recepção, paredes, vitrines de lojas, tudo. Assim, ninguém poderia roubá-los. Do saguão, você via o shopping do outro lado. Mas na manhã seguinte à inauguração, um carro blindado entrou pelas portas de vidro até o saguão. Quatro caras de metralhadora saltaram, mataram o recepcionista e assaltaram todas as lojas em meia hora. Ninguém pôde fazer nada, a não ser assistir. Eles chamaram isso de "assalto transparente". Não havia nem 24 horas que o lugar estava aberto e já tinha sido atacado. Foi um recorde.

"Cara, nós temos ou não temos talento? Essas gangues têm uma estrutura. No local, eles usam "observadores" para fazer o reconhecimento antes do ataque. Depois vêm os ladrões que roubam os veículos que serão usados para fuga. Depois os motoristas. E finalmente os atiradores, que executam o ataque. Eles usam armas pesadas, normalmente AK 47, e vestem coletes à prova de balas e atiram para todo lado para assustar todo mundo. Mesmo quando você tem um grande esquema de segurança. Mesmo que os tiras cheguem em poucos minutos, o que vão fazer? Atirar de volta e matar os transeuntes? De todo modo, quase sempre os tiras têm menos poder de fogo. Nós somos campeões do mundo em número de assaltantes armados. Uma pessoa, um voto, um AK 47. Que cidade!

Ela deu uma gargalhada meio histérica, em que havia uma mistura de dor e orgulho. Será que você podia sentir orgulho em estar com medo? Podia, se você fosse Cindy.

Essa era uma das melhores coisas que a cidade fazia para as pessoas que moravam lá. Quando chegavam do outro lado de toda a empáfia e a baboseira, as pessoas sentiam um prazer sinistro em ser pecadoras, inescrupulosas, corruptas; em estar tão por baixo que não tinham outro lugar para ir a não ser para cima. E como é que você iria enganar todo mundo se não conseguisse fazer isso consigo mesmo? Mas depois de dizer a si mesmo que as coisas nunca tinham sido melhores, maiores, mais ricas, mais seguras, mais justas, então vinha o instante de honestidade que se abrigava na terra e na escuridão, como uma toupeira, e vinha de lá com o que você chamava de ouro. Mas as toupeiras são cegas, não são?

O Prester John's era uma fachada de pedra enfeitada de vidro e mármore, que ficava numa malha de ruas com nomes de mulher, como Alice e Maud. Dentro de suas células feericamente iluminadas, as pessoas faziam compras sem parar. Dentro da torre, ficava o Prester John's. Nós entramos no estacionamento e descemos para o subsolo, com os pneus cantando baixinho.

Quatro níveis abaixo, um lacaio usando uma peruca branca e meias de seda brancas se adiantou, como se estivesse nos esperando. Cindy entregou-lhe as chaves, e ele só faltou beijar a mão dela. Nós saímos da garagem e entramos no saguão do hotel, ornamentado de fontes, com acabamento de mármore rosa e preto. O lugar estava todo coberto de banners e cartazes em forma de coração, cada um com uma flecha espetada e a foto de uma criança.

"Prester John's ama os Raios de Sol", diziam os banners que flutuavam pelo imenso salão.

"Nossos anjinhos", diziam os cartazes.

Os funcionários usavam halos dourados de "Raios de Sol" com as extremidades denteadas.

— Bem, o que você acha? — disse Cindy. — Um tanto exagerado?

— Estou impressionado.

— Esse é o espírito da coisa — disse Cindy. — Acho que vai ser divertido.

Nós entramos no elevador de vidro e subimos. O poço do elevador era forrado de veludo cor-de-rosa. Era como se estivéssemos viajando por dentro de uma imensa garganta, carnuda e brilhante. Passamos por diversos saguões em que homens de pescoços grossos e ternos caros estavam sentados, tomando drinques, em espaços tão imensos que eles pareciam anões solitários As fontes subiam na direção do teto como palmeiras aquáticas.

* * *

O Salão Africano Renascença era uma cobertura de teto abobadado, construída para evocar uma enorme colmeia, ou uma cabana tribal tradicional, num estilo vagamente zulu. O amplo espaço era quebrado aqui e ali por retângulos de pedras polidas e por biombos japoneses. Cindy me disse que era um estilo conhecido como "Neo-Fusion" ou "Afro-Zen". As grandes janelas davam para a autoestrada onde longas filas de pessoas em busca de diversão num sábado à noite, cada carro ligado ao outro por uma corrente de faróis iluminados, dirigiam-se para as máquinas caça-níqueis e para as mesas de jogo em clubes com nomes do tipo Zona Erógena e Flagrante Delito, para uma noite de dança sexual e karaokê. No meio da pista de dança, havia um tablado de lona, cercado por cordas, que me intrigou.

Cindy olhou para a pista.

— O que você acha?

— Da pista de dança? Eu já estive aqui antes.

Ah, se eu já tinha estado lá antes! O que senti foi o choque de algo muito familiar. Diante de mim, no Salão Renascença do Prester John's, surgiu um evento que eu trazia impregnado em meus ossos. Era, com pequenas variações, o que eu tinha vivido 30 anos antes. Talvez fosse *foie gras* e não supremo de frango, talvez fosse Chivas Regal 20 anos e não conhaque e Coca-Cola, martínis e não vinho do porto e limão, talvez fosse smoking e 500 dólares, e não era no hall da igreja, era na cobertura envidraçada do Preston John's Palace, na esquina de Alice com Maud, em Sandton — mas era a mesma coisa que vinha me assombrar. Eu estava com um pé plantado em Las Vegas e o outro enterrado no quintal. Trinta anos depois de ter deixado Jo'burgo, eu estava de volta num maldito jantar dançante.

Seguindo em frente.

As pessoas desta cidade estavam sempre enganando a si mesmas, dizendo que tinham seguido em frente. De fato, o que nós, nossa tribo, os últimos brancos de língua inglesa na África, não fizemos — *nunca* —, foi seguir em frente. O que nós fizemos foi nos isolar, mergulhar na obscuridade. Os jovens na Nova Zelândia, os velhos em andadores ou refugiando-se em campos de golfe residenciais, checando a cotação das ações, fazendo cruzeiros nas Maldivas, ou marcando nostálgicas reuniões de escola onde homens chamados Henry pedem notícias de Merle, vista pela última vez na Rodésia, em 1954, e antes disso monitora de turma em Parktown High...

Não seguindo em frente, mas afundando.

Nós habitávamos um universo cuja essência podia ser resumida na palavra “mais”. Nós íamos para a cama sonhando com mais Mercedes e acordávamos sonhando com mais mansões na costa. Nossos antigos escravos pareciam ter encontrado um modo de destruir seus antigos torturadores dando a eles o que eles queriam — *mais* —, abrindo suas bocas e despejando goela abaixo, certificando-se de que eles engolissem, como a enfermeira fez, massageando com os dedos a garganta daquela velha no asilo de Oomie. Mais! Enfiando na nossa goela o tesouro que iria nos sufocar.

— Não estou me referindo à pista de dança — disse Cindy —, e sim ao ringue.

— Não sei. Isso, devo confessar, é novidade. Kickboxing? Briga na lama?

Ela deu sua gargalhada impotente, desesperada.

— Ah, meu Deus! Vamos procurar nossa mesa. Seja qual for o objetivo disso, eu prefiro descobrir depois que estiver sentada.

Grandes mesas redondas, cobertas com toalhas de linho creme e cheias de prataria e cristais. Nossa mesa era ao lado da pista de dança. Havia flores e cartões cor-de-rosa marcando os lugares e um monte de gente tomando uísque. Nossos companheiros de mesa estavam razoavelmente calibrados e conversavam sobre si mesmos com a franqueza de jo'burguenses que se encontram pela primeira vez. Em poucos minutos você já sabia onde eles trabalhavam, em que acreditavam e onde jogavam golfe.

À minha direita estavam Sharalee e Duane, que trabalhavam com publicidade e marketing. À esquerda de Cindy estavam Lindiwe e Tembi, usando túnicas pretas e douradas. Lindiwe trabalhava no Ministério da Saúde; Tembi chefiava uma unidade de empoderamento negro chamada Afri-One.

Em frente a eles, estava sentado o dono de um banco de investimentos chamado Jacobus; ele vendia o que chamava de "instrumentos financeiros". A esposa dele, Monique, ajudava pequenos empresários a cruzar a linha divisória entre a velha e fria África do Sul e o novo, empolgado feudo do futuro.

Ao lado deles, estavam Rupert e Petronella, um par de conservadores empedernidos. Rupert tinha sido diretor do Farmers Bank. Petronella, sólida como aço sob o vestido de seda verde, o rosto altivo e orgulhoso do imenso peito, era patrocinadora vitalícia do Abrigo Raio de Sol. As dobras queimadas de sol do rosto deles, marcadas por linhas regulares, pareciam bolsas de pele de crocodilo. Eles encarnavam um tipo: homens de rosto vermelho; mulheres de vozes irritantes que um dia tinham tido de tudo — sol, cigarro, uísque. Seu círculo tinha dirigido bancos estatais e indústrias nacionalizadas. Eles tinham saído, quando o antigo regime caiu, com as fortunas intactas, e agora não faziam quase nada: um pouco de caridade, um bocado de golfe. Eles tinham conseguido uma aposentadoria confortável; infelizes, mas ricos.

Também na mesa — cabelos muito louros e um jeito truculento — estava Willem. E, do outro lado de Cindy, um cara chamado Dikene. Suas esposas, Nicoleen, branca, pequena e esbelta, e Tanzi em negro, ébano e marfim, como duas teclas de piano. Elas conversavam sobre bebês. Willem e Dikene conversavam sobre dinheiro. Willen trabalhava com construção. Dikene tinha sido um líder de jovens numa "estrutura local do partido" até que, Willem disse, "como presidente do Conselho, eu resolvi trazê-lo para dentro". Ao fazer isso, ele tinha feito de Dikene um milionário. Em troca, Dikene tinha adoçado a imagem de Willem junto aos novos senhores do universo, alterando seu perfil do que Willem descreveu alegremente como sendo o de um "explorador, racista e bôer filho da puta" para o que Dikene chamou de "um elemento promissor para as novas estruturas democráticas".

Era difícil pensar em Willem, tão exuberantemente o que ele tinha sempre sido — um tirano com uma gorda conta bancária —, como um "elemento" nas "estruturas", seja lá do que fosse, exceto do seu mundo restrito ao esporte. Mas as palavras eram a tinta necessária para enfeitar velhos modelos, e palavras eram baratas e mutuamente vantajosas. O acordo confortável que Willem e Dikene tinham feito não tinha nada de novo. O modelo tinha sido aperfeiçoado ao longo de décadas pelos holandeses, depois pelo britânicos, depois pelos bôeres, depois pelos nacionalistas africâneres que partiram tão recentemente. Naquela época, homens de peso como Willem (só que na época ele devia fazer parte da classe suplicante e falar inglês), com interesse em cimento ou aço ou ouro, teriam se associado a homens exatamente como

Dikene (ele teria sido um poderoso africâner) para fazer um acordo.

Isso era chamado de "cooperação mútua" na época; agora era chamado de "transformação"; mas qualquer que fosse o nome, todo mundo concordava que desta vez era mesmo algo novo. Que nunca tinha havido nada parecido antes. Certo? Esqueça o passado, esqueça como o mundo era, como você era. Adote o esquecimento, livre-se de suas dúvidas, e não dê atenção a ninguém que diga que as coisas não estão mil vezes melhores. O esquecimento não era apenas útil, era patriótico. A negação não era um defeito, era uma estratégia de encarreiramento.

Pois este era o nosso destino, nós, os brancos, nós, os ridículos, que não tínhamos nem a ousadia dos nossos antigos senhores, que sabiam que assassinato era melhor do que adultério e que poder era mais perfeito do que qualquer princípio, nem a autenticidade dos nossos novos governantes porque eles podem dizer o que nós nunca pudemos, exceto quando mentíamos deslavadamente. Eles podem dizer que sabem quem são. Nós nunca chegamos nem perto disso.

As pessoas em volta da nossa mesa, acercando-se do que acreditavam ser as novas formas renováveis de poder, deslizavam sobre uma superfície reluzente, argola de ouro numa orelha, telefone celular grudado na outra, dizendo a si mesmas, "Nós mudamos, nós mudamos, nós mudamos, nós estamos seguindo em frente, nós somos novos, nós somos livres, uma tribo liberada e tolerante, com DVDs em nossas BMWs, rastreadores por satélite em nossos 4x4s, vencedores no jogo racial multicor..."

Estava parecendo que ia ser uma noite e tanto.

* * *

O jantar foi servido. Havia salmão defumado e carne de cervo. Os vinhos eram bons. As garçonetes, de saias pretas curtas, aventais brancos e toucas, passavam entre as mesas, mas eu tive a sensação de que algumas se movimentavam muito devagar, de um jeito inseguro, e outras estavam de mãos dadas. E seus olhos eram estranhamente parados.

Cindy murmurou:

— Você acha que essas moças são o que eu acho que são? As que dão encontrões nas mesas?

Eu disse — quase sem acreditar — que achava que eram.

Cindy deu um longo suspiro e ergueu os olhos para o céu.

— Deus Todo-Poderoso.

Petronella, do outro lado da mesa, viu o olhar dela.

— Você notou, hein?

Cindy assentiu docemente.

— Vocês estão usando moças cegas como garçonetes?

— Não todas. Algumas enxergam um pouco. Cada moça cega tem uma ajudante, que serve de olhos para elas. A princípio nós achamos que elas poderiam usar seus cães, mas a gerência do Preston John disse que não eram permitidos cães no espaço de alimentação. Então contratamos também moças que enxergam. Ao todo, há 18 garçonetes. Nove da escola St. Thomas para cegos e nove do orfanato Orange Grove — Petronella disse animadamente. — Fourways Rotary acredita firmemente em ajudar os portadores de deficiência.

— *Ag*, que escândalo! — disse Nicoleen. — Garotas cegas e garotas que não têm pai e mãe. Trabalhando para as crianças do Abrigo Raio de Sol. Isso é tão bonitinho.

De certa forma, elas eram mesmo. A maioria delas era de adolescentes, garbosas nos seus uniformes de empregada, agitadas e nervosas ao retirar os pratos e copos e servir outras porções.

Lindiwe, do Ministério da Saúde, estava falando sobre rampas.

— O governo precisa melhorar o acesso para todos: os portadores de deficiência, bem como as mulheres e as crianças. O governo diz que a participação em todos os níveis é sua meta. — Ela enfiou na boca um pedaço grande de carne de cervo. — Isso significa mais rampas!

— Rampas? — perguntou Jacobus.

— Muito mais rampas — disse Lindiwe. — O governo tem um plano nacional para instalar rampas do lado de fora de todos os prédios governamentais e vai fazer um projeto para empregar cotas de pessoas portadoras de deficiência em todas as repartições governamentais. Mas o governo não pode fazer tudo. O governo precisa da iniciativa privada. O governo espera que todos os investidores participem do projeto.

— Eu acho que é maravilhoso deixar que as pessoas participem — disse Monique, que ajudava o povo a fazer a transição entre a velha e a nova África do Sul. — Eu acho fabuloso. Mas é uma pena que as pessoas que fazem acontecer as mudanças em nosso país não recebam o reconhecimento que merecem.

Por volta das 22h, quando foram servidos café e licor, diminuíram as luzes do salão Renascença e refletores iluminaram o ringue de boxe, que tinha pequenos corações de neon pendurados nas cordas. Uma garota usando uma capa dourada passou por baixo das cordas e tomou posição num canto do ringue. Um homem usando uma capa prateada tomou posição no canto oposto. Uma segunda mulher usando prata e um segundo homem usando ouro entraram no ringue: quatro figuras usando capas nos quatro cantos do ringue, onde os corações cor-de-rosa, de neon, piscavam. O "Bolero" de Ravel, começou a tocar e, com um movimento simultâneo, parecido com o movimento feito pelos garçons quando erguem a tampa de bandejas de prata, as quatro pessoas no ringue tiraram suas capas e ficaram ali paradas, usando apenas tangas, uma camada de óleo e sapatilhas de balé.

Um homem e uma mulher foram para o centro do ringue, se agarraram e começaram a representar, em detalhe, posições do Kama Sutra, enquanto o outro casal aguardava encostado nas cordas. Era algo entre luta livre e sexo ao vivo.

Isso ia muito além de qualquer coisa que eu pudesse ter imaginado. Julgando pelo modo como Cindy apertou minha mão, acho que até ela ficou bastante abalada. Isto era, afinal de contas, como eu fiquei tentando lembrar a mim mesmo, um espetáculo beneficente, promovido por cidadãos respeitáveis, em prol de uma escola para crianças com necessidades especiais. Mas, como Cindy nunca se cansava de me dizer, isto também era Jo'burgo.

O salão Renascença estava muito silencioso. Acho que até os mais experientes estavam fascinados pelo que estava acontecendo no ringue. Os únicos sons eram o tilintar ocasional de copos quando uma das garçonetes que enxergavam esbarrava em alguma coisa. Para as garçonetes cegas, escuridão não era problema, mas, para suas ajudantes órfãs, sim.

No ringue iluminado, cada dançarina ou seu par tomava o lugar do outro até que, num final apoteótico, as quatro pessoas se juntaram num palpitante grupo de costas, bundas e óleo, uma orgia grupal coreografada, e todo mundo aplaudiu e assoviou.

Serviram sorvete de pistache com calda de lichia de sobremesa. Eu fiquei ali sentado, com uma sensação de felicidade. Eu tinha acabado de assistir a uma simulação de sexo num ringue de boxe, diante de uma sala repleta de rotarianos.

Eu agora podia admitir, eu tirava meu chapéu para Cindy. Achava que conhecia Jo'burgo. Estava errado. Eu agora entendia sua mistura de insegurança e fascínio diante da inventividade e do grotesco da vida local. Excêntricos; alfa lunáticos. Não dava para contar o que eu tinha assistido, as pessoas não iriam acreditar. Nem eu mesmo conseguia acreditar.

Uma garçonete passou por trás da cadeira de Rupert e ele se virou e disse, bem alto:

— Elas têm uns belos traseiros, não?

Petronella falou com ele do alto, como se fosse um transatlântico sinalizando um barquinho de passeio:

— Rupert, meu caro, nada de bobagens, hein!

— *Ag*, eu só estava olhando.

— Olhar nunca para por aí — disse a esposa.

E não parou mesmo por aí, com o sorvete de pistache e as pessoas de volta à pista de dança, porque, com todo aquele vinho e o espetáculo de arena eletrizando o salão lotado, as coisas esquentaram, e foram as garçonetes que sentiram isso primeiro. Uma mão alisando um quadril; na mesa ao lado um homem de barba puxou uma garota para o seu colo; em algum lugar alguém estava chorando. Na nossa mesa, Duane sapecou um beijo no pescoço de uma garota que tinha se inclinado para tirar seu prato, e uma lourinha que cometeu o erro de estender o braço por cima do velho couro de crocodilo se endireitou de repente, com um grito, e saiu correndo, tropeçando e deixando a bandeja cair no chão. E, ao redor de mim, as mulheres diziam, alto e acusadoramente:

— *Ag*, que vergonha!

Então, alguém pegou o microfone e disse que tinha um "Comunicado muito importante" a fazer, mas gritos e aplausos sufocaram sua voz. "Por favor, pessoal, por favor, pessoal", ele ficou repetindo, até que, finalmente, o deixaram falar. "Fomos comunicados de que tem um pessoal que não está deixando as garotas se aproximar das mesas." (Aplauso) "Foi uma noite ótima, gente." (Gritos de sim! Sim!) "Não vamos estragá-la. Chutem a bola, não o jogador." (Risos) "Nossas garçonetes fizeram um trabalho formidável aqui hoje e elas querem voltar para casa e ir para a cama." (Gargalhada/aplausos) "Portanto, pessoal, posso pedir que tirem seus pares para uma última dança..."

Todos dançaram e depois cantaram o hino nacional. Foi bem bonito e abafou o som do choro convulsivo que se ouvia baixinho, em algum lugar fora da sala.

No carro, Cindy disse:

— E então?

— Um completo triunfo.

Ela olhou para mim e disse daquele seu jeito direto:

— Você quer que eu o leve de volta?

Eu pensei na casa vazia, em Noddy, deprimido no quarto dos fundos.

— Não tenho para o que voltar.

— Foi o que eu achei — ela disse e virou o carro na direção de Midrand e Sheerhaven. Já passava da meia-noite, o trânsito estava livre e as calçadas estavam desertas. Só os perdidos, os perigosos e os sem-teto andavam na rua depois que escurecia.

Nós paramos no sinal da Sandton Drive com a William Nicol; a manchete dizia: "Dez assassinados com tiros na cama."

Um enorme letreiro de neon, triangular, erguido numa ilha de pedestres, lançava sua mensagem na noite: "Diga alô para o sexo seguro ou diga adeus para a vida."

* * *

Mais tarde, ela ficou deitada, de olhos fechados, o cabelo escuro espalhado no travesseiro branco, a pontinha do nariz apontada diretamente para o anjo tocando trombeta que ela tinha pintado no teto, um anjo louro com tez de manteiga, emprestado de Rubens, e um belo rosto emprestado do filho, Benny.

Nua, deitada, havia algo de fascinante em suas simetrias, no modo perfeitamente horizontal como se deitava, apontando: o nariz para o anjo, os bicos dos seios para o lustre do teto, uma coisa macia de cetim cor-de-rosa; seus dedos dos pés, com as unhas pintadas de um esmalte suave, apontando para o espelho na parede em frente à cama, um espelho em forma de concha, com moldura dourada e vidro inclinado no qual Cindy tinha cavalgado por uma hora. Fazer amor, para ela, parecia fazer uma viagem para um lugar bem distante. Ela se movimentava suavemente, devagar, com pequenos movimentos circulares da pelve, os olhos fechados, uma mecha de cabelo caindo sobre os olhos, uma ar de calma e intensa concentração. O espelho refletia aquela imagem nítida, seus seios firmes e morenos subindo e descendo sobre meu corpo mais flácido e mais velho, até ela atingir o orgasmo.

Depois veio Cindy sendo cavalgada, uma pessoa diferente: estendida na cama, com a cabeça inclinada para trás na beirada da cama, seu corpo moreno contrastando com o meu, branco mofo. Seu cabelo escuro pendurado, seus olhos abertos, esperando, como se eu fosse levá-la para algum lugar; como se, por milagre, ela não fosse terminar onde tinha começado.

V Tensões mutantes

"Wapiganapo tembo nyasi huumia."
"Quando os elefantes lutam, a grama se machuca."
Provérbio suaíle

28

Cindy e eu tínhamos algo rolando, mas nenhum depois sabia precisamente o quê e nem estava ligando muito para isso. Eu perguntei a ela, só uma vez, o que ela via em mim.

— Eu vejo sua mãe em você. — Satisfeita com meu espanto, ela acrescentou: — E, aliás, Benny também.

Ela foi tão clara a respeito disso que eu só consegui dizer:

— É mesmo?

— Claro. É por isso que ele gosta de você.

Cindy me aceitou como quem aceita uma viagem, uma bebida, uma prova de algo alucinógeno: por descanso, alívio, fuga, diversão; sim, para poder, por algum tempo, pensar em outra coisa, ser outra pessoa.

Seu cabelo, com um corte que formava duas pontas na altura dos maxilares, lembrava-me pontas de folhas de palmeira negras. Seu corpo curto e forte, sua camisa curta e perfeita, seus tamancos de salto alto, suas batatas da perna ligeiramente grossas, sua bolsa de couro grande, sua pose naqueles saltos altos, seu ar de alguém que está sempre perfeitamente arrumada, embora também sempre pareça ter vestido uma roupa apressadamente, sempre com pressa, sempre atrasada. Entretanto, tudo nela sempre estava em harmonia.

Cindy era a mais perfeita atriz e artista da maquiagem. Era a sua habilidade em se tornar a mulher que estava representando que me fascinava. Eu tinha admirado Maxine e sua paixão, mas ela era, em nossos termos, muito familiar. Cindy arrastava com ela todo tipo de sinais que a amarravam a este lugar, à África, entretanto, muita coisa nela era estranha e nova. Eu nunca tinha conhecido ninguém tão original. Acho que me apaixonei por ela de um modo muito parecido com o que inúmeros tios se apaixonaram por minha mãe, e por razões muito semelhantes. A intensidade de sua visão de si mesma e de sua cidade e de sua vida. Minha mãe fugia pelo céu, viajando pelo continente, do Cabo ao Cairo, mas aqueles eram outros tempos em que os governantes tinham direito automático de voar por toda parte. Poder-se-ia dizer que minha mãe nunca teve os pés no chão (ela teria sido a primeira em concordar com isso). Seu sentimento pela África era de que ela a encorajava a saltar sobre ela com sua bota de sete léguas. Na realidade, uma versão das botas que ela tinha deixado para Cindy. Elas eram grandes demais, isso ficou claro desde o início, e o contraste na forma como elas viam o seu mundo também era muito grande. A visão de Kathleen Healey era uma visão a partir das nuvens. Sua África era aérea, livre e infinita.

Cindy era uma pessoa do lado de dentro. Seu país era uma fortaleza fortemente guardada, uma vila toscana localizada num cenário inglês; cegonhas de cobre no gramado, golfistas gordos arrastando os pés pelo campo de golfe, cercas eletrificadas e sensores infravermelhos enterrados na terra para evitar os cavadores de túneis; era um Porsche cor-de-rosa, morte súbita no sinal de trânsito. Ele era, ao mesmo tempo, perfeitamente adequado ao lugar; e tão longe quanto era possível ser da "África". Era estar em outro lugar.

Cindy, assim como a minha primeira esposa, Benita, nunca tinha conhecido nem se misturado com africanos. Cindy vivia no meio de milhões de pessoas de pele escura, mas isso não significava que ela as enxergasse, conhecesse ou atribuísse qualquer espécie de existência, exceto como uma presença indefinida: benevolente quando lavava louça, má quando tinha um acesso de fúria e chutava a cabeça de alguém.

Até certo ponto, ambas tinham uma visão da África como sendo uma ilha, no meio do caminho entre o mundo organizado e a desordem. Assim como os holandeses se apoderaram de terras preciosas que pertenciam ao mar, os sul-africanos privilegiados reverteram as marés da África construindo diques, belos muros, cercas, barricadas, usando não apenas tijolos e arame farpado, mas também a ignorância estratégica.

As diferenças entre Cindy e Benita tornavam-se claras quando você sabia de onde elas vinham. Benita foi, um dia, vagamente "inglesa". Cindy teria sido chamada de "de cor" ou "mestiça", de "africâner marrom", "mulata" ou outra designação pejorativa. Na terminologia mais recente, ainda mais louca, da nova era, alguns insistiriam que ela fosse chamada de "negra". Mas, na realidade, e na vida, ela estava longe de ser negra ou africana ou nativa, assim como Benita estava longe de ser inglesa. Benita acreditava ou imaginava possuir uma proveniência real: ela vinha de algum lugar e, o que era muito mais importante, ela descendia de *alguém*, ela pertencia a uma longa e honrada linhagem de aventureiros anglo-saxões que tinham ido para terras distantes e as tinham chamado de lar. Ou era o que ela dizia. Mas pessoas como Benita eram fantasmas. Ela chamava a si mesma de "africana", mas isso nunca convenceu a ninguém; nem mesmo a ela, eu acho. Pessoas como Benita tinham que fingir pertencer, fingir ser normais, fingir estar vivas.

Cindy não sabia quem tinham sido os seus progenitores e, por muito tempo, se ela tivesse sabido não teria dito uma única palavra a respeito. Ela sabia, como era de conhecimento comum, que pessoas como ela não existiam até os colonizadores holandeses dormirem com escravas, ou os hotentotes, ou qualquer um desta cadeia, e depois, horrorizados ao verem seus próprios rostos no espelho, negassem qualquer semelhança. Pessoas como Cindy eram lembranças vivas do que acontecia quando você cruzava a fronteira racial demarcada por nossos governantes desde o primeiro instante em que os brancos se encontraram com os negros na África do Sul e tiraram o cinto ou empunharam seu rifle.

Mas embora todas as afirmações de identidade tivessem sido uma ostentação, ou uma mentira, os "de cor" é que tinham sido obrigados a viver a mais cruel das ficções.

Cindy era um fantasma, fingindo ser uma princesa de Jo'burgo. A antiga garota "de cor" de um bairro miserável era agora a senhora de Sheerhaven, com seu Porsche e sua bolsa Gucci e sua fantástica personificação de uma jovem atraente de Jo'burgo, típica deste lado de Sandton, morando sob o mais rígido esquema de segurança numa mansão em Beauchamp Drive, no que ela chamava de *luxo absoluto*.

Você juraria que ela tinha vindo diretamente de Parkview e Saxonwold e Sandton, Sandhurst e Rivonia. Uma boa escola, seguida de um diploma de Belas Artes. Ela era o protótipo da "kugel" de jo'burguense, aquelas matronas guerreiras ou donzelas Armani, chamadas assim em homenagem a um pudim de pão, tão delicioso e tão perigoso, recheado de passas, e giletes.

Cada traço deste retrato foi pintado ao longo de sua vida. E ela não fingia ser outra coisa, ela tinha orgulho de ser o que se tinha tornado. Esta era a vantagem de ser obrigada a viver muitas vidas: às vezes você encontrava uma que combinava com você, uma que você podia adotar como sendo sua. Ela era uma bela criação, e tinha feito tudo sozinha: uma verdadeira rainha num campo cheio de artistas fajutos.

O que eu não percebi — por um certo tempo — foi que ela poderia resolver fazer tudo de novo.

A única vez que Cindy demonstrou alguma simpatia por seu ex-marido foi quando me contou que Benny não tinha apenas síndrome de Down, ele também era ligeiramente autista.

— Isso realmente acabou com Andy. Ele costumava dizer que podia lidar com as outras coisas porque sabíamos o que esperar. Quer dizer, a aparência de Benny, o rosto mais redondo, e o fato de ele ser lento, de não se desenvolver tão rápido quanto as outras crianças, e o fato de ter uma boca menor e ficar com a língua para fora. Talvez ele pudesse ter suportado isso. Mas havia as ideias fixas de Benny. Ele só senta na mesma cadeira, no mesmo lugar. Ele liga e desliga cada luz da sala exatamente seis vezes. Ele carrega uma raquete de tênis para toda parte. Ela é um brinquedo, um amigo e um cobertor de proteção. Ele vai para a cama com a raquete. Quando eu troquei o Porsche por um Mercury, ele enlouqueceu. Eu tive que comprar de volta o carro velho.

Benny era sua alegria e seu terror. Ele era, eu suponho, não só seu filho mas também a criança que havia nela. Por causa do seu jeito lento e sonhador, por causa das suas fixações — por objetos pequenos e redondos, bolas de golfe, tomates, bolas de gude, que ele girava entre os dedos durante horas, e seu modo distante mas carinhoso de abraçá-la, ou a mim, ou as almofadas do sofá, ou a perna da mesa, com igual paixão —, ele tinha um distanciamento que você não conseguia penetrar.

Ocasionalmente, ele se comunicava com você, de uma forma abrupta, afetuosa; mas você não conseguia se comunicar com ele.

Observar Benny era como observar uma criatura num estado constante de preparação para existir, para entrar no mundo. E embora parecesse sempre prestes a fazer isso, Benny nunca emergiu: ele estava no seu próprio espaço, e o amor podia espiar para dentro, mas não podia entrar. Isto era muito doloroso para ela; ela tentava mas não conseguia alcançá-lo. Ele às vezes era muito amoroso, mas em seus próprios termos. Ele a abraçava e beijava, mas também me abraçava e beijava, e a qualquer outra coisa que atraísse seu olho interior — ele tentava abraçar o Porsche —, seu amor era simplesmente espalhado em todas as direções.

— Ah, oi, Alex — foi tudo o que ele disse uma manhã, quando me encontrou na cama com a mãe dele. — Você viu minha bola de golfe?

— Você a deixou na geladeira, com os tomates — Cindy disse.

Benny assentiu.

— Que bom, ela fica mais fresca assim, não é? — E subiu na cama conosco.

Ele perguntou para a mãe:

— Por que você não está de pijama?

— Porque estou quente como uma torrada.

Benny puxou as cobertas e olhou atentamente para o corpo nu dela.

— Você não parece uma torrada. Parece... uma laranja.

— Por que uma laranja?

— Porque você tem essas marquinhas na pele, igual a uma laranja.

— É porque eu estou arrepiada — disse a mãe, que estava desconcertada com o olhar sonhador, tão profundo e ao mesmo tempo tão cego de Benny.

— Por que você está assim?

— Porque estou com frio.

— Mas você disse que estava quente como uma torrada.

— Eu estava, até você tirar as cobertas. — Ela puxou as cobertas com firmeza.

— Uma laranja — Benny repetiu —, uma laranja de sangue. — Ele se virou para mim. — E você parece um pregador de roupa.

— Agora nós sabemos com o que nos parecemos e esta é uma combinação e tanto — disse Cindy —, a laranja de sangue e o pregador de roupa.

Podia ter sido pior. Nós formávamos um casal peculiar. Talvez a palavra aliança nos descrevesse melhor. Não: pensando bem, "ato" é a melhor palavra. Um belo esquete cômico. Ela representava a princesa jo'burguense; eu era o estrangeiro de visita. Nossa estranheza não vinha só da diferença de idades, mas também de muitos oceanos de diferença entre o passado dela e o meu. Isso não importava porque nós fingíamos que não importava. E não era difícil fingir. Nós tínhamos sido muitas outras pessoas, em muitos outros lugares, antes de chegar aos papéis que estávamos representando agora.

Ela me apresentava aos seus amigos assim:

— Este é o Alex; ele é de além-mar.

Este era o melhor disfarce que eu poderia ter. Eles conversavam, os amigos dela — Dean e Sharon, Lindalee e Tristam, Lionel e Hephzibah, Izzie e Bopi —, por cima e ao redor de mim. Às vezes eles me perguntavam o que eu fazia e eu dizia que viajava e vendia ar-condicionado, e isso tinha o resultado de sempre: a minha profissão deixava rapidamente de ser tema de conversa. Quantas vezes eu tinha me sentido grato por essa tendência ao desaparecimento que ela tinha.

Viagem: isso os deixava mais interessados.

— Para onde? — eles perguntavam.

— Camboja, Jo'burgo. Malásia...

Eles balançavam a cabeça, vagamente, com uma expressão relaxada; terras sem importância.

— É tão difícil ter que ir para esses lugares — Cindy dizia.

Para mim, estava bom. Era como aquelas experiências de quase morte em que o paciente, aparentemente inconsciente, ouve e vê o que está acontecendo ao redor dele, enquanto os médicos e as enfermeiras falam sobre ele como se ele não estivesse ali. Era como ser Lázaro; só que as pessoas viram mesmo Lázaro quando ele saiu do túmulo, ressuscitado. Eu era mais como um dos fantasmas do Hades, de Virgílio, pálido e sem sangue e não apenas etéreo mas também tolo. Eu disse algo nesse gênero uma vez, e Sharon quis saber onde ficava Hades.

— É o lugar para onde vão as almas depois que morremos. É como os gregos e os romanos chamavam o mundo subterrâneo.

— Eu sabia que devia ser nos subúrbios da zona norte, senão eu teria ouvido falar nele — ela disse.

29

Para Koosie, ficaram os velhos planos de voo de minha mãe, as rotas de fuga e a peruca de Washington. As rotas que ela voava estavam detalhadas com sua letra grande e redonda em páginas amareladas de papel pautado e guardadas em envelopes plásticos. Um diário aéreo de fugas desesperadas, normalmente perigosas; falsos planos de voo que ela tinha preenchido para as autoridades, bem como as rotas realmente percorridas; dúzias de viagens arriscadas a pistas remotas no meio do mato e aeroportos secretos no Zâmbia, Lesoto e Tanzânia. Anotações de problemas mecânicos: "compressão baixa/cilindro/50 por 80 psi..." Um farto dossiê de mapas, diagramas, estimativas de combustível, previsões de tempo, horas de chegada, cargas.

Quando eu disse a Cindy que estava indo para Soweto para ver Koosie, ela se lembrou dele na mesma hora.

— Aquele cara magro de limusine no enterro de Kathleen? Eu posso ir? Ele disse que eu podia. Mas... o que devo vestir?

— O que você achar mais confortável.

— Uma coisa é certa: não vou me sentir confortável usando qualquer coisa que eu ache confortável.

Numa bela manhã de quinta-feira, eu a apanhei no velho Land Rover da minha mãe. Não que eu achasse que seu Porsche cor-de-rosa não servisse para ir a Soweto, mas esse não era o tipo de carro em que eu me sentia confortável. Ela usava uma camiseta branca, um par de jeans tão apertado que parecia pintado nela, um cinto largo de pele de cobra com uma fivela prateada do tamanho de um prato de sopa. Entre os seios, lembrando as cabeças presidenciais esculpidas no monte Rushmore, estava estampado o rosto sorridente, barbado, um tanto gordo, do jovem Nelson Mandela, comprada, eu calculei, na butique da moda em Rosebank onde Steve Biko e Bram Fischer e Hector Pieterson tinham passado de mártires a ícones da moda, de celas de prisão para camisetas, para uma geração que ainda não havia nascido quando eles morreram.

— O que você acha? — ela me perguntou. — Aqui estou eu, armada até os dentes. Você sabe o trabalho que isso dá?

— Você está maravilhosa.

— Mas estou com a roupa certa?

— Quem sabe o que é certo para Soweto; eu diria que você está perfeitamente sintonizada. Eu diria que você está na medida certa, eu diria que isso é notável, para alguém que nunca esteve lá. Deve ser osmose.

— Os... o quê?

— Não importa. Você está ótima.

Cindy também tinha se vestido com certa ansiedade e eu me senti solidário com ela. O que você usa quando está indo para fora do planeta, para o espaço intergaláctico; como os alienígenas irão recebê-lo? Mas seus instintos, como sempre, foram corretos, porque Soweto era, tanto quanto ela, uma invenção. Só a viagem que fizemos naquela manhã, de Sheerhaven para Soweto, foi ao mesmo tempo tão espantosa e tão insípida que só os paranoicos poderiam fazê-la calmamente. Nós passamos, numa viagem de carro de 40 minutos, dos guetos dourados do norte para uma cidade dormitório fumarenta, na zona sudoeste da cidade. Tínhamos atravessado galáxias.

Soweto era um enigma. O que ela era dependia de quem estava perguntando. Às vezes ela era a cidade irmã de Jo'burgo, às vezes um bastião revolucionário. Seu verdadeiro nome, South Western Townships, falava do anonimato banal que espreitava logo abaixo do acrônimo sensual. Ela nunca foi planejada para ser mais do que um depósito de pessoas expulsas de lugares de verdade. Ela era, e não era, uma cidade. Ela era o segredo culpado de Jo'burgo, onde a cidade enclausurava seus trabalhadores e dizia a eles que estavam no paraíso. Quilômetros de bangalôs de tijolo no vasto planalto, sob as torres da estação de energia que, dizia a lenda, só fornecia energia para Johanesburgo. Assim como Soweto só existia para fornecer trabalhadores para a cidade dourada. Até a quantidade daqueles que viviam em Soweto estava sujeita a dúvidas e manipulação; era um milhão, dois ou três? A resposta variava, dependendo da pessoa a quem você fizesse a pergunta. Mas depois dos tumultos de 1976, seguidos pelos tiroteios, tumultos e cercos dos anos 1980, e da eleição de 1994 que levou Mandela ao poder, tudo tinha mudado. As pessoas diziam isso com aquele jeito comovido que alertava você para não perguntar o que tinha mudado, ou elas lhe dariam um safanão.

Depois de 1994, aqueles que podiam davam o fora de lá, iam para outros lugares, para os "subúrbios" de verdade na "verdadeira" Jo'burgo. Lugares como Houghton e Morningside para quem tivesse grana; favelas de luxo como Hillbrow e Yeoville para os duros.

Fazia anos que eu não ia lá. A última vez que eu tinha estado em Soweto, minha mãe estava levando gente para fora do país; havia tanques nas ruas de terra e sangue na poeira. Soweto, quando eu a conheci, era um dormitório sujo, de casas modestas de tijolo com telhado de zinco, estendendo-se por quilômetros a fio, com alguns bolsões de riqueza. Pelo que eu podia ver, ainda era a mesma coisa. Os policiais e os tanques tinham desaparecido, mas parecia que Soweto tinha ficado adormecida por várias décadas. Eu sabia que não era verdade: o país tinha sido virado de cabeça para baixo. Mas tudo que vi e cheirei era tão igual ao que era antes que foi difícil não ficar chocado pela aparência suja e familiar da cidade.

Koosie ainda morava na casinha em Diepkloof em que sempre tinha morado, o único sinal de status era a Mercedes preta, sob o toldo listrado de azul.

Ele mesmo abriu a porta.

— Oi, Alex, que bom vê-lo de volta aqui depois de tantos anos. — Ele me deu um abraço. — Ei, isso é bom. Já faz muito tempo. — Ele estava magro, quase frágil, seus ossos pequenos sob a lã azul de boa qualidade.

— Você se lembra de Cindy?

— Claro. Do enterro de Kathleen. Não se acanhe, Cindy. Entre, entre! Seja bem-vinda a Soweto. Eu gosto da sua camiseta e desse cinto.

Ela se derreteu; dava para ver. O fato de simpatizarem um com o outro não foi surpresa. Eles eram as pessoas inventadas, os mutantes: dr. Sithembile e sra. Cindy September, em seus papéis principais. Eu era uma mosca na parede e, provavelmente, na gordura, o homem de lugar nenhum. Assim como Cindy tinha se vestido para Koosie, ele tinha se vestido para ela, o elegante terno azul, os punhos perfeitos; vestido de acordo com o seu status de homem bem-sucedido, mas vestido também, eu tive essa estranha sensação, para disfarçar, para se estabilizar antes de nos encontrar.

— Vamos tomar um café, ou um drinque ou outra coisa, e então eu vou levá-los para o Tour Completo do dr. Nkosi. Vou mostrar-lhes o lugar de cabo a rabo. Vocês vão gostar de Soweto; e Soweto vai gostar de vocês.

Cindy disse:

— Isso seria fabuloso... Se não for tomar muito do seu tempo.

— Eu tenho tempo — Koosie disse cuidadosamente. — Há meses que não vou ao escritório. De fato, desde que sua mãe foi me visitar. Estou de licença para tratamento de saúde.

— Nada sério? — perguntei.

— Um bocado disto, um bocado daquilo. Estou bem melhor. Arranjei um médico novo que não está tentando me matar.

Ele riu, e nós rimos, como se fosse natural o seu médico tentar matá-lo. Com se matar você fosse o que os médicos faziam.

Eu entreguei a ele os planos de voo e os mapas no grande envelope de plástico.

— Kathleen deixou-os para você em seu testamento.

Koosie pegou o envelope.

— Rotas de fuga. Isso diz tudo, não é? Sua mãe sempre teve um aguçado senso de humor, não é? — Ele se virou para Cindy. — Kathleen costumava tirar gente do país em seu avião. Ela era maravilhosa. Era uma amiga de verdade.

Ele largou o envelope como se não soubesse ao certo o que fazer com ele, depois deu aquele seu sorrisinho astuto.

— Onde está a peruca?

— É uma peruca-fantasia. Pertenceu a um soldado menino chamado Washington, na Libéria. Um souvenir de uma amizade.

Koosie sacudiu a cabeça.

— Soldado menino! Sua mãe era impossível, não era? Aquele cara, onde foi que ela o escondeu, afinal?

Cindy disse:

— Que cara?

Koosie disse:

— Ela estava escondendo um médico cubano que fugiu do Zimbábue.

— Estava mesmo? — Cindy sacudiu a cabeça, com uma expressão de admiração afetuosa pela esquisitice da amiga. — Ela era formidável, a sua mãe. O que foi que ela fazia com ele?

— Mambo, dentre outras coisas. Ele a estava ensinando a dançar mambo — eu disse.

— Meu Deus, mambo! — ela estava rindo e sacudindo a cabeça e meio que chorando ao mesmo tempo. — Onde ele está agora, esse cara que a estava ensinando a... dançar mambo?

— Tudo que posso dizer é que ela conseguiu uma identidade nova para ele. Comprou uma. Aparentemente, não é difícil fazer isso, se você conhecer as pessoas certas. Há um exército de novos sul-africanos e o cubano da minha mãe juntou-se a ele. Aparentemente, é uma indústria muito próspera.

Koosie disse a Cindy:

— Ela veio falar comigo a respeito do cubano. Queria que eu ajudasse e eu me recusei. — Ele deu um tapinha no envelope de plástico. — Foi por isso que ela me deixou isto: as provas de nossas antigas aventuras. Isso mostra que ela ajudou outras pessoas. E a mim. E depois eu me recusei a ajudá-la. E a peruca também mostra isso; um dia eu fui um soldado menino. Mas eu me havia esquecido disto. Este é o significado de todos estes presentes. O fato de eu ter me esquecido que fui um rebelde. Só que não foi assim.

— Não foi? — eu perguntei.

— Eu tentei dizer à sua mãe; aqueles tempos não existem mais! Eu não esqueci, apenas cresci. O que fizemos naquela época não pode ser feito agora.

— Pelo amor de Deus, Koosie. O cara era um refugiado da Cuba de Castro. Castro prende as pessoas. Castro é um horror. Mas, para você, Castro é legal porque é um irmão socialista.

— Alex, o cara era um fugitivo. Ele tinha escapado de um país que o tinha contratado para trabalhar. Ele estava na África do Sul ilegalmente.

— Que merda de legalidade é essa, Koosie? Legal é o que você decide que é legal. Legal é o que convém, quando você diz que convém. Antigamente, vocês pulavam a fronteira, e isso era bom e era legal. Mas um médico cubano que foge é um criminoso e deve ser preso. Embora ele esteja fugindo do déspota que está na porta da nossa casa, Bob Mugabe. Mas Mugabe é legal, certo? Porque ele é um irmão africano. Então o seu partido o apoia, assim como apoiou a velha Rodésia branca. Pelas mesmas razões.

— Eu acho extremamente ofensivo você comparar nosso governo democrático com o velho regime do apartheid. Se não fosse por nossa revolução você não seria um homem livre.

— Koosie, vamos ser honestos. Não houve nenhuma revolução. Como movimento de libertação, o seu pessoal agiu como um bando de imbecis, do início ao fim. O que houve realmente foi que o seu pessoal fez um acordo com o grupo anterior. Os caras com as armas e os caras com mais armas ainda, eles repartiram o poder entre eles. Isso deixou gente como eu, e o cubano, e qualquer um que não fosse um dos seus caras ou um dos caras deles, inteiramente desprotegidos.

Koosie ficou zangado.

— Se nós não tivéssemos sido tão magnânimos, o bando de vocês teria sido julgado por crimes de guerra. Como os nazistas em Nuremberg.

— Caras, caras, caras — Cindy disse, segurando nossos braços e nos conduzindo na direção do carro. — Onde está aquele tour que você me prometeu?

Nós entramos no carro dele. Cindy sentou-se ao lado de Koosie, que iniciou uma performance profissional, amorosa, divertida, às vezes mordaz, e totalmente fascinante, enfatizando o que dizia com amplos gestos, como um maestro encorajando uma orquestra a aprofundar e enriquecer o som, descrevendo sua cidade com todas as suas nuances e sua originalidade.

Koosie executando o seu tour completo era Koosie em sua melhor forma. Nada daquele moralismo ansioso que parecia ter se tornado o outro lado da sua natureza, nada daquela lealdade cega ao partido. Ele foi sardônico, duro, desprovido de sentimentalismo. E amava o lugar do jeito que se ama um garoto perigoso. Ele nos disse que o preço das casas estava subindo; que caras não eram mais jogados para fora do trem a caminho do trabalho; e que gente doida não ficava mais atirando das janelas dos hotéis zulus, bem, já fazia algum tempo que isso não acontecia. Era melhor bater na madeira. E as guerras de táxis tinham diminuído, então ele não acordava mais com o barulho de AK 47s... E depois de cada ironia ele olhava para ver se estava provocando a reação que pretendia. E estava. O rosto de Cindy refletia toda a alegria, o terror e a fascinação de alguém que visita pela primeira vez um lugar lendário e assustador. Por algum tempo, ele foi o velho Koosie, o cara que me levava para o centro de Jo'burgo nos sábados para ver os desfiles de casamento. O menino com quem eu tinha crescido, meu irmão e meu amigo.

— Este bairro em que eu moro se chama Diepkloof. Ele possui duas versões. Como tantas outras coisas. O Diepkloof que você vê é composto de um conjunto de casinhas, cada uma com um alpendre ou uma garagem ou um quartinho no quintal, e tudo isso eles alugam. Os moradores do quartinho dos fundos não têm água nem luz. Os aluguéis são *muito* caros, mas as pessoas pagam qualquer coisa... porque não conseguem um lugar para morar. Só em Soweto você tem gente de classe média que é muito pobre, mas que também é proprietário de imóveis nas favelas.

As casas começaram a se expandir em minimansões, palácios de tijolo com jardins na frente e garagens de verdade, e sem barracos nos fundos.

— Aqui está o outro Diepkloof, onde você encontra a classe alta. Principalmente gerentes de banco, traficantes de drogas, e assim por diante. Eles têm BMWs em suas garagens, não inquilinos. Você vai notar que não existem grades de ferro nem cães de guarda. Nem muros. Esta é uma área de criminalidade muito baixa. Ninguém rouba. Porque se você roubar, morre.

Nós passamos pelo hospital.

— Este é o hospital Chris Hani Baragwanath. O maior hospital do hemisfério sul. Hani era meu amigo. Pobre Chris, líder do nosso exército, combatente e comunista, morto numa rua do seu bairro por dois fanáticos brancos, pouco antes da eleição de 1994. O hospital às vezes é perigoso. Médicos são assaltados, até assassinados quando saem do trabalho. Isso não era possível. É ruim para o moral. Ele é mais seguro agora do que era poucos meses atrás. Eles reforçaram a segurança nos portões da frente.

Cindy engoliu em seco. Ela estava fascinada; a exposição de Koosie mantinha o nível de concentração muito alto.

Em seguida vinha o depósito de carros perdidos, onde centenas de veículos esperavam, como bichinhos de estimação, atrás do arame farpado, que seus donos os reclamassem. Recuperados de assaltos e roubos; recolhidos antes que pudessem cruzar as fronteiras de Moçambique ou do Zimbábue, ou que desaparecessem num desmonte local, uma espécie de matadouro, onde alguns golpes de maçarico bem dados reduziam modelos elegantes a suas lucrativas partes.

— Se você perder seu carro — Koosie disse a Cindy —, venha procurá-lo aqui... ou bem ao lado, na loja da polícia. Às vezes os tiras os trazem para cá.

— Ótimo. — Era a primeira palavra que Cindy pronunciava desde que tínhamos começado o tour.

— Nem tanto. Pode ser uma roubada. — Ele sorriu. — Nossos tiras têm um próspero comércio de acessórios. Você pode conseguir seu carro de volta, faltando quase tudo.

Passamos pela escola, onde dois homens tinham assassinado um professor na semana anterior; depois, pela enorme fileira de táxis, onde centenas de minivans esperavam, roncando e soltando fumaça, prontas para ir para qualquer lugar da África, do centro de Jo'burgo para Lusaka, ou para o Cairo.

— É uma longa espera, então os motoristas dormem um pouco ou puxam um fumo. Não é de espantar que quando eles pegam a estrada às 3h da manhã não estejam sempre de bom humor.

O verdadeiro prazer do tour estava na performance de Koosie; e no rosto de Cindy.

— Até que ponto os pobres são realmente pobres? — ela perguntou.

Koosie tocou na manga de Cindy.

— Vamos até Mandela Village.

Mandela Village era uma favela com barracos de madeira e plástico e casebres de zinco, e caminhos de terra entre as casas. Nós conhecemos Daisy, que tinha quatro filhos pequenos e um marido na cidade, procurando trabalho. O barraco era pequeno e limpo e desprovido de tudo, exceto cobertores de bebê e panelas. O chão era de terra dura. As paredes eram forradas de embalagem de sabão Sunlight e brilhavam. Daisy morava lá havia oito anos. A impressão geral era de ordem e paciência, e a própria Daisy exalava um desespero digno.

— Espero que as coisas melhorem para você — Cindy disse a ela.

Daisy simplesmente suspirou e sacudiu a cabeça, educada demais para contradizê-la.

Lá fora, na rua, Cindy disse:

— Eu gostaria de voltar e trazer alguma coisa para ela. Mas não me sinto bem em dar dinheiro.

— Volte e dê — Koosie disse. — Ela não tem eletricidade, não tem água corrente, exceto por uma ou duas torneiras comunitárias, não tem emprego. Daisy é o tipo de pessoa que nós prometemos ajudar, quase dez anos atrás, mas o cheque ainda está no correio. Depois nós iremos ao "santuário".

O "santuário" era um círculo de granito e um enorme estacionamento: o Hector Pieterson Memorial. Dentro do círculo de granito estava reproduzida em todo o seu horror a imagem do menino moribundo sendo carregado por outro menino, como um sacrifício, uma oferenda, em direção às armas da polícia. O menino visto carregando Pieterson naquele dia chamava-se Mbuyisa Makhulu, e ele desapareceu depois dessa marcha e nunca mais foi visto. Ele com certeza morreu num dos campos onde policiais como Oomie tinham servido.

— O santuário — disse Koosie. — Lembrem-se do dia 16 de junho de 1976 em que estudantes sem armas de qualquer tipo enfrentaram o governo.

O que fazia o dia 16 de junho tão memorável era sua simplicidade. Crianças ainda na escola foram obrigadas a aprender africâner. Receber ordens, apanhar, ouvir deboches, sofrer maus-tratos e ódio por parte de perseguidores cruéis e estúpidos era algo que elas aguentavam o melhor que podiam, e por um tempo que deve ter parecido interminável. Mas isso era demais: elas não seriam obrigadas a falar a língua do inimigo. Elas disseram que não e marcharam na direção das armas.

A revolta das crianças foi só delas: não teve nada a ver com os movimentos de libertação. Uma rebelião verdadeira, tão incrível que ainda não era inteiramente compreendida e que era cada vez mais difícil de ser lembrada em toda a sua força e amargura. Agora ela era pateticamente comemorada num feriado nacional e servia de pretexto para discursos em proveito próprio, feitos por funcionários cansados e para monólogos raivosos, muito distantes do espírito daquela revolta espontânea, sem liderança.

À medida que o espírito se perdia, o santuário se deteriorava.

Nós custamos a achar lugar no estacionamento; grandes ônibus estavam depositando turistas franceses, alemães e ingleses. Eram sempre os estrangeiros que visitavam Soweto, para ver por si mesmos, para visitar o memorial de Hector Pieterson e a revolta dos estudantes.

— Nós temos a característica de transformar tragédia em atração turística.

Koosie fez um gesto amplo para mostrar os vendedores ambulantes esperando em volta dos canteiros de flores: oferecendo cópias piratas de rap americano de má qualidade e velhas edições de poesia africana, celulares presos nos cintos.

— Esses caras gostam de se passar por herdeiros da revolta das crianças diante dos turistas estrangeiros. — Koosie sacudiu a cabeça. — Isso não funciona: os estrangeiros reconhecem um rap americano racista quando ouvem.

Eu disse:

— Marque um lugar como sendo sagrado, faça dele um lugar de peregrinação e os camelôs e os aventureiros passam a ganhar dinheiro fácil. Vendendo a caspa do santo. O unicórnio sagrado da virgem. Isto acontece no túmulo de Lenin em Moscou; acontece na gruta de Bernadete em Lurdes. O lugar nunca permanece puro.

— Por que não? Por que toda essa merda? — Koosie perguntou. — Por que não há um certo... respeito?

— Ele não permanece puro porque, provavelmente, nunca foi puro. Já faz quase 30 anos que aquele menino foi morto. Ele é um herói; mas também é uma atração. Talvez isso seja um sinal de normalidade. De uma normalidade confusa, sem sentido, comercial.

— Então eu não a desejo; é cedo demais para isso.

— Eu entendo o que você quer dizer — disse Cindy. — Você quer que as coisas permaneçam, digamos, puras. Intocadas.

— Quero. Essa é a palavra, "intocadas".

— Como devia ser — disse Cindy.

Eu disse:

— Fazer com que as coisas fossem como deviam ser foi o que causou a desgraça. Para nós. Para o país. Eu odeio isso. Só nos trouxe derramamento de sangue.

— Alex não entende — Koosie disse carinhosamente, com uma ponta de deboche em sua afeição.

— É o que eu digo a ele — disse Cindy.

Koosie e Cindy sorriram como dois conspiradores que tinham uma compreensão mais profunda do que os visitantes, do que os estrangeiros, do que era a realidade, porque eles viviam num lugar de onde nunca tinham saído, um lugar chamado "lar"; que eles sentiam que conheciam, amavam, defendiam, possuíam. Quem transformava sua geografia pessoal em moralidade? Quem acreditava que se as coisas não estivessem certas elas tinham que ser mudadas?

— Continue dizendo isso a ele — disse Koosie.

Eu deixei como estava: já era suficiente que eles se entendessem; já era suficiente que Koosie conversasse com mais facilidade com ela do que comigo; já era suficiente que Cindy estivesse tão contente. Eu senti um arrepio na nuca, um buraco no estômago, uma sensação de queda vertiginosa, porque aqueles que fariam qualquer coisa para manter as coisas "intocadas" geralmente eram sinceros naquilo que diziam. Todas as formas de perfeição pareciam custar muitas vidas.

Nós paramos em seguida diante de uma casinha comum e Koosie disse:

— Esta é a antiga casa de Nelson Mandela. Não é nada extraordinária, é? Vocês querem entrar?

— Sim, por favor — disse Cindy.

— Eu vou ficar aqui — eu disse. — Pode ir com Koosie.

Cindy disse, aborrecida, até um pouco chocada:

— Você não quer ver a casa de Mandela?

— É uma imitação.

— Eu não acredito. Não pode ser — Cindy gemeu.

— Bem, não é exatamente uma imitação. É mais uma reconstrução — Koosie disse delicadamente. — A casa original foi destruída.

— Por quem, pela polícia?

Koosie fez uma pausa cautelosa.

— Não. Pelos vizinhos.

— Por que eles fizeram isso? — ela estava horrorizada.

— Quando Mandela estava preso em Robben Island, Winnie morava aqui; era aqui que ela tinha seu time de futebol. Você sabe, os garotos que ela enviava para criar confusão. Era aqui que os garotos ficavam trancados à noite e alguns deles não tornavam a sair. As histórias deste lugar não eram boas. Elas perturbavam os vizinhos. Talvez os gritos também. Um dia, os vizinhos queimaram a casa.

Cindy não disse nada.

Koosie a segurou pelo braço.

— Agora é considerada um museu da Revolução, e vamos ter que pagar dois dólares para entrar.

Eu os vi entrar. Ele a segurava pelo braço e ela olhava para ele. Professor e aluna. Koosie era bom, era sólido, mas havia algo errado com ele. A ignorância de Cindy era profunda e sincera. Ela não sabia nada de história, nem a sua própria, nem a do país, nem a do seu passado. Não sabia ou não queria saber. Os garotos que ficavam presos na casa de Mandela tinham sido culpados de não ser o que deveriam ser. Não eram puros. Um defeito fatal. Mas Cindy não fazia nenhuma ideia do que tinha acontecido com eles. A natureza do que ela não sabia era embaraçosa e normal, e até, talvez, admirável. Afinal de contas, Cindy fazia parte do novo; e parte disso significava não precisar saber nada sobre o passado. Ela sabia onde fazer compras, o que fazer para se proteger de roubos, assaltos, sequestros... do que mais precisaria? E se ela precisasse saber, alguém lhe contaria. Koosie estava mostrando Soweto para ela, da mesma forma que o coitado do seu marido, Andy Andreotti, lhe tinha mostrado Sun City. Pensando bem, embora eles cumprissem objetivos diferentes na cavalgada selvagem da vida sul-africana, cada um desses lugares era tão horrendo e irreal quanto o outro.

Quando eles saíram da casa, Cindy estava chorando. Eu achei que devia ser porque ela estava comovida pelo que tinha visto e pelo que tinha aprendido sobre a luta trágica dos habitantes de Soweto. Embora se eu tivesse parado um segundo para pensar saberia que Cindy não chorava por causa de política. E política não explicaria por que ela estava abraçando Koosie sem parar. Ele estava sem graça, incomodado com tanta atenção, como se não tivesse tido a intenção de provocar aquela emoção.

Nós voltamos para a casa dele em silêncio. Cindy estava no banco de trás e mal conseguia abafar seus soluços.

Quando chegamos, Koosie não nos convidou para entrar. Ele tornou a me agradecer pelos presentes deixados por minha mãe. Parado do lado de fora da casa, no seu terno azul, o sol brilhando nas suas abotoaduras de ouro, ele nos deu adeus com o grande envelope de plástico contendo os velhos planos de voo e as rotas de fuga dela, dos quais tantas vidas tinham dependido em outra era.

Estávamos de volta à zona norte de Jo'burgo, passando por ruas ladeadas de muros altos, arame farpado e guaritas de polícia, quando ela disse:

— Sinto muito ter me descontrolado lá. Mas aquilo realmente me fez mal.

— Soweto?

— Não, Soweto não. Eu gostei de Soweto.

Eu devo ter feito uma cara de espanto, porque ela disse:

— Eu desconfiei assim que o vi. Não é só o fato de ele estar magro, é o aspecto. Tem um aspecto que é característico, e depois que você sabe, não dá para confundir. Eu já vi isso antes. E então, quando fomos visitar a casa de Mandela, ele me contou. Francamente. Ele contou meio brincando; disse que não podia contar para você porque só um sul-africano poderia entender.

— Entender o quê?

— Seis meses atrás, o teste dele deu positivo para HIV.

Eu não soube o que dizer.

— Quando ele foi diagnosticado, estava com um médico particular que receitou ARVs. Antirretrovirais. Ele teve sorte. A maioria das pessoas não consegue esses remédios. Ele começou a tomar os ARVs, mas depois parou.

— Por que ele parou?

— Ele acha que Aids é uma síndrome e que uma síndrome não é uma doença. Ele disse que seu problema pode ser devido a diversos fatores. Dieta, genética, disfunção espiritual. Que há outros tratamentos, outras soluções. E ele as está explorando: expressão usada por ele.

— Mas ele sabe que está doente.

— Ele diz que não está bem. Não diz que está com Aids. E mesmo que dissesse, ele segue a linha adotada por um monte de gente poderosa aqui, até o presidente, de que antirretrovirais não adiantam para Aids. Esta é, de certa forma, a linha do partido. Oficial. Aids não é Aids, é uma outra coisa. É TB, má nutrição, malária, é um monte de doenças locais, sozinhas ou combinadas. Aids é uma síndrome. ARVs, as drogas que a combatem, são uma conspiração das companhias farmacêuticas ocidentais para roubar as pessoas doentes. E para envenenar os africanos. ARVs — segundo esta linha — são mais perigosas do que a própria doença, que pode não ser a doença que dizem que é, aliás. Koosie acredita que pode vencer essa coisa sem drogas. Se ele se alimentar bem e acreditar nas pessoas certas. Ele está incrivelmente determinado a fazer a coisa certa.

Lealdade era uma coisa que Koosie sempre tivera. Para Koosie, o Movimento não era só a sua família, era a sua igreja, era seu supremo guia. Essa conversão tinha acontecido pouco antes de matarem o Big Lou. No esquema religioso de Koosie, o ladrão pequenino que tinha matado Big Lou era uma espécie de mensageiro divino, enviado para reforçar essa fé. Era uma fé pela qual ele morreria ou mataria. Ele vendia barato a sua vida quando o carrasco divino exigia obediência. Ah, sim, Koosie era leal. Puro. E eu poderia ter dito perigoso, teimoso, lamentável, cheio de princípios e insano; quase tão louco quanto todos os outros imbecis que nos haviam governado. Mas eu não disse isso.

Nós paramos num sinal vermelho. Na ilha de tráfego, havia um pequeno reboque com uma logomarca na porta do motorista, que dizia: "Harry recebe e leva".

Cindy disse:

— Está vendo aquela pick-up azul com um gancho pendurado, parada na ilha de tráfego? Elas são chamadas de prostitutas alegres. Aquelas pick-ups trabalham na rua, exatamente como as moças que exercem essa profissão. Só que esses abutres estão atrás de acidentes de trânsito. Eles ficam ouvindo a frequência de rádio da polícia para saber onde houve um acidente e se dirigir para a carnificina. O primeiro que chega, leva. Dá briga. Eles subornam os policiais para serem avisados. Mas às vezes o trabalho fica escasso, portanto tenha cuidado nos cruzamentos quando o chão estiver molhado. E depois que escurecer. Porque quando os negócios estão ruins, as prostitutas alegres gostam de facilitar as coisas: podem mexer nos sinais ou espalhar óleo na pista depois que chove.

— Caras legais.

— É um trabalho.

— Vou me lembrar disso.

— Ótimo. Pode salvar sua vida.

— O que vai acontecer com Koosie? — perguntei.

— Sem os ARVs ele vai morrer.

— E esse médico novo que ele mencionou? O que não o está matando?

— Ele está vendo uma curandeira. Uma *sangoma*. Ela está dando a ele uma espécie de *muti* especial que ele jura que está lhe fazendo bem.

Eu não sabia ao certo que tipo de resposta dar a isso, diante de tanta morte. Salvar a vida de alguém era algo muito problemático naquele momento. O valor atribuído à existência de um indivíduo parecia estar muito baixo e se importar com isso parecia ser uma demonstração intolerável de elitismo.

O próprio Soweto tinha essa marca; o país inteiro tinha essa marca. O memorial de Pieterson simbolizava morte heroica, livremente assumida; a casa de Mandela recordava a morte de crianças por tortura; Koosie, magro, elegante, zangado, sorridente, queria esquivar-se da morte por — o quê? Síndrome? Mas, na realidade, o que Koosie temia mais do que a morte era a descrença. A salvação estava em seguir a linha do partido; numa terra em que a linha tinha sido destruída por tiros há muito tempo, e o partido era um bando de gatos gordos e avarentos lutando por posição e poder, Koosie permanecia sendo um verdadeiro crente. Uma espécie de santo.

O Land Rover seguiu em frente, passando por Craighall, Sandton, indo na direção de Four Ways e Lone Hill e Sheerhaven. Eu acompanhei o fluxo, embalado pelo blues melancólico do dia:

Multidão apedreja suspeito
Tio estupra menina de 6 anos
AS encabeça pesquisas de viagem
Ouro sobe
Onze vacas retalhadas a faca
Ouro desce
Drogas não diminuem Aids — Ministro...

30

Eu não ficava muito tempo em Forest Town depois disso. Era triste demais; só eu, o fantasma da minha mãe e um ectoplásmico Noddy, que continuava morando no quartinho dos fundos e assombrando o jardim: distante, opaco e incomunicável.

Quando eu voltava para a casa, era com Benny, carregando sua raquete de tênis. Ele gostava de ver as fotos dos animais que minha mãe tinha caçado, e as cabeças de búfalo penduradas nas paredes, os tapetes de pele de leopardo; ele gostava do retrato da minha mãe com Carequinha, o papagaio cinzento, em seu ombro. Benny estava condenado a procurar coisas que fizessem sentido para ele num mundo em que fazer sentido era uma provação. Ele era impermeável a mudanças e ferozmente dependente de rotinas. Então nós fazíamos as mesmas coisas, na mesma ordem, sempre que visitávamos a minha casa. Depois de acender e apagar todas as luzes seguindo um mesmo padrão, víamos as fotos. Eu tinha que contar a ele, exatamente com as mesmas palavras, a história de como Carequinha tinha aprendido palavrões com os Holandeses Voadores que vinham limpar a casa, quando Koosie e eu éramos meninos. Ele era especialmente fascinado pelas fotos de Bara e Buti, os pigmeus da floresta, e pela história de como eles tinham perseguido e comido o velho Carequinha.

A forma como Bara tinha sido fotografada, pondo a língua para fora, fascinava Benny. Ele sempre punha a língua para fora de sua boca pequena e redonda, assim como estava sempre alisando a mecha de cabelo que caía sobre a dobra de pele que ele tinha na nuca, com suas mãozinhas quadradas, em que os dedos mindinhos só tinham uma falange, em vez das duas habituais.

— Que gosto tem um papagaio? — Benny perguntava, com a raquete na frente do rosto, apertando as cordas contra os lábios. Com as cordas da raquete formando cubinhos de carne no seu rosto, ele parecia um animalzinho estranho, preso numa rede.

— Gosto de fogos de artifício e sapatos velhos — eu sempre dizia.

— As penas ficam espetadas na garganta?

— Por uma semana e meia, pelo menos.

Cindy me disse que Benny era tão preso a rotinas que quando saía para passear com os colegas do Abrigo Raio de Sol, ao chegar no parque ou no cinema ou no museu, ele ficava imóvel, onde estava. Só quando o ônibus chegava de volta no Abrigo é que ele concordava em sair do banco, e só na ordem correta. Ele era o último a saltar.

Eu dei para passar o resto do tempo em Sheerhaven, como uma espécie de morador honorário. Os guardas do portão não me perguntavam mais o que eu queria lá; eles conheciam o carro e me deixavam passar. E, uma vez lá dentro, sob o enorme cano de esgoto prateado no céu, eu sentia como se tivesse migrado para um país estranho, tranquilo. Talvez ele fosse isso mesmo e fazia um certo sentido: afinal de contas, se as pessoas viviam vidas paralelas, elas precisavam de mundos paralelos para vivê-las. Os ricos não precisavam mais mudar-se para outros países. Podiam construir seus próprios países.

E havia Cindy. Eu ainda não tinha decidido o que fazer e ela não perguntava, e eu me sentia grato por isso. Eu tinha legados para distribuir; eu ainda tinha que encontrar Papadop e tinha que visitar a rainha Bama, e enquanto não tivesse feito o que tinha me proposto fazer, estava disposto a ficar.

Estar com Cindy era um pouco como estar numa festa interminável, onde você sente, apesar de estar se divertindo, que, por algum motivo que você não consegue explicar — talvez a sua idade, ou a decoração ou a música —, alguma coisa não combina.

Por outro lado, o que combinava? Isto era Jo'burgo. Nada combinava.

E havia Koosie.

— Você e Koosie são próximos assim. — Cindy juntava os dedos indicadores. — Entretanto, estão tão afastados.

— Talvez isso se deva ao fato de termos sido quase irmãos um dia.

— Ele está precisando de você agora.

— Não, ele não precisa de mim. Mas acho que precisa de você. Acho que você o faz lembrar de minha mãe.

Ela ficou satisfeita.

— É mesmo? Que declaração simpática.

Eu não prestei muita atenção na hora. Mais tarde, eu desejei ter refletido mais sobre o que tinha dito, e por que tinha dito.

— Ele era seu amigo antes. Você irá comigo?

Isso era verdade. Mas o que eu não disse e ela não teria entendido foi que a amizade tinha soçobrado muito tempo atrás. Depois da conversão de Koosie à Causa, e à raiva que eu tinha visto pela primeira vez, mas não tinha entendido, quando Big Lou foi assassinado.

— Ele não irá me agradecer.

Ela se aproximou e me deu um beijo.

— Você é esquisito. Sabia disso?

— Eu sei.

— Então você irá?

Nós entramos numa rotina. Três vezes por semana, nós saíamos de Sheerhaven, deixávamos Benny no Abrigo e íamos para Soweto, e ficávamos por cerca de uma hora. Nós falávamos menos do que ouvíamos, porque Koosie estava ficando mais fraco, sentia dor e isso o deixava mal-humorado e insistente, a respeito de tudo. Ele ainda estava perdendo peso e se queixava de dores de cabeça. Ele insistia em dizer que estava melhorando, que estava respondendo bem ao *muti* que recebia da curandeira. Ela o via todas as manhãs e estava conseguindo maravilhas. Em breve ele estaria melhor. Nós nunca vimos a curandeira, mas víamos suas raízes e pós ao lado da cama.

Poucas semanas depois, ele estava com os pés inchados e quentes. Normalmente ele não se levantava antes do meio-dia. Nós passamos a ir mais tarde e diminuímos o tempo de visita em meia hora. Ele se cansava facilmente e cochilava no meio de uma frase...

Então, de repente, sem nenhum tipo de preâmbulo, ele anunciou que estava tomando um remédio novo. E tinha outro "conselheiro de saúde".

Era um termo estranho esse.

— O que aconteceu com a curandeira? — Cindy perguntou.

Koosie sacudiu os ombros finos, como se não quisesse pensar no que passou.

— Ela não está mais aqui. Seguiu seu caminho.

— E o remédio que ela lhe dava, o *muti* especial? — Cindy perguntou.

— Eu parei de tomar aquilo. Não estava me fazendo bem.

Uma manhã, nós o encontramos sentado na cozinha, tomando chá com uma visita, uma mulher pálida, calada, robusta, chamada Millie Loubser. Ela vinha de Brakpan, dos arredores da cidade, e dirigia com os filhos um negócio de jardinagem, quando não estava ajudando pessoas com os sintomas de Koosie. Era difícil acreditar que um homem como Koosie concordaria em engolir grandes cápsulas cor-de-rosa de um frasco rotulado de "Solução Celestial", mas era o que ele fazia. Elas estavam melhorando o seu sistema imunológico, como Millie Loubser prometeu que fariam; ele podia sentir isso.

— Ela faz milagres.

Kossie estava mesmo com uma boa aparência; parecia mais forte, era quase o mesmo Koosie de novo, e devia tudo a ela e ao seu tratamento.

— Ela apareceu aqui, como um presente de Deus. Eu abri a porta e lá estava ela. Ela olhou para mim, profundamente, ah, tão profundamente, como se estivesse enxergando dentro da minha alma, e perguntou: "Você quer viver?" E eu disse sim.

Millie Loubser diagnosticou-o com o que chamou de "desequilíbrio imunológico", prolongando cada sílaba como se isso fosse o nome de alguma canção pop ou de algum movimento de dança. "I-mu-no-lógico"...

— Ele fica mais forte a cada dia, graças ao Senhor. Eu rezei para ele ser poupado, para viver sua vida em Deus e para Deus. Já tive pacientes bem piores do que este cavalheiro e eles estão saudáveis hoje.

Quando estávamos voltando para casa, Cindy disse:

— A mulher é uma fraude.

Ela era mesmo; mas o que podíamos fazer? Koosie acreditava naquela amável charlatã e isso era o que importava, naquele momento.

— Olhem para mim! — Kossie dizia a cada dia. — Não estou melhor?

E por algum tempo ele esteve melhor. Ele tomava as cápsulas religiosamente, três vezes por dia, depois das refeições, até não conseguir mais segurar as refeições no estômago.

Cindy desafiou Loubser.

— Quais são as suas qualificações para tratar de alguém como Koosie?

Millie Loubser sorriu docemente para ela.

— Eu tive uma irmã que morreu de câncer, e a dor que eu senti foi terrível. Eu estou tratando de mais de cem pessoas atualmente, elas me procuram porque eu posso ajudá-las.

— A que preço?

Millie Loubser não se perturbou.

— Cem rands por um suprimento de uma semana de Solução Celestial.

— Você é uma fraude; você engana pessoas que estão morrendo.

— Eu recebo o sofrimento delas em meu coração. Eu peço a Deus para aliviar a dor de gente como o dr. Nkosi: eu rezo para ele ser poupado.

— Você cobra a ele cem pratas por um punhado de pílulas. Você é uma droga de uma charlatã, uma ladra sem vergonha, uma vampira...

Millie Loubser olhou para Cindy, que bufava de ódio, e disse simplesmente:

— Eu a perdoo, mocinha. Por causa da sua dor, você não sabe o que diz. Vou rezar por você também.

— Se você rezar por mim, vou arrebentar os seus dentes — Cindy disse.

Millie Loubser não esperou para ter os dentes arrebentados. De repente, Koosie parou de tomar as pílulas e, assim como a curandeira, Millie Loubser sumiu da casa dele.

— Eu me sinto melhor sem ela — disse Koosie.

Tornou-se um exercício inútil, um passeio pelas ruas já familiares de Diepkloof, chegar lá e assistir ao declínio cruel de um homem vibrante. Que se tornou ainda pior por sermos obrigados a ver a doença o matando e sentir que estávamos sendo forçados a assistir a uma espécie de cerimônia religiosa. Mas a alternativa era parar de visitá-lo. Então tivemos que aprender a nos disfarçar, diante da decadência implacável de Koosie. Cindy não punha maquiagem, escolhia roupas que escondessem seu corpo, que mascarassem sua saúde, que não parecessem um insulto ao homem esquelético de olhos brilhantes.

Nós éramos as visitas, pessoas solidárias que queriam ajudar mas não podiam. Cindy foi muito afetada por essa sensação de impotência.

Voltando de Soweto uma noite, nós passamos pelo Buffalo Belle e pareceu estar havendo alguma confusão. Mulheres de botas brancas e de chapéu de caubói, usando saias muito curtas e carregando cartazes — "Não para trabalhadoras do sexo estrangeiras" — abordavam motoristas nos sinais. Seus seios entravam pela janela do carro quando elas se debruçavam para pedir para você assinar sua petição para manter aberta a espelunca.

Não era o comércio de sexo que tinha deixado as pessoas tão exaltadas. Eram as moças que estavam vendendo sexo, as prostitutas que tinham emigrado ilegalmente da Bulgária, do Camboja, da Birmânia e da Estônia. As moças que tinham deixado Mona-Lize tão requisitada. Tirando o emprego de prostitutas locais perfeitamente eficientes. O que uma garota, digamos, das montanhas do Vietnã sabia sobre a libido de um macho adulto? Sobre golfe? Ou sobre rúgbi?

— Deixem a luxúria ser local — diziam as moças, zangadas. — Deixem as xoxotas serem patrióticas.

Isso prosseguiu por várias semanas. Os jornais começaram a noticiar esses protestos — embora com certa timidez — em manchetes do tipo "Trabalhadoras do sexo promovem passeata". As manchetes eram sempre extensas quando havia a necessidade de ser politicamente correto, e nunca havia mais necessidade disso do que quando se tratava de questões de sexo.

Por que não "Putas Enfurecidas!"?

Muito perto do osso; muito pouco sul-africano.

Nós estávamos viajando entre o homem moribundo e as moças que protestavam. Eu fui surpreendido outra vez pela perversa, se não maliciosa, justaposição de tragédia e comédia que era tão natural no dia a dia da África do Sul. Cindy disse que Millie Loubser era uma piada. Sim, ela era, se você conseguisse rir. E não parava aí. Nós nos movimentávamos diariamente entre a cabeceira de um moribundo, os bordéis da zona norte e o assustadoramente, fantasticamente estéril Sheerhaven. Era tudo perfeitamente normal. Tudo no mesmo dia.

No mês seguinte, Kossie foi internado duas vezes: ele teve meningite e, depois, pneumonia. Mas não se abateu; na realidade, ele enfrentou essas doenças quase com alegria, com uma sensação de alívio. Elas eram identificáveis, curáveis; e ele se recuperou.

Isso quer dizer que ele não morreu. Voltou para casa com os ossos quase furando a pele. Ele olhava para nós com olhos ardentes. Tinham posto um cateter nele; ele estava usando fraldas e tinha cuidados de enfermagem 24 horas.

A dra. Toodt era holandesa. Ela simplesmente apareceu, como as outras tinham aparecido.

A dra. Toodt disse:

— Eu sou uma médica, tenho especialização em química, e sou uma pesquisadora com muitos anos de experiência. Planejo tratar este paciente com micronutrientes. Estou aqui a pedido do ministro da Saúde. Eles me mandaram e confiam em mim; e sabem que posso ajudar o camarada Nkosi.

Ser "mandada", merecer "confiança", ser "conhecida": a santíssima trindade do sucesso.

Ela tinha um rosto franco, largo, com ossos fortes e bem definidos e queixo muito quadrado; e o melhor de tudo, ela era qualificada. Parece que ela era especialista em casos como o de Koosie. Ele estava sofrendo de graves deficiências alimentares que haviam prejudicado o seu sistema imunológico.

Angela Toodt tinha desenvolvido um suplemento alimentar chamado Antídoto Africano; ele era composto de cenoura, alho, beterraba, suco de limão, iogurte, banana e farinha de milho, reforçado por vários antioxidantes, bem como sementes de uva, polpa de lichia e extratos de batata africana. Ela tinha certeza de tudo.

— Eu pertenço à África — ela disse quando Cindy perguntou sobre a vida dela na Holanda, e eu tive a impressão de que o que ela estava realmente querendo dizer era que a África pertencia a ela.

Nós estávamos ficando iguais a Koosie, nos agarrando a migalhas, e, por algum tempo, ficamos muito satisfeitos ao ver a dra. Toodt na cabeceira dele.

Koosie tomava o remédio, quando conseguia mantê-lo no estômago, e às vezes parecia melhorar, e então me chamava para a sua cabeceira, obcecado com o paradeiro do cubano. Nossa discussão anterior sobre o que era "legal" foi esquecida. Na sua mente cada vez mais confusa, era como se encontrar o cubano não só fosse reparar o mal causado pela recusa dele ao pedido da minha mãe quando ela foi procurá-lo, mas, de certa forma, ao regularizar a situação do médico refugiado, ele estivesse fazendo um tipo de compensação que poderia agradar aos espíritos que iriam decidir se ele iria viver ou morrer.

— Está na hora do seu tratamento, Dr. Nkosi — disse Angela Toodt.

Cindy confrontou-a uma manhã.

— Por que a senhora não dá antirretrovirais a ele?

Angela Toodt fitou-a calmamente, como se aquela fosse uma pergunta que ela estivesse esperando e que pudesse, com certo esforço, respondê-la com um mínimo de civilidade.

— Ele não precisa deles, não os quer, não os tomaria mesmo que eu receitasse.

Foi assustador ver aquela mulher determinada colocando no mesmo prato da balança medicina nativa africana, ciência ocidental e as exigências da disciplina leninista. Ela representava não apenas os poderes da terra, mas a saúde e a sensatez e probidade política: uma mulher que sustentava a crença de que micronutrientes, batata, alho e um monte de vitaminas estavam deixando Koosie muito melhor quando, obviamente, Koosie estava morrendo.

Nós sabíamos disso, e ele sabia disso.

— Encontre-o — Kossie dizia — e eu dou um jeito nisso. Aí ele não vai mais precisar viver como sendo outra pessoa. Vai poder voltar a ser ele mesmo.

— Koosie, eu vou tentar. Mas, por favor, não se preocupe.

Cindy também achava que eu devia procurar Raul. Ele tinha sido o último homem com quem minha mãe tinha se relacionado. Era curioso o efeito que o cubano causava nas pessoas. Schevitz tinha sido igualmente insistente ao dizer que eu tinha que fazer alguma coisa a respeito dele.

Koosie agora ficava inconsciente por longos períodos. Cindy sentava-se ao lado dele, segurando sua mão; eu andava de um lado para o outro na rua. A dra. Toodt continuava a administrar sua dieta de micronutrientes e vitaminas por via intravenosa e via melhoras.

Ela enviava regularmente amostras de sangue para exame e analisava os resultados com uma calma irritante. O sistema imunológico de Koosie estava tão fraco que ele era vítima de qualquer infecção oportunista.

Estávamos assistindo a uma morte por ideologia. Koosie estava morrendo, insistindo em dizer que não estava doente, de acordo com a linha do partido. Tanto o médico quanto o paciente moribundo eram movidos por princípios, e Cindy e eu não podíamos fazer nada, a não ser assistir, porque tínhamos sido excluídos do que os atores principais consideravam ser o milagroso "Antídoto Africano".

Cindy confrontou mais uma vez Angela Toodt.

— Se a senhora tivesse o que ele tem, tomaria antirretrovirais?

— Não. Eles são tóxicos e não funcionam.

— O vírus o está matando!

— Não há nenhum vírus — disse Angela Toodt.

Mas havia, apesar de tudo, sinais de resistência do próprio paciente. Não de Koosie, o membro do partido, mas de Koosie, o ser humano. Ele estava achando cada vez mais difícil continuar, e isso, de alguma forma, irritava a dra. Toodt que, embora nunca externasse isto, dava a impressão de que ele não estava se esforçando o suficiente; e o que ele não estava se esforçando o suficiente para conseguir tinha afetado um plano metafísico. Não era mais uma questão de doença: era uma questão de fé. Koosie estava quase morto. Até a dra. Toodt sabia disso. O que importava agora era que ele tivesse uma morte boa.

Nós voltávamos para Sheerhaven tristes e deprimidos.

Então, uma noite, as vaqueiras não estavam mais lá, protestando, o cabaré estava vazio, o letreiro de neon do teto estava apagado, os portões estavam trancados com um enorme cadeado. O que havia eram carros de polícia e um helicóptero sobrevoando o lugar. Nós estávamos exaustos demais para fazer mais do que observar a cena de passagem e imaginar o que estaria acontecendo.

A resposta veio no noticiário da noite. Belle tinha sido invadido pela Unidade de Investigação de Estrangeiros. As câmeras mostraram um grupo de mulheres sendo levadas para a rua como um rebanho assustado de ovelhas. Elas escondiam o rosto: agachadas na calçada sob as luzes da televisão, de pernas de fora, segurando as bolsas sobre as cabeças como se fossem chapéus. Eu me lembrei de ter visto, numa das últimas passeatas do Fórum de Trabalhadoras do Sexo de Fourways, em frente ao Buffalo Belle, destinada a denunciar a competição estrangeira, o modo como elas levantavam as saias curtas para mostrar, preso nas calcinhas, com as cores da bandeira nacional, o slogan: "Orgulhosamente sul-africana!" As estrangeiras eram um saco de gatos: elas vinham de Bangkok, Bucareste e Moscou. Segundo o repórter, as moças tinham sido acusadas e depois liberadas sob fiança, aos cuidados do médico encarregado do estabelecimento, que era, aparentemente, o único sul-africano autêntico ali.

Houve uma tomada dele: ele sorria timidamente para a câmera; usava um conjunto safári cinzento, e você diria que ele era tipicamente sul-africano, se não o tivesse conhecido antes em outra encarnação, em outra vida, quando ele morava no quarto dos fundos da sua casa, dançava mambo com sua mãe e se chamava dr. Raul Mendoza.

Eu nunca soube se Koosie teria se sentido melhor se soubesse que tínhamos encontrado o cubano da minha mãe. Provavelmente não. Ele já estava fraco demais naquele momento para ter ligado para isso e, de todo modo, não sei o que alguém poderia ter feito a respeito do assunto. A análise feita por Koosie para minha mãe estava correta. Se você aceitasse a linha de Koosie sobre legalidade, era importante para Koosie que Raul pudesse ser quem era. Mas por quê? Quem em sã consciência queria ser quem realmente era? O dr. Mendoza estava morto; vida longa para o dr. Du Toit, médico de um grupo de refugiadas estrangeiras, que queriam tanto quanto ele ser qualquer pessoa no mundo menos elas mesmas.

Nosso cubano tinha sido transformado em algo tão próximo à realidade que ninguém jamais seria capaz de notar a diferença. De onde eu estava, tive a impressão de que Raul estava muito bem. Que diabo, ele estava mais adaptado e ajustado do que eu. O dr. Cornelius du Toit tinha, sem dúvida, todos os atributos do seu novo status: a BMW, um estoque de armas, uma piscina e um monte de empregados, atrás de um muro alto onde ele conversava sobre rúgbi enquanto colocava mais uma costeleta na churrasqueira com toda a segurança de um churrasqueiro nato.

* * *

No dia seguinte, quando voltamos para Diepkloof, a casa estava vazia, Koosie e a dra. Toodt tinham sumido. Fomos até o hospital e, lá, fomos informados de que o dr. Nkosi tinha morrido durante a noite.

Cindy disse:

— A dra. Toodt deve ter escrito o atestado de óbito, não?

— Sim.

— Quer apostar que a causa da morte foi meningite ou pneumonia? Pobre Koosie. Ela diz de que ele morreu e está tudo bem.

Eu entendi o que ela quis dizer. Não fazia diferença como ou por que ele tinha morrido. Não foi o vírus que o matou. Ele tinha sido vítima de uma doença confirmada, observável, legítima: malária ou tuberculose ou pneumonia, ou "imunodeficiência adquirida". A morte dele seria uma boa morte. A dra. Toodt se encarregaria disso. Sim, pobre Koosie. Você não só vivia vidas fictícias, como também tinha mortes imaginárias. Alguém, em algum lugar muito distante, disse uma vez que a história era escrita pelos vencedores. Aqui não; aqui ela era escrita por quem assinava os atestados de óbito.

O Partido se encarregou do seu enterro. Nós fomos até o toldo, armado num campo de futebol. Houve bandeiras, discursos e música; houve evocações do passado de Koosie e do serviço que ele prestou à causa e à luta, houve elogios à sua lealdade e à sua coragem. Não se falou sobre a sua doença, e era possível que muitos dos presentes achassem que ele não tinha morrido, tinha simplesmente se aposentado e ido para algum recanto tranquilo perto do mar ou no campo.

Depois nós acompanhamos o caixão até o cemitério e Koosie foi enterrado e, em seguida, seis rapazes de motocicleta fizeram evoluções ao lado do túmulo, acelerando os possantes motores e levantando nuvens de poeira vermelha que fizeram alguns dos convidados tossir e engasgar, embora eles tenham aceitado bem e aplaudido os motoqueiros.

De volta ao toldo, o banquete foi servido por La Rochelle Comidas Francesas, o DJ tocou sucessos de Kwaito e a festa logo ficou animada.

Cindy disse:

— Parece mais um casamento, não é?

Ela tinha razão: o que começou como um funeral tornou-se uma festa. Eu fiquei me lembrando do tempo em que éramos garotos, quase irmãos, e Koosie me levava aos domingos à tarde para o centro da cidade vazia para ver os belos casais de noivos empoleirados no banco de trás de enormes Lincoln Continentais. O que eles estavam fazendo, diante da estupidez cega e insensível, era mostrar um pouco de animação, eles estavam se divertindo um pouco. Tive a sensação de que Koosie teria gostado do seu bota-fora.

— Acho que talvez pareça uma festa porque acontece com tanta frequência. Por causa do índice de mortalidade do vírus, porque há tantos funerais. As pessoas devem passar quase todos os sábados num cemitério. Vendo amigos e familiares sendo enterrados. Há um limite para o sofrimento. Depois você começa a animar as coisas. A transformá-las num bom espetáculo. Sair de cena fazendo barulho. Porque é o melhor que você pode fazer — disse Cindy.

Talvez. Mas era estranho. O funeral não era apenas uma festa. Havia questões de status envolvidas. Ele tinha um formato apelativo. Dava a impressão de ser quase — se você esquecesse por um momento do motivo pelo qual estava ali — um renascimento religioso. Koosie não estava morto, ele estava em outro lugar; não havia morte, só havia dança; não havia vírus, só havia deficiência de vitaminas. Aí você tomava os comprimidos, pegava o seu par, tomava coragem e dançava na beira do túmulo até cair lá dentro.

Então nós dançamos, Cindy e eu.

— É uma festa muito esquisita, mesmo assim.

— Esquisita é pouco — disse Cindy.

31

Para a rainha Bama: seus modelos de tricô, sua coleção de agulhas, de bambu, de metal, de madeira; suas agulhas de crochê; seu estojo magnético para agulhas de metal e sua caixa em forma de lápis para agulhas de madeira e de plástico; suas lãs, restos de linha — algodão, seda e diversos novelos de lã de 10 fios em tons vibrantes de amarelo e cereja, antes destinados a se transformar numa longa e sinuosa echarpe. Todos os outros apetrechos de tricô estavam numa bolsinha de linho fechada por um botão de osso: coisas como porta-agulhas, fechos de xales, tesouras e dedais. Numa velha lata de melado, ela guardava carretéis, botões, ganchos e uma caixa de protetores de plástico para agulhas em tons de verde-limão e rosa, com os quais ela cobria cuidadosamente suas agulhas de metal.

Eu estava levando tudo isso para o carro quando Noddy se aproximou. Ele olhou para mim, com um jeito educado, distante.

— Eu tenho uma mulher que pode morar comigo.

— Tudo bem — eu disse.

— Estou comunicando ao senhor porque o quarto é seu e eu preciso saber se o senhor não se importa.

— Pode morar com quem você quiser.

Eu fiquei realmente satisfeito; talvez uma namorada facilitasse as coisas. O homem de macacão azul ali na minha frente, com a ocupação ridícula que tinha costurado em vermelho nas costas, não era Noddy, o Noddy que eu conhecia. Eu sentia falta do meu amigo e o queria de volta.

Eu encontrei o caminho para lebalola usando o mapa do panfleto sobre os prazeres da Província Platina, que o louvador da rainha da chuva tinha me dado no enterro da minha mãe. Eu nunca tinha ido visitar a rainha Bama *in situ* antes, e a única indicação que tinha era o relato que minha mãe tinha feito de sua primeira visita, 60 anos antes. Naquela ocasião, a rainha estava sentada no seu trono de madeira amarela, usando uma capa de pele de leopardo, em frente ao seu Grande Palácio, cercada de cortesãos e conselheiros.

Seu Grande Palácio ficava situado numa colina conhecida como Topo do Céu e não era particularmente notável. Ela se parecia com diversas outras colinas de Magaliesberg, uma solidão lunar, pontilhada de rochas e vegetação rasteira. Eu estacionei e subi a colina. Encontrei a aldeia na última claridade do dia. Cerca de 30 choupanas ao redor de uma área de terra batida, onde só havia alguns cachorros magros e duas bicas gotejando água. Algumas das choupanas tinham antenas de TV sobre os telhados de sapê. No cair da noite, sem saber para onde ir, eu a ouvi me chamando.

— Seja bem-vindo, Alexander, filho de Kathleen, à terra dos lebalola, ao país da rainha Bamadodi.

Eu achava que me lembrava da rainha da chuva com todos os detalhes. Uma mulher grande, quase tão alta quanto minha mãe, com um andar desenvolto. O pequeno gnomo que me chamou, sentado na soleira de um bangalô de tijolos cor de laranja com telhado de zinco, parecia muito distante da mulher poderosa da qual me lembrava; exceto, talvez, por uma raiva latente, melancólica. Ela não usava nenhuma capa de pele de leopardo; estava sentada numa cadeira reclinável de curvim amarelo, cheia de manchas. Não havia corte; não havia louvador; só havia, em algum lugar atrás de nós, numa das choupanas, um rádio tocando rap.

A rainha Bama disse:

— Estamos de luto pelos que se foram. Você chora por sua mãe que foi para junto do Senhor, e eu choro por minha filha; ela morreu poucos dias atrás.

Eu não soube o que dizer.

— Eu tive três filhas; duas já tinham morrido. Antes. E ontem a última, que era a mais velha, também morreu.

Ela esperou um instante e então disse:

— Se a rainha não tem nenhuma filha, como eu agora não tenho nenhuma filha, outra moça tem que ser escolhida.

Eu não fiz a pergunta, mas ela pairou no ar entre nós.

— Mas o que ela irá encontrar, a nova rainha dos lebalola, a que vier depois de mim? Qual será o seu reino?

À nossa volta, a noite era aveludada, cheirando a poeira e bosta e África. O resto do povo da aldeia, ao que parecia, estava na frente da televisão, assistindo aos mesmos enlatados de Hollywood. A rainha Bama endireitou o corpo na sua cadeira reclinável ao ouvir o som de tiros.

— Um dia, nós tiramos água do rio e guardamos na cabaça. Um dia, ela foi preciosa, ela vinha do céu e nós sabíamos o que era ter sede. Então aqueles rapazes, os rapazes novos, do governo, vieram aqui e disseram: "Nós vamos mudar as coisas, vamos dar água a milhões de pessoas, vamos mandar água para as torneiras e as pessoas vão beber e lavar."

— E eu os expulsei com um chicote; eu bati neles. Mas, agora, eles cumpriram o que prometeram. Temos um cano e uma torneira onde antes só tínhamos o rio no fundo da colina. Ah, como eles ficaram contentes! Eles riram e disseram: "Sim, rainha Bama, as coisas mudaram e fomos nós que as mudamos."

— E mais uma vez eu peguei o meu chicote e corri atrás deles e bati neles até eles gritarem e fugirem, dizendo: "Pode nos bater, rainha Bama, mas nós estamos certos."

Ela se inclinou para a frente e cuspiu no chão.

— Eles são cachorros. São tolos, são mentirosos. Eles põem seus canos e torneiras e dizem que é melhor. De onde vem essa água que sai pelas torneiras? Do céu! E de onde ela virá quando o céu não der mais?

Não houve banquete naquela noite. A rainha Bama e eu comemos um pouco de galinha com arroz numa lata, e ela me serviu um conhaque bem forte, com um pouco d'água, e depois eu dormi numa choupana com duas cadeiras de plástico e um cama estreita de metal.

De manhã, quando fui me despedir, ela estava sentada em sua cadeira reclinável, segurando um pesado bastão, e na varanda em frente a ela havia diversas fileiras do que pareciam ser grandes meias soquetes, ou pontas cônicas de foguetes de lã, ou enormes abafadores de chá, alguns com pompons verdes ou cor-de-rosa na ponta. A rainha Bama pegou o bastão e começou a derrubar aqueles itens.

— O que é isso, rainha Bama?

Ela se levantou da cadeira e, com o bastão, ergueu uma torre de lã, tricotada em zigue-zagues rosa e verde, coroada por um pompom de um tom vibrante de verde.

— Você nunca ouviu falar, Alexander? Eles não têm isso em lugares distantes? Em lugares além-mar? A doença que os homens trouxeram para o meu povo; são os homens que trazem coisas perigosas. A doença que levou as filhas de Bamadodi?

"Os médicos vieram do hospital e nos mostraram pequenas meias. E disseram: Mulheres de lebalola, estas meias protegem contra a doença. Mostrem para seus homens. Quando eles vierem procurar vocês, mostre a eles como devem usá-las.

"E nós dissemos: 'Sim, estas meias são boas de usar, mas vejam como são pequenas. Elas cabem num dedo.' E eles nos disseram para fazer umas bem grandes, de lã, e levá-las a todas as aldeias para mostrar às pessoas.

Ela ergueu o bastão com seu preservativo de tricô, bem colorido, brilhando ao sol da manhã. Até aqui, na produção em larga escala de materiais de ensino para serem usados no combate ao vírus da Aids, o gênio natural das tricoteiras lebalola tinha reproduzido nos preservativos de lã os desenhos pintados nas paredes de suas choupanas de lama: os zigue-zagues do relâmpago, o brilhante azul metálico do céu do grande platô sul-africano e as linhas onduladas, pretas e cinzentas, das nuvens carregadas.

Eu compreendi do que as filhas da rainha Bama tinham morrido; soube que doença tinha se espalhado entre os lebalola.

A rainha Bama olhou para mim.

— O que vamos fazer?

Ela perguntou para mim, como costumava, antes, perguntar para minha mãe, mas eu não consegui responder, como minha mãe, "Pode me revistar, Bama", e estender a mão para o bule de chá verde-hortelã Royal Doulton e para o pão de passas. E nós não podíamos nos abraçar e sacudir as cabeças, duas mulheres solidárias, horrorizadas com a crueldade do mundo. Eu não era minha mãe, era apenas o filho da minha mãe.

Lágrimas rolaram pelo seu rosto e caíram no chão; e quando me dei conta, eu também estava chorando.

Ela parou primeiro. Fungou, endireitou os ombros, arrastou os pés, sacudiu os quadris, depois dançou.

Ela tinha sido o oásis da minha infância. Ela tinha voado na frente de todos os canhões carregados de tédio apontados para mim. Ela não fazia nada — magnificamente nada — que pudesse ser considerado "normal". Ela sempre fora — gloriosamente, obstinadamente, loucamente — autêntica. A Bama que eu conhecia desde menino, e era por isso que eu sempre a amara. Ela representava rios caudalosos, irrigação, vacas gordas e represas de águas cor de chocolate. O que ela sabia era que grande parte da África era um deserto, e que o deserto estava ganhando. A rainha Bama sabia que água era mais do que H_2O; ela sabia que havia ciclos, estações, ritmos e que a menos que eles fossem observados com amor e respeito, eles morreriam; e quando eles morressem, uma parte da África morreria junto, de desrespeito, negligência e sede.

Eu tive que sorrir, e ao ver isso ela dançou mais ainda, e eu estava com ela, completamente. Eu cheguei até a rir. Ela também, embora fosse mais como um grunhido. Nós rimos, foi terrível, sim, mas quais eram as alternativas? As torres, castelos, capuzes e preservativos de lã, ali em pé? A perda das pessoas que amávamos; os rapazes debochados? O vírus implacável?

Ou a rainha da chuva, numa tarde seca de verão, dançando um mundo mais desejável?

Essa não foi uma repetição das performances de seus triunfos em nosso jardim: o céu permaneceu azul e o canto confiante dos pássaros dizia que a chuva não iria chegar. Mas ela não estava dançando para chover. Ela estava dançando para mim. Para si mesma. Sacudindo seu bastão com um capuz de lã e um pompom ridículo na direção do céu vazio.

— Aqueles cães — disse a rainha Bama. — Eu os botei para correr.

Eu fiquei feliz por ela ter surrado seus torturadores. Era esplêndido que ela tivesse feito isso. Ela era sempre esplêndida em sua lucidez. Se os rapazes vencessem, então todas as árvores da África, e depois todas as árvores do mundo, seriam derrubadas, e em seu lugar os rapazes poriam barracas de praia; elas iriam ser nossas florestas.

Ela fazia fluir as coisas. Era para isso que ela servia. Ela servia para tempestades, para o gotejar contínuo, para o não seco, para o descolado, para a vazão.

Eu desci a colina de carro; as velhas rochas vermelhas banhadas pelo sol da manhã, os arbustos espinhentos que pareciam punhos. Nada tinha mudado em milhares de anos, mas tudo tinha se alterado. Eu tinha visto a rainha Bama em plena forma. Nada tinha me animado tanto desde que eu tinha saltado do avião e ido para a cabeceira de minha mãe. As coisas pareciam estar melhorando.

Quando cheguei de volta em Sheerhaven, os guardas do portão não fizeram sinal para eu passar. Entregaram-me um bilhete. Era de Cindy e dizia simplesmente:

"Fui para o hospital. Pergunte à segurança como chegar lá. Venha depressa!"

32

Ela estava na sala de espera, sentada no canto, os braços cruzados e o rosto muito pálido, a cabeça encostada na parede, mal respirando. Quando eu perguntei o que tinha acontecido, ela me contou; mas me contou como se ainda não acreditasse, como se estivesse me implorando para dizer que não era verdade, que tinha havido algum engano, que o que ela estava dizendo era uma bobagem.

— Benny está na sala de operação. Ele está sendo operado.

— Operado?

— Para tentar retirar a bala.

Aí ela se deitou, pôs a cabeça no meu colo e tentou não soluçar muito alto. Foi horrível. Eu não sabia direito o que tinha acontecido. Benny era muito jovem e muito pequeno para se envolver com balas. Mas ela tinha dito "bala", e como essa era a única informação que me fora dada, eu disse a mim mesmo para não pensar no pior, que se Benny tivesse estado no meio de algum tiroteio, pelo menos ele estava em boas mãos. Nenhum médico fora de uma zona de guerra tinha visto mais ferimentos a bala do que os médicos que trabalhavam nesta cidade, e que estavam operando Benny.

Nós ficamos um tempo enorme ali sentados na sala de espera, até que o cirurgião apareceu e disse, baixinho, carinhosamente,

"Nós removemos a bala, sra. September Estamos nas mãos de Deus agora. A senhora pode vê-lo por alguns minutos."

Benny estava ligado a diversos monitores, seu rosto liso e redondo meio afogueado sobre o travesseiro, seu lado esquerdo envolvido em ataduras. Cindy se inclinou, beijou-o e afagou seu cabelo. Mas logo estavam todos atarefados em volta dele de novo e nós tivemos que voltar para a sala de espera.

Cindy não chorou, mas de vez em quando ela estremecia e dizia, sem muita convicção: "Não há nada a fazer a não ser esperar."

Até isso era consolador demais. Não tinha passado nem uma hora quando eles vieram dizer que sentiam muito.

Nós voltamos para a enfermaria e ele estava igual, só que não estava mais preso a monitores e as pessoas que tinham estado em volta dele tinham desaparecido. Ele era muito pequeno e parecia muito sozinho.

Eu segurei as mãos de Cindy; estavam frias como gelo.

— Pobre meninozinho — ela disse.

Isso era algo que Cindy conhecia, algo para o que ela tinha se preparado. Ela andava com uma arma, conhecia os riscos, ensaiava repetidamente em sua cabeça o tipo de cenário que tinha se transformado em realidade. Ela tinha me ensinado suas regras para permanecer viva e — era duro mas tinha que ser enfrentado — ela tinha um certo prazer soturno, sardônico, na própria brutalidade que esta cidade tanto temia, e secretamente apreciava, condenava e exaltava; ela partilhava da crença de que Jo'burgo era mais do que simplesmente má; era magnificamente letal.

Mas nada a havia preparado para aquilo.

Eles disseram que ela devia passar a noite no hospital, mas ela não quis. Ela estava tremendo; a ideia de dormir sob o mesmo teto que Benny a enchia de horror. Ao mesmo tempo, ela não podia deixá-lo. E se recusava a voltar para Sheerhaven, para a casa vazia. Não podia ficar. Não podia partir.

Eu disse que talvez fosse melhor ela ir para a minha casa, e ela concordou. Como se isso tirasse um grande peso de cima dela, como se isso não fosse uma deserção do filho amado, mas um acordo com o qual podia conviver, mesmo sem se importar em continuar viva ou não.

— Acho que vou me sentir melhor em outro lugar.

Era menos uma afirmação do que uma prece.

Quando chegamos, eu vi que ela tinha razão: minha casa era fria, quase indiferente. Havia um certo alívio nisso. Tendo ficado tantos meses vazia, ela tinha aquele ar de censura que as casas abandonadas adquirem quando os donos vão embora. Mas a casa não significava nada para ela e estava vazia, exceto por um luz fraca atrás da janela de Noddy, no quartinho dos fundos, e me indaguei, brevemente, se a mulher dele tinha chegado.

Eu a coloquei no quarto da minha mãe, sob o olhar do dr. Schweitzer e de Hemingway. Leões, cudus, ocapis, antílopes, antidorcas, mortos há muito tempo e pendurados nas paredes de madeira escura, olhavam para baixo com olhos brilhantes. Eu a ajudei a tirar a roupa e encontrei uma camisola da minha mãe, de algodão branco. Era grande demais e a deixava muito pequena e vulnerável e até mais pálida do que ela já estava.

Eu dei o sedativo que o médico tinha receitado e ela engoliu a cápsula como uma criança. E aí me perguntou:

— O que eu vou fazer agora?

Era uma pergunta sensata, e qualquer tipo de sensatez era desejável num mundo enlouquecido. Mas era uma pergunta que eu não podia responder. Ela também presumia que algo pudesse ser feito; presumia um "eu" que funcionasse; presumia um pouquinho de sensatez, e de segurança; presumia um momento, um presente, um "agora" no qual a pessoa *quisesse* fazer alguma coisa; e eu não tinha certeza de nada disso. Um meninozinho tinha sido baleado e morto e o mundo não tinha parado de girar e nem gritado.

E puxei as cobertas e a ajudei a se deitar na cama.

— Vou precisar de coisas... do outro lugar. — Ela não conseguiu dizer Sheerhaven.

— Mais tarde. Deixe para mais tarde.

— É, mais tarde. — Ela balançou a cabeça e fechou os olhos. — Agora não tem mais pressa, tem?

Mais tarde não foi nada melhor, não trouxe nenhum alívio. Mais tarde foi apenas quando soubemos o que tinha acontecido. Mais tarde nós traçamos a rota do ônibus naquele dia, pensando na estupidez de tudo aquilo. Nós demos uma forma ao fato, um início, um meio e um fim... embora o que aconteceu não tivesse nem forma nem sentido. O que tinha era uma lógica macabra: a coisa que Cindy conhecia, contra a qual se protegia, sobre a qual falava constantemente, fantasiava e tinha sido esperta em evitar, de repente veio atrás dela, atingiu-a como um míssil.

Mais tarde nós repassamos tudo, minuto a minuto, palavra por palavra. Cindy não conseguia pensar em outra coisa, como se fosse possível encontrar algum consolo na explicação. O que se acreditava naquela época era que falar sobre o assunto ajudava de alguma forma. Mas isso só piorou as coisas. Embora nós continuássemos falando, as coisas nunca melhoraram.

A história que reconstruímos era breve, comum e impiedosa

As crianças do Abrigo Raio de Sol tinham entrado no ônibus naquela manhã para um dos seus passeios semanais, desta vez ao zoológico. Era um micro-ônibus Mercedes, branco, que trazia pintadas em grandes letras azuis nas portas de correr, as palavras "Seja feliz — África!". Ele tinha sido especialmente adaptado para carregar cadeiras de rodas, e tinha sido doado por um comerciante de molhos que anunciava seus produtos com línguas de fogo pintadas dos lados do ônibus: "Pimenta Peck — A pimenta que Peter Piper prefere!"

Na ampla parte traseira do ônibus, forrada de couro azul, iam quatro crianças e uma professora chamada Muriel Makanya, que estava no último banco. Um menino de 6 anos chamado Sammie estava recostado no peito amplo e moreno de Muriel. Ele tinha tido pólio e usava armações de metal em ambas as pernas e botas pesadas. No assento à frente de Sammie e Muriel estava sentada Annie. Ela tinha nascido cega e estava cantando em voz alta. No assento à frente dela estava sentado Benny, no seu lugar favorito. Na parte da frente do ônibus, perto da porta porque era sempre difícil tirá-la do veículo, uma menina paraplégica chamada Preciosa estava na sua cadeira de rodas, que estava presa no corredor, bem atrás do motorista, Josephus.

O ônibus estava descendo a avenida Jan Smuts, que tem uma descida íngreme quando passa por Forest Town, e os motoristas normalmente aceleram quando chegam no início da ladeira, mergulhando de cabeça até o fundo da ladeira.

Todo mundo no ônibus estava distraído e contente, cada um com seus pensamentos ou seu jogo ou sua canção.

Lá na frente, Preciosa estava cantando, "Vamos ver o Show do Oeste Selvagem, o elefante e o canguruu-uu-uu...", ajudada por Josephus, o motorista, que tinha uma mão no volante e bancava o maestro com a outra.

Annie estava prestando atenção em Benny, que estava gritando, como sempre fazia nessas viagens: "Tem um carro e tem outro carro e tem um ônibus e tem um poste."

Ele não estava querendo chamar atenção, mas Annie estava fascinada.

Muriel estava cantando para Sammie uma cantiga de ninar zulu sobre um babuíno que roubou um bebê e saiu correndo: "*Thula, Mama, Thula...*"

Eu conhecia cada pedacinho do caminho que eles percorreram naquela bela manhã de sol. Eu tinha ido ao zoológico milhares de vezes: com minha mãe, com Koosie, com Nzong, o menino leopardo, e mais tarde com Noddy. Os meninos devem ter passado pela minha casa em Forest Town e, dois quarteirões depois, o ônibus virou à direita e entrou numa rua larga e cheia de árvores, a Saxonwold Drive, que contorna o lado sul do zoológico, na direção da entrada que fica bem pertinho.

Foi então que um carro pequeno — Josephus achou que era um Opel Corsa — entrou no meio da rua, bem na frente do ônibus, diminuiu a marcha e parou. Josephus teve que frear com força e, ao fazer isso, um grande caminhão azul parou bem atrás e prendeu a Mercedes. Dois homens saltaram do Opel, de armas na mão, e mandaram Josephus abrir a porta, o que ele fez, e entraram no ônibus.

O que aconteceu depois foi o evento típico, insano, que passava por normal nesta parte do mundo. Os caras armados só queriam sequestrar o veículo. Para eles, aquilo não era um ônibus, era uma joia, uma Mercedes, e eles achavam que aquele ônibus possante e caro devia estar cheio de gente rica e poderosa: elegantes golfistas brancos ou jogadores de rúgbi ou turistas ricos e estúpidos que tinha vindo ver animais, e portanto, todos eles, que não só eram caça fácil mas gente que merecia aquilo, caras que tinham demais porque tinham roubado de quem tinha de menos, e que eram alvos fáceis para uma ação redistributiva ao estilo de Robin Hood.

Mas, ao contrário do que eles esperavam, Muriel Makanaya, a professora, apertando o choroso Sammie de encontro ao peito, disse aos sequestradores, bem alto, agressivamente: "Estas são crianças especiais, com necessidades especiais, e não podem simplesmente saltar, como vocês estão dizendo, só porque vocês estão gritando Saltem!" Sua voz tremia de fúria e medo e ela olhava fixamente para os olhos redondos e negros das pistolas dos homens.

Como que para enfatizar o quanto aquelas crianças eram especiais, uma delas, uma meninazinha negra, presa a uma cadeira de rodas, continuou a cantar, "Não importa o tempo, desde que estejamos juntos, vamos ver o Show do Oeste Selvagem", embora Josephus, o motorista, não estivesse mais bancando o maestro, e, sim, parado, tremendo, na calçada, com uma arma encostada na cabeça.

O assaltante que estava dentro do ônibus percebeu que aquele não era um sequestro comum, em que as pessoas obedeciam ou levavam um tiro. Ia ser trabalhoso. Então ele guardou a arma, ergueu a cadeira de rodas com Preciosa em cima, e desceu os degraus com sua pesada carga, pôs a cadeira de rodas na calçada, enquanto Preciosa cantava a música do elefante e do canguruu-uu-uu...

Agora que o corredor estava livre, o homem tornou a entrar no ônibus, apontou a arma para Muriel e disse: "Fora!"

Muriel foi carregando Sammie lentamente pelo corredor, com as armações de metal das pernas dele batendo nos bancos, naquele silêncio pesado.

— Aqui é o zoológico, Muriel? — Sammie perguntou, e Muriel disse:

— Sim, Sammie, aqui é o zoológico, é aqui que temos que saltar.

Ao ouvir isso, a cega Annie levantou-se, obediente, do banco e, guiada pelo som das armações de Sammie no chão de metal, atravessou o corredor até a porta. Josephus, movendo-se muito lentamente para não dar aos nervosos sequestradores a impressão de os estar ameaçando de algum modo, ajudou-a a descer os degraus.

Isso deixou apenas Benny, sentado bem para trás no banco, observando, imóvel.

O relativo sucesso em resolver aqueles problemas inesperados não tinha feito bem nenhum aos nervos do assaltante. Ele se viu diante de um garotinho com um sorriso sonhador, olhando para ele como se tivesse reconhecido seu melhor amigo.

— Saia.

— Olá — disse Benny.

— Saia! — disse o assaltante, com pânico na voz. E o pânico aumentou quando o seu comparsa sentou no volante e ligou o motor.

— Vamos! — gritou o motorista.

— Saia! — O assaltante berrou de novo. Ele estava já quase chorando.

— Olá, Carequinha — disse Benny.

O assaltante não era careca. Mas Benny não estava pensando nele, devia estar pensando no papagaio cinzento da minha mãe, aquele que Bara e Buti tinham comido, o pássaro que tinha gosto de sapato velho. Não, o homem não era careca e não parecia um pássaro, então quem sabe qual foi a ligação que aconteceu na mente altamente original de Benny. Talvez ele tenha achado que o assaltante falava como um papagaio.

Seja como for, Muriel Makanya, que viu tudo, declarou que foi nessa hora que o assaltante se aproximou e começou a puxar Benny para fora do assento.

Essa não foi uma boa ideia: nada tirava Benny do seu lugar. Ele na mesma hora se transformou, de menino sorridente, em verdadeira fúria humana, chutando e arranhando. Ele lutou com o assaltante o tempo todo, gritando e se agarrando a tudo que impedisse que o assaltante o levasse até a porta do ônibus, que tinha começado a se afastar da calçada.

— Deixe o menino! — Muriel bateu no vidro, apavorada que eles fossem levar Benny com eles. Mas um segundo depois ele caiu, ou foi jogado, na calçada, e a Mercedes acelerou e desapareceu na curva da Saxonwold Drive. Nem Muriel nem Josephus sabiam dizer ao certo se foi antes ou depois que Benny caiu que eles ouviram o tiro.

Os guardas apanharam os assassinos de Benny em uma hora, parados ao lado da estrada, pedindo carona. Péssimos como sequestradores, eles tinham enguiçado o ônibus e não foram mais eficientes pedindo carona. Os nomes deles eram Unathi e Brightman e ambos tinham 16 anos. Meninos de rua, ladrões. Unathi, como ficamos sabendo, era portador de HIV, e Brightman era viciado em crack. Eles também eram órfãos, ou, pelo menos, não tinham pais. Garotos despreparados, pobres, que não roubaram o ônibus porque o queriam, mas porque havia uma comissão por um Mercedes novo, oferecida pelo homem que atendia clientes em Moçambique, que era o que normalmente acontecia. Sequestro por encomenda, como era chamado no meio. Os sequestradores disseram que tinham jogado Benny na rua porque ele era lento. Não porque quisessem matá-lo. Eles tinham jogado as armas fora antes da polícia os prender. Ambos negaram ter atirado no menino; ambos foram acusados de assassinato.

33

Cindy se recusou a voltar para Sheerhaven e perguntou se eu me importaria que ela procurasse no armário da minha mãe para ver se havia alguma coisa "mais" que ela pudesse usar. Eu nunca esqueci aquele "mais". Ela procurou e achou umas roupas que cabiam mais ou menos nela, e consertou calças e blusas na velha máquina Singer preta da minha mãe.

Acho que imaginei que sua estada na minha casa seria temporária e que, enfim, ela iria querer voltar para a casa dela em Sheerhaven. Mas logo se tornou claro que, da parte dela, ela não morava mais lá. Ela estava do outro lado de um fosso que não sabia como ultrapassar, abalada mas viva, e odiando a si mesma por isso. O que tinha sido o seu passado imediato, como semana passada, ontem, poucas horas antes, de repente se acelerou, de modo que o que estivera muito próximo dela, ontem mesmo, parecia muito distante e quase desaparecendo. Não era a leveza de ser que provocava náusea, era o sentimento de que todos os seus bens e suas crenças, naquele lugar e naquele tempo, com todas as indicações de que este amor por esta pessoa era real e duradouro, eram falsos. Ela tinha acordado e descoberto que o que tinha estado mais perto dela, o que era mais precioso para ela, estava se afastando na velocidade da luz. Ela não se sentia apenas triste e fraca, ela se sentia traída; mas tinha a sensação terrível de que era também, de certa forma, a traidora.

No período em que ela ficou comigo, logo depois do que nós chamávamos simplesmente de “aquilo”, eu tive esperança de que ela se recuperasse; como se ela fosse uma paciente, após uma operação muito dolorosa, aprendendo a sair da cama e andar um pouco. Ela estava tão assustada, tão trêmula, tão frágil. Eu disse a mim mesmo o que você sempre diz nessas circunstâncias: que ela tinha sido profundamente ferida; que não era ela mesma; que iria melhorar. Eu esperava por um sinal de que seu sofrimento tivesse diminuído um pouco.

Ela me pediu para tomar as providências para o enterro.

— Na igreja Rosebank. Como sua mãe.

E foi isso que fizemos. Padre Phil conduziu a cerimônia. Doves organizou tudo. Cindy reformou um velho terninho da minha mãe e ficou muito parecida com o próprio agente funerário. Ela e eu ficamos sozinhos no banco da frente porque ela tinha se recusado a contar ao ex-marido sobre Benny. Todas as crianças do Abrigo Raio de Sol foram e isso foi bom. E Preciosa, representando as crianças que tinham estado no ônibus com Benny, depositou uma coroa de lírios do vale no caixãozinho que estava sobre os degraus do altar. Mas nós éramos uma pequena congregação; o número de repórteres que apareceram lá era muito maior.

Havia um rapaz com um topete duro de gel, de terno branco, e uma loura de preto, e diversos caras de jeans, com telefones celulares, e eu percebi que eles não sabiam ao certo como se comportar ou o que fazer com seus celulares. Senti uma certa pena deles, piscando os olhos, com certa timidez, sob a luz brilhante, verde e rosa, que passava pelos vitrais da igreja. Eles tinham sido enviados por seus jornais para cobrir o funeral da jovem vítima cuja morte havia sido noticiada em manchetes do tipo "Menino retardado baleado e morto" ou "Menino doente chacinado" e "Bandidos apagam criança". Os jornais estavam diante de uma tarefa impossível. Tinham que registrar, e condenar, e proclamar a escalada de violência que se desenrolava diante dos olhos horrorizados de seus leitores: os estupros, assaltos, sequestros e assaltos a bancos. E atender ao que era outra necessidade urgente da alma sul-africana: o desejo de ver adversários esportivos serem espancados, ler a respeito de assassinatos, seios volumosos e belas tacadas, e não necessariamente nesta ordem. Mas tendo que pregar, pelo menos de boca, as platitudes de sempre a respeito de paz e harmonia e potes de ouro dos dois lados do arco-íris.

Benny, portanto, foi manchete. Mesmo num país em que mais pessoas eram mortas por seus vizinhos do que em qualquer outro lugar do mundo — exceto, talvez, a Guatemala —, onde assassinato, assim dizia a piada macabra, era só um estilo de vida. Onde a morte por arma de fogo era democrática e estava à disposição de todos, quer você morasse num condomínio cercado num bairro elegante ou numa choupana de madeira numa favela. Onde a maioria dos assassinatos conseguia menos espaço na mídia do que a cotação da bolsa, a morte de Benny — o menino que era lento demais — colocou sua história no terrível livro dos assassinatos míticos, ao lado das histórias de homens que acreditavam que estuprar bebês era uma cura para a Aids; ou do fazendeiro que arrastava seus trabalhadores amarrados na traseira do caminhão até arrancar seus ossos da pele; ou dos seis homens trancados no caminhão frigorífico, cujas unhas deixaram marcas de sangue na porta de aço, e que tanto horrorizou minha mãe e a rainha Bama...

Um dos jornais de domingo chegou a dividir a primeira página. À esquerda estava uma foto de estudantes que tinham vindo a Jo'burgo para uma competição esportiva, garotos sorridentes, com as caras pintadas, sob o cabeçalho: "Uma festa do rúgbi juvenil".

O lado direito da página mostrava o micro-ônibus branco Mercedes abandonado, sob o cabeçalho: "Menino Doente Atirado de Ônibus".

Houve editoriais inflamados sobre a desumanidade de pessoas que arrastam uma criança deficiente de um veículo e, porque ela não se movimenta com rapidez, atiram nela. Houve sermões contra a nossa propensão para matar; houve um angustiado questionamento a respeito de um povo que, assim que se livrou de uma tirania assassina, parecia propenso a destruir um ao outro, com mais maldade, mais crueldade e mais frequência do que nunca.

Outro jornal de domingo, naquela prosa particularmente melosa que caracterizava o debate público oficial, comparava Benny a Elvis Presley. O argumento era complicado: assim como os negros e os brancos podiam apreciar a música de Elvis Presley, como um símbolo de suas emoções, e ele era descrito como um "negro branco", a nação podia se juntar e interpretar o assassinato de Benny tanto como um crime — chocante, selvagem e repreensível — quanto como uma lição e uma oportunidade. Os brancos estavam sempre reclamando a respeito da criminalidade, entretanto, para alguns, as queixas deles eram, na verdade, uma espécie de ódio racial, porque os negros eram assaltados, estuprados e mortos mais do que ninguém. Entretanto, Benny estava no meio desta divisão de raças. Filho de um casamento inter-racial, ele não era nem branco nem negro, era as duas coisas, ou, como um colunista disse, exagerando em busca de precisão, "negro-claro". Isto colocou sua tragédia num contexto mais amplo, mais desejável. Mostrou que a crueldade inexplicável podia ocorrer a qualquer um, "independente de cor, classe, credo, gênero ou deficiência"... A lição de Benny, os editorialistas declararam, era que nós temos que "nos juntar, esquecer nossas diferenças, aplanar o campo de jogo, e consultar todas as estruturas relevantes, atores e parceiros..." Benny, eles diziam, tem que ser visto como uma ponte.

Para minha tristeza, Cindy pareceu levar a sério toda essa baboseira.

— Quem sabe ele pode mesmo ser uma ponte?

— Por que parar em Benny a ponte, por que não o livro de Benny? Por que não uma porra de uma Bíblia de Benny? — perguntei.

Ela ficou ofendida.

— Mas, Alex, Benny, a ponte, é só uma metáfora; ela diz o que não podemos dizer. É muito tocante, realmente.

Benny — a metáfora.

A pedido de Cindy, as cinzas de Benny foram enterradas ao lado das da minha mãe, no muro do Jardim da Lembrança na igreja Rosebank. Mais tarde, voltamos para a casa de Forest Town — minha casa, casa da minha mãe — como se, para ela, esta fosse a coisa mais natural do mundo. Como se ela estivesse indo para casa.

34

Embora Cindy não se parecesse em nada com minha mãe, havia elos, e eles se tornaram mais evidentes nas semanas em que vivemos lado a lado na casa em Forest Town. Eu não achei que fosse imitação; era mais uma forma de buscar aprovação, com uma certa ousadia.

— Sua mãe era formidável. Eu realmente a admirava. Imensamente. Ao último grau.

Cindy estava experimentando um dos turbantes azuis da minha mãe.

— Quer dizer, ela era uma mulher que sabia o que queria; uma mulher que não deixava ninguém mandar nela, hein? Que não levava desaforo...

— Eu acho que você tem que amarrar o turbante ao contrário.

— Mostre-me.

Ela ficou em frente ao espelho enquanto eu amarrava a faixa azul brilhante em volta da sua testa pequena e pálida, cada vez mais alto, até ela ficar se parecendo com Nefertite.

Eu disse:

— Cindy, estou na dúvida quanto a esta orgia de roupas.

— Ah, por que não? Só estou experimentando algumas coisas.

— Eu sei, mas é um pouco como entrar numa loja de caridade e começar a experimentar os chapéus.

— Como assim? — sua pergunta angustiada terminou numa nota aguda: *as-simmmmm*? — Sua mãe não se importaria. Sua mãe era muito generosa.

Cindy tinha começado a usar mais e mais itens do guarda-roupa da minha mãe: um cardigã amarelo, uma blusa branca, um macacão velho. Ela ficava muito interessante usando uma jaqueta cáqui desbotada, calças de montaria, jeans velhos, jaquetas de veludo. Tudo era um pouco masculinizado e lhe dava um charme travesso; uma garotinha usando as roupas do pai.

Ela usava os próprios sapatos, mas isso era porque minha mãe tinha pés muito grandes, assim como tinha mãos muito grandes. Eu tinha a sensação de que não eram as roupas que ela estava experimentando e, sim, minha mãe, que ela estava tentando senti-la. Havia, é claro, uma enorme disparidade: minha mãe era quase 30 centímetros mais alta e muito mais larga. Cindy não podia usar suas botas de piloto e não conseguiria manejar nenhuma de suas armas pesadas; ela não sabia pilotar. Entretanto, o que ela podia fazer era selecionar amostras, assim como alguém que está procurando ouro extrai amostras de rochas e testa para ver se existem traços do filão que digam: "Aqui há riqueza."

Cindy ficava horas sentada, limpando cuidadosamente as armações de vidro com os mapas das viagens de Livingstone. Ela se maravilhava com as fotografias de Schweitzer e de Bror Blixen; de Hemingway de shorts e moletom, usando luvas de boxe, enfrentando minha mãe com seu protetor de peito. Ela se deliciava com os álbuns pesados, de couro, cheios de fotografias em preto e branco de minha mãe caçando leopardos, taxiando na pista improvisada de alguma colônia africana, fazendo canoagem, atravessando rios, posando ao lado da cabeça enorme de um búfalo morto, fazendo piquenique, bebendo, acampando; minha mãe sorrindo, ao lado de homens de todos os tipos e alturas e bigodes e rifles.

Ela era como uma espécie de refugiada, alguém em trânsito. Não era como se ela fosse para trás ou para a frente; não, eu diria que ela estava andando em círculos, mergulhando cada vez mais fundo no seu novo papel. Havia comparações para este tipo de camuflagem biológica. Uma criatura pequena como a pulga do coelho, por ser pequena e indefesa, aprendeu que o preço de ficar viva num mundo perigoso era enterrar-se num corpo maior, mais quente, e se adaptou a isso. A pulga do coelho submeteu seu ciclo reprodutivo ao seu hospedeiro. Os hormônios do coelho governam o período em que seus invasores têm filhos. A pequena sanguessuga só fica grávida quando a mamãe coelha fica choca.

Foi isso que Cindy fez, embora de um modo tão sutil que eu levei algum tempo para compreender o que estava acontecendo. Ela ficou choca, se apossou das coisas, reformou coisas; e estava cheia de alguma coisa que eu não vi até que esta coisa se tornou grande demais. Eu não culpo a mim mesmo por não ter visto o que estava acontecendo; acho que Cindy também não viu.

Talvez essa mania de se fantasiar com as roupas de outra pessoa fosse, também, uma forma de distração. Ao ignorar sua vida anterior e se tornar outra pessoa, Cindy conseguia suportar um pouco melhor o horror da morte de Benny. Ela nunca falava nele, mas mergulhar cada vez mais fundo no guarda-roupa de minha mãe, alguém que tinha conhecido — e abraçado — Benny, como tinha conhecido e abraçado todas as crianças do Abrigo, talvez fosse uma maneira de cobrir sua ferida com um curativo emprestado. Ela parecia estar entrando na imensa amplidão que era minha mãe. As peças de roupa não eram importantes: elas as usava como feitiços, ou fetiches. Ou relíquias.

Havia também algo de extremamente ridículo em tudo isso. Aquela garota magra e moderninha de Jo'burgo desfilando por aí em cardigãs, turbantes, chapéus de caçador e echarpes de seda que minha mãe gostava de amarrar no pescoço quando partia para algum lugar divertido, como Tanganica. Mas eu não ia questionar isso. Ela tinha passado por algo tão terrível que não havia nada que eu pudesse dizer, não havia consolo possível. Benny estava morto, de uma forma que ela tinha quase previsto. Seu pior pesadelo tinha se tornado realidade. Isto a deixou vulnerável e, por ser algo tão terrivelmente definitivo, algo que ela estava sendo obrigada a suportar, deixou-a inatingível.

Nós não éramos mais amantes, não estávamos mais dormindo juntos, estávamos meramente ocupando a casa da minha mãe; poderíamos ser locatários vivendo vidas paralelas ou um casal que há muito tinha deixado de copular. Nós comíamos juntos, conversávamos e coexistíamos. Eu tomava café e mais tarde saía para caminhar. Ela lia os livros da minha mãe; via os velhos filmes dos pigmeus waturi. À noite, ela queria ouvir histórias sobre minha mãe, sua vida e seus amantes. Ela começou a arrumar e limpar e pôr certa ordem nas lembranças acumuladas de uma vida inteira. Como o museu de roupas de época do outro lado da rua, onde as irmãs Bernberg tinham morado.

Minha mãe tornou-se o assunto de nossas conversas na hora do jantar; Cindy erguia os olhos do peixe ou da massa e dizia:

— Conte sobre o tempo que ela passou com Hemingway; conte-me o que ela achava de Schweitzer; conte-me sobre os homens leopardos...

Cindy pegou o velho cachimbo de minha mãe e o enfiou entre os dentes.

— Conte-me que fumo ela usava.

— Chamava-se Boxer. Era escuro e forte. Vinha num saquinho de algodão branco, fechado com um cordão de puxar.

— Você compra um pouco para mim?

Eu achei um saco de Boxer, mostrei a ela como encher o cachimbo, acendi-o para ela e a observei soprar uma fumaça branca pela sala.

— Eu sopro mas não consigo tragar. De jeito nenhum!

— Melhor assim, esse troço é mortal. Cindy, por que você está usando as roupas da minha mãe?

Ela soprou fumaça nos mapas de Livingstone pendurados na parede.

— Eu quero me sentir próxima a ela, esta é a razão. Você não parece sentir falta dela.

Eu não gostei do que ela disse e nem do tom. Cindy podia se fantasiar à vontade, mas eu não ia ser seu par na festa a fantasia.

— É claro que eu sinto falta dela.

— Ah, *ja*, em que medida?

— Eu não sei como responder.

— Bem, você sente mais falta dela agora que ela não está mais aqui?

— Ouça; em primeiro lugar, eu sentia falta dela mesmo quando ela estava aqui, quando ela estava viva.

Ela tirou o cachimbo da boca e, vagarosamente, bateu com o cachimbo num cinzeiro de mogno, esculpido no formato de um elefante carregando um marajá, para retirar o fumo. Depois cuspiu uns pedacinhos de fumo que tinham descido pelo tubo do cachimbo e fez uma careta ao sentir o gosto amargo e quente na ponta da língua.

— É melhor eu dizer uma coisa para você. Eu vou voltar ao trabalho.

— Vai voltar a vender casas?

Ela sacudiu a cabeça.

— Não. Eu fui contratada pelo Abrigo Raio de Sol. Não faça essa cara de espanto. Começo amanhã de manhã. — Ela se divertiu com o meu espanto. Olhou para mim com firmeza, seus olhos verdes límpidos no seu rosto bonito e inteligente, coroado pelo enorme turbante. — Eu queria fazer algo pelo Benny. Achei que era isso que ele conhecia, a escola, e as crianças.

Ela disse isso com toda a simplicidade. Então por que eu tive a sensação de que se tratava de um movimento exagerado no sentido de endireitar as coisas? De torná-las... "puras". É claro que não há nada a dizer quando alguém declara que foi movido por amor e devoção a se dedicar a uma boa causa.

Então ela começou a trabalhar no Abrigo Raio de Sol, saindo todas as manhãs no velho Land Rover, subindo a colina até a casa. Eu imaginei se ela estaria abraçando as crianças, mas não quis perguntar: tinha uma ideia da resposta que ela daria.

Cindy, antes tão irreverente, tão deliciosamente irônica, tinha ficado sentimental. Alguma força assustadora tinha tirado Benny dela. Como ela podia diminuir sua angústia? Ela não ia reclamar, ia se submeter. Ela estava tomando para si o que tinha levado o seu filho. Ela estava se reposicionando para a vida após Benny; na casa da minha mãe; no papel — ouso dizer — da minha mãe, preparando-se para abraçar a "África".

Algo, aliás, que minha mãe nunca fez. Ela a agarrou pelo pescoço, sim, mas nunca, jamais, considerou que a África estivesse melhorando moralmente. Pela simples razão de que não via motivo para uma melhoria moral, porque as coisas, e isso incluía ela própria e o seu mundo, eram perfeitas do jeito que estavam, e passe muito bem. Entretanto, quando morreu, ela abriu um buraco em nossas vidas, e foi essa perda que Cindy encontrou um meio de reparar.

Foi ficando cada vez mais esquisito. Quem eram, exatamente, essas pessoas que estavam morando na minha casa? Cindy era outra pessoa, Noddy era, sem dúvida, outra pessoa. Só eu era o mesmo e isso não adiantava muito. Estava claro que me faltava uma habilidade essencial: o dom de mudar. Outros trocavam de pele e se tornavam pessoas novas; era como viver num conto de fadas, onde eu era o único adulto, o único descrente. Não que eu não desejasse a mesma mágica, só que, simplesmente, eu não sabia como fazê-la acontecer.

A amiga de Noddy que tinha ido morar no quarto dele era uma jovem lânguida chamada Nonsuma, e ele parecia ter muito pouco a ver com ela. Na maior parte do tempo, ela ficava sentada do lado de fora do quarto, no sol, ou lavava um pouco de roupa e pendurava na corda, bem devagar. Eu tinha a sensação de que Nonsuma não significava nada em si mesma, era apenas mais um marco no seu caminho para a perdição. Em pouco tempo ela começou a engordar, e fez Noddy parecer menor ainda.

Ele tinha sido sempre pequeno, mas sólido; agora ele era só pequeno. A única demonstração de confiança que ele permitia a si mesmo era no fim de semana, quando ia para os arredores da cidade, todo elegante no seu terno dourado e pluma colorida no chapéu.

E então, de um dia para a noite, Noddy e Nonsuma desapareceram.

Mas ele tinha deixado para trás tudo o que possuía: sua velha calça cinzenta, sua camiseta de Gstaad, seu macacão azul, seu velho terno de domingo azul-marinho, e seu terno dourado de sair para beber. Sua caderneta estava lá, ainda presa com elásticos vermelhos, e mostrava as economias de Noddy: ele tinha um crédito de milhares de dólares. A carta que o irmão tinha escrito para ele, dando a terrível notícia sobre Beleza: tudo o que fazia dele um homem tinha sido deixado comigo. Para mim. Tudo dele, exceto o seu verdadeiro eu e o seu chapéu. O chapéu tinha desaparecido junto com o dono.

Eu guardei tudo nas malas dele: papelão quadriculado com fechos vagabundos, que ele tinha usado para viajar dos seus jardins em Jo'burgo para visitar a fazenda e a família em Matabeleland. Nunca se sabe, eu pensei, talvez ele volte. Mas eu não estava contando com isso.

Eu passava boa parte da tarde passeando pelo zoológico. Eu gostava do urso polar. Sempre houvera um urso polar quando eu era menino e ele sempre parecera normal, só mais uma das muitas espécies exóticas atrás de grades. Embora estivesse a milhares de quilômetros de onde vivia, ele era pertinente, porque estava no zoológico. Aquela criatura enorme e desgrenhada, um tanto empoeirada, vivia numa jaula e parecia um gigantesco fantasma peludo. Jogavam água nele de vez em quando para aliviar o calor do sol tórrido do planalto, e sua jaula sempre fedia a peixe. Ele me parecia solitário. Enfiava as patas pelas grades e ficava pendurado ali. Ou era o que parecia. O novo urso estava num hábitat ártico cercado de vidro, na temperatura certa, e ficava parado tranquilamente com os braços em torno da cintura, como um homem tentando se aquecer.

Lembrando-me daquele urso, eu tinha uma explicação para o apego excessivo da minha mãe pelas crianças do Abrigo Raio de Sol. O que ela queria não era simplesmente abraçá-las. Era a si mesma que ela estava aquecendo. Ela estava doente, corria o perigo de ser levada embora, e precisava de alguém para se apoiar, então punha os braços em torno daquelas crianças. Talvez, como o urso polar, sua situação fosse absurda. Depois de ter passado a vida inteira fazendo coisas, pilotando aviões e morando na África, ela tinha reconhecido, como ocorreu com sua amiga, a rainha Bama, que entendera tudo errado e, por toda parte, ela via dissolução, a terrível devastação causada pelo tempo. Um furacão tinha se formado em torno dela e ela se agarrava a qualquer coisa que pudesse evitar que ela fosse arrastada por ele.

Um dia eu estava no jardim, contemplando a lavanda. O céu tinha aquele tom dourado que só se vê no planalto. Eram 17h e a grama, que eu tinha aparado recentemente, cheirava àquelas tardes da minha infância em que a sensação da grama na sola do pé descalço significava liberdade e alívio.

Eu ouvi o avião voando muito baixo. Era um Cessna e ele circulou umas duas vezes sobre a casa, depois subiu e em seguida desceu, passando perto dos cabos de telefone, e os pássaros voaram, aborrecidos.

Quando Cindy chegou naquela noite, ela se sentou na velha cadeira de couro da minha mãe, pôs os pés para cima e eu vi que ela estava usando um novo par de botas de pilotar. Esse, pelo menos, era dela.

— Eu quis fazer uma surpresa. Você viu quem era?

— Na mesma hora. Quando foi que você tirou o seu brevê?

— Estou tendo aulas há várias semanas. Hoje fiz meu primeiro voo solo como piloto certificado e resolvi voar por cima da casa para comemorar. Você pensou na sua mãe?

— De fato, não. Se é que pensei em alguém, foi em Bob Mistry. Já ouviu falar nele?

Ela sacudiu negativamente a cabeça.

— Conte-me.

— Mistry estava no Congo, nos velhos tempos. Ele era um jornalista e trabalhava na UPI. Ele tinha duas habilidades importantes: sabia pilotar e sabia usar uma filmadora. Foi isso que o levou ao Congo, onde minha mãe o conheceu. Mistry foi um dos primeiros repórteres a chegar no Congo quando ele explodiu nos anos 1960. Ele cobriu os estupros, as mortes, o assassinato de Patrice Lumumba. Ela levou Bob Mistry para caçar ocapis com ela e apresentou-o aos seus amigos wambuti. Ele não atirava mal, mas o que depunha contra Bob no mato era seu extremo detalhismo. Ele era um homem agradável, adorava se vestir de branco, tinha um bigode castanho, pés pequenos e bundinha empinada. Ele era tão engomado que penteava o cabelo preto numa onda sobre a cabeça, construída com gel. Ele parecia uma foca inteligente de terno. Mas Mistry era louco por minha mãe e ela gostava dele, eu acho.

— Ela o amava?

Outra vez aquela pergunta. Muito estranha, essa pergunta. Feita por uma mulher usando o cardigã amarelo da minha mãe, fumando o cachimbo da minha mãe, sentada na cadeira da minha mãe.

— Eu já tentei explicar isso antes. Não tenho certeza de que ela jamais tenha amado alguém. Muitos homens a amaram, e muitos a devoraram.

— Continue.

— Quando ela terminou de caçar ocapis, depois de passar algum tempo no Congo, sua relação com Bob Mistry tinha terminado. Só que ele não entendeu. Ele largou tudo e veio para Jo'burgo. Ora, a minha mãe, quando estava em outro lugar, não tinha tempo e quase não se lembrava do que ou de quem tinha deixado para trás. Não só ela largava o homem, mas quase não conseguia mais se lembrar quem ele era. Mas ele estava sempre aparecendo: em festas e piqueniques e aeroportos. Para onde quer que ela olhasse, lá estava Mistry, com seus sapatos brancos e seu bigode engomado, implorando para ficarem juntos, e horrorizado porque minha mãe parecia não saber quem ele era nem ligar a mínima para ele. Ela perdeu a paciência — nunca teve muita — e disse a ele que se ele continuasse a aborrecê-la ela iria dar um pontapé em seus culhões. Mistry ficou muito abatido, e foi por isso que fez uma coisa tão esquisita que eu ainda não entendo por que ele fez isso. Tão potencialmente perigosa. Algo tão incomum para um homem tão contido e meticuloso.

Ela fez um ar triunfante.

— Ele tentou se matar?

— Não. De fato, ele tentou matá-la. Você parece surpresa. Mas foi uma iniciativa inteligente da parte dele. Veja só, se ele tentasse se matar, minha mãe não teria ficado muito impressionada. Mas tentar matá-la, esse foi o tipo de coisa que a impressionou. E o modo que ele usou para isso. Bob telefonou para ela uma noite, já bem tarde, e eu atendi o telefone: ela se recusou a falar com ele. Eu repeti para ele o que ela disse, para ele cair morto. Mistry me pareceu muito satisfeito, algo que achei bem estranho. Mais tarde, percebi que o telefonema tinha sido um artifício: ele estava se certificando de que ela estava em casa. O que Bob fez então foi ficar completamente bêbado, subir no seu Cessna — parecido com o que você estava pilotando — e decolar, sem deixar nenhum plano de voo. Naquela época, minha mãe e eu estávamos morando no último andar de um prédio de três andares chamado Fawn Glen, em Parkwood. Mistry voou sobre o prédio por volta das 3h da manhã, quando estávamos dormindo; mirou no prédio e enfiou o avião no último andar.

— Você está falando sério?

— É claro que sim. Eu pensei nele quando aqueles aviões se chocaram contra as Torres Gêmeas em Nova York. Nosso prédio era bem menor e muito mais forte. Aqueles prédios dos anos 1930 eram feitos para durar e, de todo modo, como estava completamente bêbado, Mistry atingiu o apartamento errado. O que ficava bem ao lado. Ele não derrubou o prédio, não nos machucou, mas matou o casal idoso que morava ao lado e a si mesmo.

— O que foi que sua mãe disse? Ela ficou impressionada?

— Até certo ponto. Ela gostou do fato de ele ter perdido a cabeça e tentado matá-la, mas o achou um idiota por ter errado o alvo.

— Por que você está me contando isso, Alex? Existe alguma lição de moral nisso? É porque eu voei muito perto de você? É porque talvez você ache que eu queira fazer com você o que Mistry fez com sua mãe?

Foi a minha vez de balançar a cabeça.

— Isto não é uma história, isto é um relato de algo que realmente aconteceu. É por isso que parece tão estranho. Não se trata aqui do fracasso de Bob Mistry em matar minha mãe. Trata-se das pessoas que ele matou. O casal de idosos que morava ao lado era velho amigo de Mistry. O cara tinha sido chefe de redação na UPI quando ele estava começando: Bob Mistry matou o homem que o ajudou em sua carreira.

— E que conclusão você tira disso?

— Nenhuma. Eu não tiro conclusões e não dou lições de moral. Foi simplesmente algo que aconteceu, e eu fico horrorizado com a estranheza da vida, e da morte. — Eu olhei para ela. — Eu também não trato de mães.

— Diga-me, Alex, com sinceridade. Você amava Kathleen?

— Acho que sim, quando não tinha vontade de matá-la. Um pouco como Bob Mistry.

— Matá-la?

— Atirá-la do alto de um penhasco. Algo no gênero. Olha, é precisamente porque eu a amava que muitas vezes tive vontade de estrangulá-la. Eu a amava do mesmo modo que amo o raio que mata gente no planalto sul-africano. Eu a amava do mesmo modo que amo mergulhar bem fundo na água límpida e ficar deitado lá no fundo até meus pulmões estarem a ponto de arrebentar e eu sentir uma vertigem, mas é tão vasto e tão calmo lá embaixo que eu não quero nunca mais voltar à superfície, mas sei que se não subir para respirar, vou morrer. Era assim que eu a amava, como você ama algo que é grande e maravilhoso e assustador; mas com frequência, com muita frequência, você tem vontade de que aquilo acabe logo de uma vez!

— Por que você acha que sua mãe abraçava as crianças?

— Não sei.

— Eu disse para você o que eu acho. Acho que era excesso de amor, ela não conseguia se controlar. Você é tão desconfiado em relação ao amor que não consegue ver isso.

— Eu acho que você está completamente enganada. Isso pressupõe que ela tivesse algum tipo de sentimento pelas crianças. Deixe-me dizer-lhe que ela não tinha um pingo de sentimento maternal. Se eu tivesse que compará-la com qualquer outro animal, com qualquer outra espécie, eu escolheria o guepardo. O guepardo só toma conta dos seus filhotes enquanto é obrigado a isso, até os filhotes conseguirem se virar sozinhos, e então ele se manda. Outro par, outra ninhada, outra vida. Ele nunca olha para trás.

35

Sobre a escrivaninha da minha mãe, entre as fotos de Schweitzer e Hemingway, apareceram fotos de dois meninos negros, sérios. Eu sabia quem eles eram, eu tinha estado no julgamento, tinha ouvido quando eles foram sentenciados a 20 anos. Unathi, usando uma camiseta branca, e Brightman, com um suéter preto de gola alta.

Novo também era o papel de carta sobre a escrivaninha, branco, com um cabeçalho impresso: "Fundo Benny September". Seus diretores eram Cindy September e Jacob Schevitz.

Essa era uma continuação perfeitamente lógica do novo papel de Cindy — a casa da minha mãe, suas coisas e, agora, seu advogado. Eu não acho que Cindy e eu tenhamos dito mais do que bom dia um ao outro depois disso. Eu fui ver Schevitz e ele me disse o que estava acontecendo.

— O Fundo Benny September é dedicado a ajudar crianças como Unathi e Brightman a realizar todo o seu potencial como cidadãos da nova África do Sul. — Ele viu minha expressão e suspirou. — Ei, Alex, dá um tempo. Não foi minha ideia essa fundação. Eu só a estou organizando para ela.

Schevitz deve ter achado a visita dela ainda mais surpreendente do que aquela vez que minha mãe o nocauteou com seu cubano. Cindy estava usando um velho par de calças de montaria da minha mãe, uma blusa de seda cor-de-rosa, e seus olhos eram lindos. E, além disso, ele achou que tinha falhado com minha mãe e não queria falhar com Cindy.

Ela disse a ele:

— Eu penso neles.

Ele não tinha facilitado as coisas para ela.

— Por que você pensa neles?

— Porque eles são tão jovens!

— Têm idade suficiente para sequestrar um ônibus escolar, para carregar armas e usá-las.

— Sim, mas o senhor sabe a história deles. Órfãos da Aids, abandonados, depois a mudança para Jo'burgo, depois a necessidade de sobreviver.

— Sim, depois as armas, depois o assassinato...

— Eu sei. Mas os rostos deles me perseguem. Onde o senhor acha que eles estão? Eu posso visitá-los? — Cindy tinha perguntado.

Schevitz me contou isso com toda a naturalidade.

— Antes de você explodir, deixe-me dizer que eu também fiquei extremamente preocupado. Mas é escolha dela; ela quer assim. Imagine, lembrar a morte do seu único filho tentando ajudar seus assassinos. E quer nós concordemos ou não, é algo notável.

— É. Notável. Quem sabe a gente não deva culpar Benny por ser como era, por estar no ônibus errado na hora errada, e por ser lento, e por esses caras terem sido obrigados a atirar nele. Talvez esse seja o próximo passo, Schevvy: trazer Benny de volta para dizer que ele sente muito, para se desculpar com aqueles assassinos por ter sido tão imprestável. Talvez isso fosse o mais notável; talvez, como Benny não pode dizer isso, ele mesmo, por estar morto e tudo o mais, você pudesse dizer por ele, levantar a voz e dizer: "Unathi e Brightman são inocentes, certo; a culpa foi do Benny."

Schevitz disse:

— Olha, o amor e a ternura em relação a esses caras, essa coisa de altruísmo, são um pouco demais. Eu disse isso a ela. Mas você tem que pensar nas alternativas. Você poderia dizer que ela é um grande exemplo de perdão.

— Você poderia dizer que Benny era uma criança inocente que foi assassinada e que ele merecia mais do que esta merda.

Schevitz retrucou.

— Você poderia dizer que ela está enfrentando uma situação terrível, de dor e sofrimento, e que a está mudando.

— Pode dizer o que você está pensando: a está transformando.

— Não fui eu que disse, foi você.

— Você tem razão. Sinto muito ter dito isso. Foi um golpe baixo.

Era verdade. O velho Schevitz nunca tinha aceitado essa conversa fiada, embora parecesse estar muito perto de aceitar agora. Transformação, o velho Schevitz tinha dito um dia, era fazer o sangue de ontem virar a Mercedes-Benz de amanhã. Mas isso tinha sido antes de ele ter caído nos braços de Cindy e na teia sufocante da linguagem oficial, culturalmente aceitável, a respeito do que os "atores sociais" e "os parceiros" estavam "trazendo para o partido".

Schevitz disse:

— Foi ela que perdeu o filho; francamente, Alex, ela tem direito a fazer o que quiser a respeito disso. Você não tem por que ser menos clemente do que ela. Ou mais zangado do que ela. E, aliás, quais são as alternativas? Ficar preso na amargura ou seguir adiante?

— Não se trata de alternativas. Alternativas são exatamente o que não existe naquilo que podemos chamar de cenário de Cindy. Alternativas implicam escolhas e diferentes versões e esperança de liberdade; nada disso está disponível aqui. O que existe é apenas a versão autorizada de fatos terríveis. Esses fatos vão ser empurrados de um lado para o outro até ficarem com outra cara. O que temos aqui talvez seja a única história deste país: formas de violência que se passam por liberdade. O tipo de liberdade que diz que se você não me deixar fazer o que é bom para você, eu dou um murro na sua cara.

— Alex, estou vendo por que você não fica aqui. Você não tem nada de bom a dizer sobre este lugar.

— Foda-se, Schevvy.

— OK, Alex. Vamos deixar as coisas como estão, OK?

Schevitz era um cara legal, um cara honesto, e nunca tinha se interessado por aquela conversa fiada. Agora ele estava envergonhado, mas eu vi uma outra coisa que me atingiu como uma locomotiva. Schevitz estava concordando com aquilo. Para aplacar o remorso que sentia por não ter ajudado minha mãe quando teve chance de fazer isso. Mas também porque, depois de anos de amargura com a selvageria política, ele estava de volta onde um dia tinha sido feliz, combatendo o bom combate, sendo útil. Eu não estou dizendo que ele apoiava os assassinos de um garotinho que não andou depressa o bastante: Schevitz podia estar fazendo papel de bobo por amor, talvez, mas ele não era piegas. Não, o velho sonho tinha tornado a fisgar Schevitz, como tinha acontecido anos antes, quando ele combatia o bom combate contra os filhos da mãe que governavam o nosso mundo. Depois de passar anos fora disso, um velho e ridículo liberal branco que tinham mandado pastar, de repente Schevitz tinha uma causa outra vez. O Fundo Benny September... o novo negócio de Cindy.

E quem poderia contrariá-la? Afinal de contas, como Schevitz tinha dito, era o sofrimento dela, o filho dela, a ideia dela de fazer contato com os assassinos, a escolha dela de perdoar. Ela tinha esse direito. Não importava a opinião dos outros. Não era da conta de ninguém. E mais, a escolha dela estava de acordo com tudo o que era elevado moralmente e desejável politicamente num país em que o ódio entre brancos e negros era eterno e estava em toda parte. O modo como ela tinha deixado de lado a própria angústia para levar esperança e consolo àqueles que não mereciam era algo magnífico.

Então, por que eu estava tão horrorizado? Era uma atitude nobre, talvez, mas mesmo assim o desprendimento de Cindy me repugnava. Eu também via que o que Cindy sentia não era realmente perverso. Se ela tinha sido capaz de deixar para trás a menina pobre de Blaukrans e se transformar na princesa dos condomínios da zona norte de Jo'burgo, ela poderia fazer isso de novo, e se transformar nessa figura santa e misericordiosa.

Brightman e Unathi estavam presos num centro de detenção para jovens na Província de Limpopo, perto de uma cidade chamada Polakwane. Havia um aeroporto em Polakwane e sempre que conseguiam permissão ela e Schevitz voavam até lá para ver "os garotos". Cindy comprava livros para eles, fazia bolos e escrevia longas cartas em papel lilás, com sua letra inclinada. Ela anunciou seu plano de cinco anos para reabilitá-los com o mesmo grau de entusiasmo e paixão com que um dia tinha me ensinado as regras para permanecer vivo na rua, ou me ensinado a crua realidade de Jo'burgo.

Aquela Cindy não existia mais; ela tinha sido frívola demais, leviana demais, "velha África do Sul" demais. A nova Cindy era séria, repetitiva, cansativa, bem-intencionada e profundamente, fatalmente até, confusa. Mas ela tinha o grande dom de ser capaz de acreditar em cada palavra que dizia, o que significava que estava perfeitamente adaptada à época.

Seu plano de cinco anos era obter permissão para visitar "os garotos" uma vez por mês e "ganhar a confiança deles". Esse desejo era repugnante, ela sabia disso, mas não se preocupava em escondê-lo, ela simplesmente o repetia quando eu me encolhia. Havia também um apelo na preparação. Depois, quando eles cumprissem o tempo, ela esperava conseguir convencer as autoridades a permitir que Unathi e Brightman obtivessem condicional e fossem para casa com ela.

Ela não tinha dúvidas quanto à casa, e eu estava diante de decisões difíceis. O que restava do lugar que um dia tinha sido meu, da mãe que tinha me dado à luz, e das histórias que ela tinha me contado, e que diziam quem eu era, quem ela era? Porque quanto mais tempo a "nova" Cindy passava lá, mais a "velha" vida desaparecia sob os novos planos e hábitos dos intrusos. Cindy estava colonizando o espaço, e fazendo isso pela melhor das razões.

Então, eu estava morando na casa da minha mãe com alguém que, cada vez mais, parecia ser não a sua duplicata, mas a sua sucessora; e quanto mais ela preenchia esse papel, mais me parecia inútil ficar lá. Eu sentia o que compreendi que minha mãe tinha sentido num mundo de mudanças brutais.

A questão agora era: o que eu iria fazer? Eu sabia que podia voltar para o que era um trabalho efêmero mas útil: fornecer ar fresco para espaços superaquecidos. Na realidade, quanto mais eu pensava nisso, mais esse trabalho me parecia útil, na sua humildade, na sua capacidade de limpar, lavar, equilibrar o ar que respirávamos.

A nova Cindy não só tinha o certo do seu lado, ela tinha o futuro do seu lado. E eu era um reacionário incorrigível. Porque eu preferia a casa como ela era; preferia Noddy e a rainha Bama; preferia os homens leopardos e os pigmeus wambuti a esta nova versão dos acontecimentos. E, sem a menor dúvida, preferia minha mãe à versão que Cindy fazia dela.

Entretanto, as duas coisas me desagradavam: a enorme indiferença de minha mãe a tudo sobre o que sobrevoava; e o derretimento emocional de Cindy. Quando eu pensava na transformação de Cindy, da garota esperta que vendia imóveis, cuja vida girava em torno de dinheiro, da BMW do ano, de uma gorda conta bancária e uma pistola no porta-luvas, para a madre Teresa do centro de detenção de jovens...

Pior, eu tinha que enfrentar o fato de que ela estava em busca de alguma coisa; ela estava submergindo no modo como as coisas eram e tinham que ser. E ou você fazia isso ou ficava do lado de fora.

Não se tratava de humildade ou de aceitação, na realidade. Mas da mesma coisa de sempre: tratava-se de vencer; tratava-se de poder; tratava-se de elevação moral; e assim que alguém exigia um alto padrão de moral na África — você podia apostar dinheiro nisso — eram os pobres que pagavam por isso. O que Cindy tinha encontrado no guarda-roupa da minha mãe senão o traje completo do alto padrão moral, após uma pequena adaptação, desde as botas até o maldito chapéu, ou deveria dizer turbante?

Parecia não haver nada para me manter ali por mais tempo, e muito pouca chance de que eu desvendasse os dois mistérios cruciais que me atormentavam: por que minha mãe abraçou aquelas crianças; e por que Noddy ainda significava tanto para mim apesar de ter ido embora. Por que eu ainda sentia que ele apontava para algo vital, só que não conseguia descobrir que diabo era isso. Eu disse a mim mesmo, aliviado por achar uma desculpa para ficar, que ainda não podia partir. Eu tinha dois últimos legados ainda não entregues. Os discos de mambo tinham ficado para Raul Mendoza. Tendo visto o que custou para transformá-lo num sul-africano feliz e adaptado, eu não via necessidade de revelar o seu disfarce.

E havia Papadop.

36

Ela deixou suas relíquias de Livingstone para Papadop: isso incluía um dos mapas do explorador, traçando suas viagens prodigiosas pela África subsaariana; um desenho das cataratas Vitória, com as medidas cuidadosas feitas por Livingstone em sua caligrafia clara: "1860 jardas de largura — 310 pés de profundidade..." Como se esse tipo de precisão fosse uma maneira de afixar certeza a um encontro perturbador com uma África tão resistente ao bom senso, tão ingrata em relação a missionários, exploradores, soldados, comerciantes, visionários. E, no entanto, tão receptiva, tanto na época quanto agora, às bugigangas e quinquilharias dadas por invasores a chefes e governantes, aqueles homens absurdamente grandes, cujo papel tem sido explorar e exterminar o seu povo, e minar seu continente.

Também, entre as relíquias, estava um espelho de moldura de bronze que Livingstone tinha dado a um chefe em Ujiji, cujo neto, por sua vez, tinha dado para minha mãe, tirando-o de um armário de vidro onde ele guardava outras recordações do médico: navalhas, contas, diversas colheres de ferro, uma caneca de bronze, um canivete de uma só lâmina, uma caixa de rapé com a cabeça da rainha Vitória e uma harmônica vermelha e azul que chiava um pouco mas ainda funcionava. O chefe tinha guardado o espelho de Livingstone num armário de curiosidades para estudar, ela me contou, "num estado de permanente perplexidade", os hábitos e costumes dos primeiros invasores brancos. Ele era o emblema perfeito dessa invasão. Quem olhasse para o espelho de Livingstone via o rosto que queria: o seu.

Havia também uma fotografia em sépia da velha mangueira, que diziam marcar o lugar em que Livingstone e Stanley se encontraram em Ujiji, em 1871. Sob ela, havia uma grande pedra identificando o lugar como "A árvore do homem branco."

Havia o famoso gorro de Livingstone, azul e vermelho, que minha mãe sempre insistira em dizer que era o mesmo que ele tinha dado para Stanley. Mas os gorros de Livingstone não eram assim tão raros. Ele os mandava fazer no Starkey's, em Bond Street. Este era um acessório essencial numa longa carreira, uma marca registrada tão característica quanto o chapéu coco de Charlie Chaplin. Por trás da lenda do missionário, do libertador de escravos, do explorador, geógrafo, daquele que deu nome a montanhas e cachoeiras, o escocês circunspecto que veio a personificar a África para todo o mundo anglo-saxão, havia o outro Livingstone, o artista mambembe, orgulhoso, teimoso, cruelmente indiferente à esposa e aos filhos, um ator que nunca se apresentou num palco, com uma fina coleção de chapéus.

Eu tinha visto outro desses gorros exibido pela Royal Geographical Society em Londres; eles juravam que o deles era um dos de Livingstone, doado a Stanley. Questões de autenticidade vão ao âmago das coisas no longo e violento jogo de pôquer que é a África. Quem está fingindo e quem está mentindo para quem? Essas eram as únicas perguntas que valiam a pena ser feitas.

* * *

Eu liguei para o número de Papadop em Mount Darwin, e atendeu alguém cuja voz eu não reconheci.

— Papadopolous não está aqui.

— Quando ele volta?

Houve uma pausa.

— Nunca.

— Nunca?

— Ele não vai voltar.

— Você sabe para onde ele se mudou?

— Não.

— E o que aconteceu com a casa dele?

— Não é mais a casa dele; é minha casa agora.

Então eu entendi. Eu tinha ouvido falar do confisco de fazendas de brancos por parte de rapazes que se diziam antigos soldados das guerras de libertação, mas que eram jovens demais para ter lutado nelas. Só que eu nunca pensava em Papadop como sendo um fazendeiro. Ele tinha deixado de cultivar a fazenda há muito tempo, quando passou a vender máquinas agrícolas. Ele possuía terras em Mount Darwin, que se estendiam até o rio, onde ele tinha sua cabana de pesca, mas nunca me passou pela cabeça que alguém tomaria sua casa, suas terras. E, além disso, Papadop não era um colonizador branco comum: ele era um cidadão do Zimbábue; um membro do partido do governo; ele sabia falar a língua; ele tinha sido prefeito da cidade por muitos anos.

Senti saudades de Noddy outra vez. Ele era alguém com quem eu poderia ter conversado sobre isso. Para a maioria das pessoas, o Zimbábue mal existia, ou, quando existia, era aquele lugarzinho "lá no norte", antigamente chamado de Rodésia, famoso pelas cataratas Vitória e nada mais, governado por um déspota que vivia roubando fazendas e prendendo todo mundo que saísse da linha. Da mesma forma que o maluco do déspota branco que tinha governado a Rodésia tinha feito, com o mesmo apoio da nossa velha gangue de malfeitores "branco é o certo" que o tirano atual recebeu do nosso novo regime "negro é melhor". E pelas mesmas razões: o bandidão do norte podia ser um filho da puta, mas era o nosso filho da puta; ele não era só parente, era parente de cor.

Eu liguei para todo mundo que consegui lembrar no Zimbábue. Os ditos veteranos de guerra estavam enlouquecidos, um cara chamado Hitler Hunzvi estava arrasando fazendas, pessoas estavam morrendo. Ninguém sabia nada sobre Mount Darwin. Papadop parecia ter desaparecido sem deixar rastro.

Então eu tive sorte. Liguei para um dos sindicatos de fazendeiros que tentava dar conta de seus membros destituídos, e eles me deram uma pista. O que se dizia era que ele não estava mais em Zim. Achava-se que ele estava do outro lado da fronteira, morando numa cidadezinha na região nordeste de Moçambique chamada Chimoio. Chegar lá não era fácil. Eu teria que voar de Jo'burgo para Beira, na costa leste, alugar um carro e ir para o interior.

O aeroporto de Beira era pequeno e confortável e a primeira coisa que eu notei foi a falta de agressividade. Todo mundo sorria. Era preocupante. Eu paguei sete dólares de taxa no aeroporto, tive meu passaporte carimbado e então aluguei um pequeno Toyota. Quando disse à moça que ia para Chimoio, ela sorriu e disse amavelmente:

— Tente ficar o tempo todo nas pistas demarcadas: há minas enterradas por aquelas bandas.

Deixei para trás o mar sujo e lamacento da costa de Beira. A estrada estava vazia e havia algumas nuvens baixas no céu azul-cobalto. Viajar assim sempre liberta a mente. Eu estava sozinho numa paisagem de mata verde-escura e terra vermelha e, de vez em quando, uma aldeia portuguesa, pequena, burguesa, pungente, presa no passado, feita de telhados de zinco, janelas descascadas e pórticos sombrios. Abandonadas, de repente, quando a independência chegou, em 1975. Em qualquer outro lugar, estas casas vazias dos antigos colonizadores portugueses teriam sido vandalizadas ou canibalizadas ou transformadas em favelas. Mas elas esperavam entre as bananeiras e os espinheiros, tristes, abandonadas nas terras distantes de um mundo desaparecido.

Depois que os portugueses fugiram, a guerra civil começou: mais uma daquelas cruéis guerras locais, travadas por mandatários dos mais poderosos. Depois de 16 anos de luta, um milhão de mortos, seis milhões de desabrigados, e a maioria dos moçambicanos vivendo com um dólar por dia.

Havia minas enterradas, a moça da locadora de automóveis tinha dito. É claro! Tinha que haver minas. Mas minas não competiam em número de mortes com um ser humano carregando um Kalashnikov, e o que era tão extraordinário, num país arruinado por conflitos, e de uma pobreza extrema, para uma pessoa recém-saída de Jo'burgo, era a profunda paz e o ar calmo do lugar. Olhando no mapa, eu vi que se tivesse continuado pela costa de Beira teria chegado a Quelimane, o porto onde Livingstone viveu por algum tempo e se tornou cônsul britânico. E aqui estava eu, em mais uma aventura missionária para o interior, carregando na mochila algumas das quinquilharias que o próprio Livingstone tinha distribuído nas suas andanças pelo país. Só que Livingstone estava lá quando o show começou, quando a África foi inaugurada como uma produção brilhante e farta, dedicada ao "comércio e cristianismo e supressão da escravidão". Foi o maior show da terra e Livingstone foi o primeiro dos seus empresários.

Eu estava lá para procurar sobreviventes, quem quer que tivesse restado depois que o show terminou e o circo saiu da cidade. Uma tribo perdida de um só.

Chimoio era sonolenta e empoeirada. Um velho helicóptero, provavelmente derrubado durante a guerra, estava pousado no quintal de alguém como um brinquedo gigante. O bar no meio da cidade tinha o nome admirável de Plymouth Arms. Ele era uma construção simples e tosca: um chão de concreto sob um telhado de zinco e uma varanda generosa, com uma boa sombra. Uma enorme bandeira da Inglaterra estava pintada na parede do fundo.

Ele era dirigido por uma moçambicana chamada Cecília, que usava calças de sarja e cuidava para que a bebida não faltasse para os seus fregueses sedentos, meia dúzia de homens brancos enormes, de shorts cáqui, que bebiam como se não houvesse amanhã.

Eu pedi uma cerveja e perguntei a Cecília sobre Papadop.

O inglês dela era bonito, amaciado pelo seu sotaque português.

— Eu conheço ele. Grande, moreno, um velho maluco. Eu conheço ele. Ele vem aqui para beber, para pegar gelo. Ele chama todo mundo de "filho da mãe".

— É, parece com ele. Onde eu posso encontrá-lo?

Ela fez um desenho num guardanapo de papel.

— Quinze, talvez 20 quilômetros. Estrada ruim. Mantenha-se na trilha e você o encontrará. Procure uma tenda numa colina.

Ela viu o meu olhar e fez um gesto na direção dos homens que estavam bebendo atrás de mim.

— Zimbos.

— Zimbos?

O sorriso de Cecília mostrou dentes brancos e perfeitos.

— Sim. Em Chimoio nós temos zimbos, portes e pongos, mas os zimbos são... — Ela ergueu um dedo como se fosse uma pistola e apontou para a própria têmpora.

— Por que isso, Cecília?

— Porque eles vêm para cá de Zim com — ela juntou o polegar e o indicador formando um O — ...nada de nada. E se matam.

— Como eles se matam?

— É a malária. Ou excesso de trabalho. — Ela olhou para os homens grandes em suas mesas, forradas de garrafas de cerveja. — Ou excesso do que eu vendo. Se querem se matar, para mim é melhor que seja com o que eu vendo.

Ela tinha razão.

A terra abafada por onde passei era exuberante, mas vazia. Terra boa para plantar, mas abandonada, louca para brotar. Por toda parte havia a sensação de algo esperando para acontecer. A 15 quilômetros da cidade, eu avistei uma tenda no alto de uma colina. Tive que subir uma ladeira tão cheia de pedras que larguei o carro e percorri a pé o resto do caminho.

Ele estava sentado numa pedra do lado de fora da tenda, um artigo do velho exército rodesiano, de costas para mim, olhando para as montanhas baixas no horizonte. No vale abaixo dele, havia uma enorme e linda plantação de tabaco.

Eu disse:

— Como vai, Papadop?

Ele se virou, levantou-se devagar, enxugando o suor da testa com a aba do seu chapéu cáqui.

— Minha nossa: Alex!

Ficamos horas sentados do lado de fora da tenda, tomando conhaque e Coca-Cola, e ele me contou, com sua fala arrastada, a história de como o seu mundo tinha desabado.

— Eu recebi essa primeira Seção 5, um aviso, notícia, ordem, seja qual for a porra do nome, dizendo que a minha fazenda estava na lista. Na lista para ser expropriada. Eu estava sendo despejado. Eu pensei, eles não podem estar falando sério. Eu não cultivava a terra há 30 anos. Eu não sou fazendeiro; eu compro e vendo máquinas. Eu rasguei a carta e fui falar com o chefe do partido em Darwin e ele disse que eu não precisava me preocupar, um antigo camarada como eu. Três meses depois, recebi outra Seção 5. Dessa vez, fui ver um advogado em Harare e ele disse que daríamos entrada numa objeção à ordem de despejo. No fim de semana seguinte, eu fui pescar, fiquei alguns dias na cabana, e quando voltei vi que a minha terra tinha sido tomada, dividida, e que havia gente instalada em toda parte. Cerca de 40 famílias acampadas na minha terra. Eu disse aos filhos da mãe para darem o fora. Eles me disseram para ir embora e se eu não fosse embora eles me matariam. "Pois tentem", eu disse. Um mês depois, recebi outra ordem — uma Seção 7 — dizendo que eu tinha 45 dias para sair de lá. Então eu voltei a procurar o advogado e ele foi ao tribunal para tentar sustar a ordem. Eu também fui ver o DA, outro velho amigo, e pedi ajuda a ele. O DA me olhou nos olhos e disse que faria o que pudesse. Eu sabia que ele estava sendo sincero e também sabia que ele não podia fazer nada. Na manhã seguinte, os caras acampados na minha terra roubaram meus tratores e a bomba do poço. Eles tornaram a dizer para eu ir embora ou iriam me matar. Eu não estou querendo dar a entender que fiquei muito abalado. Todo mundo estava sendo invadido, surrado, roubado. Quer dizer, pelo menos eu não fui assassinado. Mas eu estava sozinho e se tivesse sido morto, ninguém iria notar. Outros fazendeiros tinham criado uma rede de apoio; eles mantinham contato por rádio, telefone; tinham patrulhas; tinham família. Que diabo, eu não tinha nem uma cerca. Para quê? Eu estava na minha casa, não estava? Mas esses caras tinham facões e não estavam brincando. "Eu não posso simplesmente fazer as malas e partir. São 40 anos", eu disse. "Vá ou morra", eles disseram. Eu procurei a polícia e disse que estava sendo ameaçado; eles foram muito educados e disseram que iam cuidar do assunto. Mas nunca apareceram.

— Algumas noites depois, os invasores acenderam fogueiras no jardim; eles estavam dançando e cantando. Os meus empregados foram embora; estavam assustados demais para ficar. Eu tentei ligar para a polícia mas a linha tinha sido cortada. Eu fiquei a postos com um rifle na mão, mas os caras no jardim sabiam que eu cairia no sono mais cedo ou mais tarde. Francamente, eu estava ferrado. Então, por volta da meia-noite, eu empacotei um pouco de comida, algumas roupas, meu passaporte, umas garrafas de bebida e guardei tudo no meu Nissan *bakkie*. E então esperei. Assim que clareou e eu percebi que os filhos da mãe deviam estar tirando uma soneca, abri as portas do celeiro, subi no *bakkie* e enfiei o pé no acelerador. Atingi o portão da fazenda a 40 quilômetros por hora e o derrubei antes que os caras conseguissem despertar completamente. Sabe, Alex, quando cheguei em Darwin, em 1963, eu estava carregando mais coisas do que quando saí. — Papadop riu. — Muito engraçado, hein?

— Nem tanto.

— *Ja*, bem, não, talvez não; é por isso que eu estou rindo. O que mais posso fazer? — Papadop serviu mais conhaque para nós dois. — Desculpe por não ter gelo para a Coca. Eu sempre compro gelo no Plymouth Arms quando vou à cidade, mas não tenho como conservá-lo, a não ser uma bolsa térmica. Assim que eu ganhar algum dinheiro com isso... — ele fez um sinal na direção da plantação de tabaco — ...a primeira coisa na minha lista é uma geladeira.

Eu imaginei que devia ser uma longa lista. Ele não tinha quase nada: a tenda, um saco de dormir, um espelho para se barbear, umas poucas roupas e um Nissan velho. Entretanto, o homem deixava transparecer uma espécie de alívio cansado. Qualquer lugar era melhor do que sua casa, ele parecia dizer.

— Faz cinco meses que estou em Moçambique, e estou no lucro. — Com a ajuda dos vizinhos, ele tinha começado sua primeira plantação de tabaco. Eles tinha tido uns dois ataques de malária. — É muito endêmico por aqui. Mas eles têm bons *muti* chineses no hospital. Duas injeções e você sua e põe tudo para fora. Porra, cara, malária dá para controlar; Mugabe não. Eu gosto daqui. Eu fico de joelhos e agradeço a Deus por ter arrendado este lugar.

— Esta terra não é sua?

Papadop gostou de explicar: aquilo apelava para o seu senso de ridículo. Houve alguns ajustes verbais que precisaram ser feitos. Moçambique se agarrava firmemente a velhas ideias marxistas, e toda a terra pertencia ao Estado. Os novos fazendeiros, Papadop disse, não podiam comprar terra, mas podiam arrendar um lote por 50 anos.

Ele tinha 74 anos, seu cabelo estava grisalho, mas ele estava cheio de planos. O solo era rico, as chuvas abundantes, havia muita água e a mão de obra local era “maravilhosa”.

— Eles são capazes de roubar o leite do seu café se você não ficar de olho, mas são pessoas muito boas.

Ele não falava português, mas seu shona era melhor do que o seu inglês.

— Afinal, estamos pertinho de Zim. Se você seguir essa estrada, estará a caminho de Harare. Todo mundo por aqui fala ou entende shona.

Havia umas duas dúzias de zimbos com fazendas em Chimoio, Papadop disse.

— A mulher do Plymouth Arms falou em portes e pongos. Quem são eles?

— Portes são portugueses que voltaram para Moçambique para cuidar de fazendas ou algo assim. Pongos são ingleses que aparecem, como é típico deles, em lugares estranhos como este. Temos até uns poucos bôeres aqui, vindos da África do Sul. Mas somos nós, zimbos ou ex-zimbos, que estamos plantando. Ou criando gado ou cultivando flores.

Até que fazia um certo sentido. Moçambique precisava de técnicos especializados, coisa que os fazendeiros eram, e os antigos patrões colonizadores precisavam de um impulso. Foi só pôr os dois juntos e bingo! Só que os zimbos não eram colonizadores, eles eram — ou tinham sido — cidadãos. Até que, de repente, não eram mais. Estavam sem teto, sem país, sem identidade.

— Eu não posso me autodenominar um "fazendeiro" porque isso tem várias conotações. Lá em Zim, significava colono, e colono significa branco. Então, aqui, eu não sou um fazendeiro; eles nos chamam de "investidores". Mas ser branco é que é o problema, Alex. É mesmo.

Ser branco em Zim prejudicava a saúde; em Moçambique, segundo Papadop, só prejudicava um pouco a sua mobilidade. O pensamento oficial era que zimbos beberrões poderiam se juntar e começar a se comportar mal. E as coisas poderiam ficar como eram antigamente. Então os moçambicanos tinham copiado a velha etnofascista África do Sul que sempre acreditou que a tribo estava acima de qualquer outra coisa: era uma coisa chamada "controle de fluxo" que Moçambique usava para limitar o número de zimbos brancos numa determinada área.

Entretanto, fora estas restrições, os visitantes podiam arar, semear, colher e vender à vontade.

E funcionou. Zimbos, ingleses, portes e bôeres criavam gado, peixes e flores. Eles barganhavam tratores, imploravam capital, vendiam a si mesmos para as grandes companhias de tabaco; eles agitavam, tramavam e subornavam. Eles se embebedavam no pub de Cecília. Eles viviam em tendas, em barracos, se apossavam de casas portuguesas abandonadas, acampavam em caravanas ou em ranchos semiconstruídos em montanhas distantes.

Era admirável, e era esquisito; eles estavam fazendo o que seus bisavós tinham feito, construindo um lar na África. Eles eram barulhentos, falastrões e grosseiros: em uma palavra, eram pioneiros. Uma repetição.

Na África, o que se considerava um novo amanhecer era, quase sempre, o velho amanhecer numa embalagem nova. Eu me lembrava do quanto Papadop tinha odiado as velhas divisões raciais que eram praticadas no sul, a mentalidade compartimentada do apartheid; de que tinha se estabelecido num país livre, a Rodésia do Sul, e se aclimatado lá. Depois tinha feito tudo de novo num país livre chamado Zimbábue. E agora ele estava aqui, mais uma vez, numa encosta da marxista Moçambique...

— De volta onde comecei: os filhos da mãe!

— O que ou quem você sente que é agora, Papadop?

— Não faço ideia. Quando eu vim para a África do Sul, eu era um grego; depois me mudei para Darwin e virei rodesiano; depois me tornei um zimbabuano. Achei que morreria um zimbabuano. — Ele riu. — Pensando bem, isso esteve muito perto de acontecer!

— E o que você vai fazer?

Ele coçou a cabeça e estendeu a mão para o copo de conhaque.

— Vou seguindo.

— Em frente?

— Não, Alex. Não em frente. Não há nada à frente para mim. Vou só seguindo. Para mim, está terminado. Mas aqui eu posso, pelo menos, fingir.

— Fingir o quê?

— Fingir que gostam de mim, fingir que estou em casa. Quando cheguei na África, havia a Niassalândia Britânica, a África Sudoeste Alemã, a Zambésia Portuguesa, a Rodésia do Norte e a Rodésia do Sul, a África Equatorial Francesa; o Saara Espanhol, o Congo Belga, os italianos na Abissínia, os alemães nos Camarões. Alguns caras até sonhavam com um novo Israel — em Uganda. Essa foi a época dos visitantes: asiáticos, chineses, russos, comerciantes de diamante libaneses, padres belgas, colonos franceses, jogadores de polo ingleses, portugueses, alemães, rodesianos... zimbos. Excêntricos e salafrários do mundo todo. Onde estão eles agora? Ou melhor, onde nós estamos? — Ele mostrou seus dentes fortes. — Acho que a aventura terminou. Fim. E em breve isso chegará ao sul.

— Já começou. Há expatriados sul-africanos de Detroit a Vancouver. Você pode encontrá-los até na Grécia. Você não podia voltar a ser grego?

Ele tornou a rir e sacudiu a cabeça.

— Cara, eu nem me lembro mais como era ser grego. Meu problema é que eu amo a África, e isso é um grande erro, porque ela não me ama.

— Mas você ainda está aqui, Papadop.

Ele sacudiu a cabeça.

— Um pedaço meu, talvez. Fingindo pertencer, fingindo ser um pioneiro. Não adianta. Não funciona. Poderia, talvez, funcionar se eu tivesse vindo de uma direção inteiramente diferente. Quem sabe você tenha que morrer e tornar a voltar como outra pessoa? Mesmo assim, eu ficaria muito, muito perto do chão, para não lançar uma sombra muito grande. Olhe para mim. Veja onde estou agora. Num pedacinho de terra arrendada, com uns poucos pés de tabaco. Eu não sou um fazendeiro de verdade, não sou um zimbo, não sou um colono. Se seguisse pela estrada durante duas horas eu chegaria na fronteira do Zimbábue. Daqui eu quase consigo enxergar a terra que deixei, mas que não é mais o meu lar. E acho, talvez, que nunca tenha sido.

Ele não sugeriu que eu ficasse e eu não teria querido ficar. Eu o tinha encontrado, tinha feito o que queria, ele ainda estava vivo, e era bom saber disso. Ele foi comigo até o carro e eu entreguei as coisas para ele.

— Minha mãe deixou isto para você.

Papadop examinou o mapa que mostrava a viagem de Livingstone de costa a costa; ele riu ao ouvir o som enferrujado da harmônica; o gorro de Livingstone o deixou fascinado. Ele ficou girando o gorro entre os dedos. Mas ele também pareceu um tanto perplexo. Esfregou o queixo do jeito que eu me lembrava e, por alguma razão, eu achei isso comovente.

— Que diabo, homem, este é o legítimo?

— Ela achava que sim.

— Não é que eu não esteja grato, Alex, meu rapaz, mas não sei o que fazer com isto. Você viu como eu vivo. — Ele apontou para a tenda, a fogueira, a terra nua que se estendia até as montanhas no horizonte.

Eu disse:

— Sim, eu entendo. — Ele me abraçou e eu entrei no carro.

Eu não pude fazer a volta no Toyota, então desci devagar, de marcha a ré. Ele ficou olhando; um homem forte na encosta de uma colina em Moçambique, acenando para mim com o gorro até eu alcançar a estrada, sacolejando e rangendo. Quando olhei para trás, ele tinha posto o gorro e estava me observando. Ficava bem nele, aquele gorro; dava para ver que cabia diretinho nele.

Depois do famoso encontro debaixo da velha mangueira, Livingstone morreu como um herói e um santo, e Stanley ferrou com o Congo. Ambos eram nitidamente lembrados. Papadop não ia ser lembrado. A não ser por mim. Talvez esse fosse o verdadeiro sinal de mudança. Brancos que vieram para a África antes queriam ser lembrados; agora eles pediam para ser esquecidos e perdoados. Ou ignorados. Como Jimmy Li Fu na distante Malásia, agradecendo a Deus por ser tolerado e não ser mandado de volta para "casa" pelo governo.

Eu desci a avenida Jan Smuts e estacionei em frente à casa. Abri o portão. As luzes estavam acesas na casa e eu ouvi música vindo da sala. "Mambo italiano", depois "Freeway Mambo" e depois, enquanto eu ficava ali parado no jardim, ouvi "Besame Mucho" e ouvi um homem dizer, "*Hecho muy bién, Seendie!*"

Compreendi muita coisa de repente.

Os últimos amantes de minha mãe tinham se encontrado. Ou, pelo menos, tinham encontrado um modo de vida que se adequava às circunstâncias. Na casa da minha mãe, aquele sul-africano bem-acabado, o dr. Cornelius du Toit, podia fingir por algum tempo que era um refugiado outra vez, um latino em fuga, ousado, fogoso, excitante. E Cindy podia fingir que era minha mãe.

Minha mãe tinha sentido o vento soprando e tinha se agarrado nas crianças. Papadop também. As crianças eram uma âncora muito inconsistente, assim como o arrendamento ridículo de Papadop, mas, mesmo assim, ele se agarrava a essa terra arrendada, em sua tenda, na encosta vermelha de uma terra estranha. Ele se agarrava a isso para não morrer.

A música parou e recomeçou. Mais uma vez, eu conhecia a melodia. Eles agora estavam dançando "La Faraona" e eu ouvi Raul bater palmas e estalar os dedos, e dizer enquanto ela dançava: "*Mambo, qué rico el mambo!*"'

Você tem que morrer, e tornar a voltar como outra pessoa...

Então, o que foi que mudou?

Como seria de esperar, tudo e quase nada. Eu ainda ia ao zoológico e ficava parado na frente do gorila. Eu me lembrava que Alexander Barnes, que andou pelo Congo com sua câmera e cujos filmes tremidos dos pigmeus waturi, aqueles "anões da floresta", iluminaram a minha infância, tinha uma queda especial por atirar em qualquer animal, mas matar gorilas era uma de suas formas favoritas de matança. Ele deu a minha mãe uma foto de um raro gorila kivu que ele tinha matado nas montanhas Virunga. O gorila parecia vivo, sentado na grama, os olhos abertos, a boca aberta, os braços erguidos sobre a cabeça: você tinha que olhar com cuidado para ver que eles estavam amarrados pelos pulsos a um galho de árvore. Ao lado do gorila raro estava o empregado dele, identificado na fotografia como “o menino Swalim”. Ele era um homem de uns 40 anos, uma figura minúscula usando uma túnica branca abotoada na frente, sentado ao lado do enorme macaco, para dar uma noção da escala humana.

Eu ia quase todo dia ao museu Bernberg, embora ele agora só abrisse três manhãs por semana. Era um sinal dos tempos. A prefeitura da cidade de Jo’burgo de hoje não era a mesma para a qual as irmãs tinham deixado sua casa. A nova prefeitura estava sem dinheiro. Tinha outras prioridades. Um museu de moda europeia não combinava com o espírito da nova prefeitura, que queria pôr seu dinheiro em *breakdancing*. As pessoas que quisessem aquela velharia eurocêntrica, como moda e balé, podiam pagar para ter.

Para começar, acho que Cindy ficou um pouco espantada de me encontrar no meio dos canteiros, cortando a grama, tirando o mato. Mas se recuperou. Afinal, tudo tinha voltado, mais ou menos, ao normal. A casa da minha mãe tinha uma dona de novo e um jardineiro no quarto dos fundos. Depois de algumas semanas, ninguém me olhava mais duas vezes.

Uma tarde, cerca de seis meses depois, eu estava no jardim. A luz ficou suave e bateu delicadamente na grama, as cores que tinham sido tão vibrantes sob o sol do meio-dia se suavizaram e eu pude esquecer que Jo’burgo era um planalto de pedra cheio de depósitos de minas. O borrifador estava ligado no gramado, a grama cheirava a água e terra, quando, voando por cima do muro, chegou o jornal vespertino. Ele pousou com um som surdo no chão de concreto: o *Star* de Johanesburgo. Eu pude ler a manchete: “Jo’burgo vai ter mais mil policiais!” Ao lado do jornal estava o chapéu de Noddy. A pluma refletiu o sol, com todas as cores do arco-íris brilhando.

Eu pendurei o belo chapéu tirolês no gancho da parede do seu velho quarto, esperando por ele. Às vezes eu ia olhar para ele, tão tolo, tão perdido. Um chapéu sem uma cabeça. Eu sabia o que era existir separado da realidade vital que faz com que façamos sentido para nós mesmos. Sem a pessoa de Noddy para dar ao chapéu um corpo, uma África para se passear com ele, ele ficava abandonado. Eu estava diante de algo semelhante. Entre no jogo ou caia fora, dizia a voz da sabedoria afiada de Jo'burgo. Aproprie-se das coisas ou dê o fora.

Cindy sabia disso. Quase todo dia havia uma novidade. Ela estava seguindo em frente: o dr. Du Toit vinha à noite, fazer um bico, literalmente. Renomado clínico geral com credenciais impecáveis durante o dia, dançarino de mambo à noite, e o homem que ensinava a ela os ritmos difíceis daquela dança manhosa. Cindy talvez ensinasse a ele as coisas que ele mais precisava entender: como o significado de *ubuntu*; e empoderamento e formadores de opinião e o que era um ator social.

Então eu fiz o que Papadop sugeriu: mantive a cabeça baixa, fiquei na minha. Eu não era um vendedor de ar-condicionado, eu não era um sul-africano branco, eu não tinha armas, não me interessava por política, nem pelo preço do ouro, e não tinha a intenção de ser conhecido por ninguém.

Eu tinha muito pouco em meu quarto. Uma cama, um chapéu, uma caixa. A caixa é aquela que nós sempre acreditamos que um dia guardou o crânio da sra. Ples. Eu gosto de pensar nela como uma das primeiras pessoas neste lugar a ter compreendido as coisas, a ter sabido que era transitória, que estava destinada a desaparecer, mas que deu origem a alguns descendentes de arrepiar os cabelos, assustadores super-hominídeos dos quais os jo'burguenses são o exemplo mais cabal. Tudo começou aqui; que ideia solene. Minha mãe tinha toda razão: esta cidade não tem uma história, tem uma ficha policial. Ou teria, se houvesse alguns tiras cósmicos por aqui. Nas atuais circunstâncias, eu seguiria o conselho de Cindy: "Se for parado pela polícia, não pare..."

Eu ficava de olho em Cindy, do jeito que gostamos de pensar que os espíritos dos mortos velam pelo mundo dos vivos. Pelo menos, eu gostava de pensar assim. Cindy dizia que esta perseguição a deixava louca, mas eu era obrigado a corrigi-la. Eu não era um fantasma, era simplesmente o jardineiro, eu morava no quarto destinado ao jardineiro.

Eu não apregoava as vantagens. Nem mostrava muita autoridade, mesmo no pedacinho que tinha escolhido; afinal de contas, meu conhecimento era mínimo, o pouco que eu sabia tinha aprendido com Noddy. Tive que aprender um bocado antes de conseguir saber a diferença entre uma orquídea de pobre (Schizanthus) e uma flecha de cupido (Catananche). Mas eu sabia retirar bulbos de dália sem quebrar seus pescoços. E comprei bocas-de-leão resistentes a pragas.

Este livro foi composto na tipologia Classical Garamond BT
em corpo 11/15,7, impresso em papel off-white 80g/m²,
no Sistema Cameron da Divisão Gráfica
da Distribuidora Record.